2.50

4523

SUSANNE GOGA

Die Sprache der Schatten

Roman

Diana Verlag

FSC
www.fsc.org
MIX
Papier aus verantwortungsvollen Quellen
FSC® C014496

Verlagsgruppe Random House FSC-DEU-0100
Das für dieses Buch verwendete
FSC®-zertifizierte Papier *Holmen Book Cream*
liefert Holmen Paper, Hallstavik, Schweden.

Originalausgabe 06/2011

Dieses Werk wurde vermittelt durch die
Literarische Agentur Thomas Schlück GmbH, 30827 Garbsen
Redaktion | Angelika Lieke
Umschlaggestaltung | t. mutzenbach design, münchen
Umschlagmotiv | © The Bridgeman Art Library und
Märkisches Museum Berlin/akg-images
Herstellung | Helga Schörnig
Satz | Leingärtner, Nabburg
Druck und Bindung | GGP Media GmbH, Pößneck
Printed in Germany 2011

978-3-453-35468-5

Für meine Freundin Antje
1966–2010
Wir waren ein gutes Team.

PROLOG

Das Gehör kehrte als Erstes zurück. Schritte, das leise Quietschen von Schuhsohlen auf Linoleum, das Klatschen von Zweigen, die gegen die Fenster schlugen. Das Klappern von Geschirr. Türen, die geöffnet und geschlossen wurden. Das Rascheln von Kleidung, von gestärktem Stoff. Stimmen hörte er auch, Männer und Frauen, laut und leise, mahnend und im Befehlston, dann und wann ein Lachen.

Er lag auf einer weichen Unterlage. Ein Bett. Alles roch sauber. Er fror nicht, spürte ein Gewicht auf sich, das musste die Decke sein. Unter seinem Kopf war es auch weich, doch der Schmerz überlagerte die angenehme Empfindung. Solange er sich nicht bewegte, ließ er sich ertragen.

Er wagte nicht, die Augen zu öffnen. Zu viel Bewegung. Zu viel Unruhe. Also stellte er sich das Zimmer vor. Denn ein Zimmer musste es sein; er fror ja nicht und lag trocken. Ein Zimmer in einem Krankenhaus vielleicht. Die Schritte könnten von den Schwestern stammen, das Rascheln von ihrer gestärkten Tracht, dazu die Stimmen auf dem Flur, der saubere Geruch der Wäsche. Alles fügte sich zu einem Bild.

Er öffnete die Augen. Was er sah, kam dem Bild sehr nahe. Das innere Auge malte, was er hörte und roch, und es irrte sich selten. Langsam drehte er den Kopf nach links. Ein Fensterkreuz, Blätter, auf denen die Sonne grüngoldene Flecken tanzen ließ. Ein Zweig schlug gegen das Glas.

Er schlief wieder ein.

Beim nächsten Aufwachen wandte er den Kopf nach rechts. Ein Waschtisch, ein metallener Nachtschrank, auf dem ein Strauß weißer Levkojen stand. Wer mochte ihn dorthin gestellt haben?

Das Denken machte ihn müde.

Er erwachte erneut, als die Tür geöffnet wurde. Eine Frau in schwarz-weißer Tracht kam herein, in der Hand ein Tablett. Sie trat an sein Bett und sah ihn überrascht an. Das Gesicht unter dem Schleier war jung und unverbraucht.

»Sie sind ja wach. Ich bin Schwester Adelgund.«

Eine Ordensschwester. »Wo bin ich?«, fragte er mit rauer Stimme.

»Im Krankenhaus Maria Hilf in Gladbach«, erwiderte sie sanft. »Seit drei Tagen.«

»Wie bin ich hergekommen?«

»Sie hatten einen Unfall. Können Sie sich daran erinnern?«, fragte sie und stellte das Tablett auf den Nachttisch.

»Einen Unfall?«, fragte er verwirrt.

Sie legte ihm eine kühle Hand auf die Stirn. »Ja, einen Reitunfall. Vermutlich hat Ihr Pferd wegen des Gewitters gescheut. Man hat Sie kurz vor der Stadt neben einem Feldweg gefunden. Sie sind unglücklich gestürzt und mit dem Kopf auf einen Stein geschlagen.«

Er hob zögernd die Hand.

»Es ist die linke Seite«, erklärte die Nonne. »Bitte nicht anfassen, Ihr Kopf ist verbunden. Sie wurden vorgestern operiert, die Wunde muss verheilen.«

Er schluckte und merkte auf einmal, wie trocken Mund und Kehle waren.

Sie schien seine Gedanken zu erahnen, goss Wasser in ein Glas und hielt es ihm an die Lippen. Ein Rinnsal sickerte an seinem Hals hinunter, und sie tupfte es mit einem Mulltuch ab. Er fühlte sich hilflos.

»Besser?«

»Ja.« Nicken konnte er nicht, es tat zu weh. »Warum hat man mich operiert?«

Der Nonne schienen die Fragen unangenehm zu sein. »Ich schicke nachher den Arzt zu Ihnen. Wenn er es für geboten hält, wird er mit Ihnen über alles sprechen. Das hier ist gegen die Schmerzen.« Sie gab weißes Pulver in sein Wasserglas, ließ ihn trinken und verließ dann rasch das Zimmer.

Er dämmerte wieder weg.

Als er aufwachte, hatten sich die Schmerzen etwas gelegt, doch verspürte er großen Durst. Er versuchte zu rufen, aber seine Stimme klang so schwach, dass niemand ihn hörte. Er schob die Hand zum Rand des Bettes, bis sein Arm schlaff herunterfiel, nahm alle Kraft zusammen und schlug gegen den metallenen Nachttisch.

Eine Nonne kam herein. »Was ist das für ein Lärm?«

»Ich möchte trinken«, sagte er.

Sie goss ihm Wasser ein. »Gleich kommt der Arzt. Hat das Mittel gewirkt, das ich Ihnen gegeben habe?«

»Sie sind doch gar nicht bei mir gewesen«, erwiderte er verwirrt.

Die Nonne lächelte nachsichtig. »Nach einer Operation ist man gelegentlich ein bisschen durcheinander – das hat nichts zu bedeuten.«

»Ich bin nicht durcheinander«, erwiderte er, erstaunt über seine Vehemenz. »Ich habe Sie noch nie gesehen.«

1

Berlin, Winter 1874

Erde aufs Grab zu werfen war unmöglich, so hart war der Boden in diesem unerbittlichen Winter gefroren. Daher stand ein Korb mit Schnittblumen bereit, die schon anfingen zu welken. Rika Hesse schob die Hände tiefer in ihren Muff. Hätte sie geweint, wären die Tränen als eisige Rinnsale auf ihrem Gesicht erstarrt. Doch sie hatte sich ausgeweint, ihre Kraft reichte nur noch, um in der Kälte zu stehen und abzuwarten, bis der Pfarrer die Grabrede beendet hatte. Die Worte prallten an ihr ab. Sie hatte keinen Sinn für Auferstehung und Erlösung; sie wusste nur, dass sie einen entsetzlichen Verlust erlitten hatte.

Die Kraft ihrer Gefühle überraschte sie selbst. Anfangs hatte sie nicht geglaubt, Conrad Hesse könne ihr jemals so ans Herz wachsen. Er war schon Ende vierzig gewesen, als er um ihre Hand anhielt. Zunächst hatte sie es gar nicht glauben können; zu weit waren ihre Welten voneinander entfernt. Conrad Hesse, ein wohlhabender, weltgewandter Mann, dessen Damenkonfektion überall im Reich einen ausgezeichneten Ruf genoss, der Handel mit Gott und der Welt trieb und ganz Berlin kannte. Und dazu sie, Friederike Müller, die Tochter eines früh verstorbenen Geigenlehrers aus der Georgenvorstadt.

Die Erinnerungen an die Sonntagsspaziergänge mit dem Vater waren lebendig geblieben. Sie wusste noch, wie sie an seiner Hand die belebte Landsberger Straße hinaus bis zum Landsberger Tor gelaufen war, hinter dem der grüne Friedrichshain lag. Wie sie bei schönem Wetter in Gartenwirtschaften eingekehrt waren, in denen traditionell Blumentöpfe verlost wurden. Viele Spaziergänger gingen mit blühenden Töpfen in der Hand nach Hause. Auch der Vater gewann ab und zu einen, den er daheim mit galanter Geste der Mutter überreichte.

Nach dem Tod ihres Mannes war Klara Müller gezwungen gewesen, sich Arbeit zu suchen. Sie verstand sich aufs Nähen, besaß einen scharfen Blick und geschickte Hände. Dazu den Willen, auf keinen Fall als elende Heimarbeiterin zu enden, wie sie zu Zehntausenden in den Mietskasernen im Norden und Osten der Stadt wohnten. Nein, Klara Müller wählte einen anderen Weg.

Von dem wenigen Geld, das ihr Mann ihr hinterlassen hatte, kaufte sie eine gebrauchte Schneiderpuppe, einen Reifrock und meterweise feinsten Brokatstoff, aus dem sie in tagelanger Arbeit ein prachtvolles Ballkleid fertigte. Sie drapierte es über die Schneiderpuppe, hängte zum Schutz gegen die Witterung ein altes Laken darüber, gab ihre Tochter Rika in die Obhut einer Nachbarin und leistete sich eine Droschke zum Hausvogteiplatz.

Nur der Name erinnerte noch daran, dass hier einmal die Hausvogtei, das alte Berliner Stadtgefängnis, gestanden hatte. In den vergangenen dreißig Jahren hatten sich in der Gegend zahlreiche Firmen angesiedelt, die in Serie gefertigte Kleidungsstücke anboten. Der Handel mit fertiger Kleidung hatte die Mode auch jenen Damen erschlossen, die sich keine Maßkleidung leisten konnten. Der Hausvogteiplatz wurde inzwischen von mehrstöckigen Gebäuden gesäumt, an deren Fassaden zahlreiche Namenszüge prangten, in jedem Stockwerk mindestens einer. »Gebr. Heller und Horwitz«, war dort zu lesen, »Hermann

Heinemann« oder »Gebr. Lewy – Blusen und Kleider«. Überall sah man Pferdegespanne und Bollerwagen, in denen Waren herbeigeschafft oder ausgeliefert wurden. Hier gab es über tausend Konfektionsfirmen, die Damenmode anboten; nirgendwo sonst wollte Klara Müller arbeiten. Nicht in einer lärmenden Fabrik, nicht in ihrer engen Wohnung, sondern in einem hellen, trockenen Raum an einem Platz, der in ganz Deutschland berühmt war. Berliner Konfektion lautete das Zauberwort.

Noch immer sprach der Pfarrer, noch immer war Rika Hesse in Erinnerungen versunken. Sie hatte ihre viel zu früh verstorbene Mutter bewundert und die Geschichte nicht oft genug hören können, wie sie mit dem selbst genähten Ballkleid und der Schneiderpuppe in die Räume der Firma Hesse in der angrenzenden Jerusalemer Straße marschiert war und sich dort bis zum Besitzer durchgefragt hatte. »Wie hast du das gemacht? Wollten sie dich nicht wegschicken? Niemand kannte dich dort.«

Ihre Mutter hatte gelächelt. »Ich hatte meine Referenz dabei. Sobald ihre Blicke auf die Schneiderpuppe fielen, wurden sie stumm. Es war aber auch ein herrliches Kleid.«

Was danach kam, sah Rika vor sich, als wäre sie dabei gewesen. Conrad Hesse, den man auch den Mantelkönig von Berlin nannte, war ungehalten aus seinem Kontor gestürmt, als er die Unruhe im Vorzimmer vernahm, hatte dann aber sprachlos von der unscheinbaren Frau im dunklen Mantel zu der Puppe geblickt, die sie wie eine Lanze neben sich aufgepflanzt hatte.

»Was hat das zu bedeuten?« Sein Ton war herrisch, aber nicht unfreundlich gewesen.

»Ich würde gern für Sie arbeiten«, hatte die Mutter unverblümt erwidert. »Dies ist meine Arbeitsprobe.«

Conrad Hesse war daraufhin einmal langsam um die Puppe

herumgegangen, hatte über den Stoff gestrichen, die Nähte begutachtet, hier und dort am Rock gezupft und sich dann an seinen Sekretär gewandt, der mit offenem Mund zuschaute.

»Herr Keller«, sagte er, »brauchen wir noch jemanden für die Modellabteilung?«

Der Sekretär schüttelte verwundert den Kopf. »Wir sind mit Kräften bestens ausgestattet, Herr Hesse.«

»Sehen Sie sich die Schnittführung an, die wunderbaren Linien! Die Raffung des Rockes ist vollkommen. Eine solche Schneiderin dürfen wir nicht Manheimer oder Gerson überlassen. Regeln Sie das Nötige.«

Was aus dem Kleid geworden war, wusste Rika auch – Frau Helene Hesse hatte es im selben Jahr bei einem Ball getragen.

»Der Herr ist mein Hirte«, intonierte der Pfarrer, *»mir wird nichts mangeln. Er weidet mich auf grüner Aue und führet mich zum frischen Wasser. Er erquicket meine Seele; er führet mich auf rechter Straße um seines Namens willen. Und ob ich schon wanderte im finstern Tal, fürchte ich kein Unglück; denn du bist bei mir, dein Stecken und dein Stab trösten mich. Du bereitest mir einen Tisch im Angesicht meiner Feinde. Du salbest mein Haupt mit Öl und schenkest mir voll ein. Gutes und Barmherzigkeit werden mir folgen mein Leben lang, und ich werde bleiben im Hause des Herrn immerdar.«*

Als er zu Ende gesprochen hatte, trat er vor und warf eine der halb erfrorenen Blumen auf den Sarg.

Nun war sie an der Reihe. Rika vollzog das Ritual und hörte die Blume mit einem leisen Klatschen auf das kalte Holz fallen. Sie ging beiseite, ohne sich zur Trauergemeinde umzudrehen. Sie wollte allein sein mit ihren Erinnerungen.

Sie war zwölf gewesen, als ihre Mutter die Stelle bei Hesse antrat, und von dem Zeitpunkt an war es ihnen besser ergangen.

Wenngleich nichts den Verlust des Vaters aufwiegen konnte, mussten sie immerhin nicht mehr um ihre Existenz fürchten. Rika konnte die Schule besuchen, trug hübsche Kleider und lernte sogar ein wenig Geige spielen, wobei sich jedoch bald erwies, dass sie das Talent ihres Vaters nicht geerbt hatte. Talent ist gegeben, alles andere kann wachsen, hatte er gern gesagt, worin sie ihm ganz und gar zustimmte.

Klara Müller war rasch zu einer unentbehrlichen Modellschneiderin aufgestiegen, deren Arbeiten im ganzen Deutschen Reich und sogar ins Ausland verschickt wurden. Ihrer Tochter brachte sie bunte Stoffreste, glitzernde Bänder und hübsche Knöpfe mit, aus denen sie Puppenkleider und Haarschleifen fertigte.

Rika wurde rasch erwachsen. Bald mussten sich keine Nachbarinnen mehr um sie kümmern, wenn die Mutter bei der Arbeit war; sie kam aus der Schule, machte ihre Hausaufgaben, versah den Haushalt und vertiefte sich danach in ihre Bücher. Manchmal wagte sie sich auch allein in die Straßen der Stadt, lief bis zum Alexanderplatz und zum Schloss und hinüber zum Alten oder Neuen Museum. Nur eines bereitete ihr Sorgen: Was sollte werden, wenn sie mit der Schule fertig war?

Herr Hesse hatte schon anfragen lassen, ob das junge Fräulein Müller ebenfalls in seinem Haus arbeiten wolle, doch Klara hatte ausweichend geantwortet, weil sie spürte, dass Rika nicht zur Schneiderin geboren war. Sie las viel und erhielt Zeichenunterricht, presste Blumen und fertigte kleine Alben an, doch Handarbeiten erledigte sie nur, wenn die Mutter sie ausdrücklich dazu aufforderte. Nie griff sie von sich aus zu Nadel oder Stickrahmen.

Wie aber sollte sich ein junges Mädchen mit Lesen und Zeichnen seinen Unterhalt verdienen? Lehrerin oder Gouvernante konnte sie zwar werden, doch dafür zeigte Rika keine Neigung. Zwar hütete sie dann und wann jüngere Kinder, konnte sich aber nicht vorstellen, täglich vor einer Schulklasse zu stehen. Mutter und Tochter sprachen es nicht aus, doch die Frage wurde zunehmend drängender.

Eigentlich hätte sie sich umdrehen, neben dem Grab stehen bleiben und die Beileidsbekundungen der Trauergäste entgegennehmen müssen. Die gesamte Belegschaft der Firma war erschienen, wie es sich beim Tod eines Unternehmers gehörte. Sie aber ehrte ihren Mann, indem sie still neben dem Grab verharrte und an ihre erste Begegnung zurückdachte. Alles andere war bloßes Ritual.

Es war an ihrem achtzehnten Geburtstag gewesen. Sie hatten verabredet, dass Rika ihre Mutter von der Firma abholen sollte, dann wollten sie in einem schönen Café Kuchen essen. Solchen Luxus erlaubte Klara Müller sich nur selten, doch dieser Tag sollte etwas Besonderes sein. Rika zog es vor, die Geschäftsräume nicht zu betreten, da die Frau des Besitzers erst kürzlich gestorben war und eine gedämpfte Stimmung über der ganzen Firma lag.

Sie ging vor dem Haus auf und ab und genoss die Frühjahrssonne, deren erste schwache Strahlen kaum ihr Gesicht wärmten. Wo blieb ihre Mutter nur? Sie schaute nach oben zur Fensterflucht im ersten Stock, hinter der sich die Kontore, Werkstätten und Vorführräume befanden. Sie war ein paarmal dort gewesen, hatte von einer Kollegin ihrer Mutter eine Zuckerstange bekommen, für die sie eigentlich schon zu groß war, doch ansonsten war ihr der Ort, an dem Klara Müller ihren Lebensunterhalt verdiente, fremd geblieben.

Dann war die Mutter plötzlich da. Das Gesicht ein wenig gerötet, kam sie auf sie zugeeilt und winkte Rika heran. »Du sollst nach oben kommen«, sagte sie. »Zu Herrn Hesse.«

»Warum?«, fragte das Mädchen erstaunt. »Er kennt mich doch gar nicht.«

Die Mutter nahm sie ungeduldig am Arm. »Er hat dich vom Fenster aus gesehen.« Sie führte Rika ins Treppenhaus und die Stufen hinauf. »Kürzlich hat er sich nach dir erkundigt. Ob du die Schule beendet hättest und nicht doch als Schneiderin bei ihm anfangen wolltest. Das war ein sehr großzügiges Angebot. Aber ich sagte ihm, dass es dir einfach nicht liege.«

»Warum will er mich dann kennenlernen?«, fragte Rika, der die Aufforderung unangenehm war.

»Ich habe ihm von deinen Zeichenstunden erzählt«, erklärte Klara Müller mit kaum unterdrückter Erregung in der Stimme. »Er meinte, er könnte dich vielleicht für Modezeichnungen gebrauchen oder Werbeplakate. Liebes, das ist eine ganz außerordentliche Gelegenheit, du solltest sie nutzen.«

Verwirrt blieb Rika stehen. Die Neuigkeit kam so unverhofft, dass sie erst einmal tief durchatmen musste. Doch die Mutter ließ ihr keine Zeit. »Rasch, er hat noch andere Dinge zu tun – er ist ein vielbeschäftigter Mann.«

Die Doppeltür, hinter der die Firmenräume lagen, trug in goldenen geschwungenen Buchstaben die Aufschrift *C. Hesse – feinste Damenkonfektion*. Rika strich rasch ihren Mantel glatt. Wie gut, dass sie ihre besten Sachen angezogen hatte.

»Sei ruhig und höflich, aber zeige auch, dass es dir ernst ist.« Ihre Mutter öffnete die Tür.

Die Räume waren hoch und mit dunklem Holz getäfelt. Überall standen Schneiderpuppen, die Kleider und Mäntel nach der neuesten Mode trugen; es gab hohe Regale mit Stoffballen und Schubladen mit Porzellanknäufen, in denen Kurzwaren aller Art gelagert wurden. In einem großen Raum zu ihrer Linken saßen Frauen, die die Köpfe vorgebeugt hielten und die Füße im gleichen Rhythmus bewegten, als marschierten sie in einer Militärparade. Doch sie traten nicht aufs Pflaster, sondern auf die Pedale ihrer Nähmaschinen. »Singer, die besten der Welt«, hatte ihre Mutter einmal gesagt. In einem angrenzenden Raum standen große Tische, auf denen Muster zugeschnitten wurden. Einige Angestellte waren in Entwürfe vertieft.

Rika blickte durch eine Zimmerflucht auf eine geschlossene Tür ganz am Ende. »Dort hat Herr Hesse sein Kontor.«

Die Mutter ging vor, Rika folgte ihr auf dem Fuß. Sie spürte die neugierigen Blicke der Angestellten im Rücken.

Im vorletzten Raum blieb die Mutter stehen. »Herr Keller, ich habe meine Tochter geholt. Herr Hesse möchte mit ihr sprechen.«

Der Sekretär schob eine Schreibmappe beiseite, neigte kurz den Kopf, stand auf und klopfte an die Tür. Auf das von innen ertönende »Herein« sagte er »Bitte« und hielt ihnen die Tür auf.

Conrad Hesse war ein beeindruckender Mann. Groß und breitschultrig, mit dunklem, von grauen Fäden durchsetztem Haar, das er wie ein Künstler lang und nach hinten gekämmt trug. Er wirkte unerschütterlich. Doch Rika sah noch mehr. Eine Traurigkeit, die sich in sein Gesicht gegraben hatte, eine leichte Rötung der Augen. Der Tod seiner Frau hatte ihn offenkundig schwer getroffen.

Er stand auf und trat hinter dem massiven Mahagonischreibtisch hervor. Er betrachtete Rika prüfend, schaute dann zu ihrer Mutter und sagte: »Ich würde gern allein mit Ihrer Tochter sprechen.«

Mit einem verwunderten Blick verließ Klara Müller den Raum und zog die Tür hinter sich zu.

»Erzählen Sie mir von Ihren Zeichnungen.« Es war der Beginn eines langen Gesprächs gewesen, eines Zwiegesprächs, das acht Jahre gedauert hatte und erst vor wenigen Tagen für immer zu Ende gegangen war. Conrad Hesse hatte die sechsmonatige Trauerzeit abgewartet, die für einen Witwer galt, und ihr danach einen Antrag gemacht.

Sosehr Conrad ihr ans Herz gewachsen war, hatte die Heirat das Verhältnis zu ihrer Mutter schwieriger gemacht. Klara Müller war skeptisch wegen des großen Altersunterschieds gewesen. Natürlich war es ein Grund zur Freude, dass die Tochter einen so einflussreichen und wohlhabenden Mann gefunden hatte, doch die Schneiderin hatte sich in diesen Kreisen nicht wohlgefühlt und Einladungen in die Villa Hesse stets höflich ausgeschlagen. Nach einem Unfall musste Klara an Krücken gehen und konnte ihren Beruf nicht mehr ausüben. Sie hatte darauf bestanden, in ihrer Wohnung nahe des Georgenkirchhofs zu bleiben, und lediglich zugelassen, dass Rika eine Zugehfrau bezahlte, die Einkäufe für sie erledigte und sauber machte. Sie freute sich, wenn ihre Tochter sie besuchte, doch beide spürten, dass sie nicht mehr in derselben Welt lebten. Wann immer Rika in der Kutsche nach Osten hinausfuhr, kam es ihr vor wie eine weite Reise in die Kindheit. Die Georgenvorstadt war die Vergangenheit und ihre Mutter der Magnet, der sie dorthin zog. Vor vier Jahren war Klara gestorben und auf ihren Wunsch neben dem Vater auf dem Georgenkirchhof bestattet worden. An jedem ersten Sonntag im Monat unternahm Rika, manchmal zusammen mit ihrer Stieftochter Anna, die Fahrt nach Osten, um Blumen auf das Grab zu legen. Von nun an würde sie ein weiteres Grab besuchen.

Eine Hand legte sich auf ihre Schulter. Es war der Pfarrer. »Frau Hesse, ich störe Sie ungern in Ihrer Trauer, aber die Leute warten. Sie möchten Ihnen kondolieren.«

Es gab kein Zurück, sie musste sich dem Leben ohne Conrad stellen. Rika holte tief Luft und drehte sich zur Trauergemeinde um, doch sie sah nur das Gesicht ihres Stiefsohns. Und schrak zurück. In Alexanders Blick lag ein Funkeln, das tiefer in sie drang als die eisige Winterluft.

2

Düsseldorf, Sommer 1876

Stephan Rungrath hatte den Abschied so lange wie möglich hinausgezögert, weil er sich davor fürchtete.

»Was ist los?«, fragte Willy. »Habe ich etwas Falsches gesagt?«

Stephan rührte sich nicht und kehrte ihm den Rücken zu, damit ihn sein schlechtes Gewissen nicht verriet. Willy fand nicht immer die richtigen Worte, das hatte Stephan ihn oft genug spüren lassen, und seither bemühte sein Freund sich um eine gewähltere Sprache. Er verzichtete auf sein breites Plattdeutsch und ahmte bisweilen sogar die französischen Ausdrücke nach, die vornehme Leute gern gebrauchten.

Stephan war Willy gegenüber immer äußerst großzügig gewesen, hatte ihn zum Essen eingeladen und ihm sogar einen Anzug aus Paris gekauft. Willy trug ihn für Stephan, wenn sie in einem diskreten Lokal dinierten, sonst hatte er keine Gelegenheit dazu. An solchen Abenden tranken sie Champagner.

Einmal hatte Willy Austern probiert, der Ekel war ihm deutlich anzusehen gewesen. Aber er hatte nichts gesagt. Beim nächsten Mal hatte Willy es mit Hummer versucht, der ihm besser zu schmecken schien.

»Stephan, warum bist du so wütend? Ist es, weil ich deinen Vater erwähnt habe? Dann tut es mir leid. Ich wollte dich nicht kränken.«

Seine unterwürfige Art traf Stephan wie ein Messerstich. Dabei war doch er derjenige, der Willy die Klinge ins Fleisch bohrte. Darum konnte er es auch nicht ertragen, ihn anzusehen. Willy schloss die Finger um seine Schulter, als wollte er sie zerdrücken. Morgen wären bestimmt die Spuren zu sehen, dachte Stephan flüchtig.

»Lass meinen Vater aus dem Spiel.« Seine Stimme klang barsch.

»Wie du willst.«

Nun drehte er sich zögernd um. Willy stützte sich auf einen Ellbogen und schaute ihn betreten an.

Sie hatten schöne Stunden miteinander verbracht, in Kellertheatern über zotige Possenreißer gelacht, in entlegenen Landgasthöfen oder verschwiegenen Separees gegessen. Manchmal waren sie an den Rhein gegangen und hatten nach englischer Art ein Picknick im schützend hohen Gras gehalten. All diese Erinnerungen flammten sekundenlang in seinem Inneren auf.

Abrupt schlang Stephan den Arm um Willys Hals und küsste ihn brutal auf die Lippen. Dann erzählte er ihm von der Abreise. Er hatte es lange hinausgeschoben, doch morgen ging sein Zug.

Sein Freund sah ihn aus großen, verletzten Augen an.

»Das ist … weit weg«, meinte Willy, der nie weiter als bis Köln gekommen war. »Wir haben uns so selten gesehen in letzter Zeit. Und jetzt willst du ganz weg von hier? Kann ich nicht mitkommen?«

Das darf nicht sein, war Stephans erster Gedanke, und er kam sich grausam vor. Sie hatten viel Zeit miteinander verbracht, ein Geheimnis geteilt, das sie aufs Engste miteinander verband, und doch dachte er in diesem Augenblick nur: *Ich darf mir diese Zukunft durch nichts und niemanden zerstören lassen.*

Er beschloss, Willy hinzuhalten. »Ich muss mich erst dort einleben. Für mich ist Berlin auch fremd. Stell dir vor, fast eine Million Menschen. Wenn ich mir eine Wohnung eingerichtet habe, von der niemand weiß und in der wir uns ungestört treffen können, sind wir sicher. Gib mir ein bisschen Zeit.«

Er fuhr Willy durchs zerzauste Haar. Es fiel ihm nicht leicht, den Freund zu belügen, doch dieser würde schon bald der Vergangenheit angehören. Wenn Stephan das Rheinland verließ, musste er auch Willy hinter sich lassen.

»Ich weiß nicht, wie ich es ohne dich aushalten soll«, sagte der junge Mann mit Tränen in den Augen. »Früher war es anders, da hatte ich heut' den einen, morgen einen anderen. Hier ein Abendessen, da ein paar Mark oder ein neues Hemd. Aber seit ich dich kenne …« Er schluckte und wandte sich ab.

Stephan zog einige Scheine aus der Tasche und legte sie auf den Tisch. Als Willy protestieren wollte, drückte er ihm sanft die Hand auf den Mund. »Wenn ich kann, schicke ich mehr. Aber du musst mir versprechen, uns nicht in Gefahr zu bringen. Du darfst mit niemandem darüber reden.« Er biss sich auf die Lippen und sah den Freund mit ernstem Blick an. »Wenn du in Not gerätst und nicht anders kannst … Ich schwöre dir, dass ich es dir nicht übelnehme, wenn du andere Männer triffst.«

Willys Blick war wie ein Messer. »Das werde ich nicht tun.«

»Vielleicht musst du es tun. Oder du suchst dir eine Stelle in einem Lokal, als Kellner oder Küchenhelfer.« Er wusste genau, dass es Willy nicht gefallen würde, für wenig Geld schwer zu arbeiten, dafür hatte er zu lange ein angenehmes Leben geführt. Stephan hoffte, dass Willys Überlebensinstinkt sich durchsetzen und ihm die Rückkehr in sein früheres Leben erleichtern würde, falls er keinen neuen Gönner fand.

Eben noch hatten sie sich leidenschaftlich geliebt; nun aber lag ein leises Unbehagen in der Luft, als spürten sie schon die Kluft, die sich zwischen ihnen auftat.

3

Berlin, Sommer 1876

Es war ein angenehmes Zimmer, in kühlem Hellblau und Weiß gehalten und mit schlichten Möbeln eingerichtet, die so gar nicht dem prunkvoll-schweren Zeitgeschmack entsprachen. Ein Zimmer wie ein sommerlicher Wolkenhimmel, hatte Rika gedacht, als sie die Einrichtung damals in Auftrag gegeben hatte.

»Ich bin so aufgeregt«, sagte Anna Hesse, hielt sich das zugesteckte Kleid vor den Körper und tänzelte auf Zehenspitzen durchs Zimmer. Ihre blonden Locken hüpften im Rhythmus ihrer Bewegungen. »Meinst du nicht, es ist zu eng? Wie soll ich darin tanzen?«

»Die Mode verlangt es«, antwortete Rika. »Und ein Fräulein Hesse kann nicht den Stil von gestern tragen. Ich finde die Röcke auch übermäßig eng, aber vielleicht könnten wir die Schleppe etwas weiter lassen, dann hast du mehr Bewegungsfreiheit nach hinten. Immerhin besser als die Tournüre – ich wusste nie, wie ich mich damit hinsetzen soll.«

»Vielleicht haben die Damen deswegen lieber gestanden«, meinte Anna lachend. »Ach, ich bin so froh, dass ich endlich wieder fröhliche Farben tragen darf.«

Die beiden Frauen trugen nach der tiefen Trauer und der Zeit der Halbtrauer, in der auch Grau und Weiß erlaubt waren, endlich wieder farbige Kleider.

Rika lächelte. »Das weiß ich doch. Du hast auf vieles verzichten müssen. Darum geben wir uns auch solche Mühe mit diesem Abend.« Das Mädchen war ihr ans Herz gewachsen, auch wenn sie Anna keine echten Muttergefühle entgegenbrachte. Dafür war der Altersunterschied zu gering. Sie hatte Conrad Hesse mit achtzehn Jahren geheiratet und dadurch eine neunjährige Stieftochter und einen siebzehnjährigen Stiefsohn bekommen. Rika hatte stets versucht, Anna eine mütterliche Freundin zu sein. Das Mädchen brauchte eine feste weibliche Hand, und Rika nahm sie bisweilen auch gegen den Bruder in Schutz.

Ihr Verhältnis zu Alexander Hesse war nie einfach gewesen, da der junge Mann von Beginn an zu verstehen gegeben hatte, dass er die zweite Ehe seines Vaters missbilligte. Er hatte sie spüren lassen, dass er sie für nicht standesgemäß hielt, und sich über den Beruf ihrer Mutter und deren Wohnung im bescheidenen Osten der Stadt mokiert, wenn auch nie in Gegenwart seines Vaters.

Dann wieder hatte sie bemerkt, wie seine Augen auf ihr ruhten, ihr überallhin folgten wie unter einem Zwang. In diesen Momenten schien sich eine widerwillige Faszination in seine Abneigung zu stehlen, die sie mehr ängstigte als seine Feindseligkeit.

Rika hatte nie mit ihrem Mann darüber gesprochen. Gewiss hätte er sie in Schutz genommen, doch sie wollte Conrad, der seine ganze Hoffnung in Alexander setzte, nicht verletzen. Das unerwartete Glück, das sie mit ihm gefunden hatte, entschädigte sie für manche Demütigung.

Nach seinem Tod war alles anders geworden. Zuerst hatte sie geglaubt, ohne ihn nicht weiterleben zu können, und sich wieder fremd gefühlt in dem herrschaftlichen Haus. Bisweilen überkam sie das Gefühl, in der Villa zu ersticken.

»Du wirkst so ernst, Friedchen«, sagte Anna. Den Spitznamen hatte sie erfunden, niemand außer ihr durfte ihn verwenden. »Hast du Sorgen?«

»Ach nein, ich dachte nur an deinen Vater«, sagte Rika. Es gab Sorgen, die sie dem Mädchen nicht anvertrauen konnte.

»Er fehlt dir, nicht wahr?«, fragte Anna vorsichtig. »Sag mal, er war doch … Ich meine …« Die Röte stieg ihr vom Hals ins Gesicht.

Rika setzte sich aufs Sofa und klopfte auf den Platz neben sich. »Komm her. Was möchtest du wissen?« Die Frage schien Anna schon länger zu beschäftigen.

»Es ist aber sehr persönlich«, sagte das Mädchen leise.

»Nur zu.«

»Ich … Ich wüsste gern, wie es ist, mit einem älteren Mann verheiratet zu sein.« Sie senkte den Kopf, als wäre sie zu verlegen, um weiterzusprechen.

Rika holte tief Luft, die Frage war nicht leicht zu beantworten. »Für mich war es richtig. Was für dich richtig ist, kann ich nicht entscheiden. Wenn du einem Mann begegnest, der dir gefällt, werde ich dir gern meine Meinung über ihn sagen. Gibt es denn jemanden?«

Das Mädchen schüttelte den Kopf. »Nein.« Sie zögerte. »Alexander hat kürzlich den ältesten Sohn von Baron von Weidenfeld erwähnt. Er ist Leutnant bei den Garde-Kürassieren.« Das angesehene Kavallerie-Regiment war in Berlin stationiert. »Alexander will mich mit ihm bekannt machen.«

Natürlich, dachte Rika, das wäre eine ehrgeizige Verbindung ganz nach Alexanders Geschmack. Die Heirat in eine Adelsfamilie konnte einem Kaufmann ungeahnte gesellschaftliche Möglichkeiten eröffnen, während der Konfektionshersteller frisches

Geld in die Schatulle des Barons brächte. Nur ging es dabei um Menschen und nicht nur um Geschäfte, die miteinander verbunden werden sollten. Sie schaute Anna eindringlich an.

»Hast du den jungen Leutnant schon einmal gesehen? Sonst kannst du gar nicht beurteilen, ob er dir angenehm ist.«

»Nein. Aber sie sind zu deinem Ball eingeladen. Alexander hatte dich darum gebeten – weißt du nicht mehr?«

»Ach ja.« Rika hatte sich nichts dabei gedacht, weil sie sich die Gästeliste geteilt hatten – Vertreter der Kultur und enge Freunde lud sie ein, um die geschäftlichen Kontakte kümmerte sich Alexander. Nun aber spürte sie, wie leise Wut in ihr aufstieg. Wenn Alexander Heiratspläne für seine Schwester hegte, hätte sie gern davon erfahren. Sie würde nicht zulassen, dass er allein über Annas Schicksal bestimmte.

»Als ich deinen Vater kennenlernte, war ich nicht in ihn verliebt.« Sie sah, wie ein Schatten der Enttäuschung über Annas Gesicht huschte. War es falsch, so ehrlich mit ihr zu sprechen? Aber nein, das Mädchen hatte keine Mutter mehr, wer sonst sollte Anna diese Fragen beantworten? »Aber er hat mir gefallen. Und weißt du, was mir am besten gefallen hat? Dass er sich aufrichtig für mich interessierte. Mich als Menschen betrachtete, nicht nur als Angestellte. Dass er mir offen und freundlich begegnete. Das alles ist sehr viel wert. Mehr als manche Leidenschaft, die schnell erlischt.«

Annas Gesicht entspannte sich.

»Und um deine Frage zu beantworten, ja, dein Vater fehlt mir sehr. Es vergeht kein Tag, an dem ich ihn nicht herbeiwünsche, ihn berühren oder um Rat fragen möchte. Wir waren uns so nahe, dass ich seine Gegenwart manchmal körperlich spüre, ihn zu riechen meine, als stünde er neben mir.« Noch nie hatte sie so offen über ihre Gefühle für Conrad gesprochen. Bürdete sie dem Mädchen zu viel auf? Anna sah sie aus großen Augen an, schien aber nicht peinlich berührt.

»Du meinst also, man kann mit einem Mann glücklich sein, auch wenn man ihn nicht liebt?«

Rika hob die Hand. »Warte, Anna, wer sagt, dass ich deinen Vater nicht geliebt habe?«

»Aber du meintest vorhin …«

»Dass ich mich nicht Hals über Kopf in ihn verliebt habe. Ja, das stimmt. Es war keine Schwärmerei wie in den Liebesromanen, die du so gern vor mir versteckst.« Sie lächelte verschmitzt. »Mich erfasste kein Schwindel, wenn ich ihn sah, und es regneten keine Rosen auf mich herab, aber ich spürte eine wohltuende Wärme, wenn er im Raum war. Ich fühlte mich so geborgen in seiner Nähe.«

Anna zögerte mit der nächsten Bemerkung und spielte verlegen an einer Falte ihres Kleides herum. »Alexander … Er hat gesagt, ihr hättet nicht zueinander gepasst.«

»Ich möchte keine Zwietracht zwischen dir und deinem Bruder säen. Ich nehme an, durch den geringen Altersunterschied zwischen uns fiel es ihm schwer, mich als zweite Frau seines Vaters wirklich zu akzeptieren.«

»Ja, aber …« Anna wirkte verlegen.

»Ich glaube, ich weiß, woran du denkst. Eure Familie ist wohlhabend, während ich aus einfachen Verhältnissen stamme.«

Das Mädchen nickte und schien sich für den Gedanken zu schämen.

Rika ergriff ihre Hand und schaute sie ernst an. »Anna, wenn du wirklich erwachsen werden willst, musst du dir eine eigene Meinung bilden. Höre nicht auf andere, gelange selbst zu einem

Urteil. Du kennst mich lange genug und kannst entscheiden, ob ich in eure Familie gehöre.«

Urplötzlich brach Anna in Tränen aus und verbarg das Gesicht in den Händen. Rika nahm sie in den Arm und schaute nachdenklich über Annas blonden Kopf hinweg. Waren es nur die Verwirrungen eines jungen Mädchens, das an seinen verstorbenen Vater dachte und dem die Mutter fehlte? Oder steckte mehr dahinter? Wenn Alexander Heiratspläne für seine Schwester schmiedete, würde sie darauf achten, dass Annas Gefühle nicht verletzt wurden. In Annas Alter war sie bereits verheiratet gewesen, doch ihre Stieftochter war sehr viel behüteter aufgewachsen und somit unerfahrener.

Als das Mädchen sich beruhigt hatte, setzte Rika sich vor den Spiegel und löste ihre Frisur. Anna wischte sich die Tränen ab, ging zu ihr hin, nahm wortlos die Bürste und zog sie sanft durch Rikas Haare.

»Sie sind wunderschön.«

Rotes Haar besaß noch immer etwas Anrüchiges, doch hatte ihr der dunkle Mahagoniton immer gefallen, weil er gut zu ihren grünen Augen passte. Conrad hatte es geliebt, ihr vor dem Schlafengehen die Haare zu bürsten. Sie genoss es, wenn ihr Haar knisterte und im Lampenschein Funken zu sprühen schien. Für einen Augenblick vergaß sie alles um sich herum. Dann zuckte ein flüchtiger Gedanke durch ihren Kopf, zart wie eine Seifenblase und ebenso vergänglich. Würde sie einem Mann je wieder so nahe sein?

Am Abend saßen sie zu dritt beim Essen und sprachen über den bevorstehenden Ball, den ersten seit Conrad Hesses Tod. Anna schwärmte ihrem Bruder von dem Kleid vor, das die Schneiderin am Nachmittag vollendet hatte, doch Alexander wirkte ungewohnt geistesabwesend. Manche Fragen musste sie ihm zweimal stellen, bevor er reagierte. Vielleicht hatte es Schwierigkeiten in der Firma gegeben, dachte Rika, die wirtschaftliche Lage war nach wie vor angespannt. Doch sie nahm auch eine seltsame Ungeduld an ihm wahr, als könnte er gar nicht abwarten, dass das Essen vorüber war.

Sowie die Hausmädchen begannen, den Tisch abzuräumen, legte er die Serviette beiseite und blickte seine Schwester an. »Anna, würdest du uns bitte allein lassen? Du kannst mir dein Ballkleid später zeigen.« Sein Ton war höflich, duldete aber keinen Widerspruch.

Anna stand auf und verließ mit enttäuschter Miene das Zimmer.

»Was gibt es denn so Wichtiges?«, fragte Rika schärfer als beabsichtigt. »Sie hat sich den ganzen Nachmittag darauf gefreut, es dir zu zeigen.«

Zu ihrer Verwunderung blieb Alexander ruhig und lächelte. »Ich möchte dir etwas schenken.«

Rika glaubte nicht recht zu hören. Solange sie denken konnte, hatte Alexander ihr nie ein persönliches Geschenk gemacht, nur die üblichen Höflichkeitsgaben zu Weihnachten und an ihrem Geburtstag. Sein Gesicht verriet nichts, als er aufstand und in den Flur ging. Kurz darauf kehrte er mit einem in Seidenpapier gehüllten Paket zurück, das etwa einen Meter im Quadrat maß.

Er stellte es auf einen Stuhl, trat zurück und deutete mit einer ausholenden Geste darauf. »Für dich.«

Beklommen erhob sich Rika, unsicher, wie sie sich angesichts dieser unerwarteten Gabe verhalten sollte. »Aber … ich habe nicht Geburtstag. Es besteht überhaupt kein besonderer Anlass –«

Er unterbrach sie mit einer Handbewegung. »Sagen wir, es soll deine Rückkehr ins gesellschaftliche Leben markieren, das Ende deiner Trauerzeit«, erwiderte er entschieden.

Sie sah ihn erstaunt an. »Gut, wenn du es so betrachten möchtest.« Vorsichtig schlug sie das Seidenpapier auseinander und trat mit einem Laut der Überraschung zurück.

Eine Berliner Straßenszene, die Linienführung der Häuser exakt, die Fassadenelemente so präzise wiedergegeben, dass die Bewohner die eigenen Wohnungen erkannt hätten – bis hin zu den Blumentöpfen auf den Fensterbänken, den schmiedeeisernen Gittern, dem Baum im Hinterhof, der durch die Toreinfahrt lugte.

Im Vordergrund standen fünf Menschen, die im Vergleich zu den Fassaden übergroß wirkten: ein alter Jude mit Hut und Schläfenlocken, der den Kopf zur Seite wandte; daneben ein Mädchen mit langen Zöpfen, das einen Ball vors Gesicht hielt; zwei ältere Frauen, die tuschelnd die Köpfe zusammensteckten, sodass man nur die Knotenfrisuren sah; einen Jungen, der sich die Hände vors Gesicht hielt, als zählte er beim Versteckspiel. Auch die Menschen waren bis hin zu den Flicken auf dem Mantel des Juden und den bunten Karos auf den Schürzen der Frauen mit äußerster Exaktheit dargestellt. Bis auf die Frauen standen sie für sich, als wären sie zufällig vor dem Haus aufeinandergetroffen.

»Ein neues Bild für deine Sammlung«, sagte Alexander mit einem seltsam eindringlichen Blick. »Ich hoffe, es gefällt dir.«

Rika suchte nach Worten. »Es … Es ist ganz außergewöhnlich. Ich danke dir. Ich danke dir wirklich sehr.«

»Gut«, er wandte sich zum Gehen, »dann sieh es dir in Ruhe an. Ich habe noch zu arbeiten. Ich wünsche dir eine gute Nacht.«

Rika riss sich von der Betrachtung des Gemäldes los und rief ihm hinterher: »Denk daran, noch zu Anna zu gehen, sonst ist sie enttäuscht.«

Er nickte und verließ das Zimmer.

Dann war sie mit dem Bild allein, schwankte zwischen Freude und Verwunderung. Alexander hatte nie erkennen lassen, dass er ihre Liebe zur Kunst teilte. Umso überraschter war sie, dass er ihr nicht nur ohne besonderen Anlass etwas schenkte, sondern auch noch ein so außergewöhnliches Werk ausgewählt hatte.

Rika suchte die ideale Entfernung und blieb stehen, um das Gemälde in Ruhe zu betrachten. Sie spürte, dass es etwas Besonderes war, auch wenn es auf den ersten Blick konventionell gemalt war. Wie die Menschen dort standen, nebeneinander, aber doch allein, wie Figuren auf einer Bühne. Der exakt gemalte Hintergrund diente als Kulisse für die Menschen, darum waren sie auch so groß, schienen dem Betrachter geradezu entgegenzukommen.

Der Maler hatte in diesem Augenblick ihr Wesen eingefangen, es mit wenigen Requisiten in einer Szene verdichtet. Der gläubige Jude in seiner zerschlissenen Kleidung, die zusammengesteckten Köpfe der Frauen, die schmutzigen Hände des Jungen mit den schwarzen Rändern unter den Nägeln, der Lumpenball des Mädchens, vielleicht sein einziges Spielzeug. Es waren arme Menschen, davon zeugte jedes Detail.

So distanziert die Leute auch nebeneinanderstehen mochten, leuchtete ihr dennoch Mitgefühl aus dem Bild entgegen, eine Nähe zu den Armen, den Außenseitern, die am Rande der Gesellschaft, in den dunklen Nischen der Großstadt lebten. Gewiss, die flämischen Maler hatten auch einfache Leute – Handwerker und Bauern – dargestellt, doch nur wenige wählten die Menschen der modernen Zeit, die Scharen, die morgens in die Fabriken strömten oder auf den Straßen Arbeit suchten, zum Gegenstand ihrer Kunst.

Erst nach einer Weile kam Rika auf den Gedanken, nach einer Signatur zu suchen. Sie betrachtete die Ecken, vor allem die rechte untere, konnte aber nichts entdecken. Schließlich drehte sie das Bild herum und schaute sich die Rückseite an. Eine Jahreszahl, 1874. Und darüber ein kaum lesbarer mit Bleistift geschriebener Namenszug. Sie kniff die Augen zusammen, als könnte sie ihren Blick dadurch schärfen, und versuchte, die Buchstaben zu entziffern. Der erste war ein A, dessen war sie sicher. Aber der Rest … Sie würde es sich mit einer Lupe anschauen müssen.

Behutsam wickelte sie das Bild wieder ein und erinnerte sich daran, wie Conrad sie mit großer Rücksicht in seine Kreise eingeführt und ihr Interesse an Kunst großzügig gefördert hatte, indem er so manchem unbekannten Maler oder Bildhauer ein Werk abkaufte oder eine Ausstellung ermöglichte. Das alles hatte Rika an ihm geliebt, das alles hatte sie verloren.

Sie zuckte zusammen, als die Tür aufschwang und Anna fröhlich hereintänzelte. »Alexander gefällt mein Kleid. Er hat gesagt, ich sehe aus wie eine große Dame!«, rief sie fröhlich und warf einen neugierigen Blick auf das verpackte Bild.

»Ja«, erwiderte Rika nur, konnte aber nicht verhindern, dass ihr eine leichte Röte in die Wangen stieg.

Als sich Alexander Hesse an diesem Abend auf sein Zimmer begab, waren seine Nerven aufs Angenehmste gereizt. Er spürte ein Prickeln auf der Haut und entkleidete sich geradezu beschwingt, wobei er, ganz untypisch für ihn, Hemd, Weste und Kragen achtlos auf einen Stuhl warf.

Er war zufrieden mit sich. Noch vor Kurzem wäre ihm dies undenkbar erschienen.

Die Ehe seines Vaters mit Friederike Müller hatte ihm nicht behagt. Sie war so anders als seine Mutter, viel zu jung und auch zu selbstbewusst, obwohl ihr das angesichts ihrer Herkunft gar nicht anstand. Also hatte er sich, so weit es die Höflichkeit erlaubte, von ihr ferngehalten. Er folgte darin seinem Verstand, der ihn schon früh geleitet hatte.

Bis zu jenem Tag vor etwa fünf Jahren, an dem die junge Frau im Vorübergehen ungewollt seinen Arm gestreift und mit ihrer Brust berührt hatte. Alexander war in sein Zimmer gestürzt, um die heftige Reaktion auf den flüchtigen Kontakt zu verbergen. Erst nachdem er sich das Gesicht mit kaltem Wasser gewaschen und gewartet hatte, bis die Erregung abgeklungen war, konnte er wieder zu seinem Vater in den Salon zurückkehren. Fortan vermied er es peinlich, mit ihr allein zu sein.

In den folgenden Jahren begegnete er ihr höflich, um seinen Vater nicht zu kränken, wahrte ansonsten aber vorsichtige Distanz. Zu gefährlich war ihm der unerwartete Ausbruch der Gefühle erschienen, zu unerhört der Gedanke, die Frau seines Vaters zu begehren. Und doch beobachtete er sie, wenn er sich unbemerkt glaubte, und konnte den Blick nicht von ihr wenden. All das, was ihm früher an ihr missfallen hatte, gewann plötzlich an Reiz.

Überaus anziehend war sie mit dem roten Haar und dem selbstbewussten Auftreten, ganz anders als die jungen Frauen, die ihm hoffnungsvolle Mütter bei gesellschaftlichen Anlässen präsentierten. Unerfahrene Dinger, die mit roten Wangen auf den ersten Ball gingen und schweißfeuchte Spitzentaschentücher in der Hand zerknüllten. Was sollte er mit einem solchen Mädchen anfangen?

Solange sein Vater lebte, hatte Alexander sein Begehren unterdrückt, und die nachfolgende Trauerzeit machte eine Annäherung unmöglich. Also wartete er weiter. Eigentlich war es an der Zeit, sich nach einer passenden Ehefrau umzusehen, doch der Gedanke an Friederike hielt ihn davon ab. Nun aber war die Trauerzeit vorüber.

4

Unablässig fuhren die Kutschen an der Villa Hesse vor und entließen elegant gekleidete Gäste, die Herren im Frack, die Damen in großer Robe, meist so eng geschneidert, dass sie kaum einen Fuß vor den anderen setzen konnten. Cremeweiße Dekolletés blitzten auf, Spitzenschals waren über nackte Arme geworfen. Diesen Abend wollte sich niemand entgehen lassen; seit dem Tod des bekannten Unternehmers hatte es bei Hesses kein Fest mehr gegeben. Der junge Nachfolger an der Spitze der Firma hatte schnell Furore gemacht. Viele Konfektionshäuser überstanden den Tod des Gründers nicht, weil dieser so viel Herzblut in seine Firma gesteckt hatte, dass die nächste Generation es ihm nicht gleichtun konnte. Bei Hesse aber schien es anders zu sein. Die erste Kollektion nach dem Tod des Vaters war exzellent aufgenommen worden, man munkelte von Großaufträgen aus Paris, England und Amerika. Mit Spannung fragte man sich nun, ob bei dem jungen Herrn auch eine Heirat anstand – im passenden Alter war er schließlich. Und dann gab es noch seine reizende Schwester …

Die Straße In den Zelten lag am nördlichen Rand des Tiergartens. Sie war sehr kurz und außerordentlich elegant. Früher hatten hier hugenottische Flüchtlinge Erfrischungen anbieten dürfen, allerdings nicht in Häusern, sondern in Zelten, die im Winter abgebaut wurden. Heute säumten elegante Bauten die kleine Straße, deren Gärten auf die Spree oder den Tiergarten blickten. Conrad Hesse hatte ein Haus fern des Konfektionsviertels gekauft, in dem er ohnehin den ganzen Tag zubrachte. »Abends möchte ich keine Rollwagen voller Stoffballen sehen und kein Scherengeklapper hören«, hatte er verkündet, als er die Villa In den Zelten Nr. 25 erwarb.

Rika hatte längs des gepflasterten Weges, der durch den Vorgarten führte, Buchsbäume in weißen Kübeln und Fackeln aufstellen lassen, die bei Einbruch der Dunkelheit entzündet werden sollten. Die Flügel der Haustür mit den Buntglasfenstern waren wie einladende Arme weit geöffnet. Es war ein lauer Abend, und in der Luft hing der Duft des weißen Flieders, der in diesem Jahr spät erblüht war. Dicht an dicht flankierten die Büsche die Seiten der Villa, und der Geruch war so betörend, dass man nachts inmitten eines Blütenmeers zu schlafen meinte.

An der Tür stand ein livrierter Diener, den man eigens für diesen Abend verpflichtet hatte und der die Namen der Ankommenden verkündete.

Alexander Hesse wartete in der Eingangshalle, flankiert von Rika und seiner Schwester. Vor einigen Jahren hatte Conrad Hesse auf Wunsch seiner Frau die dunkle Täfelung entfernen lassen, die Rika als zu düster empfunden hatte. Die Wände waren nun mit cremefarbener Seidentapete, Spiegeln und ausgewählten Bildern dekoriert.

Rikas tief ausgeschnittenes Kleid war aus dunkelgrün schimmerndem Taft gefertigt und ließ die Arme gänzlich frei. Ein kühnes Modell, mit dem sie nach den eineinhalb Jahren in Trauer zu sagen schien: Hier bin ich, endlich wieder unter Menschen. Das Grün passte wunderbar zu ihrem roten Haar, das sie selbstbewusst zur Schau trug. Sie war an diesem Abend ganz Farbe und bildete einen hübschen Kontrast zu Anna, die in zartem Rosenholz an der Seite ihres Bruders stand.

Die drei Hesses begrüßten jeden Gast, nachdem man ihm die Garderobe abgenommen und seinen Namen den bereits versammelten Gästen verkündet hatte. Dann traten rasch Diener mit Tabletts herbei, auf denen ein Willkommenstrunk gereicht wurde. Im Gartensaal, aus dem die Melodien eines Streichorchesters herüberklangen, war eine lange Tafel für das festliche Diner gedeckt.

»Herr Adolph Wendland und Gattin!«

Rika begrüßte ein auffällig gekleidetes Paar, der Herr im gelben Gehrock statt im Frack, was erstaunte Blicke hervorrief, und die Dame mit Federn in der Frisur, die zurzeit gar nicht in Mode waren.

Rika stellte die Gäste vor. »Herr und Frau Wendland besitzen eine Kunsthandlung für moderne Malerei.«

Alexander verbeugte sich. »Herzlich willkommen in unserem Haus.«

Wendland schaute sich beeindruckt um. »Meine liebe Rika, welch angenehm heller Raum. Hier könnte ich mir sehr gut eines der neuen Gemälde aus Frankreich vorstellen.«

Sie sah ihn interessiert an. »Meinen Sie die Herren, die vor zwei Jahren die große Ausstellung hatten? Ich kann mich leider nicht an ihre Namen erinnern.«

»Monet, Cézanne, Renoir und noch einige andere. Sie hatten es sehr schwer, ganz Frankreich hat über sie gelacht. Es gab Karikaturen, die ich einer Dame gar nicht …« Nach einem strafenden Blick seiner Frau fuhr er fort: »Jedenfalls haben sich die Herren nicht entmutigen lassen und just in diesem Monat einen zweiten Versuch gewagt.«

Alexander schien interessiert zuzuhören. Sollte er tatsächlich seine Liebe zur Kunst entdeckt haben?

»Mein lieber Herr Wendland, bitte trinken Sie schon einmal ein Glas mit Ihrer Frau.« Rika winkte einen Diener herbei. »Ich komme gleich zu Ihnen.«

Der Fluss der Neuankömmlinge geriet kurz ins Stocken, was sie nutzte, um Anna und Alexander von den französischen Malern zu erzählen. »Man hat sie ausgelacht, als sie ihre Bilder zeigten. Dabei sollen sie wirklich ungewöhnlich sein, mehr Farbe als Form, mehr Gefühl als Strenge.«

»Darunter kann ich mir nichts vorstellen«, bemerkte Anna ein wenig schüchtern. Sie wollte Rika gern gefallen und gab sich Mühe, deren Interesse für Kunst zu teilen, doch mangelte es ihr an echtem Verständnis. Ein hübsches Blumenbild oder Stillleben hätte ihr vollkommen gereicht.

»Vielleicht kann Herr Wendland uns einen dieser Franzosen besorgen«, sagte Alexander leichthin, was ihm einen überraschten Blick eintrug. »Als Investition – man kann nie wissen«, fügte er nüchtern hinzu.

»Das ist sehr großzügig von dir«, erwiderte Rika.

Er legte ihr flüchtig die Hand auf den Arm und deutete unauffällig zur Tür. »Der Herr Polizeipräsident.«

Ein beleibter älterer Herr mit Stirnglatze und freundlichem Gesicht betrat die Halle. »Willkommen in unserem Haus, Herr von Madai.«

»Beim letzten Mal hat mich noch Ihr werter Herr Vater hier willkommen geheißen, mein guter Hesse«, sagte der Gast angemessen pietätvoll und begrüßte die Damen des Hauses. »Ein schwerer Verlust für Sie alle. Und für die Berliner Konfektion.«

Er streckte die Hand nach dem nächsten Sekttablett aus und schlenderte in den Gartensaal, worauf Alexander ihm einen amüsierten Blick nachsandte. »In Frankfurt nannten sie ihn nur ›den Dicken‹. Ein anständiger Kerl.«

Nun betrat eine Familie das Haus. Der Vater hochgewachsen, mit eisgrauem Haar und dichtem Bart, der ihm etwas Patriarchalisches verlieh. Dunkler Frack, Gehstock mit vergoldetem Knauf. Neben sich eine noch immer schöne Frau mit grauem Haar und leuchtend schwarzen Augen, die als Spanierin hätte durchgehen können. Der Sohn war schmal und dunkelhaarig und blickte ein wenig verträumt, als schaute er die Welt gewöhnlich durch eine Brille an. Ganz nett, dachte Rika, kein Draufgänger, eher romantisch. Er sah nicht aus wie ein Geschäftsmann.

»Herr Jakob Löwenstein mit seiner Gattin und Sohn David«, verkündete der Türsteher.

Alexander machte die Gäste mit Rika und Anna bekannt.

»Es ist mir eine Freude«, sagte Rika. »Ihre neue Kollektion ist herrlich, wenn ich das sagen darf.« Löwensteins besaßen ebenfalls ein Konfektionsunternehmen, das sich auf Damenkleider spezialisiert hatte.

»In Berlin begegnen Konkurrenten einander fair«, warf Alexander großzügig ein. »Tagsüber Rivalen, am Abend Freunde. Meine Schwester Anna.«

Löwensteins sprachen noch mit Rika, als Alexander sich abrupt aus der Gruppe löste und auf zwei Männer zueilte, die soeben durch die Tür getreten waren. Rika sah ihm verwundert nach. Nicht einmal für den Polizeipräsidenten hatte er sich dorthin bemüht.

»Baron Siegfried von Weidenfeld mit seinem ältesten Sohn, Leutnant Wilhelm von Weidenfeld.«

Rika erinnerte sich an Annas Worte und drehte sich zu dem Mädchen um. »Da sind Baron von Weidenfeld und sein Sohn«, sagte sie leise, worauf Anna sich widerwillig von Familie Löwenstein abwandte und den gut aussehenden jungen Mann betrachtete, der Alexander soeben die Hand schüttelte.

Rika spürte, wie Anna unruhig wurde. Sie schien innerlich zurückzuweichen, als wollte sie am liebsten die Halle verlassen. Rika legte ihr beschwichtigend die Hand auf den Arm.

»Ich bin bei dir. Du brauchst nicht nervös zu sein.«

»Das ist es nicht. Ich …«

Doch Anna konnte den Satz nicht beenden, weil ihr Bruder mit den Gästen vor sie hin getreten war. »Friederike, darf ich dir Baron von Weidenfeld und seinen Sohn vorstellen?«

»Es ist mir eine Ehre. Ich hoffe, Ihre Gattin ist nicht erkrankt.«

Der große blonde Mann mit dem Vollbart schüttelte den Kopf. »Nein, aber ihre Cousine, mit der sie eng befreundet ist. Daher hat meine Gattin sich spontan entschlossen, nach Bayern zu reisen, und lässt sich vielmals entschuldigen. Sie bedauert es sehr, heute Abend nicht dabei sein zu können. Darf ich vorstellen – mein ältester Sohn Wilhelm.«

Der jüngere Mann trug die Ausgehuniform des Garde-Kürassier-Regiments und war bis auf den sorgfältig gezwirbelten Schnurrbart ein Abbild seines Vaters. Er verbeugte sich mit einem Handkuss vor Rika.

»Meine Schwester Anna«, sagte Alexander, worauf Leutnant von Weidenfeld ihr die Hand gab, wie es bei jungen Mädchen üblich war.

»Es ist mir eine Ehre, Sie kennenzulernen. Und ein Vergnügen, wenn ich das hinzufügen darf«, sagte er mit einem Blick auf seinen Vater, der kaum merklich nickte.

Hier wird ein feines Netz gesponnen, dachte Rika, die förmlich die Fäden zu sehen meinte, die Anna in einen unsichtbaren Kokon hüllten.

Später wurde getanzt. Diener räumten die Tische ab und schoben sie so geschickt beiseite, dass genügend Raum für etwa zwanzig Paare entstand. Die Streicher stimmten einen beliebten Walzer an.

Alexander verbeugte sich vor Rika, die einen Augenblick zögerte. Dann klappte sie den Fächer zusammen und streckte die Hand aus, damit er sie auf die Tanzfläche führen konnte.

Es war ungewohnt, den Arm eines Mannes im Rücken zu spüren, der sie geschickt führte, geschickter, als sein Vater es je vermocht hätte. Conrad war kein begnadeter Tänzer gewesen und hatte gern darauf hingewiesen, dass er aus einer Familie von Zimmerleuten stammte, die Tanzparkett verlegten, statt sich darauf im Kreis zu drehen.

Alexander sprach nicht viel, und nach einer Weile überließ sich Rika ganz der Musik, schloss sogar für einen Moment die Augen und genoss einfach die Bewegungen im Dreivierteltakt wie ein junges Mädchen beim ersten Ball. Sie spürte, wie ihr warm wurde – gleich würde sie ein Glas Bowle trinken. Sie bedauerte es aufrichtig, als die Musik zu Ende war und Alexander sie an ihren Platz führte. »Es war mir ein Vergnügen.«

Er hielt ihre Hand ein wenig länger als nötig, bevor er sich entfernte. Rika sah ihm nach.

»Du bist ganz erhitzt, Friedchen«, flüsterte Anna ihr ins Ohr. »So habe ich dich noch nie gesehen.«

»Ach, das macht nur die ungewohnte Bewegung«, sagte sie leichthin und wollte ihre Stieftochter um ein Glas Bowle bitten, doch Anna stand schon auf der Tanzfläche. Allerdings nicht mit Leutnant von Weidenfeld, sondern mit dem jungen David Löwenstein.

Er sieht nicht aus wie ein Mann, der gut tanzen kann, dachte Rika, eher wie ein schüchterner Gelehrter, der selten unter Menschen geht und sich in der Gesellschaft von Büchern am wohlsten fühlt. Doch das täuschte, er machte seine Sache gar nicht schlecht. Anna überließ sich seinem Schritt und schien angeregt mit ihm zu plaudern, während Alexander einen missbilligenden Blick in ihre Richtung warf.

Er neigte den Kopf zum Baron und sagte etwas, worauf dieser nickte und leicht das Gesicht verzog. Rika hätte seine Bemerkung gern gehört, da etwas an Alexanders Ausdruck ihr missfiel.

Nun, das sollte sie nicht hindern, den Abend zu genießen. Sie schaute sich nach ihren persönlichen Gästen um.

Der Kunsthändler Wendland führte seine Frau von der Tanzfläche und legte ihr fürsorglich eine Stola um die Schultern. Seit dreißig Jahren verheiratet und immer noch verliebt, dachte Rika mit leiser Sehnsucht, als sie die beiden zu einem Sofa gehen sah. Ihr und Conrad waren nur acht Jahre vergönnt gewesen.

Sie schaute nachdenklich zu Anna, die sich mit David Löwenstein anmutig im Tanz drehte. Hatte sie die ganze Wahrheit gesagt, als Anna sie nach ihrer Ehe gefragt hatte? Ja, sie war glücklich mit Conrad gewesen, aber hätte es für ein ganzes Leben gereicht? Siebenundzwanzig Jahre Altersunterschied waren eine gewaltige Kluft, und sie hatte erst lernen müssen, sich ihm gegenüber zu behaupten.

Rika verdrängte die Gedanken und ging rasch zum Ehepaar Wendland hinüber, das in trautem Gespräch auf dem Sofa saß.

»Ich hoffe, Sie verbringen einen angenehmen Abend«, sagte Rika und zog einen Hocker heran, bevor Herr Wendland aufstehen und ihr seinen Platz anbieten konnte. »Bei so vielen Gästen ist es schwierig, allen die gleiche Aufmerksamkeit zu widmen. Ich hoffe, Sie verzeihen mir, dass ich mich erst jetzt zu Ihnen geselle.«

Fanny Wendland lächelte beschwichtigend. »Meine liebe Rika, machen Sie sich deswegen keine Sorgen. Herr Wendland und ich«, sie nannte ihren Mann im Beisein Dritter nie beim Vornamen, »amüsieren uns prächtig, auch wenn das Tanzen uns mittlerweile den Atem raubt. Wir überlassen dieses Vergnügen lieber den jungen Leuten.«

»Ich bin sicher, dass Sie es mit jedem jungen Paar aufnehmen können«, sagte Rika lachend. »Was ist schon jugendliches Ungestüm gegen die Eleganz und Harmonie jahrelanger Übung?«

Dann fiel ihr etwas ein. »Herr Wendland, Sie könnten mir einen Gefallen tun. Dürfte ich Sie in den nächsten Tagen kurz im Geschäft aufsuchen?«

Er schaute sie überrascht an. »Wollen Sie tatsächlich einen Franzosen für die Eingangshalle?«

»Nun, Herr Hesse müsste ihn wohl erst in Augenschein nehmen.« Sie war stets unsicher, wie sie Alexander bezeichnen sollte. »Ich möchte Ihnen etwas zeigen.«

Adolph Wendland legte den Kopf ein wenig schief. »Sie machen es spannend. Gut, dann erwarte ich Sie am Dienstag. Wann möchten Sie kommen?«

»Gegen zwei?«

Er nickte. »Es ist mir ein Vergnügen, liebe Rika.«

Den Rest des Abends ließ Leutnant von Weidenfeld Fräulein Anna Hesse nicht mehr aus den Augen. Er tanzte mehrfach mit ihr, brachte ihr Getränke, führte sie auf die Terrasse, um die warme Abendluft zu genießen, hob ihren Fächer auf und benahm sich überhaupt in einer Weise, die einem jungen Mädchen schmeicheln musste.

Doch Anna fühlte sich offenkundig nicht geschmeichelt. Ihre Blicke wanderten durch den Raum, und Rika ahnte, nach wem sie Ausschau hielt, doch Alexander und die beiden Weidenfelds bildeten eine Mauer um sie, die von keinem anderen Herrn durchbrochen werden konnte.

Rika trat hinzu und legte Alexander die Hand auf den Arm. »Könnte ich dich kurz sprechen?«

Er nickte den Herren zu und entfernte sich mit ihr ein Stück von der Gruppe.

»Meinst du nicht, Anna sollte auch andere Gesellschaft haben? Sie muss doch Erfahrungen sammeln und unterschiedliche Menschen kennenlernen. Ich finde es nicht klug, sie von den anderen Gästen fernzuhalten«, gab sie leise zu bedenken. »Die beiden sind einander doch gerade erst vorgestellt worden.«

Natürlich wusste Rika, dass Anna bald heiraten und Alexander dabei seinen ganzen Einfluss geltend machen würde, aber es sollte dem Mädchen doch vergönnt sein, mit dem einen oder anderen Herrn zu tanzen und ein bisschen Freiheit zu genießen, solange es möglich war.

»Die Weidenfelds sind wichtige Leute, die ich nicht vor den Kopf stoßen darf«, bemerkte Alexander ruhig. »Da müssen die Wünsche eines jungen Mädchens auch einmal zurückstehen.«

»Gewiss, aber es ist ihr erster Ball nach langer Zeit.« Es war Rika ein inneres Bedürfnis, Anna beizustehen, was leider immer wieder zu Differenzen mit Alexander führte.

Diesmal sagte er jedoch in versöhnlichem Ton: »Du magst

recht haben. Ich werde die Herren ablenken, indem ich ihnen die Pläne für die Neugestaltung des Gartens zeige.« Mit diesen Worten verbeugte er sich leicht und trat zu den Weidenfelds.

Überrascht sah Rika ihm nach. Wieder gab ihr sein Verhalten Rätsel auf.

5

Am nächsten Morgen war Anna mit einer Freundin zum Einkaufen verabredet. Rika wünschte ihr viel Vergnügen und nahm eine Droschke zur Firma Hesse in der Jerusalemer Straße.

Sie wollte die neuen Entwürfe für den Herbst in Augenschein nehmen. In dieser Branche war man im Geiste immer in der falschen Jahreszeit und dem Rest der Bevölkerung um Monate voraus.

Die Droschke rollte über den belebten Potsdamer Platz, wo die Blumenverkäuferinnen schon lange vor dem Abend ihre Sträuße feilboten, und weiter in den unmittelbar anschließenden begrünten Leipziger Platz mit Schinkels zierlichen Torhäusern. Rika schaute aus dem Fenster. Sie wurde nie müde, die Stadt in ihrer ganzen Vielfalt zu betrachten. All die Geschäfte und eleganten Hotels; die Menschen, die emsig umhereilten, als hätten sie allesamt ein festes Ziel vor Augen. Kürzlich hatte sie gelesen, dass Berlin nahezu eine Million Einwohner hatte, eine unvorstellbare Zahl. Wenn sie jedoch durch die Stadt fuhr und die Menschenmassen sah, die zu Fuß, in Droschken, Pferdebahnen und -omnibussen unterwegs waren, wunderte sie sich schon weniger. Seit der Reichsgründung vor fünf Jahren platzte die Stadt geradezu aus den Nähten, und immer noch strömten die Menschen vom Lande und aus dem Osten Europas herbei, um hier Lohn und Brot zu finden.

Die wirtschaftliche Krise vor drei Jahren hatte auch der Firma Hesse zugesetzt, doch Conrad war damals noch gesund genug gewesen, um sie mit Geschick und Umsicht durch die schwierigste Zeit zu steuern.

Sie waren fast am Dönhoffplatz angelangt und bogen nach links in die Jerusalemer Straße, eine der Straßen um den Hausvogteiplatz, an denen sich die Berliner Kleiderfirmen drängten. Hier entstand exklusive Mode für die Creme der Gesellschaft, aber auch erschwinglichere Bekleidung für den Mittelstand und alle, die nicht auf den Altkleiderhandel angewiesen waren.

Rikas Blick fiel auf Friedemann's Restaurant. Hoffentlich war Alexander nicht, wie er es häufig tat, zum zweiten Frühstück dorthin gegangen. Es war einer der Treffpunkte der Konfektionäre. Man ging gemeinsam frühstücken, um Pläne zu besprechen, oder besiegelte Geschäfte bei Würstchen und Bier. Sollte sie ihn nicht im Kontor antreffen, müsste sie bis zum Abend warten.

Aber sie hatte Glück. Als sie durch die Tür trat und von Fräulein May, der freundlichen Empfangsdame, begrüßt wurde, hörte sie schon die Stimme Alexanders, der gerade ein Donnerwetter losließ. »Die sind nicht zu gebrauchen«, rief er ungehalten, »mit so etwas können wir für Scheuermittel werben, aber nicht für unsere Mäntel.«

Neugierig folgte Rika der Stimme bis in einen Nebenraum, wo ein kleiner, gedrungener Mann mit hochrotem Gesicht den Ausbruch über sich ergehen ließ. Alexander wirkte nicht überrascht, als er sie entdeckte, sondern hielt ihr eine Zeichnung unter die Nase, auf der eine Frau im Mantel zu sehen war, die gerade aus einer Droschke stieg.

»Sieh dir das an – keine Eleganz, kein Schwung in der Linie. Und Plattfüße hat sie auch.«

Rika musste ein Lächeln unterdrücken, als sie die Zeichnung

in Augenschein nahm. In der Tat mangelte es ihr an Esprit, sie genügte dem Anspruch des Hauses Hesse keinesfalls. Andererseits tat ihr der kleine Mann leid, der sich unter Alexanders erbarmungslosen Blicken wand.

»Ich weiß nicht, wenn man hier etwas –«

»Schluss damit! Sie ist nicht zu gebrauchen«, wischte Alexander ihren vorsichtigen Einwand weg. »Das können Sie zurückschicken, Steinicke, für so etwas bezahle ich nicht.«

Erst jetzt schien er Rikas Anwesenheit tatsächlich wahrzunehmen. »Du kommst überraschend, aber gelegen«, sagte er und führte sie in sein Kontor.

Sie nahm Platz und sah ihn abwartend an. Dass er ihre Gegenwart in der Firma begrüßte, war ungewohnt.

»Ich kann mit diesen Zeichnungen nichts anfangen. Wir brauchen dich«, sagte er knapp.

»Das ist mir neu«, entgegnete Rika ruhig. »Du hast mir oft genug vorgehalten, es sei meiner gesellschaftlichen Stellung nicht angemessen, Modezeichnungen anzufertigen.«

Er machte eine wegwerfende Handbewegung. »Ich finde es nach wie vor unpassend, dass du in der Firma mitwirkst. Aber es ist eine Tatsache, dass die Umsätze zurückgegangen sind, seit wir nicht mehr mit deinen Zeichnungen werben.«

Rika zog die Brauen hoch. »Das mag auch von der wirtschaftlichen Lage herrühren«, gab sie zu bedenken. »Die Bankenkrise liegt noch nicht lange zurück, die Situation ist nach wie vor schwierig.«

»Nein, nein«, sagte Alexander rasch. »Ich habe mit Vertretern und Ladenbesitzern gesprochen, als sie zur Durchreise in Berlin waren. Sie beklagen einen Mangel an Eleganz bei unseren Darstellungen, wenngleich sich dieser nicht in den Modellen spiegelt. Doch die Kundinnen, die sich nur die Kataloge anschauen, sind enttäuscht und halten sich beim Kauf zurück. Daher möchte ich dich bitten, diese Aufgabe wieder zu übernehmen. Zum Wohle des Unternehmens.«

Sie traute seiner neuen Freundlichkeit nicht ganz. »Gut, dann ist es also beschlossen«, sagte sie dennoch.

Alexander schien erleichtert. »Darf ich?«

Auf ihr Nicken hin zündete er sich eine Zigarre an.

»Ich wollte mich übrigens noch einmal für das Bild bedanken – ich finde es ganz wunderbar. Würdest du mir verraten, woher du es hast?«

Als er sie überrascht ansah, beeilte sie sich hinzuzufügen: »Ich wüsste gern mehr über den Maler und ob noch weitere Bilder von ihm zu erwerben sind. Stell dir vor, wie reizvoll es wäre, in der Hauptstadt einen neuen Künstler zu entdecken, der den anderen Sammlern entgangen ist! Seine Art der Darstellung besitzt eine sonderbare Faszination. Er hat das Gemälde nicht signiert, und auf der Rückseite befindet sich eine Unterschrift, die ich nicht entziffern kann.«

»Wie schön, dass es dir gefällt.« Er hielt kurz inne. »Ich hoffe, du verzeihst mir, wenn ich nicht weiter darüber sprechen möchte. Es ist ein Geschenk. Lassen wir es dabei bewenden.«

»Ich muss es aber wissen«, beharrte Rika.

»Warum? Reicht es nicht, wenn es dir gefällt und du es an die Wand hängen kannst?«, fragte Alexander.

»In diesem Falle nicht«, antwortete sie entschieden. »Stell dir vor, wir geben ein Fest, und die Gäste fragen mich nach dem Bild. Wie würde ich als Sammlerin dastehen, wenn ich sagen müsste: Bedauere, ich kenne nicht einmal den Namen des Künstlers und weiß auch nicht, wo er wohnt oder sein Atelier hat?«

»Trotzdem«, erwiderte Alexander freundlich, aber unerbittlich. »Mehr wirst du von mir nicht erfahren.«

Der Widerspruch brannte ihr heiß in der Kehle, und sie musste sich zwingen, ihn hinunterzuschlucken. Dann lächelte sie und wechselte rasch das Thema: »Und nun erzähle mir etwas über die neue Kollektion.«

Im Anschluss an ihr Gespräch ließ sie sich von der Direktrice die Entwürfe für die Herbstkollektion zeigen. Bettina Credner war eine Frau von Anfang vierzig, die in der Firma großen Respekt genoss. Wenn freitags die Zwischenmeister ihre fertig genähte Ware ablieferten, zitterten sie vor dem strengen Blick der Direktrice, die Stichproben nahm und den Sitz jedes Knopfes und jeder einzelnen Naht prüfte. Die Firma Hesse war ihr zur Familie geworden, und sie fühlte sich nur wohl, wenn sie inmitten von Schneiderpuppen, Arbeitstischen und Stoffballen umhereilen, Kundinnen beraten und ihnen die schönsten Modelle vorführen konnte.

Gemeinsam beugten sich die Frauen über den großen Tisch, auf dem die Zeichnungen ausgebreitet waren, verglichen Stoffmuster, legten Knöpfe, Borten und Posamenten dazu. Rika schätzte die sachliche Art der älteren Frau, die ein ausgezeichnetes Gespür für Mode besaß, obwohl sie sich selbst eher schlicht kleidete.

Die Wände des Raumes waren mit gerahmten Modezeichnungen vergangener Saisons geschmückt, nicht wenige davon hatte Rika angefertigt. Lauter Mäntel und Kleider, an denen sich die Modegeschichte der vergangenen Jahre ablesen ließ, das Verschwinden der Tournüre, die veränderten Hutformen, die neuen engen Röcke.

Auf einmal steckte ein junger Mann den Kopf zur Tür herein. »Fräulein Credner, ich soll fragen, ob die Mäntel für Madame fertig zur Auslieferung sind. Der Bote wartet.«

Die Direktrice schaute hoch und nickte. »Sie liegen bereit.«

Der junge Mann verschwand, und Fräulein Credner seufzte.

»Wer ist denn Madame?«, erkundigte sich Rika.

»Ach, Sie wissen schon, Blanche Tarnowsky, die Opernsängerin.« Sie zögerte, da sie sich selten am Klatsch und Tratsch der Firma beteiligte. »Sie bekommt drei Mäntel geliefert.«

»Und, ist das kein Grund zur Freude?«

Fräulein Credner zog die Augenbrauen hoch. »Wenn die Firma nichts daran verdient, wohl kaum.«

»Jetzt haben Sie aber meine Neugier geweckt«, entgegnete Rika, legte den Stift aus der Hand und verschränkte erwartungsvoll die Arme vor der Brust.

Fräulein Credner schien etwas verlegen. »Ich weiß nicht, ob ich es erzählen darf – andererseits ist es kein Geheimnis, die halbe Belegschaft hat es mitbekommen. Madame Tarnowsky hat ihre Mäntel in, hm, Naturalien bezahlt.«

»In Naturalien? Sprechen Sie von Wurst oder Südfrüchten?«, fragte Rika belustigt.

Doch bei Fräulein Credners Antwort wurde sie schlagartig ernst.

»Sie hat mit einem Bild bezahlt.«

Als ihre Freundin Gertrud Wilhelms erzählte, in welchem Salon sie sich nach einem Verlobungskleid umschauen wollte, wurde Anna ganz kribbelig.

»Ich war noch nie bei Löwenstein«, sagte sie. »Aber ich habe die Familie bei unserem Ball kennengelernt.«

Gertrud tänzelte ein paar Schritte über das Trottoir und ließ ihren zierlichen Sonnenschirm kreisen. »Ihre Kleider sind einfach himmlisch! Natürlich wollte Mutter mit, aber dann kam unverhoffter Besuch, und ich konnte sie beruhigen, dass ich nicht allein, sondern mit dir hingehen werde. Kaufen darf ich auch nichts, solange sie es nicht angeschaut und für gut befunden hat, aber … Du wirst schon sehen!«

In der Tat war es ein prächtiger Laden. Über der Tür stand in Goldbuchstaben auf dunklem Holz *Salon Löwenstein – feinste Damenkonfektion.* Anders als bei Hesse waren Herstellung und Handel voneinander getrennt. In diesen Räumen wurde nur anprobiert und verkauft, als wollte man die Kundinnen nicht mit dem banalen Prozess der Fertigung behelligen. Das wirkte eine Spur eleganter, dachte Anna.

Als sie eintraten und sich umsahen, kam eine Dame auf sie zu und begrüßte sie höflich. Ihr dunkelblaues Kleid war von einer schlichten Eleganz, eine ausgezeichnete Werbung für den Salon, in dem sie arbeitete.

Während Gertrud ihr Anliegen vortrug, schaute Anna sich verstohlen um. Von den Inhabern war nichts zu sehen.

»Wenn die Damen mir bitte folgen möchten.« Die Verkäuferin führte sie eine Treppe mit geschwungenem Geländer hinauf, und sie gelangten auf eine Galerie, die an der gesamten Längsseite des großen Verkaufsraums entlanglief. Dort hingen Kleider an Stangen und waren auf Schneiderpuppen ausgestellt. Gertrud lief von einem Modell zum nächsten und brach fortwährend in leise Entzückensschreie aus, dass es Anna schon unangenehm war.

»Sieh nur, Rosa, aber das steht mir nicht. Malvenfarben – macht mich das zu alt? Ein helles Gelb, auch nicht schlecht.«

Anna folgte ihr, war in Gedanken aber ganz woanders. Dann bemerkte sie am Ende der Galerie eine Theke mit Hüten und ging darauf zu, da sie noch ein hübsches Hütchen suchte. Hinter sich hörte sie Gertrud plappern und die Verkäuferin in seriösem Ton von Stoffen und Schnitten sprechen, während sie ein Modell in den Händen drehte, das mit Blumen und einem Marienkäfer aus Stoff verziert war.

»Ein ausgefallenes Exemplar«, sagte plötzlich eine Stimme hinter ihr, und sie fuhr herum.

»Herr Löwenstein!«

Der junge Mann gab ihr die Hand. »Welch reizende Überraschung, Sie hier zu sehen. Kann ich Ihnen behilflich sein?«

»Nein, ich meine, ich wollte sagen«, stammelte sie, »ich bin mit meiner Freundin hier.« Sie deutete auf Gertrud, die sich offenbar entschlossen hatte, ein hellblaues Modell anzuprobieren.

»Ich möchte mich noch einmal für die Einladung bedanken. Es war ein sehr schöner Abend, das sage ich auch im Namen meiner Eltern.«

Das junge Paar spazierte durch den Tiergarten. Anna sah sich dann und wann verstohlen um. Der feine Kies, der noch feucht war vom letzten Regen, knirschte unter ihren Ledersohlen. Die Junisonne schien warm durch die Bäume und ließ goldene Funken auf den frischgrünen Blättern tanzen.

Sie sprachen nicht viel. Anna neigte sich beim Gehen kaum merklich zu David Löwenstein. Er deutete auf eine Bank, die hinter einem Gebüsch stand, und sie nahmen darauf Platz, wobei sie eine kleine Lücke zwischen sich ließen.

Anna staunte über ihren Mut. Herr Löwenstein hatte sich im Geschäft erkundigt, ob er sie zu einem Spaziergang im Tiergarten einladen dürfe. Sie hatte Gertrud angefleht, so lange auf sie zu warten und ihren Eltern gegenüber strengstes Stillschweigen zu wahren, wozu diese rasch bereit war, da sie mitten in der Anprobe steckte.

Ein wenig mulmig war ihr schon zumute, auch wenn sie seinen warmen Körper wohltuend neben sich spürte. Herr Löwenstein hatte gefragt, ob er in den nächsten Tagen bei ihr zu Hause vorsprechen und offiziell um die Erlaubnis für einen Parkspaziergang bitten solle, doch Anna hatte abgelehnt.

Sie wusste, dass es nicht richtig war, sowohl ihrer Familie als auch dem jungen Herrn gegenüber. Gewiss dachte er nun, sie halte ihn für nicht gut genug. Es gab keinen vernünftigen Grund, der sie zu diesen Heimlichkeiten trieb, nur das vage Gefühl, dass Alexander nichts davon erfahren dürfe.

Er hatte ihr eine Einladung der Weidenfelds zu einem Ausflug übermittelt, es waren nur noch wenige Tage bis dahin. Anna wusste, wie viel Wert ihr Bruder auf seinen gesellschaftlichen Aufstieg legte, und die Weidenfelds boten dafür bessere Aussichten, als es die Löwensteins je vermocht hätten.

Andererseits hoffte sie, dass er mit der Zeit erkennen würde, dass sie und Leutnant von Weidenfeld nicht füreinander geschaffen waren. Immerhin besaßen die Löwensteins eine gut gehende Firma und waren gesellschaftlich angesehen – das konnte Alexander nicht bestreiten. Und er hatte sie bei sich zu Hause empfangen.

Sie schaute David vorsichtig von der Seite an. »Verzeihen Sie, es ist unhöflich von mir, so schweigsam zu sein.«

Der junge Mann lächelte sanft. »Machen Sie sich darüber bitte keine Gedanken, Fräulein Hesse. Ich bin selbst ein eher stiller Mensch, der gerne liest und ruhigen Beschäftigungen nachgeht.

Ein Spaziergang im Wald, eine Bootsfahrt auf der Spree oder einem der Seen, mit der Zeitung beim Kaffee in einem Gartenlokal sitzen – das sind die Dinge, die ich liebe. Ich kann auch mit anderen Menschen schweigen, ohne dass es mir Unbehagen bereitet.«

Anna schaute auf ihre Schuhspitzen hinab, die unter dem Saum des Kleides hervorlugten. »Ich kenne zwar nicht viele junge Herren, aber die, denen ich begegnet bin, ziehen das Laute dem Leisen vor und die Wildheit der Sanftmut. Es sind Offiziere, die lärmende Feste lieben, und Fabrikantensöhne, die ihren Vätern beweisen müssen, dass sie ihnen ebenbürtig sind.« Dann schlug sie sich mit der Hand vor den Mund, doch David Löwenstein lachte nur.

»Mein Vater wäre froh, wenn ich mehr von einem dieser Fabrikantensöhne hätte«, sagte er belustigt. »Vermutlich werde ich die Firma später übernehmen, wenngleich meine Schwester Ida weit besser dafür geeignet wäre. Ich kenne das Geschäft, weil mein Vater mich nur studieren lässt, wenn ich auch Kleider verkaufe. Das beschauliche Dasein eines Privatgelehrten wird mir wohl versagt bleiben.« Er erzählte von seinem Philosophiestudium, und Anna lauschte gebannt seinen Worten, auch wenn sie nicht viel davon verstand.

»Schauen Sie«, sagte sie zu David und deutete auf eine Frau im bunten Kleid, die eine gewaltige Haube mit breiten Flügeln trug, Die Tracht war mit kostbaren Stickereien verziert. »Ist das eine Spreewald-Amme?«

David nickte.

»Diese Frauen sollen sich ausgezeichnet auf Kinder verstehen. Von Damen meiner Bekanntschaft habe ich gehört, dass sie als Ammen ungemein begehrt sind. Für viele Familien gehört es zum guten Ton, eine von ihnen im Haus zu haben.«

David lächelte. »Da haben Sie recht. Wobei mir die Vorstellung immer gefallen hat, dass eine Mutter sich selbst um ihren Säugling kümmert.« Er verstummte verlegen.

Wie nett er errötet, dachte Anna.

David bückte sich und hob ein Schneckenhaus auf. »Schauen Sie, das hübsche Muster! Wissen Sie, was daran ungewöhnlich ist?«

Anna schaute sich das Häuschen genauer an. »Für mich sieht es aus wie ein ganz normales Schneckenhaus.« Sie nahm es vorsichtig in die Hand, nachdem sie sich davon überzeugt hatte, dass kein Tier mehr darin steckte.

»Bei fast allen Schnecken dreht sich die Spirale nach rechts. Hier ist es umgekehrt.«

»Tatsächlich. Vielleicht hat diese ihren eigenen Kopf«, meinte Anna belustigt.

David lächelte. »Bei den Weinbergschnecken sind das die Schneckenkönige.«

»Euer Majestät«, erwiderte Anna ehrerbietig und steckte das Häuschen behutsam in ihre Handtasche.

Der junge Mann sah sie überrascht an.

»Als Erinnerung«, bemerkte sie verlegen.

Er erhob sich und reichte ihr die Hand. »Ich muss Sie jetzt leider zurück ins Geschäft bringen. Ihre Freundin wartet sicher schon. Außerdem ist heute Freitag.«

»Sie feiern morgen den Sabbat, nicht wahr?«, fragte Anna schüchtern.

»Wir sind nicht orthodox, Fräulein Hesse, aber die wichtigen Gesetze unseres Glaubens halten wir ein«, sagte er beinahe entschuldigend.

»Erzählen Sie mir etwas davon«, bat sie im Gehen.

»Der Sabbat beginnt am Freitagabend mit Einbruch der Dunkelheit und dauert bis zum Sonnenuntergang des folgenden Tages. Wir führen keine Tätigkeiten aus, die mit unserem Beruf verbunden sind. Wäre ich Schriftsteller, so dürfte ich meiner Liebsten einen Brief schreiben«, bei diesen Worten errötete er erneut leicht, »nicht aber an einem Roman arbeiten.«

»Also gehen Sie am Sabbat nicht in die Firma«, warf Anna ein.

»So ist es. Auch kaufen wir nicht ein. Was wir brauchen, muss im Haus vorrätig sein.«

»War da nicht auch etwas mit dem Feuer?«

Er lächelte. »Ja, das kennen viele. Wir zünden es vor dem Sabbatbeginn an, und alle warmen Gerichte werden vorgekocht. Keine unnütze Arbeit soll an diesem Tag verrichtet werden.«

»Das klingt sehr schön«, sagte Anna leise, auch wenn es ihr fremdartig vorkam. Im Hause Hesse war man, wie für Berlin typisch, nicht sehr gläubig. Sie hielten zwar die christlichen Feiertage ein, doch ein regelmäßiger Kirchgang fand nicht statt. Umso interessanter erschienen ihr die Sitten, nach denen David Löwensteins Familie lebte.

An der nächsten Ecke nahmen sie eine Droschke, die sie zügig in den Salon in der nahe gelegenen Leipziger Straße brachte. Unterwegs durchflutete sie ein heftiges Bedauern, und sie wünschte sich, es möge ein anderer Wochentag sein. Mehr noch, sie würden einander gut kennen und sie könnte ihn mit nach Hause nehmen, wo er von Alexander und Rika wie ein guter Freund willkommen geheißen würde. Sie musste geduldig sein, mahnte sie sich. Dies war erst der Anfang.

Als er ihr vor dem Salon beim Aussteigen half, hielt er ihre Hand ein bisschen länger als nötig. »Auf bald«, sagte er.

»Gesegneten Sabbat«, entgegnete Anna, auch wenn sie nicht wusste, ob das üblich war.

Drinnen traf sie auf Gertrud, die sich für drei Kleider entschieden hatte, die sie ihrer Mutter gleich am Montag zeigen wollte. Als sie das Geschäft verließen, drehte Anna sich noch einmal um und sah David Löwenstein an der Treppe zur Galerie stehen. Er blickte ihr nach.

Sein Lächeln wärmte sie, bis sie zu Hause war.

Rika bemerkte sofort die Veränderung an Anna. Beim Abendessen plauderte sie munter drauflos, warf ihrem Bruder aber vorsichtige Blicke zu. Reagierte er nicht, wirkte sie erleichtert und sprang weiter zur nächsten amüsanten Geschichte. Als das Geschirr abgeräumt war, ging Alexander auf die Terrasse, um eine Zigarre zu rauchen, und die Frauen tranken Tee.

»Möchtest du mir etwas erzählen?«, fragte Rika schließlich, nachdem Anna in unerwartetes Schweigen verfallen war.

»Hm, ja.« Das junge Mädchen schaute unwillkürlich zum Fenster, wo sich die Umrisse des Bruders im Dämmerlicht abzeichneten. Sie schaute zu Boden, dann räusperte sie sich. »Du erinnerst dich doch an Familie Löwenstein. Sie waren auf dem Ball.«

Rika rührte in ihrer Teetasse. »Natürlich erinnere ich mich. Angenehme Leute – sie waren mit ihrem Sohn da.«

Sie meinte zu sehen, wie bei ihren Worten eine zarte Röte in Annas Wangen stieg.

»Stell dir vor, ich habe ihn heute getroffen, als wir ein Verlobungskleid für Gertrud gesucht haben.«

»Ach ja, die Einladung ist übrigens gekommen«, sagte Rika. »Sie liegt auf deinem Sekretär.« Sie sah Annas verletzten Ausdruck und beeilte sich zu sagen: »Verzeih, dass ich dich unterbrochen habe.«

»Sie wollte unbedingt zu Löwenstein, weil es dort angeblich die schönsten Kleider gibt. Gertrud konnte sich nicht entscheiden. Also bin ich ein wenig umhergeschlendert und habe mir Hüte angesehen, als mich plötzlich der junge Herr Löwenstein ansprach. Er war sehr höflich und bedankte sich noch einmal für die Einladung.«

Das klang nach guter Erziehung, dachte Rika, aber nicht nur seine Umgangsformen schienen ihre Stieftochter beeindruckt zu haben. »Und weiter?«

»Nichts weiter.« Es klang ein wenig zögernd, als würde Anna nicht die ganze Wahrheit sagen. Rika beschloss, nicht in sie zu dringen. Sie sollte selbst entscheiden, wann sie ihr etwas anvertraute. Als Alexander wieder das Zimmer betrat, warf Anna ihr einen flehenden Blick zu.

Rika nickte.

»Ich habe Pläne für das übernächste Wochenende gemacht«, verkündete er. »Anna weiß es bereits. Weidenfelds haben uns in ihre Villa nach Dahlem eingeladen. Wir werden einen Spaziergang zum Jagdschloss Grunewald unternehmen, wenn das Wetter es erlaubt. Da ich nicht wusste, ob du abkömmlich bist, liebe Friederike, gilt diese Verabredung zunächst nur für Anna und mich.«

Eigentlich war sie froh, da sie keine große Lust verspürte, sich mit Weidenfelds zu treffen, fürchtete aber, Anna könnte sich ohne weibliche Begleitung unsicher fühlen. Alexander bemerkte ihr Zögern und deutete es falsch.

»Ich gebe zu, anfangs erschien es auch mir unhöflich, dass man dich nicht einbezogen hat, doch geschah es womöglich aus Rücksicht auf deinen Witwenstand. Es sind viele junge Leute zugegen, deren Fröhlichkeit dich traurig stimmen könnte. Durchaus rücksichtsvoll von Weidenfelds, wenn man es so betrachtet. Dennoch werde ich selbstverständlich Rücksprache mit ihnen halten, wenn du uns begleiten möchtest.«

Das wird ja immer schlimmer, dachte Rika belustigt, erst werde ich nicht eingeladen, und dann bietet er sich gönnerhaft als mein Fürsprecher an. Sie konnte ihre Heiterkeit kaum unterdrücken und presste die Kiefer aufeinander, um nicht loszulachen.

Alexander wandte sich an seine Schwester. »Anna, Friederike und ich müssen unter vier Augen miteinander sprechen. Wenn du uns bitte entschuldigen würdest.«

Als sie mit einem verwunderten Blick auf ihre Stiefmutter hinausgegangen war, trat Alexander vor Rika hin und sah sie ernst an. »Ich bitte um Verzeihung. Wenn ich gewusst hätte, wie sehr dich diese Entscheidung kränken würde, hätte ich im Namen der Familie selbstverständlich abgelehnt. Solltest du Anna jedoch aus Gründen des Anstands begleiten wollen, werde ich dies umgehend in die Wege leiten.«

Sie hob fast erschrocken die Hand, da sie es nicht gewöhnt war, dass er sich bei ihr entschuldigte. »Nein, Alexander, es ist schon gut. Ich habe am Wochenende ohnehin zu tun. Fahrt nur hin! Es wird gewiss ein schöner Tag.«

Unvermittelt ergriff Alexander ihre Hände und drückte sie fester, als es die Höflichkeit erlaubte. »Mir liegt wirklich nichts ferner, als deine Gefühle zu verletzen, Friederike.«

Vorsichtig löste sie ihre Hände aus seinen.

»Wenn du erlaubst, ich bin müde und würde mich gern zurückziehen. Bitte sei versichert, dass ich euch diesen Ausflug von Herzen gönne. Niemand muss deswegen ein schlechtes Gewissen haben.«

An diesem Abend konnte Alexander Hesse nicht einschlafen. Schließlich stand er auf und ging rastlos in seinem Zimmer umher, das ihm plötzlich eng und stickig erschien.

Das Gespräch mit Friederike ließ ihm keine Ruhe. Besser gesagt: der Augenblick, als er ihre Hände ergriffen hatte. Die Wärme, die ihn in diesem Moment durchflutet hatte, breitete sich in seinem ganzen Körper aus wie damals, als sie ihn zufällig berührt hatte. Er presste die Hände aufs Gesicht. Ihm war heiß. Er schob sich eine verschwitzte Strähne aus der Stirn und setzte sich auf die Bettkante. Was war es, das ihn zu dieser Frau drängte? Körperliches Begehren? Gewiss. Der Wunsch nach einer repräsentativen Frau an seiner Seite? Auch das. Aber da war noch etwas … Vielleicht der Drang zu besitzen, was sein Vater besessen hatte.

Doch er musste mit Bedacht vorgehen. Sie widersetzte sich jedem Zwang. Es war klug gewesen, ihr mit Milde und Verständnis zu begegnen. Er war auf dem richtigen Weg.

6

Ich sammle Stimmen. Habe ich eine Stimme einmal gehört, lege ich sie in ein Album, wie andere Menschen es mit Münzen und gepressten Blumen tun. Ich habe mich darin geübt, die feinsten Nuancen zu erkennen, raue Untertöne, Kiekser, heiseres Rauschen. Stimmen können knurrig sein, kollernd wie Steine, die einen Hang hinabrollen. Sanft und weich wie eine Decke, die mich schützend umfängt. Barsche Stimmen, die ihre Unsicherheit verbergen wollen. Stimmen, die das Befehlen nicht lassen können. Stimmen voller Angst, die am liebsten nur flüstern. Und Sprachfehler – Stottern, Stocken, Stammeln, Lispeln –, all das merke ich mir. Lieblingswendungen, wie jeder Mensch sie hat. Die alte Frau Wessely beim Bäcker sagt immer »Jessesmariaundjosef …«

Dann die Gestalt der Menschen. Nicht nur die Größe; das allein wäre zu wenig. Ich sammle hagere, gebeugte Gestalten, wie Fragezeichen in der Landschaft. Die dünnen, geraden. Die birnenförmigen mit den schmalen Schultern und den breiten Hüften und Schenkeln. Die Dicken, Satten, die es nach dem Krieg gut angetroffen haben. Oft rauchen sie Zigarren und trinken zuckersüßen Wein.

Auch Gerüche merke ich mir. Frauenparfums, die billigen, die teure Namen tragen. Und die seltenen Düfte, die wirklich aus Paris kommen und nicht nur so heißen. Zigaretten, Haarpomade, Schweiß, Waschmittel, Leder, Seife, Bonbons – wonach ein Mensch nur riechen kann. Das alles sind meine Leuchttürme, meine Lichter im Nebel.

Anthonis warf ungehalten den Pinsel beiseite. Heute wollte ihm gar nichts gelingen. Manchmal war es besser, die Arbeit ruhen zu lassen und am nächsten Tag wieder frisch ans Werk zu gehen. Also reinigte er gründlich die Utensilien – ein Ritual, ohne das er sein Atelier nie verließ –, wusch sich die Hände und zog ein sauberes weißes Hemd und eine dunkle Hose an. Dann trat er vor den Spiegel und kämmte sich das dunkle, lockige Haar.

Das Atelier bestand aus einem großen Raum und einer winzigen Küche und unterschied sich vor allem durch das gewaltige Dachfenster, das er eigens hatte einbauen lassen, von den übrigen Wohnungen im Haus. Auffallend war auch die Ordnung, die für einen allein lebenden Mann nicht selbstverständlich war. Alles hatte seinen Platz. Hinter einem Vorhang stand das Bett, in einem großen Schrank waren Kleidung, Schuhe und Haushaltsgegenstände verstaut. Möbel gab es nur wenige, ein Sofa mit buntem Überwurf, der angeblich aus Afrika stammte, einen Tisch zum Essen und Zeichnen und die Staffelei, die schräg gegenüber der Tür gleich neben dem Fenster stand. Mehr brauchte er nicht. Das Geschirr in der Küche reichte für höchstens vier Personen, die er allerdings noch nie zu Gast gehabt hatte, und stand in einem hölzernen Regal mit blau-weißem Vorhang, der es vor Staub und Fett schützte. Trotz der eher kargen Einrichtung strahlte der Raum eine tiefe Behaglichkeit aus.

Anthonis wollte gerade hinausgehen, als es an die Tür klopfte. Er erwartete niemanden.

»Wer ist da?«, fragte er ungehalten.

»Isidor. Willst mich lassen herein?«

Er öffnete die Tür. Der Besucher war klein von Wuchs, langer schwarzer Mantel, Schläfenlocken.

»Was machst du denn um diese Zeit hier?«, fragte Anthonis. »Nun komm schon herein.«

Der alte Mann streckte tastend die Hand zum Türrahmen

aus und trat über die Schwelle. Er war von Geburt an blind und musste sich bei jedem Besuch in Erinnerung rufen, wo die Hindernisse lagen.

»Ich wollte gerade etwas zu essen besorgen«, sagte Anthonis in der Hoffnung, sein Freund möge sich kurz fassen. Er hatte wenige Freunde, was ihn nicht davon abhielt, sich selbst diesen gegenüber bisweilen ungastlich zu zeigen.

»Ach, geht nur um ein Angebot …«, sagte der alte Jude und machte eine wegwerfende Handbewegung. »Ist sicher nicht gut genug. Lass uns vergessen die Sache.« Er wollte sich abwenden, doch nun war Anthonis' Neugier geweckt, was vermutlich Isidors Absicht gewesen war.

»Setz dich.« Anthonis rückte einen Stuhl heran und nahm den Freund am Arm. Dann hockte er sich auf die Holzkiste, in der er seine Malutensilien aufbewahrte. Das Licht, das durch die Fenster fiel, kündete von einem trüben Tag, und er hatte es plötzlich gar nicht mehr so eilig, ins Freie zu kommen. Das Essen konnte warten. Ein Angebot nicht.

»Worum geht es?«

»Also, ich kenne eine Familie, sind nette Leut, gerade gekommen aus Galizien –«

Anthonis unterbrach ihn sofort. »Galizien? Die haben sicher kein Geld.«

Isidor wiegte den Kopf. »Lass mich erzählen, wie es ist. Gewiss sind *aníjim*, arme Leut, haben aber Onkel, der schon lange lebt in Berlin. Ist ein *nójssen*, ein Mann, der gibt. Von ihm sie erhoffen kleines Darlehen. Davon sie wollen eröffnen einen Grünkramladen, nichts Großes, bescheidene Existenz …«

»Falls du auf diese Weise mein Mitleid erregen willst, muss ich dich leider enttäuschen«, warf Anthonis ein.

»Willst mich lassen ausreden«, entgegnete der alte Jude sanft, aber bestimmt. »Möchten überraschen ihn mit einem Bild, zeigt sein Elternhaus in alter Heimat.«

»Und woher soll ich bitte wissen, wie es ausgesehen hat?«, fragte Anthonis, klang aber schon etwas weniger ungehalten.

»Sie werden dir beschreiben, mein Freund«, entgegnete Isidor, »in allen Einzelheiten, mit Fensterrahmen und Birnbaum vor der Tür. Hast erzählt, malst keine Porträts.«

Anthonis zuckte zusammen, was sein Besucher nicht sah, aber dennoch zu spüren schien.

»Auftrag könnte gut sein für dich.«

»Und wer soll mich dafür bezahlen? Sie werden wohl erst dann Geld von ihrem Onkel bekommen, wenn sie ihm das Geschenk überreicht haben – falls überhaupt. Nein, nein, die Sache ist mir zu unsicher.«

Isidor sah enttäuscht aus. »Bist so ein wunderbarer Maler.«

»Woher willst du das wissen?«, fragte Anthonis scharf. Er hielt nichts von Schmeicheleien.

»Andere haben gesehen deine Bilder und gesagt, bist guter Maler.«

Anthonis stand auf und ging unruhig im Zimmer hin und her. Er verdiente einiges mit den Scherenschnitten, die er in Gartenwirtschaften und Kneipen anfertigte; es ging schnell, und das Material war billig. Natürlich waren sie ein armseliger Ersatz für Ölgemälde oder Aquarelle, aber sehr viel leichter zu verkaufen. Auch sie erzählten von Gesichtern, und ihre Sprache war Schatten und Licht, tiefes Schwarz und reines Weiß. Das menschliche Profil war hochinteressant, er hätte nie geglaubt, wie unterschiedlich die Bögen und Schwünge von Augenbrauen und Stirn, die Höcker und Dellen auf der Nase und im Kinn sein konnten.

Manche glichen einer bergigen Landschaft, die Nase eine überragende Felskante, andere sanften Wellen auf einem sonnenbeschienenen Teich. Dann und wann veranstaltete er ein Spiel, indem er einen Scherenschnitt anfertigte und die übrigen Gäste raten ließ, wen er darstellen sollte. Fast immer fanden sie den Porträtierten rasch heraus und standen danach an, um sich ebenfalls von ihm verewigen zu lassen.

Bei seinen Scherenschnitten fühlte er sich sicher.

»Das mag ja sein, aber ich kenne nicht genügend Leute, die Stadtansichten kaufen wollen. Ich habe in dieser Stadt keine Beziehungen, keinen anständigen Händler, der meine Werke anbietet.«

»Warum suchst dir keinen?«, fragte Isidor. »Im Westen gibt genügend Kunsthandlungen, können sich kaum retten vor reichen Sammlern. Hat erzählt Meir Rosenbaum. Der muss wissen, kommt viel herum in der Stadt.«

»Das geht dich nichts an.«

Sofort bereute er die groben Worte. Er ging zu Isidor und legte ihm die Hand auf die Schulter. Der Jude wandte ihm angesichts der überraschend sanften Geste die blinden Augen zu.

»Gibt viel, was mich geht nichts an«, sagte er mit erstaunlicher Gelassenheit. »Ich nicht mehr danach frage.«

»Nein, nein … Ich – ich freue mich, wenn du mir Kundschaft besorgst«, sagte Anthonis, dem die Entschuldigung schwer über die Lippen kam. Wenn man wie er allein lebte und auf niemanden Rücksicht nehmen musste, verlernte man rasch die Regeln der Höflichkeit. »Aber ich kann kein großes Bild in Auftrag nehmen, wenn ich nicht weiß, ob ich Geld dafür bekomme.«

Es hatte Zeiten gegeben, in denen er monatelang an einem Bild gearbeitet und einfach darauf vertraut hatte, dass man ihn bezahlen würde. Sein Lohn war stets fürstlich gewesen und, davon war er überzeugt, seinem Talent angemessen. Doch hier galten andere Regeln. In der Spandauer Vorstadt, die immer noch viele Scheunenviertel nannten, gab es keinen Vorschuss; man lebte von der Hand in den Mund. Die Menschen bildeten eine enge Gemeinschaft, so verschieden sie auch sein mochten, doch würde niemand weit in die Zukunft denken, weil er es sich einfach nicht leisten konnte. Hier zählte nur die Gegenwart, kein Werk, das man irgendwann ablieferte, und kein Geld, das man irgendwann erhalten würde.

»Ich werde es mir überlegen, Isidor. Sprich noch einmal mit der Familie. Wenn sie mir eine Anzahlung geben, kommen wir vielleicht ins Geschäft. Ansonsten bleibe ich bei meinen Scherenschnitten. Ich male nicht ins Blaue hinein.«

Isidor nickte und erhob sich. »Ist ein Wort. Mag sein, haben versteckt noch *a bisel* im Strumpf.« Er kehrte die Handflächen nach außen und wiegte den Kopf. »Darf ich wiederkommen, mein Freund?«

Anthonis sah ihn überrascht an. »Natürlich.« Er biss sich auf die Lippen. »Komm, wann immer du willst.«

»Ich spüre tiefen Schmerz in deiner Stimme«, sagte der Jude leise und wandte sich zur Tür. »Wer nicht sieht, hört mehr als andere.«

»Bis bald«, sagte Anthonis nur. Mit diesen Worten schloss er sanft, aber bestimmt die Tür und lehnte sich von innen dagegen.

Stephan Rungrath schaute aus dem Fenster auf die dahinziehende sommerlich grüne Landschaft und lehnte sich in die behaglichen Polster des Erste-Klasse-Abteils. Schließlich musste der Mann, der die Firma Carl Wilhelm Rungrath & Sohn in der Reichshauptstadt vertreten würde, standesgemäß dorthin gelangen. Er war zufrieden mit sich. Bis vor Kurzem hätte er nicht geglaubt, dass sein Vater ihm diese Aufgabe anvertrauen und ihm eine verheißungsvolle Zukunft ermöglichen würde.

Für Carl Wilhelm Rungrath war er lange eine Enttäuschung gewesen, der vergnügungssüchtige Sohn eines energischen, zielstrebigen Vaters, der keine Unentschlossenheit oder Zügellosigkeit duldete. Stephan hatte sich den Forderungen des Vaters entzogen und zunehmend seine Zeit in Düsseldorf verbracht, wohin der Arm des Vaters nicht reichte. Rungrath argwöhnte, er bringe dort sein Geld mit losen Frauen durch, und Stephan unternahm nichts, um diesen Verdacht zu entkräften.

Der Wunsch des Vaters, ihn mit einer gesellschaftlich passenden Frau verheiratet zu sehen, war eine ständige Bedrohung. Er lebte in der Schwebe, in einem heiklen Zustand, und verdrängte seine Angst, ohne sie je ganz zu verlieren. Er konnte sich nicht ewig damit herausreden, er sei noch nicht der Richtigen begegnet. Und so floh er weiter aus Gladbach, doch die Ungewissheit reiste mit.

Das Ende von Elises Verlobung vor drei Jahren war ein Donnerschlag gewesen, der auch seinen Vater schwer getroffen hatte. Daraufhin hatte Stephan seine letzte Chance genutzt. Er fuhr nicht mehr nach Düsseldorf, sondern widmete sich ganz der Arbeit in der Weberei, übernahm Aufträge für seinen Vater, stand seiner Schwester tröstend zur Seite und bemühte sich, allerorts einen guten Eindruck zu hinterlassen. Ganz allmählich gewann er Carl Wilhelm Rungraths Vertrauen zurück, der ihn fortan in die Geschäfte und Verhandlungen einbezog.

Sechs Monate lang hatte Stephan seine Sehnsucht, seine Begierde verdrängt, bis er es nicht länger aushielt. In Gladbach gab es keinen Ort für einen Mann wie ihn, die Stadt war zu klein und zu wenig anonym. Wohin er auch ging, er musste damit rechnen, von Bekannten gesehen zu werden. Also hatte er sich unter einem Vorwand davongestohlen und war mit dem Zug nach Düsseldorf gefahren, wo er umgehend die Lokale aufsuchte, in denen Willy verkehrte.

Zuerst hatte sich sein Freund gesträubt und seine Verletztheit deutlich gezeigt. Ob er ihn für so einen halte? Er sei niemand, der ihm nach Lust und Laune zur Verfügung stünde, kein Junge, bei dem ein reicher Liebhaber nur mit dem Finger schnippen müsse. Doch die Verstimmung war nicht von Dauer gewesen, und bald trafen sie einander wieder, wenn auch seltener und noch stärker darauf bedacht, von niemandem gesehen zu werden.

Dann kam der Plan mit der Berliner Niederlassung auf, und Stephan erkannte darin die Lösung für all seine Probleme. Berlin war weit weg, eine Großstadt, in der man anonym leben und lieben konnte, fernab der Enge seiner Heimatstadt. Dort würde ihn der Vater kaum mit Heiratsplänen bedrängen.

Stephan schob das Fenster hinunter und schaute hinaus, die Augen nach vorn, die Stirn in den Fahrtwind. Er zwang sich, dem heftigen Luftschwall standzuhalten, der ihm die blonden Haare nach hinten blies und schmerzhaft gegen die geschlossenen Lider drückte. Sein Weg führte nach Osten. Dort würde er sein Glück machen.

Am frühen Nachmittag stieg Rika in der Schellingstraße unweit des Tiergartens aus der Kutsche. Sie nahm das verpackte Bild vom Sitz und gab dem Kutscher ein Zeichen, nach Hause zu fahren.

Das kleine Ladenlokal wurde von größeren Häusern flankiert, ein schmaler Kopf zwischen hochgezogenen Schultern. Auf den Schaufenstern links und rechts der Tür stand in vergoldeter Schrift *Kunsthandlung Wendland*. So unscheinbar das Geschäft von außen wirkte – hier wurden doch die modernsten Kunstwerke von ganz Berlin gezeigt. Mehr als einmal hatte es Beschwerden aufgebrachter Bürger gegeben, die vor den Bildern gestanden und sich über deren unmoralische Motive und Darstellungsweise empört hatten. Rika gegenüber hatte Adolph Wendland nie einen Hehl daraus gemacht, dass er seinen Lebensunterhalt mit repräsentativ-kitschigen Jagdszenen und konservativen Stillleben verdiente, die er in einem Hinterzimmer lagerte.

»Wer weiß, vielleicht kann man irgendwann auch von Monets und Cézannes leben, aber das dauert noch. Hier stelle ich aus, was mir gefällt, und hinten verkaufe ich, was andere wollen. Nicht andersherum, dann würde ich mich schämen.«

Rika bewunderte die gelassene Haltung des älteren Herrn, der fließend Französisch sprach und eine ständige Korrespondenz mit Pariser Händlern unterhielt.

Seit es in Berlin so viele aufstrebende Bürger gab, wohlhabende Unternehmer und Gründer neuer Firmen, die einen Platz in den obersten Rängen der Gesellschaft anstrebten, florierten die Kunsthandlungen. Repräsentative Einrichtungen waren gefragt, Möbel und Dekorationsgegenstände, Porzellan und Tischwäsche, Bilder und Musikinstrumente. Adolph Wendland war ein alter Fuchs, ein erfahrener Kaufmann, der genau wusste, wem er welche Werke anbieten konnte.

Als Rika an diesem Tag vor der Tür stand, spürte sie, dass etwas anders war als sonst. Ein Flattern im Magen, mehr war es nicht, und doch umklammerte sie das Bild in ihren Armen fester, als sie zum melodischen Klingeln der Türglocke den Laden betrat.

Adolph Wendland kam mit ausgestreckter Hand aus dem Hinterzimmer und begrüßte sie mit einem strahlenden Lächeln. »Habe soeben eine Jagdszene verkauft, Jäger mit zwei Sauen vor Sonnenuntergang. Hervorragender Preis. Dafür lasse ich einen Sisley aus Frankreich kommen.«

Auf ihren fragenden Blick hin erklärte er: »Einer der neuen Maler. Eins seiner Bilder habe ich hier.« Er führte sie ans Fenster, wo ein Bild auf einer Staffelei ausgestellt war.

»Hier kommt es am besten zur Geltung.«

Interessiert betrachtete Rika die Darstellung eines von Häusern gesäumten Kanals, auf dem einige Lastkähne ankerten. Nicht der Gegenstand war außergewöhnlich, sondern die Malweise. Sie schaute genauer hin und war versucht, über die Oberfläche zu streichen.

»Ich stelle fest, Sie haben es erkannt«, erklärte der Kunsthändler zufrieden.

Rika sah ihn fragend an. »Ich bin mir nicht sicher, ob wir das Gleiche meinen, Herr Wendland. Gewöhnlich werden Flächen in einer Farbe ausgemalt, mit Schattierungen und Schattenspiel, aber nicht so.« Sie deutete auf das Wasser des Kanals. »Wenn ich ganz genau hinsehe, erkenne ich lauter dicke Striche, einer neben dem anderen, in unterschiedlichen Farben, die sich nur berühren, aber nicht vermischen.«

»Und?«, hakte Wendland nach wie ein Lehrer, der seine Schülerin zu geistigen Höchstleistungen anregen will.

»Nun sei doch nicht so streng mit unserem Gast«, mahnte eine Frauenstimme. Fanny Wendland war unbemerkt eingetreten. Sie trug ein Kleid in einem Blauton, wie Rika ihn noch nie gesehen hatte und den sie sich eher für einen Bühnenvorhang als für ein Kleidungsstück vorgestellt hätte, doch die Frau des Kunsthändlers trug ihre exzentrischen Moden mit unnachahmlicher Nonchalance.

»Darf ich Ihnen Tee oder Kaffee anbieten, liebe Rika?«

»Tee wäre wunderbar«, sagte Rika und schaute unwillkürlich auf das Paket, das sie mitgebracht hatte.

»Herr Wendland, haben Sie unseren Gast überhaupt gefragt, weshalb sie hergekommen ist, oder nur einen Ihrer gelehrten Vorträge gehalten?«

»Verzeihung«, sagte er und schaute betreten drein. »Das war sehr unhöflich. Dürfte ich?«

Rika reichte ihm das Paket. Er legte es behutsam auf einen Tisch am Fenster, wo genügend Licht hereinfiel, schnürte die Kordel auf und schlug das Papier zurück. Dann nahm er das Bild und hielt es so weit von sich, wie seine Arme es erlaubten. Mit leisem Schnauben schüttelte er den Kopf, nahm den Sisley von der Staffelei und stellte Rikas Bild darauf.

»Ungewöhnlich. Exakter Pinselstrich, ganz anders als das, was wir eben gesehen haben. Schauen Sie sich die Details der Häuserfronten an. Die Menschen erinnern mich an Figuren auf einer Bühne. Sehr ausdrucksvoll.« Er trat zurück. »Darf ich fragen, warum Sie mir das zeigen? Möchten Sie eine Schätzung? Wollen Sie es verkaufen?«

»Nein, auf gar keinen Fall«, sagte Rika rasch. »Ich möchte einfach Ihre Meinung als Fachmann hören. Könnte es von einem neuen, noch unbekannten Künstler stammen?«

»Ah, die Verlockung für alle Sammler – eine Perle in einer bis dahin übersehenen Auster.« Wendlands Augen wanderten von einer Figur zur nächsten, bis er den Kopf wiegte. »Er ist an Menschen interessiert, an einfachen Leuten, denen er auf der Straße begegnet.«

»Meinen Sie, er stammt selbst aus diesem Milieu? Kommt Ihnen sein Stil bekannt vor?«

»Nein, so etwas habe ich noch nicht gesehen. Vom Thema erinnert es ein wenig an William Hogarth, allerdings ohne den satirischen Zug. Dieser Künstler hier nimmt seine Modelle ernst, das erkennt man deutlich.«

»Aber wer der Maler sein könnte, wissen Sie nicht?«

Wendland zuckte bedauernd mit den Schultern.

Rika war etwas enttäuscht; sie hatte sich viel von dem Besuch erhofft. Dann fiel ihr etwas ein. »Auf der Rückseite steht etwas, das ich nicht entziffern kann.«

Fanny Wendland stand sofort auf und trat an einen Schrank, aus dem sie eine Schublade zog. Darin lagen mehrere auf Samt gebettete Lupen, von denen sie eine auswählte. »Versuchen Sie es einmal damit.«

Der Kunsthändler ließ sich den Schriftzug zeigen. »Frau Wendland, würden Sie mir bitte eine Lampe holen.«

Trotz des Tageslichts war die Bleistiftfarbe kaum zu erkennen. Frau Wendland hielt die Lampe schräg über den Schriftzug. »Gut so?«

Er nickte und betrachtete den Namen durch das Vergrößerungsglas. »1874.«

»Und der erste Buchstabe ist wohl ein A«, bemerkte Rika. »Aus dem Übrigen werde ich nicht schlau. Ich konnte noch nie gut Handschriften entziffern.« Auch mit Conrads liebevollen Briefen hatte sie stets Mühe gehabt und lange gebraucht, um seine Worte zu entschlüsseln.

Wendland bewegte die Lupe weg und erneut heran, als wollte er die optimale Entfernung bestimmen. »Mhm«, sagte er nachdenklich, »das ist in der Tat schwierig. Dem Künstler scheint nicht daran gelegen, erkannt zu werden. Sonst hätte er wohl auf der Vorderseite signiert. Oft ist es so, dass ein Maler trotz allem nicht ganz von seinem Werk lassen kann und es mit einem Hinweis auf seine Identität versieht, der nur ihm zugänglich ist. Ein Kürzel, ein Pseudonym, etwas in der Art.«

Rika sah ihn entmutigt an. »Es dürfte schwer sein, ihn zu finden. Ich hätte gern einmal mit ihm gesprochen und mir seine anderen Werke angesehen, aber …«

»Darf ich fragen, woher Sie das Bild haben?«

»Herr Hesse hat es mir geschenkt.«

Wendland trat zurück und betrachtete das Bild aus einiger Entfernung: »Sonderbar, in Berlin passiert auf dem Gebiet der Kunst wenig, von dem ich nicht erfahre … Mein Rat wäre: Sprechen Sie Ihren Stiefsohn einfach darauf an.«

»Das habe ich bereits. Er wollte mir aber nicht sagen, woher er es hat.«

Herr Wendland schaute sie mit hochgezogener Braue an.

»Aber ich habe auf anderem Wege davon erfahren.« Sie berichtete von dem Tauschgeschäft. »Und ich weiß auch schon, was ich als Nächstes tun werde.«

7

Das Haus, in dem Madame Blanche Tarnowsky wohnte, war überaus eindrucksvoll. Schneeweiße Stuckfassade, schmiedeeiserne Balkone, zweiflügelige Haustür mit schönen Buntglasscheiben. Die Stufen blank gewienert, als hätte sie nie ein menschlicher Fuß betreten. Rika hatte sich unter dem Vorwand angekündigt, sie sei für die Werbezeichnungen im Hause Hesse zuständig und wolle mit der Diva über die neuen Mäntel sprechen. Man wolle erfahren, ob sie als modebewusste Frau Verbesserungsvorschläge oder Ideen für neue Modelle habe.

Anscheinend war Madame Tarnowsky durchaus empfänglich für Schmeicheleien, denn sie hatte rasch geantwortet und Rika für diesen Vormittag zu sich nach Hause gebeten.

Rika drückte die Klinke und trat in den Flur, der angenehm nach Bohnerwachs roch. Auch der bunte Mosaikboden und die honigfarbene Holztreppe waren peinlich sauber. Sie warf einen Blick auf den stummen Portier. Erster Stock. Sie ging die Treppe hinauf und blieb vor der rechten Wohnungstür stehen, an der ein Messingschild *Blanche Tarnowsky, Hofsängerin des Zaren* ankündigte. Vermutlich ein erfundener Titel, mit dem sie ihre wenig glanzvolle Herkunft verschleiern wollte.

Rika klopfte mit dem Ring, den ein grimmiges Löwengesicht im Maul hielt, gegen das Holz. Von drinnen waren leichtfüßige Schritte zu hören, dann öffnete ein junges Mädchen mit weißem Häubchen die Tür.

»Sie wünschen?«

»Friederike Hesse. Madame erwartet mich.«

Das Hausmädchen fügte sich nicht ganz ins Bild der hochherrschaftlichen Umgebung, besaß noch einen Anflug von Berliner Göre. Es knickste übertrieben und ließ die Tür etwas zu laut hinter Rika ins Schloss fallen.

»Ick … Ich werde Madame Ihren Besuch melden.«

Rika unterdrückte ein Schmunzeln. Kurz darauf kehrte das Mädchen zurück und knickste erneut. »Wenn ick bitten darf … Madame erwartet Sie im Salon.«

Rika gab Hut und Mantel ab und folgte dem Mädchen durch einen Flur, der mit internationalen Theaterplakaten dekoriert war.

Blanche Tarnowsky war nicht mehr jung, auch wenn sie sich um einen jugendlichen Eindruck bemühte. Ihre Haare waren von einem Schwarz, das man in der Natur selten antraf. Unter dem blassen Puder zeichneten sich die Falten wie feine Risse ab.

»Madame Hesse, es ist mir ein Vergnügen«, sagte die ältere Frau und streckte ihr beide Hände entgegen, an deren Fingern zahlreiche Ringe glitzerten. Das enge Kleid betonte ihre üppigen Formen.

»Das Vergnügen ist ganz meinerseits, Madame Tarnowsky«, entgegnete Rika und nahm im angebotenen Sessel Platz. »Ich hoffe, Sie sind mit den Mänteln zufrieden. Mein Stiefsohn hat mir von Ihrem ausgezeichneten Geschmack berichtet.«

Die Sängerin lächelte geschmeichelt. »Sie sind wie für mich gemacht, *parfaitement*«, sagte sie großzügig. »Wozu noch schneidern lassen, wenn es Konfektion von solcher Güte gibt? Das habe ich auch allen Damen meiner Bekanntschaft erzählt. Ein kleines Abkommen zwischen Monsieur Hesse und mir.«

Rika meinte, bei diesen Worten ein Augenzwinkern zu bemerken.

Sie plauderten über dies und das, sprachen über mögliche Verbesserungen am Schnitt, die die Mäntel bequemer und eleganter zugleich machen und eine zusätzliche Einengung des Körpers vermeiden würden.

Allmählich wurde Rika ungeduldig. Wie sollte sie die Unterhaltung auf die Herkunft des Bildes lenken? Gut möglich, dass Madame nicht auf das Tauschgeschäft angesprochen werden wollte. Doch sie war vielleicht die einzige Quelle, aus der etwas über den unbekannten Maler zu erfahren war.

Rika trank ihren Tee aus und stellte die zierliche Tasse mit entschlossener Geste ab. »Madame, ich möchte Sie etwas fragen.«

»*Mais oui*, nur zu, fragen Sie.« Sie hob ihre üppig beringte Hand in einer auffordernden Geste.

»Ich bin seit geraumer Zeit an Kunst interessiert, besuche Ausstellungen und kaufe selbst das eine oder andere Werk. So habe ich im Laufe der Zeit eine kleine Sammlung zusammengetragen. Mein Stiefsohn hat mir kürzlich ein Bild geschenkt und auf meine Nachfrage erzählt, Sie seien so freundlich gewesen, es ihm zu besorgen«, sagte sie diplomatisch, um die Diva nicht zu kränken.

Madame Tarnowsky war überrascht, fing sich aber schnell und nickte. »Ja, es hat mich gefreut, ihm behilflich zu sein.«

»Das Werk gefällt mir sehr«, fuhr Rika fort, »doch konnte ich keine leserliche Signatur entdecken. Nun wüsste ich gern, ob noch mehr Werke dieses Künstlers existieren oder zum Verkauf angeboten werden. Einen Kunsthändler habe ich bereits aufgesucht, doch ihm waren Künstler und Werk völlig unbekannt.«

Eine schwache Röte war in die Wangen der Sängerin gestiegen und färbte die weiß gepuderte Haut zartrosa. »*Oui?*«

»Darf ich fragen, wie Sie an dieses Gemälde gelangt sind? Ich würde gern mehr über den Maler erfahren.«

Sie sah, wie sich die Brust der Russin heftig hob und senkte. Blanche Tarnowsky hatte den Blick abgewandt und die Hand in einer theatralischen Geste an die Stirn gelegt.

»Madame Hesse, *je vous prie* … Sie bringen mich in Verlegenheit.«

»Das war nicht meine Absicht. Sagen Sie mir bitte nur, woher dieses Bild stammt.«

Die Sängerin räusperte sich und beugte sich vor, als wollte sie Rika ein Geheimnis enthüllen. »Madame, wir sind doch beide erfahrene Frauen, also muss ich keine Ausflüchte erfinden. Es gab da einen jungen Herrn, das heißt, es gibt ihn noch immer, nur leider nicht in meinem Leben.« Sie seufzte tief. »Er hat es hier vergessen. Es war unser letztes *rendez-vous* …«

Rika war enttäuscht. An Madames Liebesgeschichten war sie nun wirklich nicht interessiert. »Verzeihung, aber wissen Sie zufällig, woher er das Bild hatte?«

Blanche Tarnowsky sah aus, als hätte sie gern weiter über ihre Affäre geplaudert, stand aber auf und öffnete die Schublade eines Sekretärs. Sie nahm eine kleine Karte heraus und hielt sie Rika hin.

L. Scheer – Gemälde und künstlerische Photographien – Rosenthaler Straße 32 – Berlin.

»Die steckte hinten im Rahmen. Ich nehme an, das Bild stammt aus diesem Geschäft.«

»Dürfte ich mir die Adresse aufschreiben?«, fragte Rika.

Die Diva drückte ihr die Karte in die Hand. »Nehmen Sie sie. Das alles ist Vergangenheit.«

Rika steckte die Karte in die Handtasche und erhob sich.

»Dann werde ich mich nun verabschieden und danke Ihnen nochmals, dass Sie mich empfangen haben, Madame. Wann treten Sie das nächste Mal auf, wenn ich fragen darf?«

»Ich studiere gerade die Desdemona ein, die Premiere ist erst in der neuen Saison«, erwiderte die Sängerin, worauf Rika innerlich zusammenzuckte. Eine schwarz gefärbte Desdemona mittleren Alters? Nun gut, auf der Bühne herrschte der schöne Schein, mit Schminke und richtiger Beleuchtung ließ sich viel kaschieren.

»Dann wünsche ich Ihnen viel Erfolg und – wie sagt man im Theater – Hals- und Beinbruch?«

Blanche Tarnowsky lachte schallend. »Ich wusste gar nicht, dass Sie sich so gut auskennen, Madame Hesse. Menschen, die mich überraschen, haben immer einen Platz *dans mon cœur*. Beehren Sie mich bald wieder.«

Sie gaben einander die Hand, dann rief die Sängerin das kecke Hausmädchen, das Rika zur Wohnungstür brachte.

Als sie auf der Straße stand und den warmen Wind im Gesicht spürte, musste sie tief Luft holen. Nicht nur Madame war überrascht. Ein Rätsel führte zum nächsten.

Rikas Herz schlug bis zum Hals, als sie den Kutscher bezahlte und am Rosenthaler Platz ausstieg. Sein skeptischer Blick verriet ihr, dass er gewöhnlich keine Damen in diese Gegend fuhr, und schon gar nicht ohne Begleitung. Sie winkte ihn mit einer energischen Handbewegung weg und hörte, wie er mit der Zunge schnalzte und die Pferde sich in Bewegung setzten. Als die geschlossene Droschke ein Stück entfernt war, schaute sie sich um. Der große Platz war belebt, hier trafen fünf Straßen aufeinander. In den imposanten Eckhäusern waren Geschäfte und Restaurants untergebracht, auf der Kreuzung herrschte reger Verkehr.

Doch Rika wusste auch, dass in den Nebenstraßen eine andere Welt lag, die wenig mit dem übrigen Berlin gemein hatte.

Auf den ersten Blick sah die Gegend gar nicht verrucht aus, es gab Geschäfte, Pferdeomnibusse, Fuhrwerke und Händler, die ihre Karren hinter sich herzogen. Allerdings waren die Menschen einfach, wenn nicht gar ärmlich gekleidet, die Kinder magerer und zerlumpter als anderswo in der Stadt. Rika bereute die elegante Garderobe, die sie für den Besuch bei Madame Tarnowsky gewählt hatte.

Plötzlich wurde sie von hinten angestoßen. »Guck-in-die-Luft, wa?«, rief ein kleiner Junge mit abstehenden Ohren und wollte lachend weiterlaufen, doch sie hielt ihn geistesgegenwärtig an der Schulter fest. Der Junge wollte sich losreißen, doch Rikas Griff war eisern.

»Bleib stehen! Ich will dich nur etwas fragen.«

Er schaute sie prüfend über die Schulter an. Dabei schlug ihr ein strenger Geruch entgegen. Der Kleine war höchstens sieben, machte aber einen ziemlich gerissenen Eindruck.

»Det kostet aba.«

Ihr stockte der Atem. Dass es Kinder gab, die einer fremden Erwachsenen so frech gegenübertraten, machte sie einen Moment sprachlos. Dann musste sie lachen. »Wie viel denn?«

»'n Jroschen.«

Sie griff in ihre Tasche, die sie fest an sich gedrückt hielt; so groß war ihr Vertrauen in die Unschuld von Kindern nun auch wieder nicht. Sie hielt die Münze hoch, sodass der Junge sie nicht erreichen konnte.

»Zuerst die Antwort auf meine Frage.«

»Na schön.«

»Wo ist die Nummer zweiunddreißig?«

»Auf der Rosenthaler?«

Sie nickte.

Der Junge deutete auf die gegenüberliegende Seite. »Nächste Querstraße, dann noch een, zwee Häuser. Ick wundre mir nur, wat 'ne feine Dame wie Sie da koofen will.«

Da sich der Junge gut auszukennen schien, sagte sie beiläufig: »Ich habe gehört, dass man dort günstig Bilder bekommt. Kannst du mir etwas über den Laden erzählen?«

Der Junge nickte. »Na ja, da jibt's viel Öl zu koofen. Hirsche im Wald un' so weiter.« Er trat näher, worauf sie sich zwang, durch den Mund zu atmen, und beugte sich vertraulich vor. »Und künstlerische Fotos jibt's da ooch.« Dabei kniff er verschwörerisch ein Auge zu.

Eine Ahnung überkam sie. Rika hoffte, dass sie nicht so rot war, wie ihr Gesicht sich anfühlte.

»Hier ist dein Geld. Und jetzt ab mit dir.«

Er grinste, steckte die Münze in die Hosentasche und verschwand in der nächsten Seitenstraße.

Kopfschüttelnd ging Rika zum Straßenrand und schaute vorsichtig in beide Richtungen, bevor sie die geschäftige Straße überquerte. An manchen Häusern waren noch Laternen angebracht, die den Gebäuden etwas sonderbar Altmodisches verliehen. Rika schaute in die Toreinfahrten und blickte in Höfe, in denen die Zeit stehen geblieben schien. Hier lagen Vergangenheit und Gegenwart eng beieinander. Hölzerne Pfosten für Wäscheleinen, Fachwerkmauern und Karren, die eher an das Leben auf dem Land als in der Großstadt denken ließen. Überall spielten Kinder, viele von ihnen barfuß, mit Gesichtern, die vorzeitig gereift waren. Nur der rege Verkehr auf der Straße störte das altertümliche Gepräge.

Rika merkte, dass sie eine Grenze überschritten hatte. Dies alles war eine Welt für sich und ihrem eigenen Leben so fern. Sie wohnte geradezu auf einem anderen Planeten, weit im Westen der Stadt, in den sich die Leute aus der Spandauer Vorstadt nie verirrten.

Der eine oder andere warf ihr einen argwöhnischen, neugierigen Blick zu. Dennoch verströmte diese Gegend eine Wärme, die sie wie ein Mantel umfing. Rika konnte es sich selbst nicht erklären, da sie noch nie hier gewesen war und eigentlich misstrauisch hätte sein müssen. Doch sie schaute aufmerksam in jedes Schaufenster, horchte auf fremdländische Satzfetzen, die an ihr Ohr drangen, und versuchte, ihren Sinn zu begreifen.

Dann war sie vor dem Haus angekommen. Über dem Fenster hing ein Schild mit geschwungenen Buchstaben: *L. Scheer – Gemälde und künstlerische Photographien*. Sie blickte sich noch einmal um und betrat den Laden. Die Glocke klingelte leise und melodisch.

Das Mobiliar war alt und nachgedunkelt, die Theke mit gläsernen Schubfächern versehen, in denen Rahmenmuster und kleinere Photographien ausgestellt waren. In einer Ecke stand ein Lehnsessel, der zum eingehenden Betrachten einlud, und die Wände waren dicht an dicht mit Bildern behängt.

Aus einem Hinterzimmer trat ein kleiner, drahtiger Mann, den sie auf Mitte fünfzig schätzte. Seine Frisur wirkte seltsam diabolisch, da das schwarze Haar – sollte es tatsächlich gefärbt sein? – spitz in der Stirn auslief. Auch die Augenbrauen verliefen schräg, was den teuflischen Eindruck noch verstärkte. Rika holte tief Luft.

»Guten Tag, gnädige Frau«, sagte der Mann leicht überrascht, während er sie ungeniert taxierte. »Was kann ich für Sie tun?«

»Ich habe eine Frage zu einem Bild, das Sie verkauft haben, Herr Scheer«, sagte sie in ruhigem Ton. »Sie sind doch Herr Scheer?«

Der Mann verbeugte sich knapp. »Zu Ihren Diensten.« Dann huschte ein Anflug von Misstrauen über sein Gesicht. »Ich hoffe, es handelt sich nicht um eine Reklamation.«

Rika lächelte beschwichtigend. »Ganz im Gegenteil – ich bin sehr zufrieden. Das Bild gefällt mir so gut, dass ich gern mehr über den Künstler erfahren möchte. Es trägt aber leider keine Signatur.«

»Bitte helfen Sie meinem Gedächtnis auf die Sprünge, gnädige Frau«, erwiderte Herr Scheer. »Ich kann mich gar nicht daran erinnern, mit der gnädigen Frau schon einmal Geschäfte gemacht zu haben.«

In diesem Augenblick stürzte eine völlig unbekleidete Frau aus dem Hinterzimmer in den Laden, schrak zurück und hielt sich den Samtvorhang, der als Tür diente, schützend vor den nackten Körper. »Wo bleibste denn? Mir wird kalt«, sagte sie mit einem anklagenden Blick zu Scheer.

Dieser schoss herum und verscheuchte die Frau mit einer Handbewegung. »Meine Schwester, sie wollte gerade ein Bad nehmen«, sagte er mit todernster Miene.

Rika schluckte und zwang sich, die Ruhe zu bewahren. »Nun, das Gemälde ist auf gewissen Umwegen in meine Hände gelangt. Darauf ist eine Berliner Straßenszene dargestellt. Im Vordergrund sieht man verschiedene Personen. Auf der Rückseite befindet sich ein unleserlicher Namenszug, der mit einem A zu beginnen scheint.« Sie sah den Händler abwartend an.

»Ja, natürlich, ich erinnere mich. Es hat eine Zeit lang im Laden gehangen. Die Art der Darstellung war meinen Kunden wohl zu … ausgefallen. Nichts Nettes für die gute Stube, wenn Sie mich verstehen. Dann kam dieser junge Herr, der einige meiner Künstlerphotos erwerben wollte, und nahm es aus einer Laune heraus mit.« Scheer hüstelte und rieb sich die Nase. »Der Maler ist mir nur unter dem Namen Anthonis bekannt.«

»Einfach so? Ohne Familiennamen?«, erkundigte sich Rika.

»Gewiss ist es ein Künstlername, aber ich frage nicht lange, wenn mir jemand etwas Brauchbares anbietet. Er benötigte Geld, und ich hatte – nicht zu Unrecht – die Hoffnung, jemand könne Gefallen daran finden.«

Anthonis, dachte Rika, das klang fremdartig, ein bisschen altertümlich. Holländisch vielleicht.

»Wissen Sie mehr über den Mann?«, fragte sie gespannt. Hoffentlich merkte Herr Scheer nicht, wie sehr sie auf weitere Enthüllungen hoffte, sonst würde er womöglich Geld für seine Auskunft verlangen. Doch seine Gedanken bewegten sich in eine völlig andere Richtung.

»Ich könnte Ihnen weitere Werke besorgen«, sagte er beflissen, »wenn Sie Gefallen an seinem Stil finden. Ich finde, er hat durchaus seinen Reiz, auch wenn mir das Bild etwas unpersönlich erschien. Also, falls Interesse besteht …«

»Das werde ich entscheiden, wenn ich mehr über den Künstler weiß«, erwiderte sie diplomatisch.

Herr Scheer betrachtete sie mit unverhohlener Neugier. »Ich kenne ihn kaum und weiß auch nicht, in welcher Straße er wohnt. Aber er ist hier aus dem Viertel.«

»Wissen Sie, ob er auch an andere Händler verkauft? Wie oft kommt er her?«

»Ich habe drei- oder viermal etwas von ihm genommen«, entgegnete Herr Scheer. »Er sagte, er male selten in Öl, obwohl die

Leute genau das wollen. Seit dem Frankreich-Krieg und der Reichsgründung wünschen sich alle einen Salon mit Ölgemälden, und sei er noch so klein. Da komme ich kaum mit den Lieferungen nach. Wenn er mal ein Ölbild hat, bringt er es zu mir. Er weiß, ich zahle bar.«

»Kann man denn davon leben?«, fragte Rika unverblümt. »Dann und wann ein Ölbild, meine ich?«

Scheer schüttelte verwundert den Kopf. »Sie sind eine erstaunliche Frau. Höflich, aber beharrlich wie ein Terrier.«

»Nun?« Ihr war gleichgültig, was der Mann von ihr dachte. Er kannte ihren Namen nicht, sie würden einander wahrscheinlich nie wieder begegnen.

»Er macht Scherenschnitte, wie ich hörte. Zieht abends durch die Wirtshäuser, damit verdient er wohl das meiste«, erklärte Scheer und zählte einige Lokale auf. Bei vielen verriet schon der Name, dass eine Dame dort keinen Fuß hineinsetzen konnte.

»Die Betrunkenen lassen gern etwas springen, wenn sie ihrer Liebsten als Andenken einen Scherenschnitt von sich in die Hand drücken können«, fuhr er fort. »Bei schönem Wetter geht er am Wochenende in die Gartenwirtschaften, den Berliner Prater, Puhlmanns Garten – Sie wissen schon. Fröhliche Familien sind ziemlich spendabel.«

Die Geschichte wurde immer seltsamer. Der sonderbare Name. Ein Maler, der nicht in Öl malte, obwohl er damit ein gutes Auskommen gefunden hätte. Der seinen Unterhalt freiwillig mit Scherenschnitten verdiente.

»Können Sie mir sagen, ob er Freunde oder Verwandte in der Gegend hat?«

Scheer schüttelte den Kopf. »Ich habe Ihnen alles gesagt, was ich weiß. Wenn er kommt, kommt er überraschend und ohne

Vorankündigung. Dann kaufe ich ihm sein Bild ab, und er verschwindet wieder. Ich wünsche Ihnen jedenfalls viel Erfolg bei der Suche, gnädige Frau. Soll ich Ihnen Nachricht geben, falls ich ein Bild von ihm hereinbekomme?«

»Nein«, beeilte sie sich zu sagen. »Ich frage bei Gelegenheit noch einmal nach. Vielen Dank für Ihre Hilfe.«

»Es war mir ein Vergnügen.«

Rika spürte seinen durchdringenden Blick im Rücken, als sie das Geschäft verließ. Draußen holte sie tief Luft und ging raschen Schrittes zum Rosenthaler Platz, wo sie zuvor eine Konditorei gesehen hatte.

Auch wenn mir das Bild etwas unpersönlich erschien … Die Worte gingen ihr nicht aus dem Kopf.

8

Stephan Rungrath hatte es gut angetroffen. Die geräumige Wohnung, die sein Vater von Gladbach aus für ihn angemietet hatte, lag direkt an der Friedrichstraße, in der bei Tag und Nacht geschäftiges Treiben herrschte. Cafés und Restaurants, Theater und andere Vergnügungsstätten lagen unmittelbar vor seiner Haustür, und er genoss es, abends über das Trottoir zu schlendern und einen Hauch von Großstadt einzuatmen.

Diese Stadt hatte etwas, das er zu Hause nirgendwo erlebt hatte, ein Summen und Vibrieren, als wäre die Luft elektrisiert. Auch war sie lauter als alles, was er je erlebt hatte. Menschliche Stimmen, Pferdegewieher, das Rattern und Klingeln der Omnibusse vermischten sich zu einer Melodie, die ihm, obwohl dissonant, lieblich in den Ohren klang.

Gewiss, da war Herr Schneidereit, ein älterer, würdevoller Herr, den sein Vater als Faktotum fürs Kontor angestellt hatte und der wohl auch ein wachsames Auge auf ihn haben sollte. Aufgrund seiner Neigung hatte Stephan früh gelernt, wie wichtig Diskretion war. Er würde nicht den Fehler begehen, sich gleich zu Beginn seines Aufenthalts in zwielichtige Gassen zu begeben und mit den falschen Leuten zu trinken. Auch musste er behutsam herausfinden, wo seinesgleichen willkommen und ungestört waren. Dass er sich in der Reichshauptstadt befand, bedeutete einerseits, dass es mehr von seinem Schlage gab, andererseits aber auch eine Vielzahl wachsamer Augen.

Also würde er sich zunächst ganz auf die Arbeit konzentrieren und seinem Vater keinen Anlass zum Misstrauen geben. Erst wenn es ihm gelungen war, das in ihn gesetzte Vertrauen zu rechtfertigten, konnte er sich weiter vorwagen. Herrn Schneidereit zuliebe könnte er sich ab und an auch mit einer kleinen Verkäuferin oder Modistin sehen lassen, damit erst gar kein Verdacht aufkam.

Er saß im Kontor, das sich auf derselben Etage wie seine Wohnung befand, und horchte mit einem Ohr auf den Straßenlärm, der durchs Fenster drang. Der ältliche Herr Schneidereit hatte ihn mehrfach besorgt gefragt, ob er unter diesen Missklängen arbeiten könne, und sich erboten, das Fenster zu schließen, doch Stephan hatte jedes Mal dankend abgelehnt. Er wollte jede Minute spüren, wo er war.

Frohgemut machte er sich daran, die Liste der Firmen zu studieren, die noch nicht zu den Kunden von Rungrath gehörten, aber vorteilhafte geschäftliche Perspektiven versprachen. An erster Stelle standen die sogenannten Mantelkönige, die ihren Namen nicht umsonst trugen, da sie an Einkommen und Einfluss allen anderen Konfektionären überlegen waren. Ein Anschreiben, in dem er sich als offizieller Vertreter der Weberei Rungrath & Sohn vorstellte, danach ein Gespräch mit dem Eigentümer oder Geschäftsführer – das wäre der richtige Weg.

Stephan hoffte, dass sein Erfolg den Vater bewegen würde, ihn auf Dauer in Berlin wohnen zu lassen. Mit Hans van Luyk würde Elise demnächst einen Mann heiraten, der sie für die Enttäuschungen der Vergangenheit entschädigte, einen bodenständigen, zuverlässigen Unternehmersohn, der die Weberei einmal von Rungrath senior übernehmen konnte. In der Tat wäre dies die beste Lösung für alle Beteiligten.

Stephan lehnte sich zurück und verschränkte die Hände hinter dem Kopf. Es machte Spaß, das Leben zu planen wie einen Roman. Die Figuren am Reißbrett zu entwerfen und in Positionen zu schieben, die ihm selbst behagten. Willy war eine wichtige Figur gewesen, die sich nun ganz am Rande des Brettes befand. Noch dachte er mit Bedauern an ihn, aber das Bedauern wurde mit jedem Tag geringer.

Er griff zu Federhalter und Papier und setzte das Schreiben an den ersten Konfektionär seiner Liste auf.

Sehr geehrter Herr Hesse,

Das Briefpapier hatte er aus Gladbach mitgenommen. Es machte sich gut – ein Weberschiffchen, darunter auf einer geschwungenen Schriftrolle der Name der Firma – *Carl Wilhelm Rungrath & Sohn, M.-Gladbach/Rheinland.*

Mit diesem Schreiben möchte ich Ihnen die Eröffnung unserer neuen Berliner Niederlassung anzeigen. Von nun an werden Sie unsere feinen Tuche und Baumwollstoffe in der Reichshauptstadt selbst in Augenschein nehmen und bestellen können. Unser Kontor in der Friedrichstr. 115 bietet Ihnen eine reiche Auswahl an Stoff- und Farbmustern. Selbstverständlich kommen wir auch gerne mit unseren Musterbüchern zu Ihnen ins Haus, um die Qualitäten für Ihre Konfektionsmodelle vor Ort abzustimmen.

Neben unseren Kollektionen bieten wir auch die Möglichkeit eigens für Sie gefertigter Ware, die ganz nach Ihren Bedürfnissen und Vorstellungen in M.-Gladbach gewebt und per Express nach Berlin geliefert wird.

Wir würden uns freuen, Sie in unserem Hause begrüßen oder zu einem persönlichen Gespräch in Ihrem Kontor vorstellig werden zu dürfen.

Hochachtungsvoll,
Stephan Rungrath
Carl Wilhelm Rungrath & Sohn
M.-Gladbach/Rheinland

Rika war tief in Gedanken versunken, als sie zum Speisezimmer hinunterging. Am liebsten wäre sie auf ihrem Zimmer geblieben, um in Ruhe über ihre Pläne für das kommende Wochenende nachzudenken, doch Alexander hatte Jette zu ihr geschickt und sie höflich gebeten, mit ihm zu essen.

Er erwartete sie an der Tür zum Speisezimmer. Drinnen flackerte Kerzenlicht, der Tisch war festlich für zwei Personen gedeckt. Rika sah ihn überrascht an.

Alexander bot ihr den Arm und führte sie zu ihrem Platz, der mit einem bunten Blumenstrauß geschmückt war. Er bedeutete dem Hausmädchen, den Raum zu verlassen, nachdem die Vorspeise aufgetragen war.

»Ich hoffe, du hattest einen angenehmen Tag«, sagte er und hob lächelnd sein Glas.

Sie stießen miteinander an.

»Ach, ich bin ein bisschen durch die Stadt gebummelt; das Wetter ist so schön. Später habe ich gezeichnet und mir einige neue Mantelmodelle überlegt.« Sie schaute auf den Tisch. »Gibt es etwas zu feiern?«

Alexander räusperte sich. »Es ist nicht ganz einfach, es in

Worte zu kleiden.« Er hielt kurz inne. »Mir ist bewusst geworden, dass ich mich in den vergangenen Jahren bisweilen sehr distanziert, wenn nicht gar unfreundlich dir gegenüber verhalten habe. Es war für mich nicht leicht, dass mein Vater nach Mutters Tod eine so viel jüngere und – wie soll ich sagen? – gegensätzliche Frau geheiratet hat. Wir sind im gleichen Alter; du hättest meine Schwester sein können.« Er schluckte. »Als Vater starb, musste ich Verantwortung übernehmen und, da er nicht mehr ausgleichend zwischen uns stand, eine Form des Umgangs mit dir finden. Ich gebe zu, es ist mir schwergefallen. In manchen Dingen war ich voreingenommen und habe mir ein Bild von dir gemacht, das nicht der Wahrheit entspricht.«

Damit spielte er wohl auf ihre einfache Herkunft an und seinen Argwohn, sie könne allein die finanziellen Vorteile einer Ehe mit Conrad Hesse im Sinn gehabt haben.

»Aber ... ein Mensch kann seine Meinung ändern. Und auch Gefühle können sich ändern.«

Rikas Herz setzte aus. Die Wände schienen näher zu rücken, als wollten sie sie erdrücken.

»Du wirst bemerkt haben, dass ich mich um dich bemühe. Ich bin kein romantischer Mensch, aber ... Ich meine es aufrichtig. Wir kennen einander seit langer Zeit, leben im selben Haus, arbeiten in derselben Firma. Das sind Gemeinsamkeiten, auf denen sich aufbauen lässt.« Sie wollte ihn unterbrechen, doch er hob bittend die Hand.

»Das klingt sehr profan, ist aber nicht so gemeint. Wenn du in meiner Nähe bist, spüre ich neuerdings eine Wärme, die ich früher nicht empfunden habe. Außerdem bist du eine schöne Frau, die ich gern an meiner Seite wüsste.«

Rikas Mund war trocken. Sie trank von ihrem Wein, spürte aber, dass er ihr zu Kopf stieg und ihr nüchternes Denken zu verwirren drohte.

»Das … kommt sehr überraschend«, brachte sie schließlich heraus.

Alexander legte seine Hand auf ihre und schaute sie eindringlich an. »Ich weiß. Daher werde ich dich nicht drängen. Natürlich leben wir seit Jahren gemeinsam in diesem Haus, doch müssen wir erst einen vertrauteren Umgang miteinander lernen. Auch sollten wir Rücksicht nehmen, denn manch einer mag es als gewagt erachten, wenn eine Annäherung zwischen uns zustande kommt. Andererseits liegt Vaters Tod inzwischen eineinhalb Jahre zurück, und du hast die Trauerzeit pflichtbewusst eingehalten.«

Seine Hand brannte auf ihrer wie Feuer, doch sie war wie gelähmt und konnte sie nicht zurückziehen. Die ganze Zeit spürte sie seinen durchdringenden Blick und zuckte zusammen, als er erneut das Wort ergriff.

»Ich hoffe, ich bin dir nicht zu nahegetreten, meine liebe Friederike«, sagte er freundlich. »Das war nicht meine Absicht. Ich nehme an, du möchtest in Ruhe über alles nachdenken. Es geht schließlich um wichtige Entscheidungen, die unserem Leben eine neue Richtung geben werden. Lass dir Zeit.«

Rika gestattete sich ein leichtes Aufatmen. »Ich werde es mir überlegen. Meine Trauerzeit mag offiziell beendet sein, aber in meinem Herzen ist dein Vater noch lange nicht vergessen.«

»Das soll er auch nicht sein!«, rief Alexander mit Nachdruck. »Niemals würde ich das von dir verlangen. Aber die Vernunft gebietet, dass wir nicht länger auf diese Weise unter einem

Dach leben, nicht bei diesem geringen Altersunterschied.« Geschickt und völlig unerwartet hatte er eine Trumpfkarte ausgespielt.

Gewiss, Rika hätte sich eine eigene Wohnung nehmen können, doch wäre es unschicklich, Anna ohne weibliche Aufsicht zu lassen, solange das Mädchen unverheiratet war.

»Ich glaube, wir hatten uns geeinigt, dass du mir Bedenkzeit einräumst«, erwiderte sie und sah ihm fest in die Augen.

»Natürlich«, beeilte er sich zu sagen, doch sie hörte den Stahl in seiner Stimme.

Die Entscheidung war nur aufgeschoben.

Die Wirtsstube war derart vernebelt, dass man kaum etwas erkennen konnte. Der Qualm von Zigaretten, Pfeifen und Zigarren wolkte durch den Raum und vermischte sich mit dem Dunst gebratener Würste und Buletten. Frauenstimmen quiekten und kreischten, Männer johlten und sangen, und es herrschte eine derartige Kakophonie, dass ein Außenstehender sich fragen musste, wie irgendjemand überhaupt sein eigenes Wort verstehen konnte. Aber so ging es im Augustkeller immer zu, und wem es nicht passte, der konnte draußen bleiben.

»He, Toni, komm mal her!«

Anthonis wandte sich um. Mit der abgetragenen, aber gut geschnittenen Kleidung, der ledernen Umhängetasche und dem ernsten Gesicht wirkte er wie ein Fremdkörper in dem lärmenden Etablissement.

Ein dicker Mann, der eine ähnlich dralle Frau im Arm hielt, winkte ihn zu sich.

»Ick hätte jern 'n Porträt von meener Süßen.« Als Anthonis ihn fragend ansah, polterte der Dicke los: »Kennste mir nich' mehr? Biste dir zu jut für unsereenen, wa? Jeden Tach koofste deene Fressalien bei mir und dann …«

Natürlich, der Grünkramhändler aus der Linienstraße. »Tut mir leid, ich war in Gedanken, Kalle«, sagte Anthonis und stellte seine Tasche ab. »Du möchtest einen Scherenschnitt von deiner Freundin?«

»Ja, dann hat er mia imma bei sich«, erklärte die Dame. »Er sagt, ick hätt 'n jriechischet Profil.« Ihre stolze Haltung verriet, wie sehr sie sich ihrer klassischen Schönheit bewusst war.

Anthonis klappte die Tasche auf und holte einen Bogen schwarze Pappe und eine kleine, scharfe Schere heraus. »Setzen Sie sich bitte so hin!« Mit Gesten erklärte er die Position, in der er sie am liebsten haben wollte. »Sehr gut, und jetzt bitte stillhalten.«

Es sah aus, als arbeitete er, ohne zu überlegen, als fände die Schere instinktiv ihren Weg durch die schwarze Pappe. Der Grünkramhändler und seine Freundin folgten fasziniert seinen Bewegungen, bis sich das überschüssige Stück mit dem Negativprofil der Frau ablöste und zögernd zu Boden schwebte. Anthonis hob es auf und steckte es in die Tasche, nahm ein weißes Blatt Papier und ein Döschen Klebstoff heraus, pinselte die Rückseite des Scherenschnitts sorgfältig ein und drückte das Werk auf das Papier. Mit einer leichten Verbeugung überreichte er der Frau die Arbeit. Der ganze Vorgang hatte keine drei Minuten gedauert.

Sie stieß einen entzückten Schrei aus, worauf sich die Umsitzenden trotz des Kneipenlärms zu ihr umdrehten. »Kiek mal, Justav, det bin icke!«

Anthonis lächelte. »Das macht dreißig Pfennig«, sagte er und strich sich das lange Haar aus der Stirn.

Der Grünkramhändler holte mit großer Geste seine Geldbörse hervor und zählte die Münzen ab, bevor er sie über den Tisch schob. »Stimmt so.« Es waren vierzig. Kalle wollte wohl vor seiner Dame den Mann von Welt spielen.

Anthonis sah sich um und entdeckte weitere Gäste, die sich um den Tisch versammelt hatten und neugierig das Porträt der drallen Frau betrachteten. »Wer will noch mal, wer hat noch nicht?«, fragte er in die Runde. Seine ruhige Stimme übertönte das Getöse, als schnitte er mit seiner scharfen Klinge auch durch den Lärm.

Er zog einen Stuhl heran, setzte sich und packte einen Stapel Pappen aus. Dann machte er sich mit sicherer Hand ans Werk.

An diesem Abend verdiente Anthonis drei Mark, das war ein guter Schnitt. Er wollte gerade seine Utensilien zusammenpacken, als ihn der Schmerz durchfuhr. Wenn er am wenigsten damit rechnete, meldete er sich zurück wie ein alter Freund, der sich in Erinnerung bringen will. Er presste die Hand an die linke Kopfseite und schloss die Augen. Er musste schnell nach draußen, an die frische Luft, und dann nach Hause, wo es still und dunkel war und er mit dem Schmerz allein sein konnte.

In diesem Augenblick betrat ein Schutzmann das Wirtshaus und sah sich suchend um. Es wurde still im Raum. Hier verkehrte wenig Gelichter, es waren eher Arbeiter, kleine Ladenbesitzer und Tagelöhner, die ihren kargen Lohn vertranken, doch war die Spandauer Vorstadt eine Gegend, in der man die Polizei grundsätzlich am liebsten aus der Ferne sah. Der Schutzmann sprach kurz mit einem der Umstehenden, der auf den Scherenschneider zeigte und beiseitetrat.

»Sie machen Scherenschnitte?«, fragte der beleibte Schutzmann mit der eindrucksvollen Uniform und der mächtigen Pickelhaube.

»Ja.« Anthonis kniff die Augen zu, um sich durch den Schmerz hindurch auf die Worte des Polizisten zu konzentrieren. Fast rechnete er damit, dieser werde ihm sein Gewerbe verbieten.

»Und wie viel kosten die?«

»Dreißig Pfennig das Stück«, sagte Anthonis und wollte aufstehen, doch der Schutzmann streckte die Hand aus und bedeutete ihm, sitzen zu bleiben. Dann sah er sich um, als wäre ihm sein Anliegen unangenehm, und beugte sich ein bisschen vor.

»Ich hätte gern einen.«

»Einen Scherenschnitt?«, fragte Anthonis überrascht. »Von Ihnen selbst?«

»Ja, als Geschenk für meine Frau.«

Anthonis holte tief Luft und schloss die Augen. Die Vorstellung, in diesem Zustand konzentriert auf schwarze Pappe zu schauen, war unerträglich.

»Sie haben einen guten Ruf hier in der Gegend«, erklärte der Schutzmann, der allmählich ungeduldig wurde. »Wollen Sie nun etwas verdienen oder nicht?«

Anthonis stand auf und stützte sich mit beiden Händen auf die Tischplatte. Es wäre unklug, das Angebot nicht anzunehmen und einen Schutzmann gegen sich aufzubringen, doch konnte er die verräucherte Luft, den Dunst von Schweiß und Bier keine Sekunde länger ertragen. Er merkte, wie ihm ein Rinnsal zwischen den Schulterblättern hinunterlief. Er hängte sich die Tasche um, murmelte »Ich kann nicht« und taumelte blindlings zur Tür hinaus.

Ohne auf Fuhrwerke und Passanten zu achten, eilte er durch die dunklen Straßen, stieg über Unrat, der auf dem Boden lag, nahm Abkürzungen durch Hinterhöfe und schmale Durchgänge, die nur diejenigen kannten, die im Viertel zu Hause waren, bis er endlich das schmale Haus erreicht hatte und in den Flur stürzte. Die Treppe hinauf, immer höher, bis er vor der Tür stand, den Schlüssel zitternd ins Schloss steckte, ins Zimmer stolperte, die Tasche fallen ließ und aufs Bett sank.

9

Der Tag des Ausflugs mit den Weidenfelds war gekommen. Anna wachte früh auf und konnte nicht mehr einschlafen, weil die Junisonne hell durchs Fenster schien und sie so unruhig war, dass es sie nicht länger im Bett hielt. Sie hatte auf schlechtes Wetter oder eine plötzliche Erkrankung gehofft, auf irgendeine Ausrede, um nicht mit Alexander dorthin fahren zu müssen, doch Gesundheit und Wetter zeigten sich unerbittlich. Am schlimmsten war, dass Rika sie nicht begleiten würde. Anna empfand es als ausgesprochen unhöflich, dass man sie nicht eingeladen hatte, und sagte das auch ihrem Bruder, doch zu ihrer Enttäuschung schien Rika selbst keine große Lust auf einen Ausflug nach Dahlem zu haben.

Sie ahnte, weshalb Alexander sie nicht dabeihaben wollte. Rika hätte seine Pläne nur gestört; auf diese Weise konnte er die Annäherungsversuche des jungen Leutnants ungehindert in die richtigen Bahnen lenken.

Anna kam es vor, als bewegte sie sich langsam, aber unerbittlich auf eine Falle zu, die sich schließen würde, sobald die Männer zu einer Übereinkunft gelangt waren. Verzweifelt lief sie im Zimmer auf und ab, ohne auf die fröhlichen Kringel zu achten, die die Sonnenstrahlen auf die blank gebohnerten Dielen zeichneten. Sie war allein, das musste sie sich eingestehen. Keine Rika, die für sie sprechen würde. Kein David Löwenstein, der ihr zuhörte.

David, dachte sie zärtlich. Er hatte ihr noch am Tag ihres Spaziergangs geschrieben, und Rika hatte ihr den Brief am vergangenen Morgen mit einem prüfenden Blick überreicht. Wäre sie nicht einverstanden gewesen, hätte sie sicher etwas gesagt, versuchte Anna sich zu beruhigen. Gewiss war Friedchen auf ihrer Seite und wollte nur keine Auseinandersetzung mit Alexander riskieren.

Sie trat vor den Spiegel und zog das Nachthemd zurück, sodass ihre Schultern entblößt waren. Welcher Mann würde sie so sehen?, fragte sie sich. Würde es jemand sein, den sie sich ausgesucht hatte? Oder ein Ehemann, den man ihr aufzwang, weil er die größten Vorteile für Familie und Firma versprach?

Energisch begann sie, sich die Haare zu bürsten. Sie würde diesen Tag durchstehen. Und dann würde sie endlich ein vertrauliches Gespräch mit Rika führen und sie um Hilfe bitten. Oder Alexander die Wahrheit sagen. Nein, erst Rika. Bei ihr fühlte sie sich sicher. Sie konnte ihre Gefühle für David nicht länger verheimlichen.

Anna schaute sich im Spiegel an und lächelte entschlossen. Dann warf sie den Kopf in den Nacken und trat an den Kleiderschrank, um die passende Garderobe für den Tag auszuwählen.

Auch Rika erwachte früh, blieb aber im Bett liegen und genoss das warme gelbe Licht, das durch die Vorhänge fiel. Dieser Tag gehörte ihr.

Sie musste lange suchen, bis sie ein ausreichend schlichtes Kleid gefunden hatte. Sie hängte es an den Schrank, legte ein Schultertuch dazu und stellte die Knöpfstiefel darunter. Dazu noch einen Strohhut mit Blumen. Dann trat sie zurück und nahm das Bild in Augenschein. Ja, so würde es gehen.

Sie erledigte ihre Morgentoilette und ging zum Frühstück hinunter, wo sie von einer aufgeregten Anna und einem zufrieden dreinblickenden Alexander erwartet wurde.

»Was hast du heute vor?«, fragte Alexander und schenkte ihr zuvorkommend Kaffee ein, was Rika unangenehm an den Vorabend erinnerte. Das Gespräch hing wie eine düstere Wolke über ihr.

»Ach, ich werde auch einen Spaziergang unternehmen«, sagte sie leichthin.

Anna schaute sie betrübt an. »Schade, dass du nicht dabei sein kannst.«

Rika verspürte einen Anflug von schlechtem Gewissen. Ließ sie das Mädchen im Stich? Aber nein, Alexander hatte deutlich zu verstehen gegeben, dass ihre Anwesenheit nicht erforderlich sei, und Anna musste lernen, sich zu behaupten.

Als sie sich vom Tisch erhoben, gab sie Anna einen Wink, kurz auf ihr Zimmer zu kommen.

Dort nahm Rika sie bei den Schultern und sah ihr ernst ins Gesicht. »Ich weiß, dass du mich an deiner Seite haben möchtest, aber du musst jetzt langsam erwachsen werden. Alexander ist dein Bruder und wünscht, allein mit dir zu Weidenfelds zu fahren. Heute Abend erzählst du mir, wie es gewesen ist, und dann überlegen wir, wie es weitergehen soll.«

»Aber …« Anna verstummte und ließ resigniert die Schultern hängen.

»Aber was?« Rika sah auf die Uhr.

»Ich mag Leutnant von Weidenfeld nicht.«

»Du kennst ihn doch kaum. Gib ihm Gelegenheit, sich von seiner besten Seite zu zeigen. Im Hause seiner Eltern wird er sicher einen guten Eindruck machen wollen. Ihr seid euch doch erst einmal begegnet.« Sie schaute das Mädchen prüfend an. »Verschweigst du mir etwas?«

Anna schluckte und schüttelte heftig den Kopf. Dann

hauchte sie Rika einen Kuss auf die Wange und stürzte aus dem Zimmer.

Rika sah ihr verwundert nach. Sollte es etwas mit Herrn Löwensteins Brief zu tun haben? Wenn es einen anderen Mann gab, dem Annas Zuneigung gehörte, wäre es besser, wenn sie als Erste davon erfuhr.

Dann verdrängte sie die Gedanken, trat vor den Schrank und begann, sich umzuziehen. In diesem Augenblick hörte sie die Haustür zufallen. Vom Fenster aus sah sie Alexander und Anna in ihrem Sonntagsstaat in die Droschke steigen.

Endlich allein. Jetzt begann der Tag für sie.

Anthonis hängte sich die Ledertasche um, in der er seine Utensilien aufbewahrte, und zog die Tür hinter sich zu. Im Treppenhaus roch es durchdringend nach schmutzigen Windeln und gekochtem Kohl, und er fragte sich wieder einmal, ob ein Umzug nicht doch angebracht wäre. Die Nächte waren laut: Kindergeschrei, betrunkener Ehezwist und Paarungsgeräusche störten seinen Schlaf, wenn er einmal nicht in den Wirtshäusern unterwegs war. Bisher hatte er die Mühe der Wohnungssuche gescheut, außerdem eignete sich das große, helle Zimmer ausgezeichnet als Atelier. So etwas würde er in dieser Gegend schwerlich ein zweites Mal finden.

Auf dem ersten Treppenabsatz entdeckte er ein kleines Mädchen, das auf einer Stufe hockte, das Gesicht in die Hände gestützt, und missmutig vor sich hin schaute. Rote Locken, die wie Feuer loderten, und der linke Arm, der krumm und kürzer als der rechte war – sie habe im Mutterleib darauf gelegen und ihn abgeklemmt, hatte sie ihm einmal anvertraut. »Traudel, was sitzt du denn hier im Treppenhaus?«, fragte Anthonis und blieb neben ihr stehen.

Das Mädchen blickte auf. »Drinnen isses laut. Da bin ick rausjejangen. Mutta hat Streit mit Vatta. Wejen det Jeld.«

Anthonis nickte. Mehr brauchte die Kleine nicht zu sagen. Er hatte die Auseinandersetzungen oft genug gehört, wenn er abends ausging oder in den frühen Morgenstunden heimkehrte. Der Vater vertrank Lohn und Haushaltsgeld, die Mutter machte ihm Vorwürfe und trieb ihn damit aufs Neue aus dem Haus. Es war ein Teufelskreis. Anthonis hatte dem Mädchen dann und wann ein paar Münzen zugesteckt, bis ihn die Mutter eines Tages auf der Treppe zur Rede stellte. Sie könnten ihre Kinder selbst ernähren und benötigten keine Almosen, hatte sie ihm an den Kopf geworfen. Danach hatte er Traudel nur noch heimlich Lebensmittel gegeben, die diese sofort verschlang.

Er strich ihr über den Kopf und verließ das Haus. Ein sanfter Sommerwind wehte um die Häuser und ließ ihn fast vergessen, dass er sich inmitten einer Millionenstadt befand.

Anthonis blieb stehen und lehnte sich an die Hauswand, die schon eine leichte Wärme verströmte. Plötzlich überkam ihn die Erinnerung an einen lang vergangenen Sommertag, als er am Fluss gesessen und auf das silbrig glänzende Band des Wassers geblickt hatte, während sich die Pappeln sanft in der Brise wiegten. Der Kies hatte in seine Haut gedrückt und ihn daran erinnert, dass er lebendig war, auch wenn er wie eine Statue dasaß. Dieses unvermittelte Gefühl der Lebendigkeit hatte ihn in eine Hochstimmung versetzt, die noch lange anhielt.

Er zwang sich, die Augen zu öffnen und sich auf den Weg zur Arbeit zu machen. Normalerweise war der Abend seine Zeit, vor allem in den Wintermonaten, wenn die Gartenlokale geschlossen waren, doch an den Sonntagen im Frühling und Sommer und an schönen Herbsttagen zog er in die Gartenwirtschaften, um dort seine Scherenschnitte anzubieten.

Anthonis ging die Schönhauser Allee entlang in Richtung Schönhauser Tor. Von der ehemaligen Zollmauer, die Berlin bis vor Kurzem umgeben hatte, waren nur die Namen der Tore geblieben, an denen die Einreisenden früher Zoll entrichten mussten. Sie zeugten davon, wie klein die Stadt noch vor wenigen Jahrzehnten gewesen war.

In dieser Gegend lagen einige Brauereien, deren große Gärten bei schönem Wetter viele Ausflügler anlockten. Wenn die Tage wärmer wurden und die Menschen ins Freie strömten, saß oft auch die Geldbörse lockerer. Junge Burschen, die ihre Mädchen mit einem Andenken für sich gewinnen, oder ehrwürdige Familienväter, die ihre Kinderschar als Wandporträt mit nach Hause nehmen wollten, waren dankbare Kunden für Anthonis. Heute aber ging er weiter die Schönhauser Allee hinunter, wobei ihm die Morgensonne schon im Nacken brannte. Es würde ein warmer Tag werden. Wie geschaffen für Ausflüge.

Sein Ziel war jene Stelle, an der die Kastanienallee von links auf die Schönhauser Allee traf. Hier lag das eigentliche Vergnügungsviertel. Puhlmanns Garten, die Neue Walhalla und der Berliner Prater Garten boten stundenlange Zerstreuung für jedermann. Am liebsten war ihm der Prater, der seit Jahrzehnten bestand und ein großes Publikum anlockte.

Unter den Bäumen reihten sich die Tische aneinander. Auf der Sommerbühne traten Gesangskünstler auf, die rührende Balladen von gefallenen Mädchen und einsamen Witwen vortrugen, bevor sie zu frechen Gassenhauern wechselten und das Publikum zu lautem Beifall anregten. Sie wurden abgelöst von Tänzern, die sich wirbelnd über die Bühne bewegten, Zauberern und Illusionisten, die das Publikum mit Taschenspielertricks in ihren Bann zogen. Hier konnte man um Geld würfeln und belegte Stullen kaufen, ein Feuerwerk anschauen oder den Klängen einer Militärkapelle lauschen. Es gab keine Unterhaltung fürs Volk, die an diesem Ort nicht geboten wurde.

Anthonis, der noch nicht gefrühstückt hatte, setzte sich an einen Tisch in der Nähe des Eingangs und bestellte eine Wurst. Er rückte ganz an die Ecke der Bank, die schon von einer Familie belegt war, die lärmend in Papier gewickelte Stullen auspackte. Er schaute zu ihnen hinüber, während er seine Wurst aß.

Es waren einfache, aber anständige Leute, die ihre beste Sonntagskleidung trugen und streng darauf achteten, dass ihre Kinder sich benahmen. Die Mutter ermahnte die Jungen, die anderen Gäste nicht zu stören, und das kleine Mädchen sammelte Steinchen vom Boden und fütterte seine Puppe damit.

Anthonis musterte prüfend Kleidung und mitgebrachten Proviant und kam zu dem Schluss, dass sie in der Lage wären, sich einen Scherenschnitt zu leisten. Also holte er Pappe und Schere aus der Tasche und begann zu schneiden, wobei er den Pappkarton mit geschickten Bewegungen drehte und wendete, bis er das Profil der Mutter verblüffend genau eingefangen hatte.

Dann legte er den Scherenschnitt auf ein weißes Blatt und schob es der Familie wortlos hinüber.

»Schau mal, Vati«, rief einer der Jungen. »Die Mutti!«

Der Vater, der sich gerade eine Weiße einschenkte, bemerkte den schwarzen Karton und sah von ihm zu Anthonis und wieder zurück.

»Haben Sie das gemacht?«

Er nickte. Der Mann trug ein weißes Hemd und eine Weste aus gutem Stoff. Aus der Westentasche schaute eine Uhrkette hervor. Vielleicht würde er die ganze Familie porträtieren lassen.

»Das ist ja erstaunlich«, sagte die Frau und zog das Bild zu sich heran. »Sieh mal, Elly, das ist die Mama.«

Der Mann betrachtete ihn misstrauisch. »Ich hab nicht gesagt, dass Sie das machen sollen.«

Anthonis lächelte. »Natürlich nicht. Sie sind auch nicht verpflichtet, es zu kaufen.« Gelassen packte er die Schere ein und wollte aufstehen, doch die Frau legte ihrem Mann die Hand auf den Arm. Sie hatte eine freundliche Stimme, ein bisschen rau, aber mit herzlichem Unterton.

»Ich finde es hübsch«, sagte sie zu ihrem Mann. »Ein Andenken an einen schönen Sonntag.«

»Na ja«, der Mann hob den Scherenschnitt und hielt ihn neben das Profil seiner Frau, worauf er anerkennend nickte. »Nicht übel. Den nehmen wir. Was macht das?«

Anthonis nannte seinen Preis und fügte hinzu: »Bei mehreren Porträts gebe ich Ihnen einen Rabatt.«

Die Frau strahlte plötzlich und stieß ihren Mann an. »Otto, ich hab eine Idee. Das hab ich kürzlich in einer Illustrierten gesehen. Die Kinder nebeneinander, so von der Seite, wie er es hier gemacht hat. Das sieht in einem Rahmen sehr elegant aus. Für die Stube, über dem Sofa.«

Der Otto genannte Mann überlegte und fragte dann: »Wie viel würde es für alle Kinder zusammen kosten?«

»Siebzig Pfennig statt neunzig«, erwiderte Anthonis mit einem Blick auf seine Schere. »Das ist sehr günstig. Kinder sind meist schwerer zu treffen, weil sie unruhig sind und sich mehr bewegen.«

Anthonis winkte das Mädchen herbei. »Setz dich mal her, und schau deinen Vati an.« Der Mann nickte zustimmend, und die Kleine nahm neben ihm auf der Bank Platz. Anthonis schaute sie prüfend an, als wollte er sich die wichtigsten Merkmale ihres Profils einprägen, und begann, rasch und geschickt zu schneiden. Als er fertig war, hielt er den Scherenschnitt hoch.

»Seh ich so aus?«, rief die Kleine.

»Ja, Liebes«, erwiderte die Mutter. »Der Mann hat dich wirklich gut getroffen.«

Bei den Jungen wurde es etwas schwieriger, weil sie nicht stillsitzen, sondern weiterspielen wollten, doch schließlich hatte er alle Porträts fertiggestellt. Darauf holte der Vater die Münzen aus der Tasche und nahm den Papierumschlag entgegen, den Anthonis ihm gratis dazu gab, um die Bilder sicher nach Hause zu befördern.

Er verabschiedete sich von der Familie und schlenderte weiter zum nächsten Tisch. An diesem Tag machte er ein gutes Geschäft und verdiente vier Mark in einer Stunde. Beschwingt setzte er sich unter einem Baum auf den Boden und zündete sich eine Zigarette an.

Ein Gewirr aus Stimmen umgibt mich wie ein bunter Teppich, nicht aus Farben, sondern aus Klängen geknüpft. Hohe Frauenstimmen, lachend, rufend, manche schimpfen mit ihren Kindern. Einige Leute singen, im Hintergrund ertönt eine Drehorgel. Wenn ich die Augen schließe und mir die Leute dazu denke, sehe ich Hüte und Mützen, Brillen und Krückstöcke, Buckel und dicke Bäuche, schlanke Gestalten und untersetzte. Rücken, Schultern, Hinterteile. Beine und Füße in Stiefeln, Stiefeletten und Halbschuhen. Nackte Kinderfüße. Haare in allen Farben, Vollbärte, Schnurrbärte, Koteletten. Nur das eine, das sehe ich nicht.

»Verzeihung.«

Anthonis zuckte zusammen, als ihn die Frauenstimme aus seinen Gedanken riss. Er schaute hoch, stand auf und klopfte sich die Hose ab.

»Ich wollte Sie nicht stören.«

Ihre Stimme klang angenehm, warm und ziemlich tief. Kein junges Mädchen mehr. Sie schaute sich um, als wäre sie fremd in dieser Umgebung. Sein geschulter Blick verriet ihm, dass die betont schlichte Kleidung von erstklassiger Qualität war. Was machte eine Dame wie sie in dieser Gartenwirtschaft? Zudem schien sie allein unterwegs zu sein. Das alles ging ihm in wenigen Sekunden durch den Kopf.

»Sie stören mich nicht.«

Die Frau warf einen Blick auf seine Tasche. Unter ihrem Strohhut schauten rote Haare hervor, echtes Rot, kein Zweifel. Sie hatte eine gute Figur, recht groß und schlank, wenngleich die Mode eher üppige Formen verlangte.

»Man hat mir gesagt, dass Sie Scherenschnitte machen.«

In ihrer Sprache schwang ein leichter Berliner Akzent mit.

»Das stimmt«, erwiderte Anthonis und hängte sich die Tasche um. »Möchten Sie einen haben? Von sich selbst oder – Ihrer Begleitung?« Er warf einen Blick in die Runde.

Die Frau biss sich auf die Lippen, als wäre sie verlegen. Er bemerkte, wie fest sie die Bügel ihrer Handtasche umfasst hielt.

»Ich bin ohne Begleitung hier.« Sie schien nach Worten zu suchen und schaute ihn aus klaren grünen Augen an, ein See, bei dem man bis auf den Grund blickte.

»Sollen wir uns dort drüben an den Tisch setzen? Dann können wir uns in Ruhe unterhalten.«

Sie nahmen Platz, und er bestellte zwei Tassen Kaffee, ohne sie zu fragen. Die Frau schwieg, bis der Kaffee serviert wurde, und schaute sich immer wieder um, als behagte ihr die Umgebung nicht. Das Grölen vor der Bühne wurde lauter, als eine Gruppe Tänzerinnen auftrat.

»Sie fühlen sich unwohl«, sagte er unvermittelt.

»Oh, merkt man mir das so deutlich an?« Die Frau senkte den Blick.

»Sie sind angespannt. Das sehe ich an der Haltung Ihrer Schultern. Sie halten die Bügel Ihrer Tasche fest umklammert, als könnte man sie Ihnen jeden Moment entreißen. Und Sie schauen sich ständig um.«

»Das ist … Ach, ich bin schon so lange umhergelaufen und habe nach Ihnen gesucht«, sagte sie mit entwaffnender Offenheit. »Darf ich fragen, ob Sie Herr Anthonis sind?«

Damit hatte er nicht gerechnet. Nun war es an ihm, nach Worten zu suchen. »Nur Anthonis, nicht Herr Anthonis. Woher kennen Sie meinen Namen?«

»Das ist eine lange Geschichte.«

»Ich habe für heute schon ein gutes Geschäft gemacht. Uns bleibt also genügend Zeit. Bitte.« Mit einer auffordernden Geste bedeutete er ihr, mit dem Erzählen zu beginnen.

Er unterbrach sie nicht, was sie zu ermutigen schien. Sie hatte also von ihrem Stiefsohn ein Bild geschenkt bekommen, das ihrer Ansicht nach von ihm stammte. Natürlich war es seins, die Beschreibung war so präzise, als läge es neben ihnen auf dem Tisch, doch er wollte es ihr nicht zu einfach machen.

»Und deshalb habe ich nach Ihnen gesucht.«

»Weshalb?«, fragte er ungerührt.

»Weil … Weil ich wissen wollte, wer sich hinter dem Werk verbirgt. Ich sammle Gemälde und war überrascht, dass ein so vollendetes Bild nicht signiert ist und dass niemand den Künstler zu kennen scheint. Ich wollte wissen, wer Sie sind, ob es mehr Werke von Ihnen gibt. Daher habe ich mich umgehört.«

»Kurzum, es hat Ihren Ehrgeiz geweckt, und Sie möchten meine Bilder als Neuentdeckung präsentieren.« Er trank seinen Kaffee aus, winkte dem Kellner und bestellte eine Weiße, diesmal nur für sich.

Die Frau wirkte einen Moment verunsichert. Gewiss waren die Männer ihrer Bekanntschaft nicht so geradeheraus.

»Es ist nicht nur das. Das Bild hat mich tief berührt. Ich muss dauernd daran denken«, sagte sie und schaute ihn eindringlich an. Diese Augen.

»Bedauere, aber ich male kaum noch«, sagte er und nahm von der Bedienung das Bierglas entgegen. »Wie gesagt, ich bin Scherenschneider. Damit verdiene ich mein Geld.«

»Aber Sie malen manchmal?«, fragte die Frau mit einem leicht triumphierenden Unterton in der Stimme.

»Ab und zu, wenn mir danach ist. Ob ich deshalb ein Maler bin, kann ich nicht sagen. Meist bin ich Scherenschneider. Das würde ich als Beruf angeben, wenn mich jemand danach fragte. Aber es kommt selten vor. Ich mache einen Scherenschnitt, die Leute bezahlen, und ich ziehe weiter. Das ist alles.«

Er sprach nicht gern über sich, hatte mit der Zeit aber eine gewisse Gelassenheit entwickelt, statt bei jeder persönlichen Frage verlegen zu werden. Er zog an seiner Zigarette und blies den Rauch zur Seite, damit er ihr nicht ins Gesicht wehte. Eins störte ihn. Sie kannte seinen Namen. Damit war sie ihm einen Schritt voraus.

»Wie heißen Sie?«

Sie überlegte, aber nicht lange genug, um zu lügen. »Friederike Hesse.« Ihre angespannte Haltung verriet, dass sie nur ungern über sich selbst sprechen wollte. »Aber das hat nichts mit meinem Anliegen zu tun. Ich bin gekommen, weil mich Ihre Bilder interessieren. Ich würde mir gerne mehr anschauen. Gibt es mehr?«

Die Frage klang herausfordernd, als könnte das Gemälde, das man ihr geschenkt hatte, ein Zufallswerk sein, ein einzelner gelungener Versuch.

»Und wenn dem so wäre? Ich habe kein repräsentatives Atelier, in das ich meine Besucher bitten könnte. Elegante Damen wie Sie, Sammlerinnen, hegen meist bestimmte Erwartungen, und die würde ich in jedem Fall enttäuschen.«

»Ich hege keine Erwartungen«, beeilte sie sich zu sagen. »Und eine große Sammlerin bin ich auch nicht, ich kaufe nur dann und wann Bilder, die mir gefallen und mich persönlich ansprechen. Ich bin mit einem Kunsthändler befreundet, der mir bisweilen etwas empfiehlt. Er konnte mir nichts über Sie sagen.«

Sie hatte sich also nach ihm erkundigt. »Darf ich fragen, woher Sie dann meinen Namen kennen?«

»Ich war im Geschäft von Herrn Scheer in der Schönhauser Allee.«

»Bei Scheer sind Sie gewesen? Das ist nun wirklich kein Ort für eine Dame«, erwiderte er unverblümt.

Sie sah sich um, als suchte sie nach einem Fluchtweg, und stand dann mit einer abrupten Bewegung auf. »Es tut mir leid, dass ich Ihre Zeit in Anspruch genommen habe. Ich merke, dass Sie nicht über Ihre Bilder sprechen wollen. Auf Wiedersehen.«

Sie wandte sich zum Gehen. Überrascht sprang auch Anthonis vom Tisch auf. Vielleicht war er zu grob gewesen. Er war wohl den Umgang mit Damen nicht mehr gewöhnt. Die rothaarige Frau – wie war noch gleich ihr Name? Hesse? – hatte ihn mehr beeindruckt, als er sich eingestehen wollte. Sie scherte sich offensichtlich nicht um Konventionen und hatte in wenigen Sätzen ein sicheres Gespür für Kunst bewiesen. Er blickte ihr nach, als sie davoneilte, hob die Hand und rief: »Dragonerstraße dreiundzwanzig! Dort habe ich mein Atelier. Kommen Sie vorbei, wenn Sie mö…«

Doch sie drehte sich nicht mehr um, und er war sich nicht sicher, ob sie ihn überhaupt gehört hatte.

10

Am Abend erzählte Anna von den Ereignissen des Tages, doch Rika hörte ihr nicht richtig zu. Das Mädchen war ehrlich beeindruckt von der Villa der Weidenfelds und der zuvorkommenden und freundlichen Art, mit der man sie dort empfangen hatte. Auch der Spaziergang zum Jagdschloss Grunewald war angenehm verlaufen, sie hatten im Wald sogar Eichhörnchen gesehen.

»Alexander sagt, ich solle mir Zeit lassen und Leutnant von Weidenfeld erst besser kennenlernen. Es war ein netter Tag. Etwas anderes zu sagen wäre ebenso unhöflich wie unwahr.«

»Das freut mich, Liebes«, sagte Rika und zupfte geistesabwesend einen Faden von ihrem Rock.

»Wilhelm – ich nenne ihn nur so, um ihn von seinem Vater zu unterscheiden – war sehr freundlich und hat mir den Garten gezeigt. Eigentlich wäre es die Aufgabe seiner Mutter gewesen, aber sie ist noch verreist. Also hat er mir angeboten, mich herumzuführen. Seine Mutter züchtet Rosen, von denen sie viele eigens aus England kommen lässt. Es war nicht so unangenehm, wie ich befürchtet hatte.« Sie schaute Rika abwartend an, doch diese zeigte nicht das erhoffte Interesse.

»Ich habe den Eindruck, du hörst mir nicht zu. Fühlst du dich unwohl, Friedchen?«

Rika schüttelte nur den Kopf.

Eigentlich hatte Anna ihr auch von David erzählen wollen. Mit diesem Ausflug hatte sie einen Aufschub erkauft. Noch war sie nicht verlobt, noch blieb ihr Zeit, einen Weg zu finden, um mit David zusammen zu sein. Aber sie musste geduldig bleiben und eine bessere Gelegenheit abwarten, um mit Rika zu sprechen.

Anna strich ihr sanft über den Arm. »Ich lasse dich lieber allein.«

Rika saß im Sessel am offenen Fenster und hatte die Augen geschlossen. Die Abendluft war kühl, ein leichter Schauer überlief sie, doch sie wollte den Luftzug auf der Haut spüren.

Was für eine eigenartige Begegnung. Nach einigem Suchen – sie war zuerst in einer anderen Gartenwirtschaft gewesen – war sie auf den Prater Garten gestoßen. Die ausgelassene Stimmung hatte sie an die Spaziergänge mit dem Vater erinnert, und sie musste einen Augenblick mit den Tränen kämpfen, als sie die fröhlichen Familien an den langen Tischen sitzen sah. Wie fern und unerreichbar waren jene Sonntage!

Es war ihr unangenehm gewesen, allein zwischen den Tischen umherzugehen und nach jemandem Ausschau zu halten, der wie ein Scherenschneider aussah. Schließlich hatte sie einen Kellner angesprochen, der statt einer Antwort mit dem Daumen über die Schulter deutete.

Wie er da unter dem Baum gesessen hatte, entspannt, die Tasche neben sich, das Gesicht der Sonne zugewandt. Kein Mann ihrer Bekanntschaft hatte je so gelassen und mit sich selbst im Reinen gewirkt. Die Männer ihrer Bekanntschaft pflegten allerdings auch nicht in Biergärten auf der Erde zu sitzen. Der Scherenschneider trug eine schwarze Hose und ein weißes Hemd ohne Kragen, dessen oberster Knopf geöffnet war. Die dunklen Haare fielen ihm lockig ins Gesicht, waren nicht mit Pomade gezähmt wie bei Alexander. Er konnte nicht älter als Mitte dreißig sein, doch schimmerten schon einige graue Fäden in seinem Haar.

Zögernd hatte sie den Mann betrachtet, bevor sie den Mut fand, ihn anzusprechen. Sie bereute es vom ersten Augenblick an.

Rika war es gewöhnt, dass Herren ihr zuvorkommend begegneten und nach ihren Wünschen fragten. In diesem Mann hingegen spürte sie eine ungeheure Wachsamkeit, ein vorsichtiges Misstrauen. Er erhob sich mit einer Lässigkeit, die an Unhöflichkeit grenzte. Zudem, das fiel ihr erst später auf, hatte er ihr kaum in die Augen gesehen.

Dennoch hatte sie sich mit ihm an einen Tisch gesetzt. Der Weg, den sie zurückgelegt hatte, um ihn zu finden, war weit gewesen, und sie wollte nicht so schnell aufgeben. Seine Worte waren höflich, seine Fragen jedoch knapp und direkter, als es sich gehörte. Es mochte daran liegen, dass er in seinem Milieu selten mit Damen verkehrte. Andererseits drückte er sich gewählt aus, sprach ohne Dialekt, der typische Berliner Tonfall schwang nicht in seiner Stimme mit.

Kurz angebunden, beinahe feindselig, hatte er geklungen, als sie ihn einen Maler nannte. Ihr wurde heiß, wenn sie an das Gespräch dachte. Unbehaglich hatte sie sich gefühlt und seine Augen im Rücken gespürt, als sie aufgestanden und gegangen war. Jetzt gib Ruhe, ermahnte sie sich, häng das Bild auf, und erfreu dich daran. Sie wollte sich nicht demütigen, um Dinge zu erfahren, die man ihr nicht freiwillig sagte.

Und doch wusste Rika, dass es kein Zurück gab. Anthonis war eine Herausforderung, der sie nicht widerstehen konnte.

Die Herren standen am Kamin und tranken einander zu. Alexander Hesse brachte einen Toast auf den Kaiser aus. Dann schaute er in die Runde und ließ den Blick auf Vater und Sohn Weidenfeld ruhen, bevor er die anderen ansah. Er war neben Wilhelm der Jüngste in der Runde, doch seine Herrenabende hatten sich rasch zu einer festen Einrichtung entwickelt. Es waren Abende, die sich jeder freihielt. Die meisten seiner Gäste hatte Alexander im »Club von Berlin« kennengelernt, der Industrielle, Künstler und andere angesehene Männer zu seinen Mitgliedern zählte. Man plauderte über dies und das, genoss alten Weinbrand und gute Zigarren, doch vor allem dienten diese Gesellschaften dazu, neue Bekanntschaften zu schließen und alte zu stärken. Gäste waren gern gesehen, sofern zwei Herren für sie bürgten, und an diesem Abend hatte Alexander Hesse einen jungen Mann hinzugebeten, der erst kürzlich in Berlin eingetroffen war.

»Bitte begrüßen Sie mit mir Herrn Stephan Rungrath, der aus dem Rheinischen den Weg in die Hauptstadt gefunden hat.«

Die Runde prostete Stephan Rungrath zu, der sich nach allen Seiten verneigte und sein Glas hob, um den Trinkspruch zu erwidern. Er war blond, gut gekleidet und wirkte ein wenig schüchtern, was sich aus seiner mangelnden Vertrautheit mit den Gepflogenheiten der Hauptstadt erklärte. »Es ist mir ein außerordentliches Vergnügen, in diese ehrenwerte Runde gebeten zu werden. Möge mir das Glück beschieden sein, das schon so mancher Zugereiste hier gefunden hat!«

Alexander Hesse hatte ein höfliches Schreiben von Stephan Rungrath erhalten, in dem sich der junge Mann als Vertreter einer namhaften rheinischen Weberei vorstellte, worauf Alexander ihn zu einem Antrittsbesuch in die Firma eingeladen hatte. Das Hausvogteiviertel mit seinen zahllosen Firmenschildern und den hoch beladenen Fuhrwerken hatte den jungen Rungrath offensichtlich beeindruckt. Ihr Gespräch war sehr fruchtbar verlaufen, und Alexander hatte diverse Stoffmuster für Damenmäntel geordert.

»Haben die Herren schon von der neuen Sängerin bei Kroll gehört? Ein Bild von einem Weib, muss ich sagen, ein Besuch sollte zum Pflichtprogramm eines jeden Mannes gehören, der nach Berlin kommt«, bemerkte ein junger Leutnant mit krausem Haar. »Herr Rungrath, ich kann Sie gern einmal ausführen und Ihnen dieses Prachtstück zeigen.«

»Mit dem größten Vergnügen«, erwiderte der Angesprochene mit einer leichten Neigung des Kopfes.

Ein älterer Herr klopfte ihm auf die Schulter. »Sie sind ein Kenner, was? Warten Sie ab – in dieser Stadt wimmelt es nur so von strammen Mädchen, da ist für jeden Geschmack etwas dabei.« Sein Grinsen ließ darauf schließen, dass er selbst kein Kostverächter war.

»Es ist sehr erfreulich, wenn junge Menschen aus allen Teilen des Reiches in die Hauptstadt streben, um hier ihre Pläne zu verwirklichen«, lenkte Baron von Weidenfeld vom delikaten Thema ab. »Wir selbst können uns schon als alteingesessene Berliner bezeichnen, da wir seit nunmehr zwei Generationen hier leben.«

»Bei mir sind es sogar drei«, konterte Alexander. »Gibt es eigentlich Berliner, deren Stammbäume bis zur Stadtgründung zurückreichen?«

»Keine erfolgreichen«, entgegnete der junge Leutnant selbstzufrieden. »Die Stadt braucht ständig frisches Blut, um zu gedeihen.«

»Das gilt natürlich insbesondere für die Konfektion«, bemerkte ein älterer Unternehmer namens Friedrich Beckert und schaute bedeutungsvoll in die Runde. »Die Herren werden wissen, dass in unserer Branche vor allem Zuwanderer aus Osteuropa mit langen Nasen das Sagen haben. Als Deutscher hat man es da schwer.«

Das lockere Geplauder verstummte auf einen Schlag, und Alexander schaute in die Runde. Der Gast aus dem Rheinland blickte erstaunt in die Gesichter der Umstehenden. Beckert hatte einen Stein in den Teich geworfen und beobachtete nun die Reaktion des Wassers. Meist wurden solche Meinungen nur im Gespräch zu zweit oder hinter vorgehaltener Hand geäußert – bis jetzt.

»Mit einigen ist gut auskommen«, sagte Alexander beschwichtigend, dem allzu hitzige Diskussionen zuwider waren. Außerdem wusste er nicht, wie die adligen Gäste dies aufnehmen würden. »Andere mögen die schlimmsten Eigenschaften ihres Stammes frech zur Schau stellen – Profitgier, Geiz und Wucher. Mit solchen Herren pflege ich keine Geschäfte zu machen, aber wir wollen doch nicht das Kind mit dem Bade ausschütten. Dann könnte man das Hausvogteiviertel gleich niederreißen.«

»Oder an Firmen übergeben, die ehrlichen deutschen Kaufleuten gehören«, schürte Beckert das Feuer.

Auf einmal hatte jeder ein Beispiel anzubringen, wie er von einem jüdischen Geschäftsmann oder Bankier übervorteilt worden war, was bei Alexander ein leises Unbehagen hervorrief.

Bevor er etwas sagen konnte, rief Beckert: »Warten Sie nur ab, meine Herren, bald wird sich auch die Politik dieses Themas annehmen. Es ist nur eine Frage der Zeit.«

Alexander musste daran denken, dass Löwensteins erst kürzlich bei ihnen zu Gast gewesen waren – zusammen mit Weidenfelds. Wenn sich das Blatt tatsächlich gegen die Juden wendete, durfte er nicht außen vor bleiben. Eine Einladung in sein Haus würde es dann für Familie Löwenstein künftig nicht mehr geben.

Anthonis hatte die Begegnung im Prater Garten nicht mehr losgelassen. Die rothaarige Frau war wie aus einer anderen Welt dort aufgetaucht und hatte ihn aus der Ödnis des Alltags gerissen. Eigentlich interessierte er sich nicht für kunstsammelnde Damen, doch ihre Beharrlichkeit hatte ihm imponiert, ebenso wie die Tatsache, dass sie den Mut aufgebracht hatte, Ludwig Scheer in seinem Laden aufzusuchen. Er bereute, das Bild überhaupt verkauft zu haben, aber Scheer fragte ständig nach Öl und Aquarellen, und da hatte er nicht widerstehen können.

»Warum hast es ihm verkauft?«, hatte Isidor seinerzeit gefragt. »Hätte dir besorgt Kunden, die …«

»Die was?«, hatte Anthonis ihn unterbrochen. »Die anständig sind?«

Der alte Jude hatte den Kopf gesenkt, als hätte man ihn geschlagen. »Ein jeder Mensch sollte glauben an seinen Wert.«

»Stammt das aus dem Talmud?«

Isidor hatte den Kopf geschüttelt. »Von Isidor.«

Anthonis hatte gelächelt und das Thema gewechselt.

Er hatte sich doch wieder zu Scheer in die Schönhauser Allee begeben. Nun war es an ihm, Fragen zu stellen und etwas über die rätselhafte Dame in Erfahrung zu bringen. Scheer begrüßte ihn überschwänglich. »Der Maler aus der Spandauer Vorstadt, welch ein Vergnügen!«, rief er aus.

»Womit habe ich den herzlichen Empfang verdient?«, fragte Anthonis argwöhnisch. Die Frisur des Mannes war wirklich erstaunlich. Mephisto, daran erinnerte sie ihn, und so nannte Anthonis ihn bei sich auch.

»Ach, seien Sie nicht so bescheiden. Immerhin habe ich kürzlich ein Bild von Ihnen verkauft und das zu einem guten

Preis. Sie kommen also wie gerufen. Wann können Sie mehr liefern?«

»Ich dachte, die Leute wollten Porträts, am liebsten ihre eigenen«, versetzte Anthonis. »Um sich eine Bedeutung zu geben, die sie nicht besitzen.«

Mephisto zog eine seiner teuflischen Augenbrauen in die Höhe. »Sie sind ein Zyniker, mein Lieber. Das ist schlecht für die Gesundheit. Sie sollten das Leben von seiner guten Seite betrachten.«

Anthonis studierte eingehend die Fotos an den Wänden. »Wie laufen die Geschäfte? Hier und im Hinterzimmer?«

»Gut und gut. Was aber kann ich für Sie tun, wenn Sie nicht hergekommen sind, um mir Bilder anzubieten?«, fragte Scheer mit schlauem Blick.

Anthonis lehnte sich gegen die Ladentheke. »Ich habe zwei Fragen.«

»Nur zu.«

»Ich würde gern wissen, wem Sie mein Gemälde verkauft haben.«

Argwohn huschte über Mephistos Züge. »Weshalb sollte ich Ihnen das verraten? Damit Sie beim nächsten Mal den Kunden selbst aufsuchen und die Differenz einstreichen können? Ich habe einen Ruf zu wahren. Wenn ich die Namen meiner Kunden preisgebe, kommen sie nie wieder.«

»Ihre Ehrlichkeit ist beeindruckend«, spottete Anthonis. »Sie wissen genau, dass ich meine Bilder niemals Kunden anbieten oder diese gar zu Hause aufsuchen würde. Sie wissen, womit ich mein Geld verdiene.«

»Wenn Sie eine Frau wären, könnte ich bei diesen Worten auf falsche Gedanken kommen«, versetzte Scheer.

Anthonis ließ sich nicht aus der Ruhe bringen. »Ich will nicht mit Ihnen streiten. Sagen Sie mir einfach, wer der Käufer war. Ich gebe Ihnen mein Wort, dass ich denjenigen nicht anschreiben, aufsuchen oder in sonstiger Weise Kontakt aufnehmen werde.« Dann kam ihm ein Gedanke. »Sagen Sie nichts – ich habe eine Ahnung …« Er ließ den Satz mit Absicht unvollendet.

»Der Herr war mir nicht näher bekannt«, sagte Scheer, der sich nach wie vor verschlossen gab. »Ich habe viele Kunden. Und dieser kauft bei mir gewöhnlich keine Gemälde, wenn Sie verstehen.«

Das verstand Anthonis durchaus. Wer pornographische Photographien kaufte, wollte möglichst anonym bleiben. Dennoch konnte er sich des Gefühls nicht erwehren, dass Mephisto mehr wusste, als er zugeben wollte.

»Herr Scheer, ich mache Ihnen einen Vorschlag.«

Sofort wurde der Blick des Mannes wacher; er witterte ein Geschäft.

»Ich bekomme heute einen Namen von Ihnen, und Sie bekommen demnächst ein Bild von mir. Darf es auch eine Bleistiftskizze sein?«

Scheer tat, als würde er überlegen, doch Anthonis war sicher, dass er auf sein Angebot eingehen würde. Er hatte noch eine Straßenstudie im Atelier, die dem verkauften Bild vom Motiv her ähnlich sah und gewiss einen Interessenten finden würde.

»Sie wissen doch, die Leute wollen Öl«, entgegnete Scheer mit leidender Miene. »Na schön, wenn mir die Zeichnung gefällt, kommen wir ins Geschäft. Ansonsten müsste ich um eine andere Lieferung bitten.«

Anthonis verbarg seine Zufriedenheit und verschränkte abwartend die Arme. Der Ladenbesitzer bückte sich und holte ein schwarz eingebundenes Kontobuch unter dem Tresen hervor. Er schlug es auf und hielt es so vor sich, dass sein Besucher nicht hineinsehen konnte. Scheer lebte von seiner Diskretion, die ihm auch als Absicherung diente. Keiner seiner Kunden konnte wagen, ihm etwas schuldig zu bleiben.

Er fuhr mit dem Finger die Spalten entlang und tippte schließlich auf einen Namen. »Herr Hermann Vogt, Behrenstraße fünfzig, Berlin-Mitte. Wenn Sie Ihr Wort brechen, verkaufen Sie nie wieder einen Scherenschnitt in diesem Viertel. Ich habe ausgezeichnete Verbindungen.«

Anthonis wiederholte sein Versprechen, notierte sich Namen und Adresse und wandte sich zur Tür.

»Und die zweite Frage? Bekomme ich für diese Antwort auch ein Bild?«

»Werden Sie nicht gierig«, antwortete Anthonis und fragte über die Schulter: »Kann es sein, dass in den letzten Tagen eine Dame bei Ihnen war und nach dem Bild gefragt hat?«

Mephisto pfiff durch die Zähne. »Und ob. Ein bisschen mager für meinen Geschmack – ansonsten aber äußerst attraktiv. Rotes Haar, grüne Augen, makellose Haut, schöne Nase – die sollten Sie malen!«

Er nickte und ging zur Tür, worauf Scheer ihm hinterherrief, er erwarte die Zeichnung innerhalb der nächsten Tage.

Auf der Straße holte Anthonis tief Luft und steckte die Hand in die Jackentasche, wo sie den Zettel fest umschloss.

Hermann Vogt. Hatte ihn die Frau belogen, als sie ihren Namen nannte? Wie konnte sie Hesse heißen, wenn ihr Stiefsohn den Namen Vogt trug? Wahrscheinlich war sie gar keine Witwe, sondern die überspannte, gelangweilte Ehefrau eines durchaus lebendigen Ehemannes, die zu wenig Beschäftigung hatte und darüber misstrauisch geworden war. Genug gegrübelt!, rief er sich ärgerlich zur Raison. Er holte den Zettel aus der Tasche und warf ihn nach einem letzten Blick darauf mit einer entschlossenen Bewegung in den Rinnstein. Dann ging er schnellen Schrittes in Richtung Prater Garten.

Anna Hesse bewegte sich auf einem schmalen Grat. Sie hinterging ihren Bruder und Rika, indem sie sich mit David Löwenstein traf, zu dem sie ebenfalls nicht ehrlich war, da sie ihre Bekanntschaft mit ihm geheim hielt. Seit zwei Wochen lebte sie ständig in der Angst, sich durch ein falsches Wort, einen verlorenen Brief oder ein auffälliges Erröten zu verraten. So gern sie sich Rika anvertraut hätte, fand sie doch nicht den Mut, da diese in den letzten Tagen so verändert wirkte.

Rika sah nicht krank aus, aß gut und zeigte keine körperliche Schwäche. Es war eher ein Gefühl der Abwesenheit, wenn man mit ihr sprach, als wäre sie in Gedanken ganz weit weg.

Nun aber musste Anna an sich selbst denken. David hatte sie eingeladen, mit seiner Familie am übernächsten Freitag den Vorabend des Sabbats zu begehen. Anna war sich der Ehre durchaus bewusst, die man ihr damit erwies. Nachdem sie lange mit sich gekämpft hatte, griff sie zu einer Lüge und erklärte, ihr Bruder sei mit dem Besuch einverstanden. Bei einer Zusammenkunft im Beisein seiner Eltern bliebe der Anstand auf jeden Fall gewahrt, versuchte sie sich zu beruhigen.

Sie nahm sich fest vor, Rika alles zu erzählen, sobald diese ihre seltsame Zerstreutheit abgelegt hatte. Gleichzeitig wusste sie, dass sie eine Grenze überschritt, wenn sie den Vorabend des Sabbats bei den Löwensteins verbrachte und damit eine Vertrautheit begründete, aus der es kein Zurück gab.

Sie zuckte zusammen, als jemand an die Tür klopfte, und zupfte ihr Kleid zurecht, das tadellos glatt saß.

»Ja, bitte?«, fragte sie ein bisschen atemlos.

»Ich bin es. Darf ich hereinkommen?«

»Natürlich.«

Rika trat ins Zimmer. Sie trug ein kupferfarbenes Hauskleid, das ihr wunderbar stand, was Anna mit anerkennenden Worten zum Ausdruck brachte.

»Danke. Es ist ein Geschenk deines Vaters. Er hatte einen wunderbaren Geschmack und wusste besser als ich, was mir steht.«

Rika sah sich im Zimmer um, als erblickte sie es zum ersten Mal. Dann schaute sie Anna fest in die Augen. »Mir scheint, ich habe dich in den letzten Tagen vernachlässigt, Liebes, das tut mir leid. Ich war abgelenkt, aber das ist jetzt vorbei.«

Anna überlegte, was sie sagen sollte. Die Wahrheit gestehen? War dies der Moment, auf den sie gewartet hatte?

Sie würde es einfach wagen. Und als die ersten Worte geschafft waren, brach es nur so aus ihr heraus. Sie redete sich alles von der Seele, die Verabredungen mit David, den Sonntag bei Weidenfelds, den sie nur durchgestanden hatte, indem sie an ihren Verehrer dachte, den tiefen Zwiespalt, in den sie die Einladung seiner Eltern gestürzt hatte. Nur dass sie David Löwenstein belogen hatte, sagte sie nicht.

Rika hörte sich alles an, ohne sie zu unterbrechen. Dann seufzte sie tief und legte einen Finger unter Annas Kinn. »Weißt du eigentlich, in welches Dilemma du mich bringst?« Sie stand auf, ging ans Fenster und drehte sich zu Anna um. »Ich befinde mich in einer schwierigen Lage. Im Grunde habe ich gar keinen Einfluss, kann dich nicht beschützen oder leiten, wie es eine

Mutter könnte. Auch ist es heikel, Alexander zu widersprechen. Unser Verhältnis ist nicht einfach.« Das war es nie gewesen, und dass er ihr tiefere Gefühle offenbart hatte, machte es nicht einfacher.

Anna war aufgesprungen und sah sie mit glühenden Wangen an. »Du bist also auf meiner Seite, Friedchen?«

Rika hob warnend die Hand. »So einfach ist es nicht, Anna. Während ich deine Zuneigung zu diesem stillen jungen Mann durchaus verstehen kann, sehe ich auf der anderen Seite auch die Aspekte, die gegen ihn sprechen. Es wäre von Vorteil, wenn dein Bruder eine eheliche Verbindung unterstützte, und er scheint Leutnant von Weidenfeld als künftigen Schwager zu bevorzugen.«

»Schwager! Schwager! Wie kann er sich seinen Schwager aussuchen, wenn es dabei um meinen Ehemann geht?«, rief das Mädchen aufgebracht und lief im Zimmer auf und ab. »Fragt mich denn niemand?«

Rika sah sie nachdenklich an. Sie spürte, wie sehr Anna sich gegen eine nähere Bekanntschaft mit dem jungen Leutnant sträubte, fürchtete aber auch, dass sie sich in eine Schwärmerei hineinsteigerte, die ihr das Gefühl eingab und nicht die Vernunft. Sie selbst hatte in ihrer Vernunftehe viel Glück gefunden, doch war es ein ruhiges, nicht von großer Leidenschaft geprägtes Glück gewesen. Würde sich das Mädchen damit zufriedengeben?

Annas nächste Worte waren Antwort genug.

»Rika, ich möchte seine Familie kennenlernen. Sie haben mich eingeladen, das bedeutet mir sehr viel. Lass mich hingehen, ich flehe dich an. Es ist doch nichts dabei.«

Rika überlegte. »So einfach ist es nicht. Du würdest eine offizielle Einladung seiner Eltern ohne Alexanders Wissen annehmen. Damit würden wir ihn hintergehen – wir beide.«

Anna schossen die Tränen in die Augen. Sie schluckte. »Er hat mir vom ersten Augenblick an gefallen. Er … Er ist sanft und klug, hört mir zu, möchte zu vielen Dingen meine Meinung hören.« Er ist all das, was Männer wie Wilhelm von Weidenfeld nicht sind, fügte Rika in Gedanken hinzu. »Er spielt Geige, er liest Bücher, er geht ins Konzert und in die Oper.«

»Letzteres tut Leutnant von Weidenfeld sicher auch«, warf Rika ein, obgleich sie sich in der Rolle des Advocatus diaboli nicht gefiel.

»Natürlich, aber David tut es, weil ihm etwas daran liegt, weil es sein Herz erfreut, und nicht, um dort von anderen gesehen zu werden.« Die Verachtung in ihrer Stimme war unüberhörbar.

Was soll ich nur tun?, dachte Rika, die den Zwiespalt des Mädchens gut verstehen konnte.

»Ich mache dir einen Vorschlag, Anna. Geh zu dieser Sabbatfeier; dieses eine Mal werde ich für dich lügen. Aber danach wirst du Herrn Löwenstein einige Zeit nicht sehen und deine Gefühle für ihn prüfen. Du wirst in Gesellschaft gehen, um zu sehen, ob deine Zuneigung Bestand hat oder nur eine vorübergehende Schwärmerei ist. Das ist meine Bedingung.« Damit erkaufte sie sich und Anna Zeit.

Sie sah, wie Anna mit sich rang, und konnte sich vorstellen, welche Befürchtungen ihr durch den Kopf schossen. Würde sich der junge Mann gedulden und Verständnis für ihre heikle Lage aufbringen? So wie Anna ihn beschrieben hatte, bestand in dieser Hinsicht eigentlich kein Grund zur Sorge. Dennoch, eine so frische Zuneigung brauchte Nahrung, und wenn sie einander längere Zeit nicht sahen, könnten seine Gefühle abkühlen.

»Einverstanden«, sagte Anna schließlich und schmiegte den Kopf an Rikas Schulter.

Sie wusste, das Mädchen hatte es nicht leicht gehabt. Anna war neun Jahre alt gewesen, als ihr Vater zum zweiten Mal heiratete. Somit war sie alt genug, um sich noch gut an ihre Mutter und deren damals erst sechs Monate zurückliegenden Tod zu erinnern. Sie hatte sich sehr an Rika geklammert, die selbst noch viel zu jung gewesen war, doch Conrad hatte ihr einen Teil der Bürde abgenommen. Als Rika älter und reifer wurde, hatte sie Anna eine bessere Stütze sein können und ihr Dinge erklärt, die mit dem Erwachen ihres Körpers zu tun hatten. Seither war Anna ihr treu ergeben und legte großen Wert auf Rikas Meinung.

Sie hoffte, einen Weg zu finden, um Annas Gefühle und die Vorstellungen ihres Bruders zu versöhnen. Gelang ihr dies nicht, könnte die Familie daran zerbrechen.

11

Rika saß an dem großen Arbeitstisch, der mit gepressten Herbstblättern bedeckt war. »Leider haben sie viel von ihrer Farbe verloren«, sagte sie bedauernd und deutete auf ein Blutbuchenblatt, dessen leuchtender Rotton verblasst war.

Die Direktrice Bettina Credner warf einen Blick darauf. »Ja, darüber war ich als Kind auch immer traurig. Ich habe die schönsten Blätter gesammelt, und wenn ich sie Wochen später aus den Büchern hervorholte, waren sie nur noch ein Schatten.«

»Sie vermitteln jedenfalls einen Eindruck von den Farben, die ich mir für die Herbst- und Winterkollektion vorstelle«, erklärte Rika. Sie kam gut mit Bettina Credner aus, da sie selbst als Angestellte bei Hesse begonnen hatte. Das hatten die meisten Mitarbeiter nicht vergessen, während Alexander die volkstümliche Art seines Vaters fehlte, der die Angestellten als seine Schutzbefohlenen betrachtet hatte.

»Ich würde noch ein Tannengrün hinzunehmen, sonst könnten Braun und Rot zu bestimmend wirken«, gab Bettina zu denken.

»Ja, das würde mir gefallen«, sagte Rika und holte eine Mappe unter dem Tisch hervor. »Ich habe eine Idee und wüsste gern, was Sie davon halten.« Sie öffnete die Mappe und fächerte einige Blätter mit Zeichnungen auf. »Die Tournüre wird bald aus der Mode kommen. Sie hat sich lange gehalten, aber nun werden die Kleider immer enger. Es gibt schon Modelle, die bis zum Knie hinunter kaum Bewegungsfreiheit lassen. Das bietet uns ganz neue Möglichkeiten für die Mantelschnitte.«

Über das Gesicht der Direktrice ging ein Leuchten. »Endlich einmal etwas anderes als die kurzen Cape-Mäntel.«

»Genau«, sagte Rika. Sie hatte tagelang gezeichnet und sich in der Arbeit vergraben, um die Begegnung im Prater Garten zu vergessen. Sie würde nicht mehr an den Maler denken, sich nie mehr in eine solch peinliche Lage begeben. Alexander hatte sich erfreut gezeigt, dass sie wieder in der Firma erschien. Womöglich glaubte er, es hinge mit ihm zusammen, doch das kümmerte sie nicht.

»Sehen Sie.« Sie zeigte ihre Entwürfe, lange, schmal geschnittene Mäntel in Herbsttönen, mit Samtbesätzen und Borduren, verschiedenen Kragenformen und Riegeln im Rücken, die sie noch enger erscheinen ließen. »Wenn wir die Ersten sind, die so etwas auf den Markt bringen, wäre es …«

»… eine Sensation«, vollendete Fräulein Credner.

»Und ein ungeheurer Gewinn für die Firma Hesse«, verkündete eine Männerstimme. Die Frauen drehten sich um, als Alexander Hesse den Raum betrat und einen anerkennenden Blick auf die Zeichnungen warf. »Ich habe das Gefühl, die letzte Durchreise ist gerade erst vorbei, und die Damen sind schon eifrig mit der Herbst- und Wintermode beschäftigt.« Bei der sogenannten Durchreise strömten die Händler auf dem Rückweg von der Leipziger Messe nach Berlin und besuchten die dortigen Konfektionäre. Dies war ein wichtiges Ritual am Hausvogteiplatz, das für alle Beteiligten Vorteile bot. Die Händler konnten sich die neuen Modelle anschauen und bestellen, während die Konfektionäre prüften, ob die Kollektion Anklang fand.

Alexander schaute Rika über die Schulter und berührte sie leicht am Arm, worauf sie unwillkürlich zusammenzuckte. Derartige Freiheiten würden zu Gerede führen. Oder wollte er sie auf diese Weise vor vollendete Tatsachen stellen?

Sie drehte sich zur Seite und sagte ernst: »Du weißt, dass wir der Zeit immer einen Schritt voraus sein müssen, sonst gehen die Leute zur Konkurrenz. Die Sommermode verwendet noch eine angedeutete Tournüre, aber glaube mir, sie wird verschwinden. Keine Frau möchte länger als fünf oder sechs Jahre in Folge auf einem Rosshaarpolster sitzen.«

Sie bemerkte, dass Fräulein Credner verlegen den Blick senkte, als hätte Rika etwas Anstößiges geäußert.

Alexander schien es nicht zu bemerken. »Es freut mich, dass die Entwürfe schon so weit gediehen sind.« Er trat näher und legte Rika erneut die Hand auf den Unterarm, was die Direktrice mit einer hochgezogenen Augenbraue registrierte. »Friederike, lass mich deine Zeichnungen ansehen.« Er schob die Blätter auseinander, damit er sie besser betrachten konnte, und sagte anerkennend: »Die sind wirklich schön. Wenn sich die Kleidermode tatsächlich in diese Richtung entwickelt, könnten wir damit große Erfolge erzielen.«

»Die Kleider werden enger, viel enger, das ist sicher«, warf Fräulein Credner beflissen ein. »Das berichten alle Kollegen aus den Konfektionshäusern.«

»Gut, dann werden Sie Schnitte nach diesen Entwürfen erstellen«, erklärte Alexander. »In den nächsten Tagen kommt noch einmal Herr Rungrath, um uns seine neuen Muster für den Herbst zu zeigen. Die Firma seines Vaters in Gladbach webt seit Neuestem feine Tuchware, und sie könnten auch Futterstoffe liefern. Ich verspreche mir viel von einer Zusammenarbeit.«

»Ist er eigens aus dem Rheinland angereist, um dich zu treffen?«

»Nein. Sie haben eine Niederlassung in Berlin eröffnet, um eine engere Bindung zu den Konfektionären zu pflegen.«

Rika nickte. »Es ist gut, einen Vertreter vor Ort zu haben. Ach, da fällt mir etwas ein. Vorhin hörte ich, wie ein Zwischenmeister aus dem Wedding vorsprach. Seine Näherinnen bitten um eine Lohnerhöhung. Sie sind verzweifelt, weil sie kaum noch ihren Lebensunterhalt bestreiten können. Er hat vorgerechnet, dass man von diesem Lohn nach Abzug der Miete kaum noch genügend Essen, geschweige denn Brennholz oder Kohle kaufen kann.«

Sie sah, wie eine Ader an Alexanders Schläfe zu pochen begann. »Und was soll ich deiner Ansicht nach dagegen unternehmen?«

»Wir sollten uns eine Aufstellung der Löhne zeigen lassen und diese mit den Lebenshaltungskosten vergleichen«, schlug Rika vor. »Ist damit wirklich nicht auszukommen, müssen wir den Zwischenmeistern mehr zahlen und es ihnen zur Auflage machen, dass sie die Erhöhung an ihre Näherinnen weitergeben.«

»Fräulein Credner, würden Sie uns bitte allein lassen.« Alexanders Stimme duldete keinen Widerspruch. Die Direktrice glitt zur Tür hinaus, die kaum hörbar hinter ihr ins Schloss fiel.

»Du wirst mich nie wieder vor Angestellten in dieser Weise bevormunden.« Seine Stimme klang barsch.

Rika sah ihn fragend an. »Alexander, was soll dieser Ton? Ich habe dich lediglich auf einen Umstand hingewiesen, der deine Aufmerksamkeit verdient. Falls man dir das Anliegen bereits vorgetragen haben sollte, war ich mir dessen nicht bewusst. In diesem Fall wirst du mir verzeihen, dass du es dir zweimal anhören musstest.«

»Es geht nicht darum, ob ich es schon wusste, was im Übrigen der Fall ist, sondern darum, dass ich mich von dir nicht in Angelegenheiten dirigieren lasse, die nur mich etwas angehen.

Ich bin für alle finanziellen Belange der Firma zuständig – das hat mein Vater so verfügt.«

Rika blieb beherrscht. »Dein Vater hätte sich darum gekümmert, wenn die Menschen, die für ihn arbeiten, nicht genügend Geld zum Leben haben.« Sie wusste, dass sie damit einen wunden Punkt getroffen hatte, da Conrad Hesse für seine Wohltätigkeit bekannt gewesen war.

»Was mein Vater getan hätte, steht hier nicht zur Debatte«, verkündete Alexander in scharfem Ton. »Ich ehre sein Andenken, aber wir müssen die Geschicke der Firma ohne ihn lenken. Ich kann nicht jeder Lohnforderung nachgeben, nur weil irgendwelche Näherinnen nicht mit ihrem Geld haushalten können. Fangen wir einmal damit an, wird jeder Zwischenmeister gelaufen kommen und die gleichen Forderungen erheben. Und mir nichts, dir nichts befinden wir uns in den Fesseln der Leute, die für uns tätig sind.«

Es war, als hätte jemand einen Vorhang von seinem Gesicht gezogen, dachte Rika. Die Verbindlichkeit, die er in den letzten Wochen an den Tag gelegt hatte, fiel von ihm ab.

»Bedauere, aber ich kann dir darin nicht zustimmen. Wer arbeitet, muss von seinem Lohn leben können. Wenn wir den Leuten zu wenig zahlen, machen wir uns moralisch schuldig. Du hast mir in letzter Zeit eine andere Seite deines Wesens offenbart«, sie zögerte, ob sie dieses Argument wirklich nutzen sollte, »eine Seite, die ich mit Freude gesehen habe. Doch dein Zorn lässt mich daran zweifeln, dass sich wirklich etwas verändert hat.«

Sie erschrak einen Augenblick lang vor ihrer eigenen Courage, doch in Alexanders Gesicht vollzog sich eine erstaunliche Wandlung. »Ich werde mir anhören, was die Leute zu sagen haben.« Seine Stimme war leise, aber dennoch von einer gewissen Schärfe. »Darin komme ich deinen Wünschen entgegen, liebe Friederike. Aber ich werde nicht dulden, dass du mich in Gegenwart von Angestellten zurechtweist. Haben wir uns verstanden?«

Trotz ihrer Empörung konnte sie sich eines leisen Triumphs nicht erwehren. Alexander hatte ihr soeben gezeigt, dass auch sie Macht besaß. Nicht viel, aber doch genug, um ihn in manchen Dingen zu beeinflussen. Vielleicht könnte sie Anna helfen, bevor sie ihm die Antwort gab, auf die er wartete. Die Antwort, die ihr Leben in jedem Fall verändern würde.

Anthonis war an diesem Tag spät aufgestanden, weil ihn die Kopfschmerzen in der Nacht zuvor lange wach gehalten hatten. Gegen elf fühlte er sich so weit erholt, dass er sich waschen, anziehen und die Zeichnung heraussuchen konnte, die er Mephisto Scheer versprochen hatte.

Dann klopfte Isidor und fing aufs Neue von der Familie aus Galizien an, die dem wohlhabenden Onkel ein Bild schenken wollte. »Können dir geben kleine Anzahlung. Drei Mark.« Er holte die Münzen aus der Tasche und hielt sie Anthonis hin, der sie widerstrebend annahm und auf den Tisch legte. »Sind nicht *schofel*, sind ehrliche Leut.«

Anthonis setzte sich auf die Fensterbank, zog die Beine an und stützte die Arme auf die Knie. »Nur das Haus mit dem Birnbaum, sagtest du? Kein Familienporträt?«

»Nein.« Der blinde Jude schüttelte nachdrücklich den Kopf und wühlte in der ausgebeulten Tasche seines schwarzen Mantels, aus der er schließlich einen zerknitterten Zettel hervorzog. Er reichte ihn Anthonis. »Haben beschrieben, wie ausgesehen hat das Haus.«

Anthonis nahm den Zettel entgegen und las ihn mit zusammengekniffenen Augen, da der Text an mehreren Stellen durchgestrichen und überschrieben war. Vermutlich hatte ihnen jemand bei der Übersetzung geholfen, und er hatte auch einen Verdacht, wer das gewesen war. Er musste unfreiwillig lächeln. Isidor war ein Mensch, der ungeachtet seines elenden Schicksals unbeirrbar an das Gute glaubte und dazu beitragen wollte, die Welt zu verbessern. »Wie der Herr mir aufgetragen hat«, fügte er häufig hinzu, wenn er jemandem beistand oder dessen Los zu erleichtern suchte.

»Also, wenn ich es richtig verstehe, war es ein weiß getünchtes Haus in einem Dorf bei Lemberg.«

Isidor nickte eifrig. »Mit grünen Fensterläden.«

»Ein Garten mit Kirschbäumen umgab das Haus, und neben der Tür stand eine blaue Bank.«

»Hat Großmutter drauf gesessen, aber die brauchst nicht malen.«

Anthonis lachte. »Der Birnbaum warf seinen Schatten über das Dach und ließ im Frühjahr seine Blüten darauf schneien. Das klingt ja wie ein Gedicht.«

Isidor lächelte stolz. »Ist mir eingefallen. Hat erinnert mich an meine Jugend, hatten auch einen Obstbaum beim Haus. Im Frühjahr es sah aus, als wäre Schnee gefallen. Meine Schwester hat mir erzählt.«

Anthonis faltete das Blatt sorgsam zusammen und legte es auf den Tisch. Dann drehte er sich zu dem alten Mann um und berührte ihn an der Schulter, eine verhaltene Geste, mit der er seine Dankbarkeit ausdrückte. Isidor lächelte mit blinden Augen und wandte sich zur Tür. »Du hast zu tun, musst beginnen mit Bild.«

»Nicht so rasch …«, unterbrach ihn Anthonis. »Ich werde dir meinen Preis nennen, und du gibst mir die Anzahlung zur Sicherheit. Fünfundzwanzig Mark möchte ich für das Bild haben.«

Der alte Jude überlegte und wiegte den Kopf hin und her. »Ist viel Geld für arme Leut.«

Anthonis warf lachend den Kopf in den Nacken. »Du bist unverbesserlich, willst es allen recht machen. Einerseits verschaffst du mir Aufträge, dann aber versuchst du, das Möglichste für die Auftraggeber herauszuholen. Na gut, zwanzig Mark ist mein letztes Wort. Wenn sie die nicht aufbringen können, gibt es auch kein Bild.«

Ein Lächeln stahl sich in Isidors Gesicht. »Bist guter *goj*, mein Freund.« Er legte die Hand auf die Klinke, worauf Anthonis sagte: »Wir können ein Stück zusammen gehen. Ich muss etwas bei Scheer abgeben.«

»Dem Teufel?«

»Woher weißt du, dass er wie der Teufel aussieht?«, fragte Anthonis verblüfft und zog seine Jacke über. Dann griff er nach der Zeichenmappe und hielt seinem Besucher die Tür auf.

»Hast mir erzählt davon, als erstes Mal bist dort gewesen. Hast gesagt, sieht aus wie Mephisto, den euer Goethe beschrieben hat in seinem Theaterstück.«

Sie gingen die Treppe hinunter, wobei sich Isidor schwer auf das Geländer stützte. Lange würde er die Arbeit nicht mehr verrichten können, dachte Anthonis; den schweren Karren zu ziehen verlangte kräftige Arme und starke Lungen.

»Den Scheer mag ich nicht«, verkündete Isidor, als sie unten angekommen waren. »Warum machst Geschäfte mit dem?«

»Weil ich ihm etwas schuldig war«, antwortete Anthonis, gab aber keine weitere Erklärung ab.

»Musst aufpassen, wem du schuldest«, warnte ihn sein Freund. »Hat keinen guten Ruf, ist ein *ganeff*. Hat gestürzt ins Unglück die Tochter vom Jankel Klein.«

»Mit seinen künstlerischen Bildern?«, fragte Anthonis, obwohl er die Antwort bereits ahnte.

»Ha! Künstlerische Bilder! Hat gestanden danach in Mulackstraße und ist gegangen mit Männern. Hat verloren ihre Familie und ihren Ruf. Klein ist untröstlich.«

»Das kann ich verstehen«, sagte Anthonis ernst und nahm sich vor, künftig keine Geschäfte mehr mit Scheer zu machen. Der Mann war ihm von Anfang an zuwider gewesen.

Im Hof roch es ausnahmsweise nicht nach Abfall; die Pfingstrose, die im einzigen Fleckchen Erde wuchs, stand in voller Blüte. Anthonis ging auf Isidors Karren zu, auf dem nur ein paar Stoffstücke lagen, und griff nach der Deichsel.

»Brauchst nicht ziehen meinen Karren«, sagte Isidor, worauf Anthonis wieder einmal über dessen scharfes Gehör staunte.

»Nur ein Stück.«

»Lass sein.«

Anthonis ging entschlossen los und zog das rumpelnde Gefährt hinter sich her.

»Bist ein Herr, und Herr zieht keinen Karren.«

Er blieb abrupt stehen. »Was soll das nun heißen? Seit wann bin ich für dich ein Herr?«

Isidor zuckte mit den Schultern und grinste. »Hab gute Ohren. Denk mir mein Teil. Sprichst wie ein Herr. Deine Hände sind weich.«

»Ach, denk doch, was du willst«, brummte Anthonis, aber es klang weniger schroff als beabsichtigt. Dann warf er einen Blick in den Karren. »Viel hast du heute noch nicht gefunden.«

»Ist schwer, die Leut nichts haben zu verschenken. Und zu verkaufen auch nicht.«

Sie gingen schweigend weiter, und Anthonis fragte sich, was der alte Mann von ihm halten mochte. Sie kannten einander seit mehreren Jahren und waren ein ungleiches Freundespaar geworden, das wunderbar miteinander reden, aber auch schweigen konnte. Nie hätte er sich vorgestellt, mit einem alten jüdischen Lumpenhändler durch die Straßen Berlins zu ziehen, hinter sich einen Karren mit Stoff- und Kleiderresten, und fühlte sich in Isidors Nähe dennoch wohler als bei jedem anderen Menschen.

An der nächsten Straßenecke trennten sich ihre Wege. »Versprich mir, dass nicht mehr gehst zu diesem Halsabschneider.«

Anthonis nickte, besann sich und sagte: »Einverstanden. Und du siehst zu, dass du bis morgen ein Huhn besorgst. Dann kochen wir eine Suppe.«

Isidor lächelte, hob die Hand zum Abschied an die Hutkrempe und holperte mit seinem Karren davon.

Anthonis brachte den Besuch bei Scheer schnell hinter sich und war froh, als er wieder auf der Straße stand. Er überlegte, was er mit dem Tag anfangen sollte. Der Himmel war bedeckt, und an einem Wochentag würde um diese Tageszeit kaum jemand in den Schankgärten sein. Besser, er machte sich am Abend auf den Weg. Dann kam ihm eine Idee. Er würde eine Skizze des galizischen Elternhauses anfertigen. Zeit hatte er, und wenn nichts daraus wurde, konnte er sie immer noch zerreißen. Aber es wäre eine gute Übung. Für seine Hände, die die Bewegungen des Pinsels oft schmerzlich vermissten.

Er ging in eine Bäckerei und kaufte ein paar Schrippen, bevor er sich auf den Heimweg machte.

Auf der Fahrt nach Hause gingen Rika in der Kutsche tausend Gedanken durch den Kopf. Sie war fest entschlossen gewesen, den Maler zu vergessen und sich ganz ihrer Arbeit zu widmen, doch kehrten ihre Gedanken unwillkürlich immer wieder zu ihm zurück. Nur wenn sie zeichnete, gaben sie Ruhe. Und wenn Alexanders Bild sich vor das des Malers schob, Alexander mit dem gepflegten Bart und den dunklen Augen, deren durchdringendem Blick sie sich nicht entziehen konnte, dessen Gegenwart sie wie eine Decke umhüllte, die mehr erstickte als wärmte.

Zu Hause wartete Anna, die sie sofort in ihr Zimmer zog. Dort türmten sich auf Stühlen und Bett bunte Berge aus Stoff, lauter Kleider, die sie aus dem Schrank geholt, mit kritischem Blick vor sich gehalten und wieder verworfen hatte.

»Ich weiß einfach nicht, was ich bei Löwensteins anziehen soll. Was trägt man denn bei einer solchen Gelegenheit?«, jammerte sie, doch Rika hatte diesmal keine Geduld für derartige Probleme. Daher wandte sie sich zur Tür und sagte im Gehen: »Das musst du jetzt selbst entscheiden, Anna. Ich möchte ausnahmsweise einmal allein sein.« Das Mädchen schaute ihr verwundert nach.

Obwohl Rika nur neun Jahre älter als Anna war, verstand sie manchmal die Jugend nicht, die nur um sich selbst kreiste und keinen Gedanken daran zu verschwenden schien, wie sich andere Menschen fühlten.

In ihrem Zimmer legte sie die Zeichenmappe auf den Sekretär und ließ sich dann aufs Bett fallen. Sie war plötzlich müde, geradezu erschöpft, doch rührte es nicht von körperlicher Anstrengung her. Es war eine seelische Erschöpfung. Sie spürte, dass sie an einem Wendepunkt angelangt war. Das empfindliche Gleichgewicht, in dem sie seit Jahren lebte, drohte zu kippen.

Konnte sie sich mit dem Gedanken anfreunden, Alexander

zu heiraten? Die Frage war geradezu absurd. Allein der Gedanke an körperliche Nähe – mit ihm zu schlafen – ließ sie erschauern. Beinahe noch schlimmer war die Vorstellung, ihre Tage und Nächte mit ihm zu verbringen, für ihn zu repräsentieren, ihn in seinem Ehrgeiz zu unterstützen, im Hintergrund zu bleiben, wenn es gefordert war, und vorzutreten, wenn er es wünschte.

Sie hoffte, dass seine Geduld ähnlich groß wie sein Ehrgeiz war, damit sie sich einen weiteren Aufschub erkaufen konnte. Natürlich gehörte es sich nicht, eine Witwe mit einem Antrag zu bedrängen, doch wer wollte ihn daran hindern, solange es in seinem eigenen Heim geschah?

Und da war noch die Frage nach Annas Zukunft.

Rika wusste, dass ihre Einmischung unerwünscht war. Sie hatte Anna versprochen, den Besuch bei Löwensteins zu verschweigen, doch war ihr nicht wohl dabei. Manchmal fragte sie sich, ob es nicht besser wäre, allein zu leben und nur für sich selbst verantwortlich zu sein. Aber was sollte das für ein Leben sein? Wer würde ihr eine Stelle geben, der Witwe Conrad Hesses, des angesehenen Fabrikanten? Die Leute würden tuscheln, er habe sie mittellos zurückgelassen. Und ein Leben als alleinstehende Frau ohne sinnvolle Tätigkeit, ohne eigene Kinder, für die sie sorgen konnte, erschien ihr leer und trostlos.

Um sich abzulenken, ließ sie die Blicke durchs Zimmer schweifen und blieb an dem Bild hängen, das Alexander ihr geschenkt hatte.

Sie stand vom Bett auf, trat vor das Bild und fuhr behutsam mit dem Finger über die Menschen, verweilte auf dem Mädchen, dem alten Juden mit den Schläfenlocken, den tuschelnden Frauen und dem kleinen Jungen. Es schien eine Wärme zu verströmen, die wohltuend in ihre Finger drang.

Als Anthonis in die Dragonerstraße einbog, kam ihm ein Junge entgegengelaufen, der aufgeregt winkte.

»Anthonis, da is ’ne Frau für Sie.«

»Woher kennst du meinen Namen?«, fragte er verwirrt.

»Ick bin doch der Fritz, ick wohn nebenan, bei Frenkels«, sagte der Junge. »Sie haben mir mal ’ne Zuckerstange jeschenkt.«

»Eine Frau, sagst du?«

»Ja, die wollte wissen, ob im Haus ein Anthonis wohnt, und da hab ick Ja jesacht und sie in Ihre Etage jeschickt.«

»Soll das heißen, sie steht im Treppenhaus und wartet auf mich?«

Der Junge nickte heftig und deutete zur Bekräftigung noch einmal aufs Haus. Anthonis steckte ihm eine Münze zu und ging mit eiligen Schritten hinein. Vielleicht war es die Galizierin, die ihm Dachziegel und Schornstein genauer beschreiben wollte.

Die gut gekleidete Frau mit dem hübschen Hut passte so gar nicht ins Bild einer armen galizischen Jüdin.

»Guten Tag«, sagte er in fragendem Ton. »Was kann ich für Sie tun?«

»Wir … Wir kennen uns.«

Er stieg die letzten Stufen hoch. »Bedauere, das muss ein Irrtum sein. Ich habe Sie noch nie gesehen.«

Zuerst wirkte die Frau überrascht, senkte dann die Augen und schluckte sichtlich. »Aber … das kann nicht sein. Es war doch erst vor ein paar Tagen.«

Anthonis schloss erschöpft die Augen. Eine schwere Last schien sich auf seine Schultern zu legen, und er spürte das vertraute Pochen im Kopf. Er riss sich zusammen und erwiderte: »Leider kann ich mich nicht erinnern. Bedauere … Ich habe ein furchtbar schlechtes Gedächtnis«. Schnell wandte er sich um und schloss die Tür auf. »Möchten Sie trotzdem hereinkommen?«

Doch die Gestalt hatte schon auf dem Absatz kehrtgemacht und eilte die Treppe hinunter.

Sie hatte etwas an sich, das Anthonis innehalten ließ. Etwas seltsam Vertrautes. Dann dämmerte es ihm: Die Stimme! Wie hatte er die vergessen können?

Er rannte ihr hinterher, wobei er zwei Stufen auf einmal nahm. Erst unten im Hof holte er sie ein.

»Warten Sie!«

Die Frau drehte sich zögernd um, wirkte verunsichert. »Ich wollte Sie nicht belästigen. Bitte lassen Sie mich gehen.«

»Nein, es ist meine Schuld. Ich … bin leider etwas zerstreut.« Er zuckte verlegen mit den Schultern. »Bitte kommen Sie wieder nach oben. Das war sehr unhöflich von mir.«

Als Rika hinter dem Maler die Treppe hinaufstieg, hatte sie sich noch ganz nicht von dem Schock erholt. Außerdem war sie wütend auf sich selbst, weil sie gegen jede Vernunft hergekommen war.

Es war ein Fehler. Das war ihr bewusst geworden, als er sie wie eine Fremde angestarrt hatte. Es war nicht das flüchtige Nichterkennen, wenn man jemanden nur einmal gesehen hat und ihm einige Zeit später erneut begegnet. Rika konnte sich sein Verhalten nicht erklären, auch jetzt nicht, da sie ihm folgte, während jede Stufe sie zur Umkehr aufzufordern schien. Seine Erklärung war mehr als dürftig gewesen. Zerstreutheit entschuldigte einiges, nicht aber den zutiefst befremdeten Blick, mit dem er sie bedacht hatte.

Auf dem Treppenabsatz drehte er sich um und lächelte. »Bitte, treten Sie ein.« Er hielt ihr die Tür auf.

Ein Gedanke durchzuckte sie und verschwand sofort wieder. Sie war noch nie allein in der Wohnung eines unverheirateten Mannes gewesen – wenn Anthonis denn unverheiratet war. Sie wusste gar nichts von ihm, nicht einmal seinen richtigen Namen.

Sie schaute sich um. Ein einziger großer Raum, sparsam eingerichtet, mit wenigen bunten Farbtupfern. Der gemusterte Überwurf in Orange und Erdtönen, der über dem Sofa lag, der blauweiße Vorhang am Küchenregal. Einige rote Kissen auf dem Bett. Vor dem riesigen Fenster eine leere Staffelei. Im Zimmer hing der Geruch von Terpentin, durchdringend, aber nicht unangenehm.

»Sie sind also doch Maler«, sagte Rika und hätte sich am liebsten auf die Zunge gebissen. »Verzeihung, das war dumm von mir. Es geht mich nichts an.«

Er legte die Mappe, die er bei sich getragen hatte, auf den Tisch und sah Rika nachdenklich an. »Frau Hesse – oder sollte ich vielleicht Frau Vogt sagen?«

»Wie kommen Sie auf Vogt?«

Er zuckte mit den Schultern. »Das Bild, das Sie von mir besitzen, hat ein gewisser Hermann Vogt gekauft. Sie erwähnten, es sei ein Geschenk Ihres Stiefsohns gewesen.«

Sie lachte befreit auf. »Ach so! Da haben wir uns missverstanden. Mein Stiefsohn hat mir das Bild zwar geschenkt, aber nicht selbst gekauft. Er ist auf Umwegen darangekommen.« Sie berichtete kurz, wie eine Kundin mit dem Bild für drei Mäntel bezahlt hatte. Dabei behielt sie sein Gesicht im Auge.

Anthonis wirkte beschämt. »Das kommt davon, wenn man heimlich Nachforschungen anstellt. Ich gestehe, ich war neugierig.«

»Ich auch«, erwiderte Rika.

»Um jedoch auf Ihre Bemerkung von vorhin zurückzukommen – ich male in der Tat, aber nur dann, wenn ich Lust dazu habe. Oder einen Auftraggeber. Hier in der Gegend wollen die Leute lieber günstige Scherenschnitte. Oder Hirsche im Wald. Aber die male ich nicht.«

Rika sah ihn überrascht an. »Aber jemand, der so gut malt wie Sie, kann seine Werke doch an Kunden überall in der Stadt verkaufen. Ich habe gehört, dass Gemälde so gefragt sind wie nie …«

»Ja, die zu Geld gekommenen Großbürger, die sich als Kunstverständige geben – das geht nicht gegen Sie«, fügte er im Nachsatz hinzu. »Sie scheinen wirklich an Kunst interessiert. Aber es gibt viele, die nur eine hübsche Dekoration für den Salon suchen, die farblich zu den Portieren und Polstermöbeln passt.«

Mit diesem Mann umzugehen war nicht leicht. Er sagte offen seine Meinung und nahm wenig Rücksicht auf ihre Stellung oder ihr Geschlecht. Da durfte Rika nicht empfindlich sein.

Und doch – etwas an seiner Haltung, seinem ganzen Benehmen verriet ihr, dass er nicht immer in diesem Milieu gelebt hatte. Seine Kleidung war einfach, aber geschmackvoll, seine Ausdrucksweise gebildet.

»Möchten Sie Kaffee?«

Rika zuckte zusammen, als er sie aus ihren Gedanken riss, und lächelte zaghaft. »Gern.« Dann bemerkte sie in einer Ecke einige Bilder, die mit der Vorderseite zur Wand lehnten. »Darf ich?«

Er folgte ihrem Blick. »Wenn Sie möchten.«

Rika trat in die Ecke, wo sie ein besonders großformatiges Gemälde umdrehte. Ein schwarzroter Himmel spannte sich wie ein Baldachin über ein Labyrinth aus Gebäuden, hinter deren

Fenstern orangefarbenes Licht flackerte. Rauchwolken hingen über den Dächern, Menschen waren nur als schemenhafte Gestalten zu erkennen.

»Ist das hier in Berlin, diese Fabriken, meine ich?«

»Das ist Feuerland«, antwortete Anthonis. »Oranienburger Vorstadt, Borsig, Göpfert, Sie wissen schon.«

Nachdenklich betrachtete Rika das Bild. Die Atmosphäre war fesselnd eingefangen, man meinte geradezu, in die qualmenden Schlote gesogen zu werden.

Dann drehte sie das nächste Bild um und stieß einen überraschten Laut aus. »Das ist wunderschön.«

Sie hörte, wie er sich am Wasserkessel zu schaffen machte und mit Tassen und Löffeln klapperte, ohne auf ihre Bemerkung zu reagieren.

Ein kleines Mädchen saß auf einer Treppe in einem Hinterhof, den Kopf leicht vorgebeugt, dass ihm die Haare wie ein Vorhang ins Gesicht fielen. In einer Hand hielt es eine alte Stoffpuppe, in der anderen einen Stock, mit dem es aufs Pflaster zu zeichnen schien. Kein anderer Mensch war zu sehen, nur eine Katze, die auf einer Mauer lag, den Kopf auf die Pfoten gebettet, und den Schwanz elegant herunterhängen ließ. Da das Gesicht des Mädchens verborgen war, konnte man seine Stimmung nicht erkennen. War es einsam? Oder wartete es auf die Mutter oder eine Spielgefährtin? Das Bild strahlte etwas Trauriges aus.

»Kennen Sie das Mädchen gut?«

Anthonis schaute um die Ecke ins Zimmer und nickte. »Einigermaßen. Sie wohnt zwei Etagen unter mir. Die Traudel. Sie hat einen verkrüppelten Arm.«

Rika schaute genauer hin. »Welcher ist es denn?«

»Der linke.«

»Das kann man gar nicht erkennen.«

»Nein. Sie hat sich gewünscht, dass ich sie mit zwei gesunden Armen male. Es war die Bedingung.«

»Warum haben Sie ihr das Bild nicht geschenkt?«

Das Wasser kochte. Sie hörte, wie er es in eine Kanne goss. Auch diesmal ließ er sich Zeit mit der Antwort. Mit einem Tablett, auf dem zwei Tassen, Zucker, Milch und die Kanne standen, kam er herüber und stellte alles auf den Tisch. Dann schenkte er zwei Tassen ein, wischte sich die Hände an einem karierten Handtuch ab und trat neben sie.

»Ihre Eltern sehen es nicht gern, wenn sie mich besucht. Sie war auch nicht in meiner Wohnung, ich habe sie aus dem Gedächtnis gemalt. Die Leute kommen sonst auf alle möglichen Gedanken.«

Rika spürte, dass er nicht gern darüber sprach.

»Man sieht dem Bild an, dass Sie Mitgefühl haben. Es hat etwas Warmes, wenngleich es traurig auf mich wirkt.«

Als er lächelte, verwandelte sich sein Gesicht. Die kleinen Falten um die Augen und die dunklen Haare, die ihm ungebändigt in die Stirn fielen, verliehen ihm etwas Jungenhaftes. »Sie verstehen das Bild.«

»Danke.«

»Möchten Sie es haben?«

Die Frage traf sie unvorbereitet. »Ich … Ich habe nicht genügend Geld dabei.«

Er trank einen Schluck Kaffee und bedachte sie über den Tassenrand mit seinem beunruhigenden Blick, der sie aus der Fassung brachte. »Ich habe nicht gefragt, ob Sie es kaufen, sondern ob Sie es haben möchten.«

Rika schluckte. »Ja, ich hätte es sehr gern.«

»Ich schenke es Ihnen.«

Sie nahm ihre Tasse, trank aber nicht, sondern sah ihn prüfend an. »Warum?«

»Weil Sie es verstehen. Wenn ich es zu einem Händler bringe, kauft es irgendjemand, um damit sein Wohnzimmer zu schmücken. Bei Ihnen kann ich sicher sein, dass Sie es schätzen. Das ist mir wichtig.«

»Auch bei Ihren Scherenschnitten?« Sofort bereute sie die Worte. Wieso sagte sie in Gegenwart dieses Mannes immer das Falsche?

»Sie meinen, ob ich in meine Arbeit immer so viel Herzblut lege?«, fragte er ironisch. »Nein. Es gibt Dinge, die ich für Geld tue, und andere, die ich mache, weil mich etwas dazu treibt.«

»Ist Anthonis eigentlich ein Künstlername?«, fragte sie wie aus heiterem Himmel. Sein Gesichtsausdruck verriet ihr, dass sie ihn diesmal aus der Fassung gebracht hatte.

»Wie kommen Sie darauf?«

»Nun, es klingt ein bisschen ausländisch. Es kommt öfter vor, dass Künstler sich einen neuen Namen geben. Es tut mir leid, wenn ich zu persönlich geworden bin.« Sein Blick verriet, dass eben dies der Fall war. Also wechselte sie rasch das Thema.

»Ich möchte Sie bitten, mir das Bild als Nachnahmepaket zu schicken. Hier ist meine Adresse.« Sie reichte ihm ihre Visitenkarte.

Als er verwundert eine Augenbraue hochzog, fügte sie rasch hinzu: »Ich freue mich sehr darüber. Aber …« Sie zögerte. »Diskretion ist mir wichtig.«

»Verstehe.«

»Verraten Sie mir, was Sie als Nächstes malen?«

»Ein Haus mit einem Birnbaum vor der Tür.« Er erzählte ihr

von seinem Freund Isidor und der galizischen Familie, die den wohlhabenden Onkel beeindrucken wollte.

Rika hörte gebannt zu, weil es eine Geschichte aus einer fremden Welt war. Der Hausvogteiplatz mit seinem Gewimmel und die eleganten Villen In den Zelten lagen plötzlich auf einem anderen Kontinent. Anthonis konnte gut erzählen und ließ erkennen, wie gern er den alten Isidor hatte, auch wenn er es nicht offen sagte.

Der Mann war ihr ein Rätsel. Sie wusste nicht, weshalb er in dieser Gegend lebte und die meisten Bilder offenkundig nicht zum Verkauf anbot. Weshalb er sie vorhin nicht erkannt hatte. Er gab sich distanziert, beinahe menschenscheu, verriet sich aber durch die Art und Weise, wie er von Traudel und Isidor erzählt hatte.

Auf einmal wurde Rika die ganze Situation zu viel. Sie wollte nach Hause, in Ruhe nachdenken.

»Ich muss mich jetzt verabschieden, Herr – Anthonis.«

»Nur Anthonis.«

Sie meinte, ein leises Bedauern in seinen Augen zu lesen.

Er hielt ihr die Tür auf, und sie gaben einander die Hand. »Es hat mich gefreut.«

Nachdem die Tür hinter ihr ins Schloss gefallen war, floh sie beinahe die Treppe hinunter.

12

Ich versuche, mir das Haus vorzustellen, den Birnbaum, den Gemüsegarten, den hölzernen Zaun, die blaue Bank und die rot gestrichene Tür. Die Aufgabe ist so einfach, jeder Student an der Akademie könnte sie bewältigen. Allein, sie will mir nicht gelingen.

Ein Gesicht schiebt sich immer wieder davor, legt sich wie ein Schleier darüber. Ein Gesicht, das ich nicht erkennen kann und von dem ich doch weiß, dass ich es gesehen habe. Es ist wie eine schillernde Seifenblase, die zerplatzt, wenn ich nach ihr greife, oder wie eine Gestalt, die verschwommen aus dem Nebel auftaucht und entschwindet, sobald ich ihr folgen will.

Die Stimme habe ich noch im Ohr, eher tief für eine Frau, warm und lebendig. Hände mit schönen langen Fingern. Kleine Ohren mit dezenten Perlen, alles Aufdringliche ist ihr fremd.

Ich versuche es noch einmal, werfe ein paar Striche aufs Papier und lasse daraus die Linien eines Hauses entstehen. Die Umrisse gelingen mir, bevor sie mich wieder ablenkt. Kaum zu fassen, dass ich sie so deutlich spüre. Dennoch würde ich sie nicht erkennen, wenn sie mir gegenüberstünde.

Mein Blick fällt auf das Paket, das noch an der Wand lehnt. Ich könnte …

Am nächsten Tag wartete Rika auf die Post, doch es wurde nichts für sie abgegeben. Nun, es war ja erst ein Tag vergangen. Sie lenkte sich damit ab, Anna nun doch bei der Auswahl ihrer Garderobe für den Abend zu beraten, und schlug ein dunkelblaues

Seidenkleid vor, das ihre Augenfarbe betonte und nicht zu auffällig war.

Um sechs Uhr brachte sie Anna zur nächsten Straßenecke, wo David Löwenstein mit einer Droschke auf sie wartete. Sie drückte beiden rasch die Hand und kehrte ins Haus zurück, während die Räder sich in Bewegung setzen und die Pferdehufe aufs Pflaster schlugen.

Als sie in die wohltuend kühle Eingangshalle trat, hörte sie Alexander hinter sich. Er ließ sich vom Hausmädchen Hut und Mantel abnehmen und begrüßte Rika, wobei er ihr einen Blumenstrauß überreichte. Wohl eine Geste der Entschuldigung für seine harschen Worte in der Firma. Sie schluckte. Mit ihm zu streiten fiel ihr leichter.

»Wir haben heute Abend einen Gast«, sagte er. »Es hat sich plötzlich ergeben. Ich hoffe, es ist dir recht.«

Rika drehte sich erleichtert um. »Natürlich. Ich sage der Köchin Bescheid.«

»Danke, das ist sehr freundlich von dir.«

»Wer ist es denn?«, wollte Rika wissen.

»Herr Stephan Rungrath – ich habe dir von ihm erzählt.«

»Der Sohn des Webereibesitzers?«

»Ja. Ist Anna nicht da?«

Rika war froh, dass sie im Schatten des Treppenabsatzes stand. »Sie ist bei Gertrud zum Essen eingeladen.«

»Gut. Wir speisen also zu dritt.«

Dankbar kehrte sie in ihr Zimmer zurück, um sich umzukleiden. Immerhin musste sie nicht allein mit Alexander am Tisch sitzen. Sie wählte ein malvenfarbenes Kleid mit cremefarbener Spitze, das den neuen engen Schnitt aufwies. Er war einer Nahrungsaufnahme nicht zuträglich, doch wollte sie gut aussehen, wenn ein neuer Geschäftsfreund zu Gast war. Dann ließ sie sich von Jette, die geschickt beim Frisieren war, die Haare aufstecken und mit einer kleinen Blüte schmücken.

Auf der Fahrt zu seinem Elternhaus erzählte David noch einmal von ihren Bräuchen. Anna hörte aufmerksam zu und versuchte, sich alles zu merken. Immer wieder strich sie unbewusst über ihr dunkelblaues Kleid.

Die Löwensteins empfingen Anna mit großer Herzlichkeit und standen selbst an der Haustür, als David ihr den Wagenschlag aufhielt. Schon bei Rikas Gesellschaft in der Villa Hesse hatte sie die Familie als sympathisch und bescheiden empfunden und sah diesen ersten Eindruck nun bestätigt.

»Mein liebes Fräulein Hesse«, begrüßte sie der Herr des Hauses und gab ihr die Hand. »Darf ich Sie in unserem Heim willkommen heißen?«

Frau Löwensteins Blicke wanderten zwischen ihrem Sohn und der jungen Frau hin und her, dann lächelte sie. »Es ist uns eine Ehre, Sie an diesem Abend bei uns empfangen zu dürfen.«

Anna, die ein bisschen nervös war, sah David an und fasste Mut. »Die Ehre ist ganz meinerseits. Ich hoffe, ich bin für diesen Anlass richtig gekleidet. Es ist das erste Mal, dass ich … zu einer solchen Gelegenheit gebeten werde.«

Herr Löwenstein lächelte beruhigend und führte sie ins Haus. Die Eingangshalle war kleiner als die der Villa Hesse, aber mit ausgezeichnetem Geschmack eingerichtet. Frau Löwenstein öffnete die Tür eines Raumes, der nur von flackerndem Kerzenlicht erhellt wurde.

Anna schaute sich aufmerksam um, während das Mädchen ihr den Mantel abnahm.

»Mein Vater war bereits in der Synagoge«, erklärte David. »Die Männer des Hauses gehen dorthin, während die Frau die Vorbereitungen für den Sabbat trifft und die Kerzen anzündet. Ich bin ausnahmsweise nicht mitgegangen, da ich Sie abgeholt habe.«

Er führte sie zur geöffneten Tür des Speisezimmers, wo Herr und Frau Löwenstein bereits auf sie warteten. David nahm Annas Arm, als spürte er ihre Unsicherheit, und führte sie hinter seinen Eltern ins Zimmer, wo auf dem mit Blumen geschmückten Tisch zwei Kerzen brannten.

»Bei stronggläubigen Juden brennen am Sabbat im ganzen Haus Kerzen«, erklärte Jakob Löwenstein. »Wir hingegen halten es so, dass nur im Speisezimmer keine Lampen angezündet werden.«

Die Leuchter auf dem Tisch waren aus schimmerndem Silber, das mit den lachsfarbenen Rosen und dem weißen Tischtuch ein hübsches pastellfarbenes Ensemble bildete. Unter einem bestickten Tuch konnte Anna die Form von Broten erkennen. Daneben stand ein silberner Becher, der wohl Wein enthielt.

Anna fragte sich, warum niemand Platz nahm, bis eine junge Frau ins Zimmer stürmte und beim Anblick der Eltern den Schritt verlangsamte.

»Unsere Tochter Ida«, sagte Frau Löwenstein mit einem strengen Blick auf ihre Tochter. »Du kommst zu spät und zu eilig, mein Kind. Von deiner Frisur ganz zu schweigen.«

Ida Löwenstein hatte sehr krauses Haar, das mit Nadeln nicht zu bändigen war und in alle Richtungen vom Kopf abstand. Zusammen mit der leicht schiefen Nase und dem breiten Mund, der sich bei Annas Anblick zu einem Lächeln verzog, wirkte ihr Gesicht unproportioniert und anziehend zugleich.

»Es ist mir ein Vergnügen, Fräulein Hesse. Entschuldigen Sie bitte meine Verspätung, ich habe über den Büchern gesessen.«

David hatte erwähnt, seine Schwester besuche ein Lehrerinnenseminar, was seine Eltern mit Kummer erfülle, da Lehrerinnen bekanntermaßen selten heirateten und Enkelkinder ins Haus brachten. Seine eigensinnige Schwester hatte sich jedoch durchgesetzt, indem sie drohte, jeden jungen Mann zu vertreiben, den man ihr als möglichen Ehemann präsentierte. Also hofften die Eltern Löwenstein, sie möge irgendwann zur Vernunft kommen oder sich so sehr verlieben, dass sie die Ausbildung vergaß.

Nun, da die Familie vollzählig war, versammelten sich alle stehend um den gedeckten Tisch.

Herr Löwenstein nahm den Becher in die rechte Hand. »Es war Abend, es war Morgen. Der sechste Tag. Und es waren vollendet Himmel und Erde und ihr ganzes Heer.«

Anna erkannte die Worte aus dem Alten Testament. Sie war froh, dass Deutsch statt Hebräisch gesprochen wurde und sie alles verstehen konnte.

Als der Herr des Hauses zu Ende gesprochen hatte, wusch er sich die Hände, ergriff das bestickte Tuch und enthüllte die Brote, die wie geflochtene Zöpfe aussahen. Auch darüber sprach er einen Segen und brach vier Stücke ab, die er unter den Anwesenden verteilte, nachdem sich alle gesetzt hatten. Dann nahm er eins für sich, und sie aßen gemeinsam.

Es wurden mehrere Gänge mit Fleisch, Fisch, Gemüse und Kartoffeln aufgetragen, die ausgezeichnet schmeckten. Man plauderte lebhaft. Ein junger Arzt namens Robert Koch sorgte gerade mit seinen Forschungen über Krankheitserreger für Aufsehen und sollte demnächst in die Hauptstadt geholt werden.

»Ich weiß nicht, ob der Milzbrandbazillus oder wie immer das Tier auch heißen mag, ein geeignetes Thema für eine Unterhaltung bei Tisch ist«, gab Frau Löwenstein freundlich zu bedenken, worauf Ida sofort einwarf: »Ach, Mutter, es ist so aufregend, wenn Menschen in unerforschte Gebiete vordringen.«

Das wiederum führte zu Erinnerungen an den großen Alexander von Humboldt und andere Naturforscher.

»Ich würde so gerne einmal in die Wildnis reisen«, rief Ida.

»Lies Darwin und erlebe lieber die Abenteuer des Geistes, ohne deinen Lehnstuhl zu verlassen«, erwiderte David sanft. »Er wurde gerade neu übersetzt – ich kann dir das Buch nur empfehlen.«

Obwohl Anna nicht immer wusste, worüber die Familie sprach, fühlte sie sich bald heimisch, da die Löwensteins ihr mit großer Herzlichkeit begegneten. Bisweilen schaute sie neidisch zu Ida, die so wunderbar selbstsicher wirkte und sich vor nichts und niemand zu fürchten schien.

Sie berichtete freimütig von ihrer Ausbildung, machte sich über die Lehrer lustig und ahmte humorvoll einige Mitschülerinnen nach.

Anna sagte sich immer wieder, dass dies nur eine Ausnahme bleiben, dass ihr die Familie nicht zu sehr ans Herz wachsen dürfe, doch der Abend verlief so angenehm, dass sie ihr Vorhaben nicht beherzigte.

Als sie sich von Löwensteins verabschiedete und David sie zum Wagen begleitete, drehte sie sich noch einmal mit sehnsüchtigen Augen zum hell erleuchteten Haus um, wo drei Menschen in der Tür standen und ihr herzlich zum Abschied winkten.

Stephan Rungrath erwies sich als freundlicher, überaus höflicher junger Mann, in dessen Stimme ein rheinischer Tonfall mitschwang. Er plauderte angeregt, beschrieb anschaulich die niederrheinische Landschaft und die Geschichte seiner Heimatstadt, die aus einem ehemaligen Benediktinerkloster entstanden war und sich in den letzten Jahrzehnten zu einer bedeutenden Metropole der Textilindustrie entwickelt hatte. Er hatte die Angewohnheit, seine Worte mit Gesten der gepflegten Hände zu unterstreichen.

Seine lebhafte Art ließ das Speisezimmer nicht ganz so düster erscheinen. Leider war es Rika in den Jahren ihrer Ehe nicht gelungen, Conrad vollständig zu ihrem Einrichtungsgeschmack zu bekehren. Eiche musste es sein und dunkelgrüner Samt für die Portieren und Polster.

»Gewiss gibt es bei uns mehr Webstühle und Spinnmaschinen als in ganz Berlin«, verkündete Herr Rungrath nicht ohne Stolz. »Früher wurde im ganzen Umland Flachs angebaut, aber die Leinenweberei ist fast ausgestorben.«

»Und Ihr Vater hat die Firma gegründet?«, erkundigte sich Rika, die den jungen Mann recht sympathisch fand.

»Ja. Sein Vater war noch Leinweber. Er hatte den Webstuhl im Erdgeschoss seines bescheidenen Häuschens stehen, während die Familie darüber wohnte. Das ist heute nicht mehr üblich.«

»Er muss echten Gründergeist besessen haben«, warf Alexander ein.

»In der Tat. Er hat miterlebt, wie die Handweber ihre Arbeit verloren; das hatte keine Zukunft. Also hat er sich aus einfachen Anfängen hochgearbeitet und immer auf die neuesten technischen Entwicklungen gesetzt.« Rungrath lächelte. »Einmal habe ich ihn beobachtet, als er auf der Galerie über dem Websaal stand und mit mildem Blick hinunterschaute. Beinahe wie ein Pastor auf der Kanzel. Und die Fabrik hat tatsächlich etwas von einer Kathedrale, einer Kathedrale des Fortschritts. Hohe Bogenfenster, schmucklose Mauern, eine konzentrierte Geschäftigkeit. Manchmal fühle ich mich an die Benediktinermönche erinnert, die dort vor tausend Jahren ihrem Tagwerk nachgingen, getreu der Regel ›Bete und arbeite‹.« Er wurde ein bisschen rot, als er seine Gastgeber ansah. »Verzeihung, ich habe mich hinreißen lassen.«

Rika legte die Serviette beiseite und sah ihn lächelnd an. »Begeisterung ist mir immer sympathisch, Herr Rungrath. Aber erzählen Sie uns doch auch ein bisschen von sich und Ihrer Familie.«

Alexander, der wohl lieber übers Geschäftliche gesprochen hätte, sah sie verwundert an, sagte aber nichts.

»Ich habe noch eine Schwester, Elise. Sie ist mit einem jungen Herrn verlobt, dessen Vater in Krefeld eine Samtweberei besitzt. Sie sehen, der Textilindustrie kann man in unserer Gegend nicht entfliehen.«

»Es ist sehr erfreulich«, bemerkte Alexander, »wenn ein Unternehmen zum anderen kommt.«

»In der Tat«, erwiderte Rungrath, »so erweitert sich der Kreis. Gladbach ist eine kleine Stadt, in der die gute Gesellschaft meist unter sich bleibt. Sie haben hier in Berlin natürlich ganz andere Möglichkeiten, auch was das Kulturelle betrifft. Bei uns ist man froh über einen Konzertabend oder eine Ausstellung mit Landschaftsaquarellen. Ansonsten gibt es nur die *Gesellschaft Erholung*, in der Fabrikanten und andere Honoratioren verkehren.«

»Kleinstädte habe auch ihre Vorzüge«, sagte Rika. »Die Menschen kennen sich untereinander, man lebt weniger anonym.«

»Gewiss«, sagte Rungrath und wirkte plötzlich etwas befangen. »Ich für meinen Teil fühle mich allerdings in der Großstadt wohler. Wenn ich unter Menschen sein wollte, bin ich immer nach Düsseldorf gefahren. Das ist zwar auch provinziell, aber doch weltläufiger als Gladbach.«

»Wer in Deutschland heutzutage an die Spitze gelangen möchte, sollte zumindest Verbindungen in die Hauptstadt unterhalten«, erklärte Alexander. »Sie haben den richtigen Schritt getan, als Sie hier Ihr Kontor eröffneten.«

»Dennoch würde ich Sie gern einmal nach Gladbach einladen, damit Sie sich unsere Fabrik anschauen können. Sie werden beeindruckt sein, welche Industrie innerhalb weniger Jahrzehnte bei uns entstanden ist.«

»Das ist sehr freundlich von Ihnen«, entgegnete Alexander. »Sobald meine Geschäfte eine längere Abwesenheit erlauben, werde ich die Einladung gern annehmen.«

Rika war überrascht und erfreut. Mit einer solchen Reise würde Alexander ihr den ersehnten Aufschub und Anna ein wenig Luft zum Atmen verschaffen.

»Sie sind uns jederzeit herzlich willkommen«, erklärte Rungrath mit einer angedeuteten Verbeugung und wandte sich an Rika. »Wie ich hörte, sind auch Sie in der Firma tätig?«

»Ja, ich leiste einen bescheidenen Beitrag zu den Entwürfen«, sagte Rika. »Ich zeichne Modelle, und unsere Direktrice sorgt dafür, dass diese sich umsetzen lassen. Manchmal geht meine Phantasie mit mir durch. Dann muss ich mir schon mal sagen lassen, dass kein Stoff der Welt eine derartige Schnittführung erlaubt.«

Rungrath beugte sich gespannt vor. »Das klingt sehr interessant, Frau Hesse. Ich würde mir Ihre Zeichnungen bei Gelegenheit gern einmal ansehen. Meine Schwester brennt vermutlich darauf, von mir etwas über die Hauptstadtmode zu erfahren.«

»Sehr gern, Herr Rungrath. Wenn Sie möchten, kann ich Ihnen gleich einige Beispiele zeigen.«

Alexander nickte zustimmend. »Nach dem Kaffee können wir uns gern etwas anschauen«, sagte er aufmunternd.

Nachdem Rika ihre Tasse ausgetrunken hatte, stand sie auf und entschuldigte sich. Sie hatte gerade den Fuß auf die unterste Treppenstufe gesetzt, als es läutete.

Jette öffnete. Als Rika die Stimme hörte, fuhr sie abrupt herum.

Stephan Rungrath fühlte sich wohl bei Hesses. Friederike Hesse, der er heute zum ersten Mal begegnet war, wirkte freundlich und gebildet, eine Dame, mit der man ein gutes Gespräch führen konnte. Sie war auch recht ansehnlich mit ihrem leuchtend roten Haar, wie er sachlich konstatierte.

Jedenfalls ließ sich die Bekanntschaft mit der Familie gut an, und er hoffte auf eine erfreuliche geschäftliche Entwicklung, die seinen Vater zufriedenstellen und ihm Freiheiten ermöglichen würde, die nur Berlin bieten konnte.

Bei seinen abendlichen Spaziergängen hatte er sich vorsichtig umgeschaut und Puppenjungs bemerkt, die sich an Bahnhöfen und vor öffentlichen Bedürfnisanstalten herumdrückten. Sich mit ihnen einzulassen war jedoch äußerst gefährlich, da sie meist sehr jung waren und zudem das Risiko einer späteren Erpressung bestand. Vor dieser Gefahr war man zwar nie ganz gefeit, doch hatte er sich bei Willy immer recht sicher gefühlt. Nur im äußersten Notfall würde er sich dazu hinreißen lassen, einen dieser Jungen anzusprechen. Mit der Zeit würden sich gewiss unverfänglichere Wege finden, um Gleichgesinnte zu treffen.

Nach dem Kaffee hatte sich Frau Hesse erhoben und den Raum verlassen. Er plauderte ungezwungen weiter mit Alexander Hesse und nahm nur beiläufig wahr, dass es an der Tür klingelte – bis er die Stimme des Besuchers hörte.

»Ich möchte etwas für Frau Hesse abgeben.«

Rika sah ihn in der Tür stehen. Er trug einen dunklen Gehrock und hatte die Haare ordentlich nach hinten gekämmt. Unter dem rechten Arm hielt er ein eckiges, in Packpapier gewickeltes Paket. So unwirklich sein Erscheinen in diesem Haus auch sein mochte – er war es tatsächlich.

Jette drehte sich um, als sie den Blick des Besuchers bemerkte.

»Gnädige Frau?«

»Schon gut, Jette, ich kenne den Herrn.« Rika ging zur Tür und wartete, bis Jette im hinteren Bereich des Hauses verschwunden war.

»Frau Hesse?«

»Anthonis«, sagte sie atemlos, als wäre sie gelaufen. »Sie hätten es mir doch schicken können.«

»Ich gehe gern spazieren«, erwiderte er und hielt ihr das Bild hin.

»Ich danke Ihnen. Leider …« Sie drehte den Kopf in Richtung Speisezimmer. »Wir haben Besuch.«

Rika überlegte fieberhaft. Sie konnte ihn nicht hereinbitten. Sie wollte ihn nicht mit Alexander teilen. Anthonis lächelte. »Keine Sorge, ich hatte auch nicht auf eine Einladung gehofft.« Dann fügte er mit einem Blick auf das verpackte Bild hinzu: »Ich wünsche Ihnen viel Freude damit.« Er wandte sich zum Gehen.

»Ich …«

»Ja?« Sein Blick hielt sie gefangen.

»Ach, nichts. Ich schreibe Ihnen, wo ich es aufgehängt habe. Und noch einmal vielen Dank.«

Mit einer Handbewegung, die ein Winken sein konnte, zog er die Tür hinter sich zu.

Rika blieb reglos stehen, das Paket an die Brust gedrückt. Wenn sie doch nur nicht ins Speisezimmer zurück müsste! Sie eilte die Treppe hinauf, verstaute das Paket im Kleiderschrank, holte die Zeichnungen und lief wieder nach unten. Sie legte die Hände an die Wangen. Ganz warm. Gewiss rot. Hoffentlich wurde Alexander nicht misstrauisch.

Als sie ins Speisezimmer trat, fiel ihr Blick auf Stephan Rungrath. Er war kalkweiß. Das Entsetzen stand ihm ins Gesicht geschrieben.

13

Adolph Wendland betrachtete das Bild aus verschiedenen Winkeln, trat zurück und strich sich nachdenklich übers glatt rasierte Kinn. »Ich weiß nicht recht. Es ist dem anderen vom Stil her ähnlich, der Maler ist gewiss derselbe, aber …« Er rief seine Frau herbei. »Frau Wendland, schauen Sie sich das mal an. Unsere liebe Rika rätselt noch immer wegen des Malers ohne Gesichter. Sie hat ein zweites Werk von ihm mitgebracht.«

»Was haben Sie gesagt?«, stieß Rika hervor.

»Dass meine Frau sich das Bild ansehen soll«, wiederholte Wendland erstaunt.

»Nein, das mit den Gesichtern.« Sie spürte, wie sich eine heiße Wolke in ihrem Inneren ausbreitete. Seine beiläufigen Worte hatten eine Saite in ihr angeschlagen.

Fanny Wendland, die an diesem Tag ein sackartiges Kleid in grellem Violett trug, kam herbei und setzte die Brille auf, die sie an einer seidenen Kordel um den Hals trug. »Es fiel Herrn Wendland auf, als Sie schon gegangen waren.« Sie schaute das Porträt der kleinen Traudel prüfend an. »Sie sagten, das erste Bild habe sonderbare Empfindungen in Ihnen ausgelöst.«

Rika nickte. »Das ist richtig.«

»Möglicherweise liegt es daran, dass auf beiden Gemälden keine Gesichter dargestellt sind. Die Leute wenden sich ab, haben den Hut ins Gesicht gezogen oder halten einen Ball vors Gesicht wie der Junge auf dem anderen Bild.«

»Warum bin ich nicht selbst darauf gekommen?«, schalt sie sich.

»Vielleicht haben Sie sich zu sehr auf die Gefühle konzentriert, die die Bilder in Ihnen hervorriefen – oder auf Ihren Ehrgeiz als Sammlerin«, fügte Wendland lächelnd hinzu. »Ich hingegen habe versucht, sie mit kühlem, unvoreingenommenem Blick zu betrachten.« Er zögerte. »Womöglich hat es nichts zu bedeuten, aber …« Dann sah er seine Frau auffordernd an. »Meine Liebe, Ihnen war doch auch ein Gedanke gekommen.«

Fanny trat näher an das Bild und schaute durch die Brille, als wäre sie ein Vergrößerungsglas. Dann wiegte sie den Kopf. »Sicher bin ich mir nicht, mein Lieber.«

»Was meinen Sie?«, fragte Rika, die sich ein wenig ausgeschlossen vorkam.

»Nun, ich erinnere mich an einen Künstler aus Düsseldorf, der aus der dortigen Malerschule hervorgegangen ist«, erklärte Fanny. »Er hat viele Fabrikanten aus dem Rheinland porträtiert, Textilunternehmer, Eisen- und Stahlbarone von der Ruhr. Sein Name war Paul Flemming.«

Ihr Mann nickte zustimmend. »Wir haben ihn nie verkauft, weil er nicht in unser Gebiet fiel und fast nur im Auftrag malte.«

»Jedenfalls …«, Fanny schaute von Rika zu dem Gemälde, »etwas an Ihren Bildern erinnert mich an seinen Stil. Er verstand sich wunderbar darauf, das Wesen der Dargestellten nicht nur in ihren Gesichtern, sondern in ihrer ganzen Körperhaltung einzufangen.« Sie deutete auf das kleine Mädchen. »Sehen Sie, was ich meine? Die ganze Gestalt spricht zu einem, auch wenn das Gesicht verdeckt ist.«

»Sie drücken genau das aus, was ich die ganze Zeit empfunden habe«, sagte Rika. Dann hielt sie inne. »Weshalb reden Sie in der Vergangenheit von ihm?«

»Ich habe lange nichts von ihm gehört«, erwiderte Wendland. »Es wurden seit Jahren keine Werke mehr von ihm in der Presse oder in Fachblättern vorgestellt.«

Fanny nickte. »In der Tat, mein Lieber, daher habe auch ich instinktiv die Vergangenheitsform gewählt. Aber er war jung. Wir hätten sicher erfahren, wenn er gestorben wäre.«

Wendland holte ein ledernes Adressbuch aus einer Schublade. »Liebe Rika, ich möchte Sie gern an einen Bekannten verweisen, der Ihnen womöglich weiterhelfen kann. Otto Jentgens ist Professor an der Kunstakademie in Düsseldorf und wird Ihnen gewiss mehr über Paul Flemming erzählen können. Und wenn Sie ihm die Bilder detailliert beschreiben, kann er möglicherweise auch einschätzen, ob sie von Flemming stammen. Sie können sich gern auf mich berufen.«

»Ich bin Ihnen sehr dankbar«, sagte Rika und drückte beiden die Hand.

Anthonis war in die Vorstudie für das galizische Landhaus vertieft und hörte das Klopfen erst, als vernehmlich an die Tür gehämmert wurde. Er trat zurück und betrachtete die Bleistiftskizze, die er mit bunter Kreide ausgestaltet hatte. Dann wischte er sich die Hände an einem Tuch ab und öffnete.

Vor der Tür stand ein Schutzmann und schaute ihn mit strenger Miene an. »Herr Anthonis?«

»Nur Anthonis. Was kann ich für Sie tun?« Hoffentlich nicht wieder ein Streit bei Traudels Eltern, dachte er. Mehr als einmal war die Polizei dort erschienen, weil besorgte Nachbarn Schreie und Schläge aus der Wohnung gehört hatten. Er horchte ins Treppenhaus, doch von unten war nichts zu hören.

»Ich habe mit Ihnen zu reden.« Der Schutzmann sah ihn erwartungsvoll an.

Anthonis ließ ihn eintreten und schloss die Tür. Dann deutete er auf einen Stuhl. »Bitte.«

»Ich stehe lieber.«

Anthonis war seltsam unwohl, doch er setzte sich hin und schaute den Mann gelassen an.

»Können Sie sich nicht vorstellen, weshalb ich hier bin?«, fragte der Schutzmann und drehte sich auf den Fersen, um das Zimmer in Augenschein zu nehmen.

»Nein.«

»Sie sind mir etwas schuldig«, erklärte der Mann gewichtig. »Erzählen Sie mir nicht, dass Sie es vergessen haben. Sie machen doch Scherenschnitte, oder?«

»Das ist richtig«, entgegnete Anthonis.

»Was würden Sie davon halten, wenn Sie jemand einen Auftrag erteilten und bereit wären, gutes Geld dafür zu zahlen, dann aber mit ansehen müssten, wie derjenige einfach davonläuft und sie dem Gespött der Umstehenden preisgibt?«

Anthonis schlug sich an die Stirn. »Verzeihung, Sie sind das! Jetzt erinnere ich mich.« Er zog bedauernd die Schultern hoch. »Das war keine böse Absicht. Mir war nicht gut. Ich hatte furchtbare Kopfschmerzen.«

»Zu viel getrunken, was?« Der Schutzmann sah ihn erbost an und ging einige Schritte auf und ab, die Hände auf dem Rücken verschränkt. Dann blieb er unvermittelt stehen. »Oder wollen Sie mir weismachen, dass ein junger Mann ein so schlechtes Gedächtnis hat? Das ist doch Unsinn!«

»Ich sagte, mir war nicht gut«, wiederholte Anthonis, der die Szene zunehmend lächerlich fand. Eigentlich wollte er nur weiterarbeiten.

Der Polizist schien seine Ungeduld zu bemerken, denn er stellte sich breitbeinig hin, als wollte er damit demonstrieren, dass er dieses Zimmer nicht so bald verlassen würde. »Da wäre noch etwas. Ihr Name.«

»Was ist mit meinem Namen?«

»Er kommt mir verdächtig vor.«

Anthonis stand auf und holte sich ein Glas Wasser. Er trank in aller Ruhe und schaute den Schutzmann über den Rand hinweg an. »Mir gefällt er.«

»Aber es ist nicht Ihr eigentlicher Name.«

»Mag sein. Ein berühmter holländischer Maler hat so geheißen, Anthonis van Dyck.«

»Hören Sie mir auf mit Malerei!«, stieß der Schutzmann ungehalten hervor. »Die interessiert mich nicht. Sie sind ein ungehobelter Kerl, der einen Staatsdiener in einem Wirtshaus lächerlich macht und unter falschem Namen lebt. Aber dies ist ein ordentlicher Staat, und wer etwas zu verbergen hat, gerät ins Visier der Polizei. Also seien Sie sich Ihrer Sache nicht zu sicher!«

»Ich möchte keinen Ärger«, entgegnete Anthonis beschwichtigend. »Wenn Sie wollen, mache ich Ihnen jetzt einen Scherenschnitt.«

Doch so leicht war der Schutzmann nicht zufriedenzustellen. »Ich bin nicht mehr daran interessiert.« Er hob warnend den Finger. »Ich will Sie in nächster Zeit nicht in den Wirtshäusern meines Reviers sehen.«

Da begriff Anthonis, dass er den Mann unterschätzt hatte. Er mochte dick und aufgeblasen und von seiner Wichtigkeit überzeugt sein, doch in Preußen war mit Autoritäten nicht zu spaßen. Und es gab keine größere Autorität als jene, die eine Uniform ihrem Träger verlieh. Der Mensch verschwand hinter Stoff, Epauletten und Goldknöpfen und wurde zum Vertreter der Macht.

»Ich kann nur wiederholen, dass ich den Vorfall bedaure. Es war keine Absicht – mir war einfach nicht wohl.«

Doch der Schutzmann gefiel sich in seiner Rolle und musterte Anthonis prüfend. »Zwei Wochen, verstanden? Danach entscheide ich, ob Sie Ihr Gewerbe weiter ausüben dürfen.«

Anthonis nickte mit zusammengebissenen Zähnen. Für den Augenblick musste er sich fügen. Zum Glück hatte er etwas Geld beiseitegelegt, das ihm über diese Zeit hinweghelfen würde. »Zwei Wochen, also gut.«

Als der Uniformierte gegangen war, ließ er sich aufs Bett fallen und schob einen Arm über die Augen. Plötzlich spürte er eine Unsicherheit, die er lange nicht empfunden hatte. Eigentlich lebte er gern in Berlin, doch der Vorfall hatte ihm nur zu deutlich gezeigt, was es bedeutete, eine Existenz im Verborgenen zu führen. Er hatte kein Verbrechen begangen und lief vor niemandem davon – außer vielleicht vor sich selbst. Und das machte ihn angreifbar.

Als Rika vor Wendlands Kunsthandlung in eine Droschke stieg, kam ihr plötzlich eine Idee, und sie schickte den Kutscher zur Nationalgalerie, die erst vor wenigen Monaten eingeweiht worden war.

Der lang gestreckte Bau am Spreeufer erinnerte an einen griechischen Tempel. Der helle Sandstein schimmerte zartgelb, die von Statuen gesäumten Freitreppen schwangen sich anmutig empor. Wie von einer unsichtbaren Schnur gezogen ging Rika die Stufen hinauf und trat ins Foyer, wo sie staunend stehen blieb. Eine breite, dreigeteilte Treppe aus hellem Marmor, unterbrochen von zwei Sockeln mit Skulpturen, dahinter drei hohe Rundbögen mit Nischen, die eine weitere Skulptur, flankiert von zwei Gemälden, beherbergten. Links führte eine prachtvolle Treppe, ebenfalls in weißem Marmor, ins Obergeschoss; das Weiß des Steins und der rote Teppich erinnerten an die Togen römischer Senatoren.

Rika schaute sich nach einem Museumswärter um.

Ein älterer Herr in schmucker Uniform kam ihr entgegen, als er ihren suchenden Blick bemerkte. »Kann ick behilflich sein?«

»Ja, in der Tat«, erwiderte Rika. »Ich wüsste gern, ob hier Gemälde von Paul Flemming ausgestellt sind.«

Der Mann sah sie prüfend an. »Wenn ick die jnädije Frau drauf hinweisen dürfte, det sich der Besuch der janzen Sammlung lohnt …«

Rika lächelte verlegen. »Natürlich, nur bin ich heute ein wenig in Eile. Wenn Sie mir bitte meine Frage beantworten würden …«

Der Mann wirkte nicht ganz zufrieden, deutete dann aber nach links und sagte: »Im dritten Saal.« Er sprach in knappem Ton, als hätte er ihr nicht verziehen, dass sie sich nicht das gesamte Museum anschauen wollte. Insgeheim bereitete Rika die typische Berliner Frechheit gegenüber jeder Art von Autorität Vergnügen.

Dann fiel ihr noch etwas ein. »Verzeihung, haben Sie auch einen Katalog?«

Der Museumswärter deutete auf einen Tisch mit einem schweren Lederband, der durch eine metallene Kette gesichert war.

Rika nickte dankend und schlug ihn auf. Sie blätterte behutsam die Seiten um, bis sie den Buchstaben F gefunden hatte, und fuhr mit dem Finger die Spalten entlang.

Flemming, Paul, geb. 1840 in Düsseldorf
Bildnis des Wuppertaler Fabrikanten Heinrich Dufour
Porträt einer unbekannten Sängerin

Rasch eilte sie durch die wunderbaren Räume, ohne ihre Schönheit zu würdigen, und nahm sich vor, der Galerie bei nächster Gelegenheit mehr Zeit zu widmen, bis sie im dritten Saal vor zwei goldgerahmten Gemälden stehen blieb. In einer Ecke des Raums schien ein älterer Herr ganz in die Betrachtung eines Gemäldes von Caspar David Friedrich versunken.

Rika trat einen Schritt vor und musterte die unbekannte Sängerin. Was für ein herrliches Porträt – die Prägnanz des Ausdrucks, die Details von Kleidung und Frisur, das halbe Lächeln, das den Mund umspielte und den Zuschauer zu ungeahnten Genüssen einzuladen schien.

Das andere Bild war wohl eines der Fabrikantenporträts, mit denen Flemming sich einen Namen gemacht hatte. Seriös, ganz in Schwarz mit einer weißen Halsbinde, neben einem Stuhl stehend, würdevoll und aufrecht – und doch war es dem Künstler gelungen, zu überraschen, etwas Unerwartetes hinzuzufügen. Ganz unten in der rechten Ecke des Bildes saß ein kleiner Hund, die Augen hingebungsvoll auf seinen Herrn gerichtet. Rika fragte sich, ob Herr Dufour es so gewünscht oder Flemming sich die Freiheit genommen hatte.

»Ein wirklich bemerkenswertes Porträt. Man glaubt, der Hund springe jeden Augenblick aus dem Rahmen«, sagte plötzlich eine Stimme neben ihr. Sie fuhr herum und sah sich dem Herrn gegenüber, der zuvor in der Ecke des Raums gestanden hatte.

»Hm, ja, außergewöhnlich lebensecht«, erwiderte sie rasch.

Der Herr studierte die Plakette neben dem Gemälde des Fabrikanten. »Paul Flemming, ich habe von ihm gehört. Es ist aber lange her. Vielleicht ist er ins Ausland gegangen oder gestorben.«

»Das mag sein«, sagte Rika und entfernte sich rasch. Nun war jeder Zweifel ausgeräumt. Die Porträts stammten von derselben Hand wie ihre Bilder.

14

Auf dem Nachhauseweg von Löwensteins hatte Anna sich nicht getraut, David von dem Versprechen zu erzählen, weil es ein so schöner Abend gewesen war und sie ihn nicht zerstören wollte. Hatte sie nicht einen entscheidenden Schritt gemacht, als sie mit ihm und seiner Familie die feierliche Mahlzeit eingenommen hatte, und damit eine Grenze überschritten, von der es kein Zurück gab?

Wieder einmal sehnte sich Anna nach einer verständnisvollen Mutter, der sie sich anvertrauen konnte. So gern sie Rika hatte, war sie ihr doch eher eine große Schwester und besaß auch nicht den Einfluss einer Mutter. Hinzu kam jene seltsame Geistesabwesenheit, die sie in letzter Zeit an ihr bemerkt hatte. Nein, in dieser Sache war sie wohl auf sich gestellt.

Seufzend trat Anna an den Sekretär und öffnete die Mappe mit dem fliederfarbenen Briefpapier, die Rika ihr zu Weihnachten geschenkt hatte. Es verströmte einen zarten Duft, als hätte es auf geheimnisvolle Weise den Geruch der violetten Blüten angenommen.

Sie hatte dieses Schreiben tagelang vor sich her geschoben, doch die Höflichkeit verbot, noch länger damit zu warten. Sie setzte sich und rückte den Bogen zurecht. Dann saß sie da, den Kopf in die Hand gestützt, und sah auf das leere Blatt, als könnte sie es allein dadurch mit Wörtern füllen. Schließlich griff sie zum Federhalter und begann zu schreiben.

Mein lieber David,

zunächst möchte ich Ihnen noch einmal für diesen wunderschönen Abend danken. Bitte geben Sie dies auch an Ihre Eltern und Ihre Schwester weiter. Ich habe mich bei Ihnen sehr willkommen gefühlt, fast wie ein Mitglied der Familie.

Bei diesen Worten hielt sie inne und überlegte, ob sie noch einmal neu beginnen sollte, entschied sich aber dagegen.

Es war eine ganz besondere Erfahrung für mich, diesen Abend mit Ihnen allen zu begehen.

Nun muss ich Ihnen jedoch etwas anvertrauen, von dem ich schon früher hätte sprechen sollen, was ich aber nicht über mich gebracht habe, weil ich die harmonische Stimmung nicht verderben wollte.

Wir werden uns eine Zeit lang nicht sehen können. Dies hat nichts mit meinen Gefühlen für Sie zu tun, lieber David, sondern mit einem familiären Versprechen, dem ich mich verpflichtet fühle.

Ich bitte Sie inständig, dies nicht als Kränkung aufzufassen. Seien Sie versichert, dass ich, während wir getrennt sind, sehr oft an Sie denken werde.

Von ganzem Herzen,
Anna Hesse

Sie las den Brief noch einmal durch. Waren ihre Worte zu offen? Sie konnte sich nicht verstellen und wollte, ja, musste ihm begreiflich machen, dass sich an ihren Gefühlen nichts geändert hatte. Anna drückte den Brief ans Herz, als könnte sie ihm damit eine Botschaft einprägen, schob ihn in einen Umschlag, adressierte und verschloss ihn.

Rika hatte beschlossen, in den kommenden Tagen einen Brief an Professor Jentgens aufzusetzen. Auch wenn sie sich inzwischen sicher war, dass Anthonis und der Maler aus Düsseldorf ein und dieselbe Person waren, verlangte es sie nach einer letzten Bestätigung.

Natürlich war es alles andere als schicklich, Nachforschungen über einen ihr fast unbekannten Herrn anzustellen. Wenn Alexander davon erführe, wäre er empört.

Könntest du es ihm verdenken?, fragte die leise Stimme in ihrem Kopf. Warum gibst du dich nicht damit zufrieden, dass er interessante Bilder malt? Offenbar wünscht er nicht, dass man ihn behelligt. Wer sich zurückzieht, hat gewiss gute Gründe dafür.

Sie wandte sich wieder den Zeichnungen zu, die sie auf dem Tisch ausgebreitet hatte. Die Stimmen der Angestellten erklangen in den Nebenräumen wie ein leises Raunen, das Plätschern eines Bachs, das nicht bis in ihre Gedanken drang.

Während sie noch grübelte, hörte sie, wie draußen jemand rief: »Der Chef hat gesagt, wir sollen niemanden vorlassen. Sie können Ihre Forderungen schriftlich einreichen.«

Rika drehte sich unwillkürlich in Richtung der Stimme und schaute auf die geschlossene Tür. Die Zwischenmeister hatten den Druck auf Alexander verstärkt, die Lage war ernst. Gelang es ihm nicht, die Leute zu beschwichtigen und eine Übereinkunft mit ihnen zu treffen, würden die Näherinnen womöglich die Arbeit niederlegen. Was das für die Firma bedeutete, wäre gar nicht auszudenken.

Das alles machte ihr Sorgen. Während sie die Forderungen nach einem angemesseneren Lohn durchaus verstehen konnte, wusste Rika auch, dass Alexander in dieser angespannten Lage nicht verreisen würde. Die erhoffte Fahrt ins Rheinland rückte somit in weite Ferne. Und solange Alexander in Berlin war, gab es keinen Frieden für sie. Tagsüber konnten sie einander aus dem Weg gehen, doch an den Abenden …

Dann kam ihr eine Idee, so verwegen, dass sie selbst ein wenig erschrocken war. Darauf wird er sich niemals einlassen, warnte eine leise Stimme. Doch Rika war kein Mensch, der viel auf die Warnungen innerer Stimmen gab.

»Meine liebe Friederike, dein Vorschlag ist vollkommen absurd«, rief Alexander und warf den Federhalter unwillig auf den Tisch. »Dass du hier in der Firma mitarbeitest, ist eine Sache, dich als offizielle Vertreterin des Hauses Hesse dorthin zu schicken gehört sich jedoch nicht – das musst du einsehen. Was soll Herr Rungrath denken, wenn ich …«

»Wenn du was?«, fragte Rika rasch. Sie war so entschlossen, dass seine ungehaltene Reaktion sie völlig kaltließ. »Wenn du eine Frau zu ihnen schickst? Immerhin bin ich die Witwe des Firmengründers. Der junge Herr Rungrath schien meine Arbeit durchaus ernst zu nehmen.«

»Mag sein, aber hier geht es um geschäftliche Interessen.«

»Die geschäftlichen Verhandlungen führst du mit Stephan Rungrath, und in diese werde ich mich nicht einmischen. So wie ich es verstanden habe, geht es doch auch um einen gesellschaftlichen Besuch, der die geschäftliche Verbindung festigen soll. Eine Führung durch die Fabrik, eine Besichtigung der Stadt mit den Damen des Hauses, ein Essen mit einflussreichen Persönlichkeiten.«

Er tat ihre Worte mit einer Handbewegung ab. »Aber das sind Aufgaben, die ich selbst wahrnehmen muss.«

Rika presste die Lippen aufeinander. Alexanders Widerstand

war größer als befürchtet. Dabei wäre es der richtige Weg für sie. So könnte sie gleichzeitig Abstand von ihm gewinnen und ihre Position in der Firma stärken.

Sie erhob sich ruhig und strich ihr Kleid glatt. »Denk in Ruhe darüber nach. Mehr verlange ich nicht.«

Sie wollte gehen, doch er hielt sie mit einer Geste zurück. »Noch eins. Statt solchen Ideen nachzuhängen, solltest du dich lieber um Anna kümmern. In letzter Zeit gefällt sie mir gar nicht. Sie wirkt verträumter als sonst, als steigerte sie sich in irgendwelche romantischen Schwärmereien hinein. Es wäre mir lieber, sie würde auf Leutnant von Weidenfelds Werben eingehen. Du als erwachsene Frau verfügst über größeres Geschick und Einfühlungsvermögen als ich und könntest sie sanft lenken.«

»Dorthin, wo du sie haben möchtest?«, fragte Rika leise.

Sein Blick war gekränkt. »Meine Liebe, ich verstehe nicht, was du mir vorwirfst. Es ist völlig normal, dass sich ein Bruder um die Zukunft seiner Schwester sorgt, wenn die Eltern verstorben sind. Und ja, es gibt einen Ort, an dem ich Anna sehen möchte, und zwar am Traualtar an der Seite Leutnant von Weidenfelds. Er ist geduldig, wird aber irgendwann mehr Entgegenkommen erwarten. Es wäre doch in unserem Interesse, wenn Anna demnächst gut verheiratet wäre und wir die Villa allein bewohnen könnten.«

Rika nickte, drehte sich um und verließ wortlos den Raum, wobei sie die Tür betont leise hinter sich schloss.

Stephan Rungrath fuhr schweißnass im Bett auf. Der Mond schien durchs Fenster und warf geisterhafte Schatten an die Wände. Einen Moment lang wusste er nicht, wo er sich befand, rutschte am Kopfende hoch und lehnte sich dagegen. Er sah sich um, versuchte sich zurechtzufinden. Er war in Berlin. Gut so.

Dann fiel ihm der Traum ein, der ihn aus dem Schlaf gerissen hatte, aber es waren nur Bruchstücke. Arme, die ihn heftig umschlangen, Küsse auf seinem Gesicht, stickige, nach Parfum duftende Luft. Eine Straße, wenige Passanten, er fühlte sich sicher. Bis er ihn sah. Den Mann, den er so gut kannte, der bei ihnen ein und aus gegangen war. Dieser Mann kam auf ihn zu, schaute ihm und Willy genau ins Gesicht.

Seit drei Tagen ging es so. Jede Nacht schreckte er aus dem Schlaf. Es hatte an dem Abend bei Hesses begonnen, einem angenehmen Abend. Er hatte schon in Gedanken den Brief entworfen, den er seinem Vater schreiben wollte, um Herrn Hesses baldigen Besuch in Gladbach anzukündigen. Dies war sein Erfolg, und das würde sein Vater bestimmt zu würdigen wissen. Stephan machte sich gut in Berlin. Seit er hier lebte, gestaltete sich sein Leben viel leichter und müheloser als zuvor. Was er anfasste, gelang ihm, und ohne ständige Bevormundung konnte er eigene Ideen viel besser in die Tat umsetzen.

Dann das. Nichts hatte ihn auf diese Begegnung, falls man es überhaupt so nennen konnte, vorbereitet. In Berlin hätte er alles für möglich gehalten, im Guten wie im Schlechten – geschäftliches Gelingen oder Misserfolg, Einsamkeit, vielleicht auch Liebe –, aber nicht das.

Aufmerksam geworden war er durch die Stimme. Stephan hatte ein gutes Gehör, und so wie sich manche Menschen Gesichter oder Namen merken konnten, prägten sich ihm der Klang, die Tonlage, die Besonderheiten einer Stimme ein. Es waren nur wenige Worte gefallen, die er nicht verstanden hatte, da Hesse gleichzeitig mit ihm sprach, doch der Tonfall, das leichte

Zögern, das nicht schüchtern, sondern charmant wirkte, schlugen eine Saite in ihm an.

Er hatte gehofft, ihm nie mehr zu begegnen. Doch wie durch ein böses Wunder, ein ironisches Fingerschnippen, erschien er an der Tür des Hauses, in dem Stephan den Grundstein für seine erfolgreiche Zukunft in Berlin legen wollte.

Er stand auf und goss sich ein Glas Wasser ein. Wie sollte er das Thema ansprechen, besser gesagt, konnte er das überhaupt? Es war nicht schicklich zu lauschen, wenn seine Gastgeber Besuch bekamen. Zudem wollte er ihre Bekanntschaft nicht preisgeben. Doch wenn der Maler nun ständig im Hause Hesse verkehrte? Immerhin war Frau Hesse zu ihm an die Tür gegangen und hatte einige Worte mit ihm gewechselt.

Er durfte sich selbst nicht schaden. Er zermarterte sich den Kopf, wie er bei nächster Gelegenheit ein unverfängliches Gespräch beginnen sollte, doch wollte ihm partout keine Möglichkeit einfallen. Er wusste nicht einmal, ob Hesse überhaupt bemerkt hatte, dass jemand an der Tür gewesen war.

Die Dienstboten. Wäre das möglich? Sie waren meist empfänglich für ein kleines Zubrot. Natürlich wäre es heikel, das Hausmädchen zu fragen, doch würde es wohl kaum mit seiner Herrschaft darüber sprechen, da es dann seine Indiskretion eingestehen müsste. Ja, der Gedanke gefiel ihm. Er würde vor dem Haus warten, bis das Mädchen zum Einkaufen ging, und es dann beiläufig ansprechen. Ein nettes Kompliment, ein paar Groschen für Pralinen, eine unverfängliche Frage. Nichts weiter.

Mit diesem beruhigenden Gedanken legte er sich wieder zu Bett und war bald darauf eingeschlafen.

15

Es war ein Zufall, der Rika schließlich zu der Reise verhalf. Sie hatte auf eine günstigere Gelegenheit gewartet, nachdem Alexander auf ihren Vorschlag so ungehalten reagiert hatte, und sich um Anna gekümmert, die mit hängendem Kopf umherlief und ihren Liebeskummer offen zur Schau trug. Im Grunde war dies nicht das richtige Wort für ihre Stimmung, denn sie war ja glücklich verliebt und litt nur darunter, dass ihr Bruder diesem Glück im Wege stand.

»Ja, ich habe ihm geschrieben«, hatte sie leise auf Rikas Frage geantwortet. »Und er hat zurückgeschrieben, er habe Verständnis und werde warten. Aber wie kann ich wissen, dass er das wirklich tut?«

»Liebes, wenn er sich nicht einige Wochen gedulden kann, dann …«

»Was dann?«, fragte Anna aufgebracht. »Dann ist er es nicht wert? Nie hätte ich erwartet, dass ausgerechnet du mich im Stich lässt. Hast du denn wirklich keine Idee, wie wir Alexander umstimmen können?«

Rika seufzte. Sie mochte Anna nicht erzählen, dass sich ihre Aussichten weiter verschlechtert hatten. Am Abend zuvor hatte Alexander seine Herrenrunde zu Gast gehabt, und sie hatte einiges mit angehört, als sie die Blumen in der Eingangshalle ordnete.

»Den Juden muss Einhalt geboten werden«, hatte jemand gerufen. »Gerade Sie als Konfektionär, Hesse, müssen das doch einsehen.«

Alexander hatte etwas vage Zustimmendes gemurmelt, worauf ihn jemand mit mahnender Stimme ansprach: »Sie haben doch sicher Wilhelm Marrs Schriften gelesen, in denen er auf die Bedrohung eingeht, die das Judentum für unsere Zivilisation darstellt.«

Die Antwort darauf konnte Rika nicht hören und bezweifelte, dass Alexander solches Schriftgut las, doch der Tenor der ganzen Unterhaltung war bedenklich.

»Die Bankenkrise, unter der unsere Wirtschaft heute noch zu leiden hat, ist auf ihren Einfluss zurückzuführen«, meldete sich die erste Stimme wieder zu Wort. Der Mann sprach im Brustton der Überzeugung, und Rika fragte sich, woher er diese Sicherheit nahm. Das alles waren doch Hirngespinste, man suchte simple Erklärungen für Fehler, die von vielen begangen worden waren. »Was sollen anständige Unternehmer ausrichten, denen zuallererst am Wohl der ihnen anvertrauten Arbeiter gelegen ist, wenn das jüdische Kapital sie von allen Seiten bedroht?«

Entsetzt war Rika bewusst geworden, mit welchen Menschen sich Alexander umgab. In seinem Streben nach gesellschaftlicher Geltung suchte er die Nähe zu einflussreichen Männern, was an sich nicht verwerflich war. Diese Hetzreden überraschten und empörten sie jedoch.

»Hörst du mir überhaupt zu?«

Sie schaute auf und sah in Annas fragendes, leicht gekränktes Gesicht.

»Du bist völlig abwesend.« Das Mädchen biss sich auf die Lippe, um die Tränen zu unterdrücken. »Ich bin zum ersten Mal richtig verliebt, und du bist in Gedanken ganz woanders.« Sowie die Worte heraus waren, schlug sich Anna auf den Mund.

Rika schaute sie ernst an. »Anna, ich weiß um deine schwierige Lage, muss aber gestehen, dass ich im Augenblick keinen einfachen Weg sehe, um dir zu helfen. Mehr noch, ich befürchte, dein Bruder wird sich der Verbindung mit einer jüdischen Familie widersetzen.«

Annas Blick verriet ihre ganze Kindlichkeit. »Wie kommst du darauf?«

Rika ging im Zimmer auf und ab, weil ihr das Denken in Bewegung leichter fiel. »Du kennst doch seine Herrenabende, auf die er so großen Wert legt. Dort verkehren Männer aus hohen gesellschaftlichen Kreisen, und dein Bruder ist ein sehr ehrgeiziger Mann. Da diese Leute den Juden ablehnend gegenüberstehen, wird er kaum seine Einwilligung dazu geben, dass seine Schwester einen von ihnen heiratet.«

Die traurigen Augen des Mädchens trafen sie wie ein Stich ins Herz, und sie bereute sofort ihre Worte. Gleichwohl durfte Anna nicht weiter an ein Wunder glauben und erwarten, dass andere es für sie vollbrachten.

»Anna, ich mache dir einen Vorschlag. Bleiben wir bei unserer Abmachung. Nimm dir Zeit. Wenn es einen günstigen Augenblick gibt, werde ich mit Alexander sprechen. Aber ich möchte dir keine falschen Hoffnungen machen.«

»Aber es ist nicht völlig hoffnungslos?«

Das Mädchen gab einfach nicht auf. Rika spürte einen leisen Unwillen in sich aufsteigen, doch wer nie wirklich verliebt gewesen war, sollte sich kein Urteil erlauben.

»Bitte, Liebes, du musst dich gedulden.« Sie zögerte. »Möglicherweise muss ich demnächst für einige Zeit verreisen. Ich möchte mir eine Firma im Rheinland ansehen, von der wir demnächst Stoffe beziehen werden.«

Anna sah sie entsetzt an. »Ich … Ich kann doch nicht mit …«

»Er ist dein Bruder«, sagte Rika mahnend. Sie konnte dem Mädchen nicht alles durchgehen lassen. Sosehr ihr Annas Glück am Herzen lag, konnte sie sich nicht zwischen sie und Alexander stellen, ohne einen Bruch innerhalb der Familie zu riskieren.

»Aber warum musst du verreisen?«

»Weil ich sonst nie verreise«, entgegnete Rika ein wenig schroff. Dann fügte sie sanfter hinzu: »Ich bin in meinem Leben nicht weit herumgekommen. Selbst im Sommer hat sich dein Vater nur einige Tage in Heiligendamm gegönnt. Daher würde ich diese Gelegenheit gern nutzen.« Außerdem, und das war ihr wichtigster Beweggrund, wollte sie einmal an sich denken und an das, was ihr am Herzen lag.

Anna zögerte, als wollte sie noch etwas sagen, senkte dann aber den Kopf. »Wie lange bleibst du?«

»Es ist noch nicht entschieden. Alexander muss natürlich zustimmen.«

»Es würde mich, ehrlich gesagt, überraschen, wenn mein Bruder damit einverstanden wäre. Gewöhnlich schätzt er es doch nicht, wenn du als Vertreterin der Firma auftrittst.«

Rika lachte. »Gewiss, aber ich bin fest entschlossen. Er kann es sich nicht erlauben, längere Zeit abwesend zu sein. Und wenn ich zurückkomme, werden wir drei uns in Ruhe unterhalten, einverstanden? So wie du vom jungen Herrn Löwenstein gesprochen hast, wird er dir die Treue halten, Liebes.«

Beim Abendessen waren sie zu zweit, da Anna sich mit Kopfschmerzen entschuldigt hatte. Alexander war äußerst schlecht gelaunt, und Rika musste nicht viel Mühe aufwenden, bis sie herausgefunden hatte, was ihn empörte. Er warf die Serviette auf den Tisch und sah sie über sein Weinglas hinweg wütend an, als hätte sie persönlich ihm diese Schwierigkeiten eingebrockt.

»Gegen meine ausdrückliche Anweisung erschienen erneut drei Zwischenmeister bei mir im Kontor, die Mütze brav in der Hand, und erklärten bedauernd, dass auch ihre Näherinnen einen höheren Lohn verlangen.«

Es werden mehr, dachte Rika nicht sonderlich überrascht.

»Wie soll ich ihren Forderungen nachgeben, ohne einen Flächenbrand zu entfachen?« Er schlug mit der Faust auf den Tisch. »Weißt du überhaupt, wie viele Zwischenmeister wir beschäftigen? Und wie viele Näherinnen? Bestimmt stecken die Sozialisten dahinter! Wenn wir zulassen, dass sich solche Leute unter unsere Arbeiterinnen mischen, werden sie uns in den Abgrund stürzen!«

Seine heftige Reaktion erschreckte sie ein wenig und war ihr dennoch willkommen. Wenn sie behutsam vorging, konnte sie den Ausbruch für ihre Zwecke nutzen.

»Was gedenkst du zu tun, um das zu verhindern?«, fragte sie ruhig und trank von ihrem Wein. Alexander brauchte jemanden, der ihm geduldig zuhörte, und das konnte sie gut.

»Tun? Ich muss versuchen, die Drahtzieher hinter dieser Geschichte ausfindig zu machen. Nie und nimmer sind die Frauen von selbst auf die Idee gekommen, sich zusammenzurotten und den Aufstand zu proben. Das sind organisierte Leute, die sie aufhetzen.«

Rika sah ihn abwartend an. »Du kannst dich kaum in die einschlägigen Versammlungen begeben und dort Nachforschungen anstellen«, gab sie zu bedenken.

Er schüttelte den Kopf. »Ich werde wohl einen privaten Ermittler beauftragen. Es gibt Leute, die sich darauf spezialisieren, für Unternehmer Erkundigungen über Angestellte einzuziehen – nicht zuletzt, wenn man sie der Verbindungen in sozialistische Kreise verdächtigt.« Als er Rikas skeptischen Blick sah, fügte er hinzu: »Das ist ganz und gar nicht unlauter, meine Liebe. Als Unternehmer muss ich mich und meine ehrlichen Angestellten vor derartigen Umtrieben schützen.«

»Natürlich«, pflichtete sie ihm rasch bei. »Nur …« Sie legte eine wirkungsvolle Pause ein, »wärst du dann gewiss unabkömmlich. Ich nehme an, du möchtest die Firma in dieser schwierigen Lage nicht sich selbst überlassen.«

Alexander sah sie argwöhnisch an. »Selbstverständlich nicht.«

»Daher möchte ich noch einmal auf meinen Vorschlag bezüglich der Reise nach Gladbach zurückkommen«, erwiderte sie ungerührt. »Ich halte es für vernünftig, wenn wir uns in dieser Lage die Aufgaben teilen. Du kümmerst dich in Berlin um die Unruhen unter den Näherinnen, während ich in Gladbach die Weberei besichtige. Du könntest mir Unterlagen mitgeben, die deine Preisvorstellungen, die Lieferbedingungen und alles Weitere enthalten, damit man dort sieht, dass ich in deinem Auftrag unterwegs bin.« Das war ein geschickter Schachzug, der ihr spontan eingefallen war. Wenn ihr etwas wirklich am Herzen lag, war sie sogar bereit, sich vor Alexander demütig zu geben. Ihre Worte schienen ihn ins Grübeln zu bringen, denn es folgte keine ungehaltene Antwort, sondern Stille.

»Du gibst nicht auf, was?« In seinem Blick lag unfreiwillige Bewunderung.

»Conrad hat die Firma aufgebaut, und ich möchte, dass sie weiterhin gedeiht. Außerdem bin ich selten aus Berlin herausgekommen und würde mir gern etwas von der Welt ansehen, selbst wenn ich Preußen dabei nicht verlasse.«

»Ich denke darüber nach. Wenn ich alles mit dem jungen Rungrath abspreche und dir die Unterlagen mitgebe – dich vorher anweise, damit du weißt, worauf es ankommt«, dachte er laut. »Morgen sage ich dir, wie ich mich entschieden habe.«

An diesem Abend ging sie als Siegerin auf ihr Zimmer.

Überrascht hielt Stephan Rungrath zwei Tage darauf das Schreiben in der Hand, in dem Alexander Hesse ihm mitteilte, dass ihm an einem baldigen Besuch in Gladbach sehr gelegen, er leider aber nicht abkömmlich sei und daher Frau Friederike Hesse als seine Vertreterin schicken wolle.

Eine ungewöhnliche Entscheidung, dachte Stephan, doch wenn die beiden es vereinbart hatten, sollte es so sein. Er setzte umgehend einen Brief an seinen Vater auf, in dem er ihm erklärte, dass der Besuch nun doch früher als geplant stattfinden solle und die Witwe des Firmengründers, die eine wichtige Tätigkeit in der Entwurfsabteilung ausübe, diese Aufgabe wahrnehmen werde. Man solle ihr bitte die Sehenswürdigkeiten der Stadt und ihrer Umgebung zeigen und sie aufs Angenehmste unterhalten, da von Hesse beträchtliche Aufträge zu erwarten seien.

Zufrieden verschloss er den Brief und übergab ihn an Herrn Schneidereit mit der Anweisung, ihn umgehend zur Post zu bringen.

Stephan räumte seinen Schreibtisch auf, nahm Hut und Mantel und verließ das Büro. Er war innerlich erregt, da er sein Vorhaben in die Tat umsetzen und das Hausmädchen der Hesses abpassen wollte. Er würde erst wieder ruhig schlafen, wenn er wusste, wer an jenem Abend an der Tür der Villa gewesen war.

Da das Wetter zwar kühler, aber trocken war, beschloss er, sich zu Fuß in Richtung Tiergarten zu begeben. Unter den Linden herrschte reges Treiben, Droschken drängten sich auf beiden Fahrbahnen, und Spaziergänger flanierten über den Boulevard. Ein Schutzmann mit gewaltigem Schnauzbart vertrieb zwei kleine Jungen, die mit einer Flitsche Papierkügelchen aus dem Hinterhalt auf die vorbeigehenden Damen schossen, was Stephan ein Grinsen entlockte.

Zeitungsjungen riefen die neuesten Schlagzeilen aus, doch er beachtete sie nicht, weil er nur an sein Ziel denken konnte. Hoffentlich hatte er Glück und würde das Mädchen antreffen! Er wusste nicht, wann sie Ausgang hatte oder Besorgungen erledigte – es war ein reines Glücksspiel. Sollte er heute keinen Erfolg haben, müsste er es morgen noch einmal versuchen.

Plötzlich fuhr ein Windstoß durch die Äste der Linden und blies ihm einen Strohhut genau vor die Füße. Stephan bückte sich instinktiv, hob ihn auf und sah sich suchend um. Dabei begegnete er dem Blick eines jungen blonden Herrn, der erfreut den Hut in seiner Hand entdeckte und zu ihm eilte.

»Was für ein Glück! Den habe ich erst vor zwei Tagen gekauft. Vielen Dank.« Er nahm den Hut entgegen und verbeugte sich knapp, bevor er sich wieder der Dame an seiner Seite zuwandte. Ein gut aussehender Mann.

Stephans Blick verweilte kurz auf ihm. Dann ging er zögernd weiter.

Anthonis setzte sich auf eine Parkbank und zog den Brief hervor, den er sich für diesen Moment aufgehoben hatte. Über dem Ärger mit dem Schutzmann hatte er beinahe Frau Hesses Versprechen vergessen, ihm zu schreiben, wohin sie sein Bild gehängt hatte, und war umso freudiger überrascht, als er ihre Zeilen erhielt.

Er stellte die Flasche Weiße neben sich auf die Bank, wohl wissend, dass es nicht schicklich war, um diese Tageszeit auf der Straße Bier zu trinken, doch wenn er schon nicht arbeiten durfte, wollte er wenigstens genießen. Dann entfaltete er den Brief und las ihn mit wachsendem Erstaunen.

Berlin, den 14. Juli 1876

Sehr geehrter Anthonis (an das fehlende »Herr« kann ich mich nicht so recht gewöhnen),

ich möchte mich noch einmal bedanken, dass Sie sich die Mühe gemacht haben, mir das Bild persönlich zu bringen, an dem ich mich täglich erfreue. Es hängt über meinem Sekretär, als wachte es über mich, während ich diese Zeilen schreibe. Das ist natürlich Unsinn – weshalb sollte ein kleines Mädchen über mich wachen? Dennoch schenkt es mir ein Gefühl der Sicherheit, als ginge eine geheime Kraft von ihm aus.

Ich schreibe Ihnen auch, um eine Reise anzukündigen, die ich in nächster Zeit antreten werde. Daher werde ich einige Zeit nicht in Berlin sein, würde mich aber freuen, mich danach wieder einmal mit Ihnen über Kunst zu unterhalten.

Ich übersende Ihnen meine besten Grüße und verbleibe

hochachtungsvoll,
Friederike Hesse

Er lächelte. Ein sonderbarer Brief. Er begann vertraulich. Die Beschreibung der Empfindungen, die sein Bild in ihr auslösten, wirkte persönlich, ebenso der Wunsch nach einer erneuten Begegnung, doch das Ende klang höflich und distanziert. Er faltete ihn sorgfältig, strich ihn glatt und steckte ihn in die Tasche.

Gern hätte er sie vorher noch einmal gesehen. Friederike Hesse war gleichzeitig erwachsen und mädchenhaft, unkonventionell und doch eine Dame der Gesellschaft. Wenn er malte, war es, als schaute sie ihm über die Schulter, als spürte er ihr Haar an seiner Wange. So hatte er noch nie empfunden.

Hoffentlich dauerte die Reise nicht zu lange.

Stephan Rungrath schaute sich verstohlen um, während er die Straße In den Zelten entlangging. Er musste eine Stelle finden, von der er das Haus beobachten konnte, ohne Aufmerksamkeit zu erregen. Er bemerkte den Schankgarten in Nr. 4, der nicht so gut besucht war wie bei wärmerem Wetter, aber einen ausgezeichneten Blick auf die Villa Hesse bot. Die weißen Tische und Stühle unter den mit Lichterketten geschmückten Bäumen waren sommerlich herausgeputzt.

Stephan nahm Platz und bestellte bei der Kellnerin, die bald darauf herbeieilte, einen Kaffee.

Sie schaute ihn fragend an. »Wolln Se nich reinkommen? So schön isses nu ooch wieda nich«, sagte sie ein bisschen frech.

Er schüttelte den Kopf. »Nein danke. Ich bin gern an der frischen Luft.«

Sie zuckte mit den Schultern, rückte die weiße Schürze zurecht und verschwand im Gebäude, worauf er erneut den Blick auf die Straße richtete. Das Haus lag schräg gegenüber und wirkte im Augenblick ziemlich verlassen. Kein Gärtner war zu sehen, keine Bewegung an den Fenstern, niemand an der Tür.

Eine halbe Stunde verging, dann eine ganze. Droschken ratterten vorbei, Menschen stiegen ein und aus, vereinzelte Gäste kamen und gingen, aber in der Villa Hesse regte sich nichts. Er sah auf die Uhr, bestellte Kaffee nach. Die Kellnerin sah ihn an, als hielte sie ihn für verrückt, was er ihr nicht verdenken konnte.

Seine Hände fühlten sich allmählich kalt an. Ein leichter Wind war aufgekommen, der abgefallene Blütenblätter aus benachbarten Obstgärten herüberwehte. Er spielte mit dem Gedanken, sich eine Droschke zu nehmen und sein Glück am nächsten Tag noch einmal zu versuchen, als eine Gestalt aus der Haustür trat.

Eine junge Frau mit einem Korb, einfach gekleidet, die mit einer Hand den Hut auf den Kopf drückte und aufs Gartentor zuschritt.

Rasch legte er das Geld für den Kaffee auf den Tisch und eilte aus der Gartenwirtschaft. Dann blieb er stehen und wartete ab, welche Richtung sie einschlug, bevor er ihr in einigem Abstand folgte. Sie bog ein paarmal ab und ging dann am Kronprinzenufer entlang. Ein Stück vor einem Blumenstand blieb sie stehen und schaute auf einen Zettel, den sie aus dem Korb holte.

Bevor sie an den Stand treten und ein Gespräch mit der Blumenfrau beginnen konnte, hatte Stephan sie eingeholt.

»Einen Augenblick, bitte.«

Sie drehte sich erschrocken um.

Er erkannte das Hausmädchen, das ihm die Tür geöffnet hatte.

»Du erinnerst dich. Ich war vor einigen Tagen bei deiner Herrschaft zu Besuch.«

Sie nickte verwundert, aber nicht scheu.

»Ich möchte dich bitten, mir eine Frage zu beantworten. Ich werde mich erkenntlich zeigen.« Er öffnete seine Hand, in der fünfzig Pfennige lagen. »Keine Sorge, es ist nichts Schlimmes.«

»Was soll ich Ihnen denn sagen, gnädiger Herr?«, fragte Jette.

»Als ich zu Gast bei Hesses war, kam jemand an die Tür, der wohl etwas abgegeben hat. Mir kam die Stimme bekannt vor, und ich frage mich, ob es ein alter Freund von mir sein könnte, den ich lange nicht gesehen habe.« Die Geschichte klang haarsträubend, aber ihm war keine bessere eingefallen.

»Ja, das stimmt. Aber ich kannte den Herrn nicht.«

»Ist er nie zuvor bei Hesses gewesen?«

»Nein. Er wollte nur etwas für die gnädige Frau abgeben und ist danach gleich wieder gegangen.«

Wie sollte er herausfinden, ob der Mann nach ihrem Eindruck ein Bekannter Frau Hesses gewesen war? Doch sie kam ihm zuvor.

»Die gnädige Frau sagte, sie kenne ihn, und hat mich dann weggeschickt. Aber der Herr verkehrt keinesfalls bei uns im Haus.« Das klang fast, als schlösse sie sich in die Gemeinschaft der Hausbewohner ein. »Er hat ihr ein großes, flaches Paket mitgebracht. Das ist alles, was ich Ihnen sagen kann.«

Groß, flach – ein Bild! Stephan atmete tief durch und gab dem Mädchen das Geld. »Ich danke dir. Und dieses Gespräch bleibt unter uns, verstehst du?«

Sie nickte. »Ja, ist gut.«

Stephan machte eine Geste, als wollte er sie entlassen, und Jette eilte rasch zum Blumenstand.

Auf dem Rückweg überquerte er den Königsplatz mit der Siegessäule. Rechts zweigte die Siegesallee ab, von den Berlinern nur als Puppenallee verspottet, weil diese sich über die zweiunddreißig Statuen beiderseits der Straße lustig machten. Heute aber hatte Stephan, der eigentlich an Architektur interessiert war, keinen Blick für die imposante Säule, die den Platz seit drei Jahren zierte, oder die Kurfürsten mit ihren Sandsteingesichtern.

Er schaute starr geradeaus, während seine Gedanken rasten. Natürlich hatte er noch immer keine völlige Gewissheit, aber die Stimme – das Paket … Was sollte er tun? Trotzdem in Berlin bleiben, wie es sein Traum gewesen war? Wenn er Hesse doch nur offen fragen könnte, aber –

Nur in einem war sich Stephan Rungrath sicher: Er war nicht der Einzige, der in der Hauptstadt ein neues Leben beginnen wollte.

16

Die Landschaft war ganz und gar flach. Die lange Fahrt mit der Eisenbahn vom Lehrter Bahnhof aus hatte Rika durch einige Mittelgebirge, zuletzt durchs Bergische Land, geführt, doch je näher sie dem Rhein kamen, desto ebener wurde die Gegend.

Düsseldorf erschien ihr im Vergleich zu Berlin klein und provinziell, doch durfte sie nicht alles an ihrer Heimatstadt messen. Sie lehnte sich auf dem Sitz zurück und genoss die weichen Polster, die ihr die Erste Klasse bot. Alexander hatte verlangt, dass sie als Repräsentantin der Firma Hesse standesgemäß reiste, was angesichts der zehnstündigen Fahrt nur vernünftig war.

Nachdem sie an der Rheinstation in Oberkassel, einem Dorf bei Düsseldorf, umgestiegen war und der Zug in Neuss noch einmal gehalten hatte, schaute sie gespannt aus dem Fenster. Vom Fahrplan wusste sie, dass es nicht mehr weit war bis München-Gladbach oder Gladbach, wie man hier gemeinhin sagte. Auf den Weiden beiderseits der Strecke grasten schwarz-weiße Kühe und vereinzelte Schafherden, und auf den Feldern standen Kartoffeln und Sommergetreide. Lange Pappelreihen zogen sich quer durchs Land wie Wächter, die über ihr flaches Reich blickten; dann und wann wuchs ein Wäldchen inmitten der Ackerflächen wie ein grüner Strauß. Eine Landschaft, die man kennen musste, um sie nicht langweilig zu finden, dachte Rika bei sich.

Sie war unterwegs immer wieder eingenickt, weil das unablässige Rattern und die Hitze sie schläfrig machten, doch nun, so kurz vor dem Ziel, saß sie aufrecht da und legte sich die Worte zurecht, mit denen sie sich Familie Rungrath vorstellen wollte. Sie war zuversichtlich, dass sie die Firma angemessen vertreten würde, und erfüllt von einer Selbstsicherheit, die mit jedem Kilometer, den sie sich von Berlin entfernte, gewachsen war. Hier würde sie Raum zum Atmen finden und Zeit zu überlegen, wie es mit Alexander weitergehen sollte.

Im Koffer lag der Zettel mit der Anschrift des Düsseldorfer Kunstprofessors, den Adolph Wendland ihr gegeben hatte. Angesichts ihrer bevorstehenden Reise hatte sie es für unnötig befunden, ihm zu schreiben. Viel besser wäre es, ihn bei Gelegenheit persönlich aufzusuchen.

Als der Zug langsamer wurde, stand Rika auf und sah erwartungsvoll aus dem Fenster.

Zum Glück war es um diese Jahreszeit noch hell, sodass sie die Umgebung betrachten konnte. Es war eine kleine Stadt, das sah sie sofort, viel kleiner noch als Düsseldorf. Schornsteine erhoben sich über die Hausdächer und kündeten vom industriellen Aufbruch. Auf einem Hügel ragte weithin sichtbar eine Kirche mit einem merkwürdig geformten Turm empor. Dann wurden ihre Blicke von einem imposanten Gebäude angezogen.

Es wurde an allen Ecken von Türmen flankiert, die an eine mittelalterliche Burg gemahnten, und Rika wunderte sich schon, weshalb man die Burg nicht auf dem Hügel errichtet hatte, als ihr klar wurde, dass es sich um eine Fabrik handelte. Eine Fabrik, die lediglich das Kostüm eines mittelalterlichen Bauwerks übergestreift hatte, wie im Karneval, den man im Rheinland alljährlich feierte. Eine einzige Seite verfügte über zweiundfünfzig Fenster, wie sie rasch gezählt hatte. Eine Stadt, die solche Fabriken besaß, konnte nicht gänzlich unbedeutend sein.

Nun fuhr der Zug in den Bahnhof ein und hielt mit einem Ruck. Rika rückte ihren Hut zurecht, trat in die Tür und winkte einem Gepäckträger, der ihre beiden Koffer aus dem Abteil wuchtete. Sie bedeutete ihm zu warten und schaute sich auf dem Bahnsteig um.

Ein kräftig gebauter Herr im dunklen Gehrock sah sie prüfend an und kam dann energischen Schrittes zu ihr herüber.

Sein noch dunkler Bart war gepflegt, die Augen blickten durchdringend. Ein Mann, der sich vom Leben nahm, was er wollte, und es in seine Bahnen zwang.

All dies ging Rika in den wenigen Sekunden durch den Kopf, die der Herr benötigte, um ihr entgegenzueilen.

»Frau Friederike Hesse? Es ist mir ein Vergnügen. Carl Wilhelm Rungrath.« Er gab ihr die Hand und verbeugte sich. »Meine Frau hat mich angewiesen, Sie persönlich abzuholen. Es sei unhöflich, den Kutscher zu schicken«, fügte er lächelnd hinzu. Er schaute sich um. »Ich hoffe, Ihre Enttäuschung ist nicht allzu groß. Sie müssen aus Berlin anderes gewöhnt sein, obwohl wir hier in Gladbach durchaus stolz auf die Entwicklung unserer Stadt sind.«

»Was Sie gewiss auch sein können«, erwiderte Rika. »Ihr Sohn hat uns von den bedeutenden Entwicklungen erzählt, die die Textilindustrie für die Stadt gebracht hat.«

Rungrath gab dem Gepäckträger ein Zeichen. »Mein Wagen steht auf dem Vorplatz.«

Dann geleitete er sie durch die Bahnhofshalle, wobei ihr auffiel, dass sie nicht wie sonst üblich eine Treppe vom Bahnsteig hinuntergehen mussten. Hier war alles zu ebener Erde angeordnet, die Züge fuhren nicht auf einem aufgeschütteten Damm.

In der Halle gab es einen Zeitungsstand, der auch Berliner Blätter anbot, und einen Süßwarenverkauf. Der Königsplatz genannte Vorplatz war hübsch angelegt, doch kam ihr erneut der Gedanke, wie klein hier alles wirkte, fast wie in einer Puppenstube. Wo waren die gewaltigen Mietshäuser und die breiten Straßen?

Die Kutsche war elegant und zeigte, wie sehr die Rungraths auf ihren Status als führende Unternehmerfamilie bedacht waren. In einer Stadt wie dieser bedeuteten Adelstitel oder Offiziersuniformen wenig. Hier trug man einen altehrwürdigen Namen, war Notar, Anwalt oder eben Fabrikant, wenn man etwas gelten wollte. Im Grunde eine Art der Demokratie, die Berlin gut angestanden hätte, dachte Rika bei sich.

Herr Rungrath, in dessen Gesicht sie kaum Ähnlichkeit mit seinem Sohn ausmachen konnte, half ihr beim Einsteigen, nachdem der Kutscher die Koffer verstaut hatte und der Gepäckträger gebührend entlohnt worden war.

»Die Fahrt ist sehr kurz, werte Frau Hesse. Wir haben uns erlaubt, das beste Gästezimmer im Haus herzurichten, um Ihnen die Unannehmlichkeiten eines Gasthauses zu ersparen. Ein angemessenes Hotel ist hier am Ort leider nicht verfügbar.«

Mit einem Ruck fuhr die Kutsche an. »Dies hier ist die Königsstraße«, erklärte der Fabrikant. »Noch stehen hier wenige Häuser, aber sie ist als wichtige Verkehrsader angelegt, zumal sie zum Bahnhof führt.« An der nächsten Kreuzung ließ er die Kutsche anhalten. »Die Crefelder Straße. Nach rechts hinunter führt sie in unsere Nachbarstadt, in der es zahlreiche Seidenwebereien gibt. Sie werden den jungen Herrn van Luyk kennenlernen, der mit unserer Elise verlobt ist. Und nun ...« Er legte eine Pause ein. »Zu unserer Linken steigt die Straße an. Wenn Sie dort hinauffahren, erreichen Sie das Herz der Stadt, nämlich jenen Ort, an dem sich vor ziemlich genau neunhundert Jahren Mönche angesiedelt haben.«

Rika, die nur von Stephan Rungrath ein wenig über die Geschichte der Stadt erfahren hatte, hörte gespannt zu. »Gladbach ist also aus einem Kloster entstanden?«

»So ist es. Der eigentliche Name München-Gladbach weist auf diese Herkunft hin.« Er winkte einem Fuhrwerk zu, dessen Kutscher sie fluchend überholte, weil sie die Kreuzung blockierten. »Alfred, ich bin in Damengesellschaft!«

Der Mann tippte sich grüßend an die Mütze und fuhr weiter.

»Sie sehen, hier kennt man einander noch«, sagte Carl Wilhelm Rungrath mit einem gewissen Stolz, als freute er sich über die provinzielle Vertrautheit. »Ja, der Gladbach fließt durch die Stadt und ist für die Textilherstellung von großer Bedeutung. Klarer Bach soll es wohl heißen. Die Zeiten sind natürlich lange vorbei.« Er erging sich in Schilderungen der Abwässer, die in den ehemals klaren Bach geleitet wurden, als wollte er sich gegenüber der weitgereisten Besucherin für diesen Umstand rechtfertigen. Seine joviale Art war gewöhnungsbedürftig, aber nicht unangenehm.

»Sie müssen entschuldigen, werte Frau Hesse, wenn ich Sie langweile, noch bevor wir unser Ziel erreicht haben.« Er gab dem Kutscher ein Zeichen zur Weiterfahrt.

»Nein, nein«, beruhigte sie ihn, »ich kenne nicht viel außer der Hauptstadt und höre Ihnen gern zu.«

»Meine Frau freut sich sehr darauf, Sie kennenzulernen, und meine Tochter ebenso. Ich vermute, die beiden sind gespannt darauf, von den neuesten Moden aus der Hauptstadt zu erfahren. Wir liegen ziemlich genau zwischen Paris und Berlin, doch diese Städte befinden sich in einer anderen Welt.«

Die Kutsche bog nach links in eine ansteigende Straße, an der elegante Wohnhäuser standen, die von großen Gärten umgeben waren.

»Die Regentenstraße, in der sich unser bescheidenes Domizil befindet.«

Das war natürlich untertrieben. Das Haus der Rungraths war durchaus ansehnlich und brauchte den Vergleich mit Berliner Villen nicht zu scheuen. Das zarte Gelb der Fassade kontrastierte mit den Rosenbüschen, die schon in Blüte standen und das Gebäude wie ein lebender Rahmen umgaben. Alte Bäume breiteten ihre Kronen wie schützende Schirme aus und ließen Flecken aus Sonnenlicht über die Mauern huschen.

»Das ist ein wunderschönes Haus«, sagte Rika und meinte es auch so. Nicht so imposant wie die Villa Hesse, aber einladender. Sie war gespannt, ob es von innen so behaglich war, wie sein Äußeres hoffen ließ.

Carl Wilhelm Rungrath half ihr aus der Kutsche, worauf sich wie aufs Stichwort die Haustür öffnete und zwei Damen heraustraten, denen man die enge Verwandtschaft ansah. Beide waren klein und blond, die eine fülliger, die andere zart, aber ihre Gesichtszüge verrieten, dass es sich um Mutter und Tochter handelte. Im Gesicht der Älteren erkannte Rika auch den Sohn wieder.

»Meine Frau Hedwig und meine Tochter Elise«, sagte der Fabrikant mit einer stolzen Geste.

Frau Rungrath drückte dem Gast aus Berlin herzlich die Hand. »Sie müssen nach der langen Fahrt sehr müde sein. Kommen Sie herein – gleich wird ein Imbiss serviert.«

Nachdem Rika auch der jungen Frau, die sie mit großen Augen betrachtete, die Hand gegeben hatte, betrat sie die großzügig geschnittene Diele, wo ein Hausmädchen ihr den Mantel abnahm.

Dabei fiel ihr Blick auf eine Vitrine, die alte Utensilien des Webereigewerbes enthielt, von denen sie auf den ersten Blick nur verschieden geformte Weberschiffchen erkannte.

Als Frau Rungrath ihren Blick bemerkte, sagte sie lächelnd: »Ach, ich habe meinem Mann schon so oft gesagt, er solle seine Museumsstücke anderswo aufbewahren, aber er besteht darauf, sie hier zu präsentieren. Man könnte auch eine hübsche Topfpflanze dorthin stellen«, sagte sie mit einem vorwurfsvollen Blick auf Herrn Rungrath, der ihren Einwand mit einer Handbewegung abtat.

»Nun langweile unseren Gast doch nicht mit diesen Geschichten. Wir haben mit Weben unser Glück gemacht und können das ruhig zeigen.« Sein Tadel klang gutmütig, und Rika spürte die grundlegende Harmonie, die zwischen den beiden herrschte. Ohne die Allüren der sogenannten guten Gesellschaft, die Vornehmtuerei und das enge Korsett eleganter Manieren, schien es sich gar nicht so schlecht zu leben.

»Ich hoffe, Sie erzählen uns interessante Dinge aus der Hauptstadt«, meldete sich Elise erstmals zu Wort.

»Sie können mich alles fragen, was Sie wissen möchten, Fräulein Rungrath«, erwiderte Rika freundlich.

»Bitte hier entlang«, sagte die Frau des Hauses und wollte in einen angrenzenden Raum bitten, als Rika unvermittelt innehielt.

An der Wand gegenüber der Haustür hing ein eindrucksvolles Bild.

In der Mitte war Carl Wilhelm Rungrath dargestellt, so lebendig, als könnte er jeden Augenblick aus dem Rahmen hervortreten. Doch war es nicht nur die Darstellung des Mannes, die Rika gefangen nahm, sondern auch der Kranz aus kleinen Bildern, der das Porträt umgab: ein schmales Häuschen, vielleicht das Elternhaus des Dargestellten; Ansichten seiner Heimatstadt, die Kirche auf dem Hügel, davor ein Weiher mit alten Häusern, aber auch der Bahnhof am Königsplatz als Wahrzeichen des modernen Verkehrs. Die Ansicht einer Fabrik mit gezackten Sheddächern wie ein Schattenriss vor hellem Himmel. Die Villa mit dem Säulen-Portikus. Rungraths Lebensweg rankte sich wie eine Bordüre um seine Gestalt.

Rika bemühte sich, ihre Aufregung zu verbergen, und sagte: »Das ist wunderbar. Ich interessiere mich sehr für Kunst. Darf ich fragen, wer der Maler ist?«

Carl Wilhelm Rungrath räusperte sich kurz: »Es stammt von einem gewissen Paul Flemming. Er war ein sehr angesehener Porträtmaler.«

»War? Ist er verstorben?«, fragte sie schnell.

Rika spürte die kaum merkliche Starre, die sich wie Raureif über die Familie legte. Elise sah zu Boden, um ihrem Blick auszuweichen.

»Hm, das ist – wie soll ich es ausdrücken? – eine merkwürdige Geschichte. Er verschwand eines Tages. Man erzählt sich, er habe persönlichen Kummer gehabt.« Rungraths Miene ließ erkennen, dass er nicht weiter darüber sprechen wollte, und Rika hütete sich, ihn zu drängen.

»Bitte kommen Sie ins Empfangszimmer«, rief Frau Rungrath dazwischen und führte Rika in den hellblau gehaltenen Raum, der sofort ihr Entzücken weckte.

»Wie schön hell Sie es haben«, erklärte sie bewundernd. »Es gehört Mut dazu, sich von diesem Hang zu dunklen Möbeln und

Dekorationen zu befreien, nicht wahr? Mir ist es bei uns zu Hause leider noch nicht gelungen.«

Hedwig Rungrath lächelte geschmeichelt. »Ich habe einige Illustrierte mit den neuesten Einrichtungsmoden abonniert. Sie haben recht, die schweren, dunklen Möbel sind sehr in Mode, aber ich habe es gerne hell, vor allem in den Wintermonaten.«

»Mein Zimmer ist rosa und hellgrün«, rief Elise und erntete einen mahnenden Blick für ihren Zwischenruf. »Sie dürfen es sich gern einmal anschauen.«

Während Rika mit Rungraths plauderte und ein Imbiss aus Schnittchen mit kaltem Braten und eingelegten Gürkchen gereicht wurde, ging ihr unablässig ein Name durch den Kopf, beharrlich wie der Klang der tibetanischen Gebetsmühlen, die sie in einem Museum bestaunt hatte.

Für den nächsten Mittag hatten Rungraths Gäste eingeladen, denen sie die Besucherin aus der Reichshauptstadt vorstellen wollten. Ihre Ankunft schien in der Kleinstadt Wellen zu schlagen. Rika stand flankiert von ihren Gastgebern im Empfangszimmer, wo sie den Honoratioren vorgestellt wurde – Fabrikanten, Ärzten, Rechtsanwälten und dem Leiter des städtischen Gesangsvereins »Cäcilia«. Sie fragte sich, wo die Rungraths so viele Menschen bewirten wollten, und wurde eines Besseren belehrt, als sie gemeinsam den Wintergarten betraten, einen Anbau mit gläsernen Wänden, in dem eine Tafel für etwa dreißig Personen gedeckt war.

Hedwig Rungrath blickte stolz auf die weißleinenen Tischtücher, die lachsfarbenen Rosenarrangements und das schimmernde Kristall. Niemand sollte denken, in der Provinz wüsste man nicht, wie man seinen Gästen einen ansprechenden Rahmen bot.

Als alle Platz genommen hatten und der Sekt eingeschenkt war, brachte Carl Wilhelm Rungrath einen Toast aus.

»Ich möchte auf das Wohl von Frau Friederike Hesse trinken, die eine weite Reise unternommen hat, um unsere bescheidene Stadt am Niederrhein zu besuchen. Während es auf den ersten Blick ungewöhnlich erscheinen mag, dass eine Dame als Repräsentantin einer Firma anreist, muss ich doch sagen, dass mich sowohl ihr Charme als auch ihre Kenntnisse aufs Angenehmste überrascht haben.«

Er hob sein Glas. »Ich trinke auf Sie, werte Frau Hesse, und hoffe, dass sich Ihr Aufenthalt bei uns so erfreulich wie nur möglich gestalten wird.«

Alle tranken und senkten die Gläser, worauf sich Rika gezwungen sah, den Trinkspruch zu erwidern. Sie schaute ins Halbrund erwartungsvoller Gesichter.

»Ich danke Ihnen für den herzlichen Empfang. Für mich ist sowohl die Gegend, in die ich mich nun begeben habe, als auch die Rolle einer Reisenden neu. Doch bin ich ein Mensch, der neuen Dingen aufgeschlossen begegnet, und hoffe, dass ich vieles lernen kann. Auf Gladbach!«

Sie hob ihr Glas und prostete ihrem Gastgeber zu.

Als sie Platz genommen hatte, wandte sich ein fülliger Herr mit Kneifer und geröteter Nase an sie. »Werte Frau Hesse, Sie müssen verzeihen, aber was kann Ihnen als Berlinerin unsere Kleinstadt noch bieten?«

»Wie man Gäste herzlich empfängt«, sagte sie spontan. »Natürlich sind die Berliner auch gastfreundlich, aber vieles geht im Gewühl unter. Nahezu eine Million Menschen und Gemütlichkeit vertragen sich nicht gut.«

»Erzählen Sie doch, was gerade in Berlin passiert. Wie ist die

Mode? Worüber wird geklatscht? Wie kleidet man sich nächstes Jahr?«, rief eine Dame mit jugendlichem Enthusiasmus.

»Das möchte ich auch wissen«, fügte Elise Rungrath hinzu.

Rika bemerkte, dass diese neben einem jungen Herrn saß, der ihr verliebte Seitenblicke zuwarf. Sie erinnerte sich an Stephan Rungraths Worte von dem Sohn des Crefelder Samtwebers, der mit seiner Schwester verlobt sei. Die ganze Familie machte einen harmonischen Eindruck. Die Verlobung schien Gefühl und Geschäft aufs Schönste zu verbinden, und der Sohn vertrat die Firma in Berlin. Es war beinahe zu gut, um wahr zu sein.

Die Tischgesellschaft war bester Stimmung. Man sprach über die Krisenjahre, die allmählich überstanden schienen, und Rika berichtete, dass in drei Jahren eine große Gewerbeausstellung in Berlin stattfinden solle.

»Eine ausgezeichnete Idee«, warf ein Fabrikant ein. »Was London und Paris können, sollten wir auch schaffen. Ich finde es überhaupt schändlich, dass man das Deutsche Reich bei solchen Veranstaltungen einfach übergeht. Warum ausgerechnet Philadelphia in diesem Jahr? Warum veranstalten wir nur eine Gewerbe- und nicht auch eine Weltausstellung? Dieser Name hat Renommee, und wir brauchen uns mit unseren Erfindungen beileibe nicht zu verstecken.«

»Das sehe ich anders, mein lieber Theodor«, warf Carl Wilhelm Rungrath ein. »Erinnere dich bitte an die Briefe von Reuleaux!«

Rika fiel ein, dass sie etwas über den Mann in der Zeitung gelesen hatte. »Ist das nicht der Preisrichter in Philadelphia, der so schlecht über die deutschen Waren geurteilt hat?«

»In der Tat, Frau Hesse, und das empfinde ich als Schande«, erklärte der Herr namens Theodor. »Er tritt dort als Deutscher auf und zweifelt öffentlich an der Qualität unserer Produkte. Nun ja, bei diesem Namen wundert mich gar nichts.«

»Ach, wir wollen doch in Anwesenheit unseres Gastes nicht streiten«, warf Frau Rungrath milde ein. »Vielleicht wollte er die Fabrikanten nur dazu anregen, es demnächst besser zu machen. Wenn ich die Damen jetzt zu Kaffee und Likör in den Salon bitten dürfte …«

Erleichtert stand Rika auf. Während sie durchaus gern mit Herren über Wirtschaft und Politik sprach, war ihr dieses Thema doch zu heikel. Außerdem hoffte sie, im Kreise der Damen etwas über Paul Flemming zu erfahren.

Im Salon wurden verschiedene Liköre, Kaffee und Gebäck auf einer silbernen Etagere gereicht. Rika wurde noch einmal allen vorgestellt und versuchte, sich die Namen zu merken. Frau Repges war die Gattin eines Notars und Frau Hennen die des empörten Fabrikaten, der sich eine deutsche Weltausstellung wünschte. Sie behielt auch Elise Rungrath im Auge, die sich unter den älteren Damen nicht wohlzufühlen schien. Vermutlich weilte sie in Gedanken bei ihrem Samtweber, der mit den Honoratioren im Gartensaal Zigarren rauchte.

Als Frau Rungrath mit dem Hausmädchen etwas besprach, nutzte Rika die Gelegenheit und trat zu Elise, die am Kamin stand und gelangweilt ihre Schuhspitzen betrachtete. »Ich habe eine Stieftochter, die nur wenige Jahre jünger ist als Sie«, sagte sie freundlich.

Das Mädchen blickte auf und wirkte gleich lebhafter. »Wie heißt sie denn?«

»Anna.«

»Ach, ich würde zu gern einmal nach Berlin reisen. Ich lese in den Illustrierten immer von den Theateraufführungen und der

Mode, von den Ausstellungen und Bällen. Dort leben so viele interessante Menschen. Es muss doch himmlisch sein, in Berlin zu wohnen!«

Rika wollte ihr nicht die Illusionen rauben und entschied sich für einen Mittelweg. »Nun, es gibt tatsächlich wunderbare Geschäfte, Museen und Theater, elegante Restaurants, Parks, in denen die Gesellschaft promeniert. Aber«, sie sah in die strahlenden Augen der jungen Frau, »das ist nicht das ganze Berlin. Es gibt auch eine andere Seite – Fabriken, dunkle Hinterhöfe, enge Wohnungen in Mietskasernen, viele Menschen, die kaum genug zum Leben haben, die sogar hungern.«

Als sie die betretene Miene sah, lächelte sie. »Aber gerade das macht Berlin zur Metropole. Das Leben dort ist laut und schnell und aufregend, Glanz und Elend liegen oft dicht beieinander. Wenn man sich darauf einlassen kann, ist es eine wunderbare Stadt. Wer ein ruhiges, beschauliches Dasein vorzieht, in dem es keine großen Wunder, aber auch keine großen Unglücksfälle gibt, findet in Gladbach gewiss ein besseres Zuhause.«

Elise überlegte eine Weile. »Diese Gedanken sind sehr anregend, Frau Hesse. Ich frage mich, zu welchem Typ ich wohl gehöre.«

»Falls es in Ihrem Leben schon einmal eine Zeit gegeben hat, die Sie innerlich aufwühlte …«

Der erschrockene Blick des jungen Mädchens ließ sie innehalten. Hatte sie unwissentlich an etwas gerührt, das Elise Rungrath am liebsten vergessen wollte? Sie musste behutsam sein, um sie nicht zu verschrecken.

»Verzeihung, ich wollte Ihnen nicht zu nahetreten.«

»Ach, es ist nichts«, meinte Elise lächelnd und machte eine Kopfbewegung, als wollte sie die Erinnerung abschütteln. »Meine Mutter hat vorgeschlagen, dass wir morgen Nachmittag einen Spaziergang durch die Innenstadt unternehmen. Wir können in einem Café Kuchen essen. Vorher aber möchte mein Vater Ihnen gewiss die Firma zeigen.«

»Es wäre mir ein Vergnügen, mit Ihnen spazieren zu gehen, Fräulein Rungrath«, sagte Rika herzlich.

Als einige Damen auf sie zutraten und mehr über die neueste Mode wissen wollten, drehte sie sich um und ging mit freundlichem Lächeln auf ihre Fragen ein. Ja, das wird ein interessanter Aufenthalt, dachte sie beschwingt.

17

Stephan Rungrath war schwach geworden. So fest er sich vorgenommen hatte, in Berlin heimisch zu werden, bevor er seinen Neigungen nachgab – er hatte es nicht durchgehalten. Der seelische Aufruhr, der ihn quälte, nachdem er den Maler wiedergesehen hatte, ließ sich nur durch körperliche Nähe beschwichtigen. Natürlich wusste er noch nicht, wo Männer wie er in der Hauptstadt verkehrten, doch dann war ihm der Zufall zu Hilfe gekommen. Nachdem er mit dem Dienstmädchen der Hesses gesprochen hatte, war er unruhig durch die Straßen gelaufen. Ziellos ließ er sich die Friedrichstraße entlangtreiben.

Unterwegs schaute er in das eine oder andere Café, kaufte Zigaretten, fand aber keine Muße, irgendwo einzukehren. Eine Hand in der Hosentasche, in der anderen eine Zigarette, bog er in die Linden ein und ließ sich vom abendlichen Treiben mitreißen. Dabei ließ er seine Blicke über die Herren schweifen, die ihm entgegenkamen. Viele elegante Offiziere waren darunter, die in ihren roten, blauen und weißen Ausgehuniformen wie bunte Blumen leuchteten. Die meisten führten Damen spazieren, die hingebungsvoll an ihren Lippen hingen und nach allen Seiten zu strahlen schienen. Nach den Verlusten des Frankreichfeldzugs waren Offiziere noch begehrter als zuvor. Der eine oder andere hätte Stephan auch gefallen, doch er zwang sich, woanders hinzuschauen.

Er näherte sich der Schlossbrücke. Marschmusik erklang, und die Menschen strömten zur Neuen Wache, um sich die

Wachablösung der prächtigen Gardesoldaten anzuschauen. Stephan blieb etwas außerhalb der Menge stehen und bemerkte dabei einen Mann, der eiligen Schrittes zum sogenannten Kastanienwäldchen strebte, das die Wache von drei Seiten umschloss und bei dem es sich eigentlich nur um einige Baumreihen handelte, die nach dem Bau der Wache dort gepflanzt worden waren. Stephan konnte nicht sagen, weshalb er dem Mann mit den Blicken folgte, doch als ein zweiter Herr kurz darauf dieselbe Richtung einschlug, wurde er neugierig.

Die Menschen waren vom Aufmarsch der Soldaten abgelenkt, und so begab er sich gemächlichen Schrittes an die Seite des Gebäudes, wo er die beiden Männer in wenigen Metern Entfernung beieinander stehen sah.

Wer nicht war wie er, hätte sich nichts dabei gedacht, doch Stephans Sinne waren geschärft, und er hatte ein Gespür dafür entwickelt, wenn Männer ein Treffen verabredeten, das über die gewöhnliche Kameraderie bei Bier und Weibern hinausging. Er beobachtete, wie die beiden sich mit Gesten verständigten, bevor der eine davonging und der andere ihm in einiger Entfernung folgte.

Noch immer dröhnten die Trommeln, erklangen die Blechbläser, und es war eine geradezu unwirkliche Szene, als ein sehr junger Mann um die andere Ecke der Neuen Wache bog und Stephan einen fragenden Blick zuwarf. Da wurde ihm klar, dass die beiden vorhin nicht zufällig hierhergeraten waren. Hinter dem Symbol militärischer Zucht und Ehre trafen sich die Außenseiter der Gesellschaft, die Urninge, wie der Wissenschaftler Ulrichs seinesgleichen nannte. Stephan hatte keinen Namen für sich selbst, er kannte nur die Kränkungen, mit denen man Männer wie ihn bedachte.

»Hätten Sie eine Zigarette für mich?«, fragte der junge Mann, als er vor ihm stand. Stephan sah, dass er die Augen geschminkt hatte. Und er war sehr jung, fast noch ein Knabe.

»Gewiss.« Stephan hielt ihm das Päckchen hin und gab ihm Feuer.

»Sind Sie fremd hier?«, fragte der Junge.

»Ich lebe noch nicht lange in Berlin.«

»Möchten Sie ein nettes Wirtshaus kennenlernen? Ich könnte Sie hinführen. Die Gesellschaft ist angenehm, das Bier gut gekühlt.« Bei dem Wort Gesellschaft bedachte er Stephan mit einem vielsagenden Blick.

Dieser schaute sich rasch um. Noch immer ertönte die Marschmusik, noch immer standen die Zuschauer vor den paradierenden Soldaten. Auf einmal spürte er die Sehnsucht in sich aufsteigen, das ungeheure Bedürfnis nach körperlicher Nähe. Es war lange her, seit er mit Willy zusammen gewesen war.

»Einverstanden. Sie gehen vor.«

Anthonis war rastlos. Zwar kannte er Nächte, in denen er von Kopfschmerzen gequält wurde und nicht einschlafen konnte – diese Unruhe aber war anders. Er lief im Morgengrauen im Zimmer auf und ab, räumte seine Utensilien auf, die längst aufgeräumt waren, trank Wasser, hielt den Kopf aus dem Fenster in den schon warmen Tag. Nichts half.

Er trat vor den Spiegel und schaute hinein. Sein Gesicht war ihm fremd geworden, doch er zwang sich, es jeden Tag zu betrachten, weil er hoffte, sich die Züge irgendwann doch einprägen zu können. Während er sein Spiegelbild studierte, schob sich ein anderes Gesicht vor seines, ein Gesicht, das nur in seiner Erinnerung existierte.

Viel erkannte er nicht, doch er sah den Schleier aus roten Haaren, die Linien der Schultern und hörte ein warmes Lachen, das ihm noch in den Ohren klang. Abrupt wandte er sich vom Spiegel ab.

Sie war verreist, hatte sie geschrieben, ohne ihr Ziel zu erwähnen oder wann sie zurückkommen würde.

Die Arbeit ging ihm nur schwer von der Hand. Das galizische Haus wollte nicht recht gedeihen, und mit den Scherenschnitten war zurzeit kein Geld zu verdienen, da ihm der Schutzmann im Nacken saß. Wenn er sich nicht an die zweiwöchige Sperre hielt, drohten ihm noch größere Schwierigkeiten. Die Arbeit, so anspruchslos sie auch sein mochte, fehlte ihm zunehmend. Und statt die gewonnene Zeit zu nutzen, trödelte er herum und brachte nichts Vernünftiges zustande.

Er quälte sich mit Fragen. War er zu weit gegangen, als er an der Tür der eleganten Villa erschienen und damit in ihre Welt eingedrungen war – eine Welt, die so gar nichts mit der Spandauer Vorstadt gemein hatte? Immerhin hatte sie ihn gebeten, das Bild per Post zu schicken. Andererseits war da ihr Brief gewesen – sie hätte ihm nicht schreiben müssen, wenn sie seinen Besuch als kompromittierend empfunden hätte.

Schließlich besorgte er sich ein Adressbuch, blätterte darin herum und studierte die Einträge unter H, bis er den gesuchten fand:

C. & A. Hesse, Damenmäntel und Konfektion,
Hausvogteiplatz 11

Mit neuer Zuversicht machte Anthonis sich auf den Weg. Das Wetter war so schön, dass er das Geld für die Pferdebahn sparte und zu Fuß in südwestlicher Richtung ging.

Am Hackeschen Markt kaufte er bei einer rundlichen Marktfrau zwei Äpfel, so rotbackig und glänzend, dass er nicht widerstehen konnte. Er rieb sie an seiner Jacke ab und aß sie im Gehen. Er mochte die Gegend, den noch ruhigen Platz nahe der Börse, an dem in den kommenden Jahren ein Bahnhof für die Stadtbahn errichtet werden sollte, wie man sich erzählte.

Anthonis bog in die Neue Promenade ein, überquerte die Friedrichsbrücke und verlangsamte seine Schritte, um die prächtigen Museumsbauten auf der Spreeinsel zu betrachten. Selbst der älteste Bau war noch keine vierzig Jahre alt, und die Nationalgalerie hatte man erst vor wenigen Monaten im Beisein des Kaisers eröffnet.

Früher hatte er davon geträumt, seine Bilder in einem Museum wie diesem ausgestellt zu sehen, doch diesen Ehrgeiz hatte er verloren. Abgestreift wie einen alten Mantel, dem er nicht einmal nachtrauerte. Dennoch, das Gebäude war gelungen. Der Vorbau mit seinen acht Säulen, die herrliche Freitreppe.

An diesem Tag gönnte er der Galerie nur einen kurzen Blick, bevor er weiter in Richtung Hausvogteiplatz strebte. Dann und wann meinte er, ein Passant habe ihm zugenickt, doch das konnte auch Einbildung sein. Er ließ die steinerne Masse des Schlosses links liegen und überquerte den Werderschen Markt mit der imposanten Bauakademie und der Friedrichswerderschen Kirche. Zu Beginn war er ständig in der Stadt umhergelaufen, hatte alles in sich aufgenommen, Anregungen gesucht, war im Gewühl der Menschen untergetaucht, immer auf der Suche nach Anonymität. Inzwischen jedoch hielt er sich in seinem eng umgrenzten Viertel auf, verkehrte mit den wenigen Menschen, die er schätzte, und kümmerte sich ansonsten kaum um das, was in der Stadt geschah.

Vielleicht würde er irgendwann wieder auf Entdeckungsreise

gehen, doch fand er zunehmend in sich selbst das, was er brauchte. Isidor warf ihm bisweilen vor, er sei zu jung für sein Einsiedlerleben, doch Anthonis widerstrebten die Hast und Oberflächlichkeit der meisten Menschen.

Endlich hatte er den Hausvogteiplatz erreicht. Schön war er nicht gerade, dachte Anthonis, nur Stein und Pflaster, keine Grünanlage, wie er sie von anderen Berliner Plätzen kannte. Allerdings war dies auch keine Gegend, in der man spazieren ging und sich erholte – hier wurde gearbeitet. Laufburschen eilten mit Paketen unter dem Arm umher, hoch beladene Fuhrwerke hielten vor den Geschäftshäusern, Herren im Gehrock kehrten vom späten Frühstück zurück ins Kontor.

An den Gebäuden prangten die Namen zahlreicher Firmen, und er war froh, dass er die genaue Adresse herausgesucht hatte. Er staunte, wie viele Firmen in einem einzigen Haus residierten. Hergestellt wurde hier gewiss nichts. Anthonis hatte an große Gebäude mit Maschinenhallen wie bei Borsig und Siemens gedacht, in denen Hunderte von Arbeitern an lärmenden Webstühlen und Spinnmaschinen ihrem Tagwerk nachgingen. Das hier schienen jedoch nur Verkaufsbüros zu sein.

Jerusalemer Straße Ecke Hausvogteiplatz: Dieses Haus musste es sein. Auch hier zahlreiche Schilder, *1. Stock – C. & A. Hesse.* Die große Doppeltür mit den bunten Fenstern stand einladend offen, er brauchte nur einzutreten. Menschen liefen die Treppen hinauf und hinunter, es war ein geschäftiges Treiben, in dem sich niemand um einen unbekannten Besucher scherte. An den Wänden im Flur hingen gerahmte Reklameplakate, die die Waren der verschiedenen Firmen anpriesen.

Im ersten Stock blieb Anthonis vor der dunklen Eichentür stehen, holte tief Luft und ging hinein.

Das Stimmengewirr und das Rattern von Nähmaschinen, das aus einer offenen Tür zu seiner Linken drang, waren unbeschreiblich. Vor ihm öffnete sich eine ganze Flucht von Räumen, durch die man auf eine geschlossene Holztür ganz am Ende blickte, vermutlich das Allerheiligste des Besitzers.

Anthonis schaute sich um. An einem Schreibtisch saß eine junge Frau hinter einem Gerät, das offenkundig zum mechanischen Schreiben verwendet wurde. Anthonis erinnerte sich, von solchen Maschinen gelesen zu haben, die aus Amerika eingeführt wurden. Sie waren ganz neu auf dem Markt, und nur besonders wohlhabende und fortschrittliche Unternehmen arbeiteten damit.

Als die Frau ihn bemerkte, hielt sie im Schreiben inne, stand auf und schloss die Tür, aus der das Rattern drang. »Verzeihung, wenn diese Tür offen steht, versteht man sein eigenes Wort nicht. Womit kann ich Ihnen dienen?«

Auf einmal fühlte Anthonis sich unsicher. Unterwegs war es ihm so einfach erschienen, eine Antwort auf seine Frage einzuholen, doch als er nun hier in den Geschäftsräumen stand, kam ihm sein Vorhaben plötzlich absurd vor. Egal, nun musste er es durchstehen.

»Wie ich gehört habe, ist Frau Friederike Hesse verreist. Wir hatten kurz zuvor geschäftlich miteinander zu tun, doch sie vergaß, mir zu sagen, wann sie zurückkehren wird. Dürfte ich Sie um eine diesbezügliche Auskunft bitten? Ich bin Maler und verkaufe ihr gelegentlich Bilder.«

Der Blick der jungen Frau verriet ihm, dass er sich keine Sorgen hätte machen müssen. Sie wirkte gar nicht verwundert, anscheinend war Frau Hesses künstlerisches Interesse bekannt. »Wann genau sie aus Gladbach zurückkehren wird, weiß ich nicht.

Da es sich jedoch um eine geschäftliche Reise und keinen Verwandtenbesuch handelt, würde ich mit etwa zehn Tagen rechnen, immer vorausgesetzt, es tritt keine Verzögerung ein.« Ihr Blick veränderte sich. »Ist Ihnen nicht wohl?«

Er schüttelte den Kopf. »Nein, nein. Sagten Sie Gladbach?«

»Ja, im Rheinland. Sie ist anstelle von Herrn Hesse dorthin gereist, der unabkömmlich war. Möchten Sie vielleicht mit ihm sprechen?«

»Das ist nicht nötig«, beeilte er sich zu sagen. »Ich danke Ihnen vielmals.«

Er wollte gerade gehen, als sich am Ende der Zimmerflucht eine Tür öffnete und zwei Herren plaudernd heraustraten. Der kleinere war blond, der größere dunkel und trug einen Vollbart. Er lachte.

»Sie sind unverbesserlich. Das sollten wir bei einem guten Glas Wein besiegeln.«

Als die beiden ins Empfangszimmer traten, bedachte Anthonis sie mit einem flüchtigen Blick, nickte der Empfangsdame noch einmal zu und ging hinaus.

18

Am nächsten Tag besichtigte Rika die Fabrik, besser gesagt, beide Fabriken, denn seit Kurzem war Carl Wilhelm Rungrath auch stolzer Besitzer einer kleinen Tuchweberei mit hundert Webstühlen, in der er hochwertige Wollstoffe herstellte, die für die Mantelproduktion der Hesses interessant werden konnten.

»Sie können so viele Maschinen belegen, wie Sie möchten«, bot Rungrath ihr an. »Ich fange gerade erst an, hier etwas aufzubauen. Der Vorbesitzer hatte die Firma heruntergewirtschaftet und dadurch die meisten Kunden verloren.« Er machte eine diskrete Trinkbewegung. »Von seinem Vater gegründet – es ist eine Schande. Bevor es zur Versteigerung kam, habe ich ihm ein Angebot gemacht. So konnte er das Gesicht wahren, und ich kam günstig zu einer weiteren Fabrik.«

»Sie würden uns also garantieren, dass Sie auch kurzfristig liefern und alles auf unsere Wünsche abstellen können?«, erkundigte sich Rika, wie Alexander es ihr aufgetragen hatte.

»Selbstverständlich.«

Sie saßen in dem kleinen Kontor, das sich an die Produktionshalle anschloss. Selbst hier drinnen vibrierten die Glasscheiben in den Schränken von den Bewegungen der Webmaschinen.

Rungrath hatte gleich erklärt, dies sei nur sein Zweitkontor, das eigentliche Herz der Firma befände sich im Stammhaus einige Straßen weiter.

»Wir möchten gerne unsere Mantelproduktion erweitern«, erklärte Rika. »Da die Damenkleider enger werden und künftig auf die Tournüre verzichten, bieten sich ganz andere Möglichkeiten. Lange, schmalere Mäntel und Wolle, Satin für den Abend, leichte Baumwollstoffe. Alles ist denkbar. Bordüren, gemusterte Stoffe, Samtbesatz.«

Ein Leuchten ging über Rungraths Gesicht. »Was den Samt angeht, kann ich Sie an meinen künftigen Schwiegersohn verweisen. Die Samtweberei van Luyk in Crefeld bietet eine ausgezeichnete Palette in allen Farben.«

»Wenn Sie eine Verbindung herstellen und die Zusendung von Mustern an meinen Stiefsohn veranlassen könnten, wäre ich Ihnen sehr verbunden«, sagte Rika.

»Das werde ich gern in die Wege leiten.«

»Wenn Sie mir die Bemerkung erlauben, scheint Ihre Tochter dem jungen Herrn van Luyk sehr zugetan. Eine erfreuliche Verbindung zwischen Zuneigung und praktischen Erwägungen.«

Rungrath lächelte. »In der Tat. Elise liegt mir sehr am Herzen. Daher freut es mich, dass sie den jungen van Luyk zu mögen scheint. Nicht dass dies der wichtigste Beweggrund für eine Eheschließung sein sollte, aber es vereinfacht die ganze Sache, und man vermeidet unerfreuliche Begleiterscheinungen. Tränen, heftige Gefühlsausbrüche – Sie wissen schon.«

Das wusste sie in der Tat, und als sie an Anna dachte, wurde ihr das Herz schwer. Hoffentlich überstand sie die Zeit allein mit ihrem Bruder und fern vom jungen Herrn Löwenstein ohne allzu großen Kummer.

»Ich habe selbst eine Stieftochter, Herr Rungrath.«

»Sie sind sehr jung für eine Stiefmutter«, sagte er, doch sie spürte, dass er in Gedanken beim Geschäft war. Das war ihr recht, da es eigentlich unpassend schien, mit einem fremden Herrn familiäre Angelegenheiten zu erörtern.

»Wenn Sie möchten, führe ich Sie nun ins Musterzimmer. Der Websaal dürfte zu laut und zu schmutzig für eine Dame sein.«

Rika war ganz froh, dass er ihr die Besichtigung der eigentlichen Produktionsstätte ersparte. Sie gingen durch einen kurzen Flur, dann öffnete er eine Tür und ließ sie eintreten. Zwei Frauen schauten auf, als sie hereinkamen, und erhoben sich, um ihrem Chef Respekt zu erweisen.

Mit einem Nicken bedeutete er ihnen, wieder an die Arbeit zu gehen. Dann zeigte er auf die großen Holztische, die über und über mit Stoffstücken bedeckt waren.

»Hier, Frau Hesse, sehen Sie unser Musterzimmer, das für die Beziehung zwischen Produktion und Kunden von großer Wichtigkeit ist. Hier werden aus größeren Stücken kleine Muster geschnitten und auf Pappen aufgeklebt.« Er nahm ein Stück Karton in die Hand, das mit Nummern beschriftet und mit kleinen Stoffstücken beklebt war, deren Ränder in einem hübsch gezackten Muster zugeschnitten waren. »Diese Muster nehmen die Vertreter auf Reisen mit, oder aber wir senden sie per Post an unsere Kunden. Wer größere Stücke zur Ansicht haben möchte, erhält diese selbstverständlich auf Anfrage. Sollten Sie schon jetzt Interesse an bestimmten Qualitäten haben, werde ich sie Ihnen entweder mitgeben oder nachsenden, falls dies angenehmer für Sie sein sollte.«

Rika trat an den ersten Tisch und sah sich die Stoffe an, nahm einige in die Hand, strich darüber, um ein Gespür für die Qualität zu bekommen. Sie machten einen guten Eindruck, und sie konnte sich durchaus vorstellen, Mäntel, Pelissen und Jacken daraus fertigen zu lassen. Wenn Rungrath dann auch noch gleichwertige Futterstoffe und van Luyk vielleicht den Samt liefern konnte, wäre dies eine vielversprechende Verbindung.

»Dieser Wollstoff wäre mit einem schwarzen Samtbesatz wunderbar für einen festlichen Mantel geeignet, den man bei winterlichen Gesellschaften oder in der Oper tragen könnte«, sagte Rika und fuhr mit der Hand über ein Stück bordeauxrotes Tuch.

»Er wurde mit gefärbtem Garn gewebt«, erklärte Rungrath. »Wir könnten bei Spezialbestellungen jedoch auch Stückfärbung ganz nach Ihren Wünschen bieten. Sollte eine bestimmte Farbe in Berlin plötzlich in Mode kommen und stark nachgefragt werden, können wir binnen Kurzem die Ware in der gewünschten Farbe liefern.« Ein Anflug von Stolz huschte über sein Gesicht.

»Das kommt tatsächlich vor«, erwiderte Rika. »Und wir haben in letzter Zeit mehrfach schlechte Erfahrungen mit Firmen gemacht, die mit großer Verspätung lieferten, sodass wir den Höhepunkt der Welle nicht nutzen konnten.« Sie machte sich Notizen in einem ledergebundenen Buch, das sie eigens für die Reise angeschafft hatte.

»Ich sehe eine große Zukunft für die Tuchindustrie in Gladbach«, erklärte Rungrath. »Noch vor einigen Jahrzehnten war die Stadt von Flachsfeldern umgeben, und Leinen war das wichtigste Produkt. Dann folgte die Baumwolle, als während des Amerikanischen Bürgerkriegs kein Nachschub nach Europa kam. Viele setzten auf Baumwolle und sind gut damit gefahren. Aber ich ahne, dass Wolltuche künftig das bedeutendste Geschäft sein werden, und mein Gefühl trügt mich selten. Inzwischen gibt es hier auch Fabriken, die Bekleidung herstellen.«

»Hoffentlich keine Konkurrenz für uns«, meinte Rika lächelnd.

Rungrath schüttelte den Kopf. »Keine Sorge, es sind zumeist

billige Stücke für die Arbeiterkundschaft. Die Berliner Konfektion ist sicher.«

»Das wird Herrn Hesse freuen.«

Sie verließen das Musterzimmer. Rika hob beim Gehen ihre Schleppe, da der Boden zwar gefegt, aber nicht makellos sauber war. Sie war es nicht gewöhnt, sich in einer Fabrik zu bewegen, fand die Erfahrung aber durchaus eindrucksvoll. Dann blieb sie abrupt stehen.

»Herr Rungrath, ich habe es mir überlegt. Ich würde doch gern durch den Websaal gehen. Wenn wir künftig unsere Konfektion aus Ihren Stoffen fertigen, möchte ich mit eigenen Augen gesehen haben, wo diese hergestellt werden.«

Sein überraschter Blick belustigte sie, was sie sich natürlich nicht anmerken ließ. Nun musste er nicht nur mit einer Dame verhandeln, sondern sie auch noch durch einen Raum voller lärmender Maschinen führen.

Es war eine einzige Kakophonie. So hört sich die Hölle an, war Rikas erster Gedanke. Der ganze Boden schien zu vibrieren, wenn die Schützen mit unglaublicher Geschwindigkeit hin und her rasten und auf die Schlagbretter trafen. Der schlimmste Lärm entstand jedoch, wie Herr Rungrath ihr zuvor erklärt hatte, wenn die Schäfte, die die Kettfäden abwechselnd hoben und senkten, aneinander vorbeizischten.

Wie konnte sich ein Mensch länger als ein paar Minuten an diesem Ort aufhalten, geschweige denn hier arbeiten?

Die Arbeiter – es waren keine Kinder darunter – waren ständig in Bewegung, knüpften gerissene Fäden an, betätigten Hebel, reparierten ausgefallene Maschinen. Wie bei einer gelungenen Choreographie schien jeder aufs Genaueste zu wissen, was er zu tun hatte. Rika bemerkte, dass die Arbeiter sich mittels Zeichensprache verständigten, was angesichts der Bedingungen kein Wunder war.

Sie war froh, als Herr Rungrath eine Tür am Ende der Halle öffnete und sie ins Freie treten ließ. Sie gingen ein Stück über den Fabrikhof, und Rika genoss die warme Luft, die sie wie eine wohlige Welle umhüllte. Warm war es dort drinnen auch gewesen, doch hier roch es frisch und nicht nach Maschinenöl, es zwitscherten Vögel in den Bäumen, und das Rattern der Webstühle war nur als fernes Echo zu hören.

»Mir ist aufgefallen, dass Sie keine Kinder beschäftigen. Jedenfalls habe ich dort drinnen keine gesehen«, sagte Rika.

»Wie schön, dass Ihnen das Wohl der Jüngsten am Herzen liegt«, erwiderte der Unternehmer. »Noch vor zwanzig Jahren war die Lage der Kinder in der Stadt sehr schlecht. Es war üblich, sie zu beschäftigen, da bildete auch meine Fabrik keine Ausnahme. Zum Glück haben jedoch Pfarrer und andere Wohltäter dafür gesorgt, dass neue Bestimmungen erlassen wurden. Manche Fabrikanten richteten Schulen für die jüngsten Angestellten ein. Inzwischen gibt es in Gladbach gar keine Kinderarbeit mehr.«

Sie plauderten, bis sie das Hoftor erreicht hatten, wo die Damen Rungrath bereits auf sie warteten.

»Ich hoffe, mein Mann hat Sie nicht allzu sehr mit den Einzelheiten seines Geschäfts gelangweilt, Frau Hesse«, sagte Hedwig Rungrath. »Er neigt dazu, sich in Darstellungen der Gladbacher Geschichte zu ergehen, die nur für Spezialisten interessant sind.«

»Durchaus nicht«, erwiderte Rika und nickte ihrem Gastgeber zu. »Sowohl die geschäftliche als auch die kulturelle Seite sind nicht zu kurz gekommen. Es war mir ein Vergnügen, Herr Rungrath.«

Er gab ihr mit einer Verbeugung die Hand, nickte seinen Damen knapp zu und verschwand wieder im Fabrikgebäude.

»Dort ist er einfach am glücklichsten.« Hedwig Rungrath lächelte.

Der Spaziergang durch das alte Herz der Stadt war interessant und lehrreich. Rika, die nicht an mittelalterlich enge Gassen und schmale Häuschen, die sich um einen Weiher drängten, gewöhnt war, blieb immer wieder stehen und ließ sich erklären, seit wann hier gesponnen und gewebt wurde. Sie erfuhr, dass früher im Erdgeschoss der Häuser der Webstuhl gestanden hatte und die Bewohner im Stockwerk darüber wohnten, welches sie nur über eine Leiter erreichen konnten.

»Das stelle ich mir unangenehm vor, wenn man es eilig hat.«

»Oder eine Dame ist und einen Rock trägt«, warf Fräulein Rungrath kichernd ein, worauf ihre Mutter sie mit einem leicht tadelnden Blick bedachte.

Auf Rika wirkte die Fröhlichkeit der jungen Frau bisweilen etwas aufgesetzt, als wollte sie eine leise Traurigkeit überspielen. Rika war ein Mensch, der sich immer für die Geschichte seines Gegenübers interessierte, weil sie gern den Tiefen und Untiefen im Wesen anderer nachspürte.

Nun hatten sie die Münsterkirche erreicht, und Frau Rungrath setzte, im Schatten stehend, zu einem kleinen Vortrag an. »Vor einigen Jahren haben wir einen Kreis für Frauenbildung gegründet, in dem wir uns auch mit der Geschichte unserer Stadt befassen«, erklärte sie. »Angeblich hat hier schon vor über tausend Jahren eine Kirche gestanden, die von einem fränkischen Adligen namens Balderich errichtet wurde. Sie soll von ungarischen Horden zerstört worden sein.« Ihre Stimme klang entsetzt, als könnten die wilden Reiterscharen jeden Augenblick herbeipreschen.

»Und von wem stammt dieser Bau?«, fragte Rika und trat ein Stück zurück, um an der hellen Fassade des Gotteshauses emporzublicken, das wunderbar auf dem Hügel über der Stadt gelegen war.

»Es gab in Köln einen Erzbischof Gero, der mit dem Mönch Sandrad in diese Gegend kam. Alles war öde und überwuchert, keine Spur einer menschlichen Behausung. Dann auf einmal …«, sie senkte dramatisch die Stimme, »… erklang eine Glocke. Die beiden schauten sich erschrocken um. Mutig folgten sie dem Ton und fanden einen hohlen Stein, in dem sie die Gebeine von Heiligen entdeckten.«

»Vitus, Cyprianus, Cornelius und Barbara«, betete Elise Rungrath herunter. »Das haben wir in der Schule gelernt.«

»So ist es. Darauf gründeten Gero und Sandrad ein Kloster auf dem Hügel und erbauten eine Kirche.«

Kaum hatte Frau Rungrath ausgesprochen, trat ein älterer Herr im schwarzen Anzug zu ihnen und grüßte die Damen freundlich.

»Herr Kaplan, wie schön, dass wir Ihnen unseren Besuch aus der Hauptstadt vorstellen können«, rief Hedwig Rungrath. »Frau Friederike Hesse. Sie ist zu Gast in unserem Haus. Frau Hesse, dies ist Kaplan Fernau, der sich wie kein zweiter mit der Geschichte des Münsters auskennt.«

Der Kaplan gab Rika die Hand und sagte bescheiden: »Das ist stark übertrieben, liebe Frau Rungrath. In unserer Pfarre gibt es einige, denen ich nicht das Wasser reichen kann. Wohl aber kann ich sagen, dass sich nur wenige so oft in der Kirche aufhalten wie ich, selbst der Küster hat mich schon gescholten, weil ich ihm die Arbeit abnehme.«

Die Damen lachten höflich. Der Kaplan warf einen Blick auf Fräulein Rungrath.

»Wie ich hörte, haben Sie kürzlich Verlobung gefeiert. Meine allerherzlichste Gratulation«, sagte er mit argloser Miene. »Sie haben Ihr Glück wirklich verdient.«

Beide Damen erröteten leicht, während sich der Geistliche keines Fauxpas bewusst zu sein schien und ungehemmt weiterplauderte.

»Nun, ich sage immer, die Zeit heilt viele Wunden, und mithilfe unseres Herrgotts vergeht der Schmerz. Gerade die Jugend besitzt jene Kraft, mit der man auch die Widrigkeiten des Schicksals überwindet und der Genesung entgegenstreben kann.«

Rika versuchte, aus seinen gut gemeinten Plattitüden herauszufiltern, worum es eigentlich ging, und gelangte zu dem Schluss, dass es sich nur um eine unglückliche Liebesgeschichte handeln konnte. Hatte es vor der Verlobung mit dem Crefelder Fabrikantensohn bereits einen Mann in Elise Rungraths Leben gegeben?

Aufmerksam beobachtete sie die Szene. Elise sah ihre Mutter hilfesuchend an, und diese hob die Hand, da ihre beschwörenden Blicke in Richtung des Kaplans nicht fruchteten. »Wunden sollte man besser nicht aufreißen, Herr Kaplan«, sagte sie mit bemühter Ruhe. »Freuen wir uns lieber auf die anstehende Hochzeit, die wir in Ihrer schönen Kirche zu feiern gedenken. Dies ist die bedeutendste Kirche der ganzen Stadt«, fügte sie an Rika gewandt hinzu.

Der Kaplan schien endlich zu begreifen und pflichtete ihr hastig bei. »Gewiss doch, Frau Rungrath, gewiss. Es ehrt mich natürlich, dass Sie sich für unser Gotteshaus entschieden haben.«

Die peinliche Situation war überstanden, und die Damen nahmen bereitwillig das Angebot an, sich von Kaplan Fernau durch die Krypta des Münsters führen zu lassen, zu der es auch eine Sage gebe, die einem wohlige Schauer über den Rücken jage. Gespannt trat Rika durch das Portal in die hohe, kühle Kirche.

Die ebenso sachkundige wie unterhaltsame Führung nahm über eine Stunde in Anspruch. Als sie in die Krypta hinabstiegen, hörten sie die Legende vom Teufel, der hier mit einigen Soldaten gezecht und gewürfelt haben sollte. Als er verlor, schlug er wütend auf die Platte eines Sarkophags, der seither einen Sprung hatte. Dieser war deutlich zu erkennen und wurde vom Kaplan mit einem verschmitzten Lächeln vorgeführt.

»Es gibt verschiedene Versionen dieser Geschichte«, fuhr er fort. »Einer anderen zufolge wollte der Teufel die Seele eines Soldaten kaufen und erschrak beim Glockengeläut.«

Er winkte sie zu einem der Fenster, das einen Spaltbreit offen stand. »Eines ist jedoch allen Fassungen gemeinsam – er entwich durch dieses Fenster, das sich seither nicht mehr richtig schließen lässt.«

Rika war fasziniert. Im protestantischen, weltlich geprägten Berlin sprach man nicht über Reliquien oder den Teufel, weshalb sie der Besuch in der alten Kirche umso mehr begeisterte. Sie fragte den Kaplan hemmungslos aus, ohne sich an den verwunderten Gesichtern der Damen Rungrath zu stören. Insgeheim fand sie das Münster und seine Schätze noch viel interessanter als die Weberei.

»Das hier wird Ihnen auch gefallen«, sagte Kaplan Fernau und führte sie zu einer Statue, die auf einem Sockel an der Wand angebracht war. Die Frauengestalt hielt ein Instrument in der Hand, das Rika erst auf den zweiten Blick erkannte.

»Ist das eine Zange?«, fragte sie erstaunt.

Fernau lächelte. »Das haben Sie richtig gesehen. Diese Statue zeigt die heilige Apollonia, die Schutzheilige jener, die unter Zahnschmerzen leiden.«

Rika konnte ein Lachen nicht unterdrücken und stellte erleichtert fest, dass Hedwig und Elise Rungrath ebenfalls lachten.

»Herr Kaplan, wenn Sie mir die unfromme Bemerkung verzeihen, aber ich muss gestehen, dass ich es einmal mit Beten versucht habe, als ich unter furchtbaren Zahnschmerzen litt. Leider vergingen diese jedoch erst, als man mir den vereiterten Zahn gezogen hatte«, erklärte Frau Rungrath.

»Aber gewiss haben Sie beim Beten den nötigen Mut gefasst, um sich behandeln zu lassen«, bemerkte der Geistliche milde.

»Das mag wohl sein«, erwiderte Frau Rungrath. Dann schaute sie in die Runde. »Ich wollte noch ins Café gehen, wenn wir unseren Spaziergang beendet haben. Herr Kaplan, wir danken Ihnen für die lehrreiche Führung.«

Nachdem sie sich verabschiedet hatten, verließen sie die Kirche und genossen den Ausblick vom Vorplatz auf den Brinkweiher, der sich zu Füßen des Abteibergs ausbreitete. Die Häuser waren bis dicht ans Wasser gebaut und standen in engen Reihen, wie sie wohl schon im Mittelalter gebaut worden waren. Auf dem Weiher ruderte ein Mann in einem Boot, und Schwäne zogen ihre Kreise. Doch dieses altertümlich anmutende Idyll wurde unterbrochen, sobald der Blick auf die Schornsteine der Fabriken fiel, die daran erinnerten, dass die Stadt auf dem Weg in die neue Zeit schon weit vorangeschritten war.

Gemächlich spazierten die Damen am Renaissance-Bau des Rathauses vorbei und eine steile Straße hinauf, die zum Marktplatz führte. Rechts lag ein Gasthaus, das, wie Elise erklärte, zu den ältesten Gebäuden der Stadt zählte. Dann deutete sie auf ein freundlich wirkendes Café mit einer blau-weiß gestreiften Markise.

Die Bedienung begrüßte sie herzlich, und Rika dachte zum wiederholten Mal, dass eine Kleinstadt auch einen gewissen Charme besaß. Überall empfangen zu werden wie eine alte Bekannte und Menschen zu begegnen, die man seit Jahren kannte, hatte seinen Reiz. Andererseits führte dieses enge Miteinander dazu, dass auch Dinge weitergetragen wurden, die man lieber verschwiegen hätte.

Dabei fiel ihr die kurze Verlegenheit während der Begegnung mit dem Kaplan ein. Im Grunde konnte es ihr vollkommen gleichgültig sein, ob das junge Mädchen, das sie erst seit gestern kannte, jemals Liebeskummer gehabt hatte. Doch der Ausdruck in den Gesichtern von Mutter und Tochter war wirklich sonderbar gewesen.

19

Stephan Rungrath gelang es mit Mühe, seinen inneren Aufruhr zu verbergen, doch konnte er sich beim Mittagessen kaum auf das Gespräch konzentrieren. Er verschüttete sein Bier, ließ ein Stück Kartoffel aufs Tischtuch fallen und wäre am liebsten allein gewesen, um in Ruhe nachzudenken.

»Das Kotelett ist wie immer ausgezeichnet«, bemerkte Alexander Hesse, und Stephan zuckte zusammen.

»Verzeihung, ich war in Gedanken. Was sagten Sie gerade?«

»Ich habe nur das Fleisch gelobt. Hier isst man sehr gut, ein Stammlokal für die Konfektionäre in der Gegend.« Er nickte einem Vorbeigehenden zu und griff wieder nach seinem Besteck.

Stephan war der Appetit vergangen. Er zwang sich, noch einige Bissen zu nehmen, bevor er Messer und Gabel beiseitelegte. Er konnte die Ungewissheit nicht länger ertragen.

»Herr Hesse, ich meine vorhin ein bekanntes Gesicht im Empfangszimmer Ihrer Firma gesehen zu haben, obwohl ich mich sicher getäuscht habe. Einen Herrn, den ich aus meiner Heimat kenne. Wir sind einander seit Jahren nicht mehr begegnet.«

Hesse fragte höflich: »Wen meinen Sie denn? Einen meiner Angestellten?«

Stephan schüttelte den Kopf. »Nein, er sprach mit der Empfangsdame, als wir aus Ihrem Kontor kamen. Er verabschiedete sich und verließ unmittelbar vor uns das Haus.«

Hesse sah ihn fragend an. »Den habe ich gar nicht bemerkt. Sicher war es jemand, der Ihrem Bekannten nur ähnlich sieht.

Da gibt es die kuriosesten Fälle. Einmal traf ich in Heiligendamm einen Herrn, der meinem ehemaligen Lateinlehrer wie aus dem Gesicht geschnitten war. Beinahe hätte ich ihn gegrüßt, bemerkte zum Glück aber, dass er im Gegensatz zu meinem Lehrer beinamputiert war.« Er aß das letzte Stück Kotelett, leckte sich die Lippen und tupfte den Mund mit der Serviette ab. »Wir können uns gern bei Fräulein May erkundigen.«

Stephan nickte. »Es würde mich beruhigen, sonst denke ich die ganze Zeit darüber nach. Haben Sie schon von Frau Hesse gehört?«, fragte er, um dem Gespräch eine andere Wendung zu geben. »Ist sie gut angekommen?«

»Sie hat telegraphiert und von der herzlichen Aufnahme durch Ihre Familie berichtet«, erwiderte Alexander. »Alles Weitere wird sie mir brieflich und persönlich mitteilen. Ach, ich soll Ihnen übrigens eine Einladung von Herrn Beckert übermitteln, dem Fabrikanten, der bei meinem Herrenabend zugegen war. Es sind amüsante Abende, bei denen es nie an netter Damengesellschaft mangelt.« Er grinste anzüglich. »Es gibt Abende, bei denen man über Politik und Geschäfte spricht, und solche, die ausschließlich dem Vergnügen vorbehalten sind. Letztere versteht niemand besser zu geben als Friedrich Beckert.«

Stephan erinnerte sich an zotige Bemerkungen über Frauen und markige Sprüche über jüdische Unternehmer. Die Einladung erschien ihm nicht sonderlich verlockend, doch er war es gewöhnt, sich zu verstellen. Schon als Junge hatte er sich rauflustig gegeben, um die Kluft zu den anderen zu überbrücken. Nun fühlte er sich an jene Nachmittage erinnert, an denen er vorgab, wie alle anderen zu sein, über Mädchen redete und in verschwiegenen Ecken schmutzige Bilder betrachtete. Heute musste er nicht mehr toben und ringen oder einem Mädchen einen Kuss stehlen, sondern sich mit losen Damen treffen, ihnen Sekt bestellen und in den Ausschnitt greifen. Oder lästerliche Dinge über Juden und Sozialisten reden, um als ganzer Kerl zu gelten.

Zum Glück gab es noch das Kastanienwäldchen.

»Herzlichen Dank.« Stephan hoffte, Hesse werde sich keine Zigarre mehr anzünden. Er wollte zurück in die Firma und sich endgültig bestätigen lassen, dass ihn seine Augen getrogen hatten. Zu seiner Erleichterung ließ Hesse die Rechnung kommen.

Stephan hob rasch die Hand und sagte: »Das geht diesmal auf mich. Nein, nein, ich war schon so oft Ihr Gast, diesmal dulde ich es nicht.« Er gab ein großzügiges Trinkgeld, und sie verließen unter den überschwänglichen Verabschiedungen des Kellners das Lokal.

Die Herren schlenderten die Jerusalemer Straße entlang, wobei Alexander Hesse ständig gegrüßt wurde oder seinerseits grüßte. Es ist wie in einem Dorf, dachte Rungrath, wo jeder jeden kennt und einen Scherz oder Fragen nach dem Befinden der Familie austauscht. Nur bestand dieses Dorf aus den wenigen Straßen, die sich am Hausvogteiplatz trafen, und es wurde nicht mit Vieh oder den Früchten des Feldes gehandelt, sondern mit Kleidungsstücken aller Art.

Endlich erreichten sie das Firmengebäude, und Hesse wollte sich schon verabschieden, besann sich dann aber. »Ach, ich vergaß – der geheimnisvolle Besucher. Kommen Sie, Rungrath, und lassen Sie uns hören, was Fräulein May zu sagen hat.«

Diese schaute von ihrer Maschine auf und lächelte. »Herr Hesse, das Gerät ist wirklich erstaunlich. Es hat zwar seine Tücken – so gibt es leider keine Kleinbuchstaben –, aber im Grunde ist es eine wunderbare Erfindung.«

»Eine Remington Nr. 1«, erklärte Hesse. »Sie wird seit zwei Jahren in Amerika gebaut, ich habe sie eigens aus den Staaten kommen lassen. Natürlich ist sie noch kein Ersatz für die menschliche Handschrift, aber es wird an einem Nachfolgegerät gearbeitet, das schon Groß- und Kleinschreibung ermöglicht. Man muss mit dem Fortschritt gehen, auch in solchen Dingen.« Er räusperte sich. »Fräulein May, vorhin war ein Herr hier bei Ihnen am Empfang.«

Sie schaute ihn fragend an. »Welchen meinen Sie? Hier kommen ständig Boten, Fuhrleute und Lieferanten herein.«

»Groß, dunkelhaarig, Anfang bis Mitte dreißig«, warf Stephan beflissen ein.

»Ach so, ich erinnere mich. Der Herr hat sich erkundigt, wann mit Frau Hesses Rückkehr zu rechnen sei.«

»Wie bitte?«, fragte Hesse stirnrunzelnd.

Die junge Frau zog das Blatt aus der Maschine und legte es ordentlich daneben. Dann ließ sie die Hände auf dem Tisch ruhen und lächelte die Herren arglos an. »Er sagte, er habe geschäftlich mit Frau Hesse zu tun.«

»Hat er seinen Namen genannt?«, fragte Hesse ungeduldig.

»Nein. Aber er sagte, er sei Maler und verkaufe ihr gelegentlich Bilder.«

Ihr Chef schien beruhigt. »Ach ja, Friederike geht gern unter Künstler«, sagte er zu Stephan und nahm ihn beiseite. »Die Zeichnungen, die sie für die Firma anfertigt, sind zwar hübsch, befriedigen aber nicht ganz ihre künstlerischen Neigungen. Sie besucht daher gern Ausstellungen und kauft dann und wann selbst ein Werk. Zufrieden?«

Er sprach in einem gönnerhaften Ton, der Stephan absolut nicht behagte.

Hesse wollte sich gerade verabschieden, als Stephan ihn am Arm berührte und verlegen lächelte. »Verzeihen Sie, aber ich könnte schwören, dass dieser Herr kürzlich bei Ihnen im Hause war.«

Der Unternehmer sah ihn argwöhnisch an. »Kommen Sie bitte noch einmal mit in mein Kontor.«

Nachdem er die Tür geschlossen und Stephan einen Platz angeboten hatte, fragte er unwirsch: »Wie kommen Sie darauf, Rungrath?«

Stephan berichtete, was er durch die Tür des Speisezimmers gehört hatte.

»Gut, aber Sie haben ihn nicht gesehen. Wie können Sie sich so sicher sein?«

»Ich habe ein gutes Gedächtnis für Stimmen, Herr Hesse. Und als ich ihn vorhin am Empfang sprechen hörte …«

Hesse atmete tief durch und verschränkte die Hände vor der Brust. »Nun, es scheint sich um einen Bekannten meiner Stiefmutter zu handeln, der mir nicht vorgestellt wurde. Ich werde mich erkundigen, wer der Herr ist und wo er wohnt. Sollte er noch einmal hier erscheinen, werde ich ihn gern darauf hinweisen, dass Sie sich ebenfalls in Berlin aufhalten.«

Rasch warf Stephan ein: »Nein, danke, das ist nicht nötig, so gut kennen wir einander auch wieder nicht.«

Er spürte Hesses skeptischen Blick und erhob sich, um die peinliche Situation zu beenden. Er gab Alexander Hesse die Hand. »Es war mir ein Vergnügen. Nun bin ich gespannt auf die Nachrichten aus der Heimat.«

»Wir sehen uns bei Beckert. Soll ich mit dem Wagen bei Ihnen vorbeikommen? Um Viertel vor acht?«

Stephan nickte, nahm Hut und Mantel und verließ das Kontor.

Den misstrauischen Blick, der ihn im Rücken traf, bemerkte er nicht.

Anna Hesse war halb wahnsinnig vor Sehnsucht. Wenn Rika da gewesen wäre, hätte sie wenigstens einen Menschen gehabt, mit dem sie über David sprechen konnte. So aber war es, als hätte es ihn nie gegeben, als wäre sie nie bei ihm zu Hause gewesen, als hätte sie nie mit ihm und seiner Familie am Tisch gesessen. Sie verbrachte die Tage damit, in ihrem Zimmer zu sitzen, lustlos an einer Stickerei zu arbeiten oder Romane zu lesen, ohne danach sagen zu können, wovon sie handelten. Sie achtete nicht mehr auf ihr Äußeres und ließ das Haar ungepflegt herabhängen. Das Leben zog an ihr vorüber, und sie stand wie eine unbeteiligte Zuschauerin daneben.

Wenn sie morgens aufwachte, fragte sie sich, wie sie den vor ihr liegenden Tag überstehen sollte. Sie blieb allein, wenn Alexander in die Firma gefahren war, und verspürte keine Lust, sich mit einer Freundin zu treffen. Diese hätte sofort gemerkt, dass mit ihr etwas nicht stimmte, und unangenehme Fragen gestellt. Also blieb ihr nichts anderes übrig, als auf Rikas baldige Rückkehr zu hoffen.

An diesem Tag lenkte ausgerechnet Alexander sie von ihrem Kummer ab.

Sie saßen beim Abendessen, und Anna löffelte lustlos ihre Suppe, wobei die Tasse einfach nicht leer werden wollte.

»Sag einmal, Anna, ist dir in letzter Zeit etwas an Friederike aufgefallen? Hat sie vielleicht neue Bekanntschaften gemacht, von denen ich nichts weiß?« Seine Stimme klang so unaufgeregt, als hätte er sie lediglich um das Salz gebeten.

Anna legte den Löffel zur Seite. »Wie kommst du darauf?«

»Es ist unhöflich, eine Frage mit einer Gegenfrage zu beantworten«, erwiderte Alexander streng.

Anna schaute in ihre Suppentasse wie ein gescholtenes Kind.

»Von neuen Bekannten hat sie nichts erzählt.« Das entsprach der Wahrheit, obgleich sich eine leise Stimme in ihrem Inneren regte und sie daran erinnerte, dass Rika in letzter Zeit oft abwesend gewirkt hatte. Aber das war nichts Greifbares gewesen.

»Und? Sonst gibt es nichts zu sagen?«, hakte Alexander nach. »Ich möchte dich darauf hinweisen, dass ich gute Gründe für meine Fragen habe.«

Sie konnte ihm nicht die Stirn bieten, wie Rika es tat, mit ihm streiten und ihm zeigen, dass sie sich seine herrische Art nicht gefallen ließ. Anna wusste nur zu gut, dass sie auf Alexanders Unterstützung angewiesen und gänzlich von ihm abhängig war. Sie nagte an der Unterlippe und überlegte, was sie ihm erzählen sollte.

»Nun, sie kam mir bisweilen etwas geistesabwesend vor«, sagte Anna. »Dann hörte sie mir nicht zu, wenn ich ihr etwas erzählte.« Sie verstummte, weil sie ein schlechtes Gewissen hatte, sich über Rika ausfragen zu lassen.

Alexander hatte seine Suppentasse beiseitegeschoben und hörte aufmerksam zu. »Meinst du, dass irgendein Kummer sie quält?«

Anna schüttelte den Kopf. »Nein, das hätte ich sicher gemerkt.«

»Und wann hat dieses Verhalten deiner Meinung nach begonnen?«

Sie stützte den Kopf in die Hand und überlegte. »Es war um die Zeit des Balls«, sagte sie schließlich. »Davor war Rika sehr eingespannt und kümmerte sich um jede Einzelheit, die Einladungen, das Essen, die Dekoration, sie sprach von nichts anderem. Kurz danach fiel mir diese Zerstreutheit auf. Ich habe mir nichts dabei gedacht.«

Alexander überlegte. Plötzlich verkrampfte sich seine Hand, die gerade noch flach und entspannt auf dem Tisch gelegen hatte. Am Tag nach dem Ball hatte er Friederike im Zuge seiner Werbung Blumen geschenkt – und das Bild.

Worte hallten durch seinen Kopf und klangen wie ein Echo in seinem Schädel wider.

Er sagte, er sei Maler und verkaufe ihr gelegentlich Bilder.

Das waren Fräulein Mays Worte gewesen. Was hatte das alles zu bedeuten? Herr Rungrath stellte sonderbare Fragen nach einem Maler, der angeblich bei ihm zu Hause gewesen war, ohne dass er es bemerkt hätte, und danach in der Firma erschien, um sich nach Friederike zu erkundigen. Sollte er der Schöpfer des Gemäldes sein, das Alexander von Madame Tarnowsky erhalten hatte? Warum aber sollte er Friederike in der Villa aufsuchen, mehr noch, woher wusste er überhaupt, dass sich das Bild in ihrem Besitz befand? Um all das herauszufinden, musste er erfahren, von wem das Bild stammte. Ein Besuch bei der Opernsängerin schien unumgänglich.

All das ging ihm durch den Kopf, während er sich bemühte, nach außen hin ungerührt zu bleiben. Friederike hatte nicht ablehnend gewirkt, als er seine Bemühungen um sie verstärkte. Sie war hingerissen gewesen von dem Bild, hatte Entgegenkommen signalisiert, auch wenn sie sich Bedenkzeit erbeten hatte.

Und während ebendieser Zeit hatte Anna, die ihr so nahestand, eine Zerstreutheit an ihr bemerkt, als wäre sie in Gedanken ganz woanders. Sollte er sich so in Friederike getäuscht haben?

»Hörst du nicht zu?«

Er zuckte zusammen, als Annas Stimme die Stille durchschnitt. »Verzeih, ich war in Gedanken.«

»Das wird in dieser Familie wohl zur Regel«, meinte sie ungewohnt spitz. »Glaubst du, Rika hat Sorgen? Eigentlich war ich mir sicher, dass sie sich mir anvertraut.«

»Wenn es ernsthafte Sorgen sind, wird sie kaum ein junges, unverheiratetes Mädchen um Rat fragen«, entgegnete er unwirsch.

»Das ist gemein von dir.« Anna schluckte, um die Tränen zu unterdrücken.

»Mag sein. Hat sie dir gegenüber eigentlich das Bild erwähnt, das ich ihr geschenkt habe?«

»Ja, natürlich. Sie hängt sehr daran und hat sich ungemein darüber gefreut. Sie hat es oft angeschaut, wenn ich in ihrem Zimmer war.«

Alexander räusperte sich und fragte beiläufig: »Weißt du, ob sie noch ein Bild dieses Künstlers besitzt?«

»Wenn ja, hat sie es mir nicht gezeigt«, erwiderte Anna.

Kopfschüttelnd dachte Alexander an das seltsame Gebaren von Stephan Rungrath. Er hatte unbedingt wissen wollen, ob es sich um seinen Bekannten handelte, schien die Begegnung mit ihm jedoch zu scheuen. Die Geschichte war äußerst sonderbar, doch er würde ihr auf den Grund gehen.

Er gab dem Hausmädchen, das gerade zum Abräumen kam, den Wink für den nächsten Gang.

»Nun, meine Liebe, hoffen wir, dass Friederike sich auf ihrer Reise erholt und zu ihrem alten Selbst zurückkehrt«, erklärte er steif.

Jette trug den Rinderbraten auf, legte vor, zog etwas aus der Schürzentasche und platzierte es auf einem Silbertablett, bevor sie mit einem Knicks an den Tisch trat.

»Wenn der gnädige Herr entschuldigen, dieser Brief für das

gnädige Fräulein ist wohl heute Morgen hinter den Garderobenschrank gefallen.«

Er nahm den Umschlag und bedeutete dem Mädchen mit einer Handbewegung, es sei entlassen. Er wollte ihn Anna reichen, warf aber einen flüchtigen Blick darauf und runzelte die Stirn.

»Seit wann schreibt Herr Löwenstein dir Briefe?«

In seinem Arbeitszimmer riss Alexander den Brief ungehalten auf. Trotz Annas Flehen hatte er ihn eingesteckt, worauf sie weinend aus dem Zimmer gelaufen war. Er hatte in aller Ruhe zu Ende gegessen. Irgendjemand in diesem Haus musste schließlich die Form wahren.

Meine liebe Anna,

ich weiß, dass wir eine Abmachung getroffen hatten, aber ich möchte mich dennoch auf diesem Weg an Sie wenden. Selbst wenn ich keine Antwort von Ihnen erhalten sollte, ist es mir schon ein Trost zu wissen, dass Sie dieses Blatt in Händen halten. Ich kann Ihre Entscheidung verstehen, mich eine Zeit lang nicht zu sehen, um Ihre Gefühle zu erforschen, doch vermisse ich Sie mit jeder Minute mehr.

Der Abend vor dem Sabbat, den wir gemeinsam mit meiner Familie verbracht haben, ist eine kostbare Erinnerung, die ich dann und wann wie einen Schatz hervorhole und betrachte, weil es mich glücklich macht. Ich hoffe sehr, Sie demnächst wieder einmal in unserem Hause begrüßen zu dürfen. Meine Eltern haben oft nach Ihnen gefragt. Sie scheinen ihnen ans Herz gewachsen zu sein.

Ich hoffe auch, dass Ihre werte Stiefmutter bald zurück in Berlin sein wird, da sie unsere Bekanntschaft mit einem gewissen Wohlwollen zu betrachten scheint.

Gestern war ich im Tiergarten und musste daran denken, wie wir dort gemeinsam gegangen sind und gar nicht merkten, dass die Zeit verstrich, da wir uns so angeregt unterhielten.

Meine Schwester lässt Ihnen besondere Grüße ausrichten. Sie hat kürzlich Frau Hedwig Dohm kennengelernt, die sich für eine Stärkung der Frauenrechte einsetzt, und spricht seither von nichts anderem. Mein Vater ist empört, konnte sie bislang aber nicht in ihrem Eifer hemmen. »Ist das Lehrerinnenseminar nicht Schande genug? Musst du auch noch mit solchen Frauenzimmern verkehren?« Doch davon ein anderes Mal mehr.

Ich sende Ihnen meine allerherzlichsten Grüße und verbleibe hochachtungsvoll

Ihr
David Löwenstein

Alexanders Wut war so groß, dass ihm die Zeilen vor den Augen verschwammen, und er musste sich beherrschen, um das Blatt nicht zu zerreißen. Stattdessen griff er nach einem Weinbrandglas und zerschmetterte es am Kamin. Er sah zu, wie die Scherben in alle Richtungen sprangen, und atmete tief durch.

Wie lange mochte das schon hinter seinem Rücken gehen? Er kam sich betrogen vor – von Friederike und von seiner Schwester! Anna wusste nur zu gut, welche Verbindung er für sie anstrebte. Seine Schwester als Schwiegertochter eines Barons! Eine Heirat in beste Kreise! Und sie ließ sich mit einem jüdischen Kleiderhändler ein, der sie beim Vornamen nannte!

Sie war bei Löwensteins zu Hause eingeladen gewesen, hatte dort womöglich erzählt, sie sei mit seinem Einverständnis gekommen. Ins Haus eines Juden! Und im Tiergarten hatte sie sich auch mit ihm gezeigt. Vermutlich wusste ganz Berlin von der Liaison, nur er nicht.

Dass Friederike Kenntnis davon gehabt hatte, war die schlimmste Enttäuschung. Hätte Anna auf eigene Faust gehandelt, so wäre dies noch mit dem jugendlichen Leichtsinn oder der ersten Verliebtheit eines unreifen Mädchens zu erklären gewesen. So aber hatte sie sich auf die Unterstützung Friederikes verlassen, und es machte ihn schier wahnsinnig, dass er sie nicht zur Rede stellen konnte. Sein Zorn auf sie brannte heißer als der auf Anna, denn Friederike schien ihn gleich zweifach zu hintergehen.

Sie hatte ohne sein Wissen und gegen seinen Willen Verbindung zu dem Maler aufgenommen und seine Schwester überdies in ihrer Verbindung zu Löwenstein unterstützt. Zumindest ließ der Brief dies vermuten.

Alexander spürte, dass ihm die Herrschaft im Haus zu entgleiten drohte. Die Verbindung zu Weidenfelds war der Schlüssel zum Aufstieg. Als Kaufmann würde er nie in die höchsten Kreise der Gesellschaft gelangen. Dafür war eine Bindung an den Adel unabdingbar. Doch konnte er seine Pläne nur verwirklichen, wenn er Anna mit dem jungen Weidenfeld verheiratete und Friederikes Einfluss auf das Mädchen endlich unterband.

Er zerknüllte den Brief in der Faust, besann sich dann aber und legte ihn in eine Schublade.

20

Nach einer Woche hatte Rika die Stadt und auch einen Teil der umliegenden Sehenswürdigkeiten, darunter einige Schlösser, besichtigt. Familie Rungrath war stets um sie bemüht, und sie fühlte sich durchaus wohl, spürte aber, dass es an der Zeit war, einmal etwas allein zu unternehmen. Sie hatte Professor Jentgens einige Tage zuvor schriftlich um eine Unterredung gebeten und rasch Antwort erhalten. Daher verkündete sie beim nächsten Frühstück, sie wolle mit der Bahn nach Düsseldorf fahren und sich die Stadt anschauen.

Rungraths, vor allem die Damen, machten große Augen.

»Aber doch nicht ohne Begleitung, meine Liebe«, wandte Hedwig Rungrath ein. »In eine große Stadt sollte sich eine Dame nicht allein begeben. Dort gibt es Diebe und Gesindel jeglicher Art.«

Rika lächelte, als sie an den Moloch Berlin dachte, an ihre Ausflüge in die Spandauer Vorstadt und das bunte Durcheinander, das dort durch die Straßen flutete.

»Liebe Frau Rungrath, Ihre Sorge rührt mich sehr, aber ich bin es als verwitwete Frau gewöhnt, auch ohne Begleitung in der Stadt unterwegs zu sein. Außerdem fahre ich bei Tage und werde vor Einbruch der Dunkelheit zurück sein.«

Carl Wilhelm Rungrath setzte seine Kaffeetasse ab und sah sie prüfend an. »Nun gut, ich kann verstehen, dass Sie in die ehemalige Residenzstadt fahren wollen, die gewiss Interessantes zu bieten hat. Aber Sie sollten sich nie abseits der geschäftigen Straßen aufhalten und sich von niemandem ansprechen lassen, der Ihnen etwas verkaufen oder zeigen will.«

Rika nickte höflich. »Können Sie mir sagen, wann die Züge dorthin verkehren?«

»Gewiss, ich schlage es gleich für Sie nach«, erklärte Frau Rungrath und schaute ihre Tochter an. »Elise, vielleicht könntest du Frau Hesse begleiten und mit ihr durch die Stadt spazieren.«

Rikas Herz schlug schneller. Sie wollte nicht von ihrem Vorhaben berichten, um unnötige Fragen zu vermeiden. Zum Glück erinnerte Elise ihre Mutter an die erste Anprobe für das Brautkleid, worauf Frau Rungrath bedauernd sagte: »Natürlich könnten Sie die Fahrt verschieben …«

»Nein, nein, bitte nehmen Sie keine Rücksicht auf mich. Ich werde heute fahren und rechtzeitig zurück sein.«

Als Rika in Düsseldorf aus dem Zug stieg, atmete sie tief durch. Vor dem Bergisch-Märkischen Bahnhof winkte sie eine Mietdroschke heran und nannte dem Kutscher die Adresse.

»Da können Se fast hinspucken«, lautete die launige Antwort. Er ließ die Peitsche knallen, und die Kutsche rollte mit einem Ruck an. Die Bemerkung erwies sich als nicht ganz zutreffend, denn zu Fuß und in ihrem engen Rock hätte sie eine gute Viertelstunde benötigt. Das Stadtviertel, in dem die Citadellstraße lag, war reizend, die Straßen gesäumt von Bürgerpalais und anderen repräsentativen Bauten, die noch aus dem vergangenen Jahrhundert stammten. Sie fuhren an einer schönen Barockkirche aus rotem Stein vorbei, der Maxkirche, wie der Kutscher beflissen erklärte, und bogen nach links in eine Straße, an deren Ende ein hohes Gebäude mit einem Tor stand, vielleicht ein altes

Stadttor, jedoch umgeben von Fenstern, als wäre dies keine Mauer, sondern ein bewohntes Haus.

Auch die Çitadellstraße war von großer architektonischer Anmut. Die Bürgerhäuser mit den zart gestrichenen Fassaden und symmetrisch angeordneten Fensterfronten, die hübschen Laternen und der gepflasterte Gehweg luden zum Flanieren ein.

Der Kutscher deutete mit der Peitsche auf ein stattliches Haus. »Bis vor fünf Jahren hätten Se da'n prima Bier bekommen, gnädige Frau. Aber der Schumacher ist umgezogen mit seiner Brauerei. Schade, war 'n schönes Lokal, hab ich viele Leute hinkutschiert.«

Rika erschrak ein wenig, als die Droschke anhielt. Eigentlich hatte sie sich die Worte zurechtlegen wollen, mit denen sie dem Professor ihr Anliegen vorzutragen gedachte. Nun, manchmal war Spontaneität der beste Weg. Sie bezahlte und stieg aus, worauf der Kutscher sich grüßend an den Hut tippte und davonfuhr.

Ihr Blick wanderte an der Fassade des prachtvollen Hauses mit der Nummer 14 empor. Ein eindrucksvoller klassizistischer Bau mit herrlichem Portal, das von einem schmiedeeisernen Balkon gekrönt wurde. Das Haus wirkte schlicht und elegant, das Domizil eines Menschen, der sich hauptberuflich mit Kunst beschäftigte. Professor Jentgens wohnte nicht allein in dem großzügigen Gebäude, wie die sechs Namensschilder an der Tür verrieten.

Sie betätigte den Türklopfer, worauf im Inneren des Hauses schlurfende Schritte erklangen. Ein alter Mann im Kittel öffnete ihr und schaute sie fragend an.

»Guten Tag, ich möchte zu Herrn Professor Jentgens«, erklärte sie dem Portier, der beiseitetrat und sie hereinwinkte. Sie standen in einem hohen Flur, in dem selbst an diesem warmen Tag eine angenehme Kühle herrschte. Rika meinte, einen Windhauch zu spüren, der vom Rhein herüberwehte.

Der alte Portier deutete nach links, wo einige Stufen zu einer Wohnungstür führten. »Dort entlang, gnädige Frau.«

Rika dankte ihm, worauf er wortlos davonschlurfte.

Vor der Tür blieb sie kurz stehen und atmete tief durch. In den letzten zehn Tagen war sie abgelenkt gewesen, doch nun spürte sie ein leises Kribbeln wie damals im Prater Garten und bei Scheer. Sie klopfte.

Eine ältere Haushälterin mit grauem Haarknoten und frischem Gesicht öffnete. »Sie wünschen, gnädige Frau?«

»Ich bin mit dem Herrn Professor verabredet. Mein Name ist Friederike Hesse.«

»Bitte treten Sie ein.«

Die Haushälterin nahm ihr das leichte Cape ab und führte sie in einen Salon, der angenehm hell und freundlich wirkte.

Die Gemälde an den Wänden waren von ausgezeichneter Qualität, was angesichts der beruflichen Stellung des Professors nicht verwunderte. Rika trat von einem Bild zum nächsten. Fast alle zeigten Landschaften. Eines jedoch ließ sie länger verweilen, weil die hellen Gebäude und der sonnenbeschienene Hof selbst in diesem lichten Raum noch zu strahlen schienen. Über der Szene wölbte sich ein blauer, leicht wolkiger Himmel, und im Vordergrund standen Menschen, gekleidet in der Mode einer älteren Zeit, die ihren Geschäften nachgingen.

»Die alte Akademie«, sagte eine Stimme und ließ sie zusammenzucken. Ein kleiner, rundlicher Herr mit Spitzbart und einer Frisur, die an Bilder von Beethoven gemahnte, war in den Raum getreten. »Sehen Sie nur.« Er näherte sich und deutete auf ein riesengroßes Fenster im ersten Stock. »Dort lag mein Atelier.«

Rika sah ihn fragend an. »Verzeihung, ich verstehe nicht ganz …«

Er legte die Hand auf die Brust und verneigte sich leicht. »Im Gegenteil, ich muss Sie um Verzeihung bitten, dass ich so hereinplatze und Dinge ohne Zusammenhang erzähle. Otto Jentgens – es ist mir ein Vergnügen.«

Sein Tonfall verriet, dass er aus der Gegend stammte.

»Friederike Hesse. Ich soll Ihnen die herzlichsten Grüße von Herrn Wendland übermitteln.«

Jentgens lächelte. »Der gute Adolph … Wir haben uns lange nicht gesehen. In meinem Alter bewege ich mich nicht mehr gern aus Düsseldorf hinaus. Er will mich immer in die Hauptstadt locken, doch scheue ich die weite Bahnfahrt.«

»Sie ist inzwischen recht komfortabel«, erklärte Rika. »Aber bitte erzählen Sie mir doch, was es mit Ihrem Atelier auf sich hatte.«

Er schaute einen Moment verwirrt, bis sie auf das Bild zeigte.

»Natürlich.« Der Professor deutete auf einen Sessel und läutete nach der Haushälterin, um Tee und Gebäck zu ordern.

»Dieses Gemälde stammt aus dem Jahre 1831 und wurde von meinem geschätzten Kollegen Andreas Achenbach geschaffen.« Er zeigte auf einen jungen Mann, der eine Papierrolle in Händen hielt. »Sehen Sie, hier hat er sich selbst verewigt. Das Bild zeigt einen Teil des kurfürstlichen Schlosses zu Düsseldorf, in dem seit 1821 auch die Kunstakademie untergebracht war. Hier, in der sogenannten Galerie.« Er legte eine Pause ein, als würde er von heftigen Gefühlen übermannt. »Dort habe ich jahrelang meine

Schüler unterrichtet und selbst gemalt. Vor nunmehr vier Jahren ist das Schloss niedergebrannt.«

Er seufzte. »Wir saßen vor der marmornen Statue auf dem Schlossplatz – auf der einen Seite liegt das alte, verwüstete Schloss, worin es spukt und nachts eine schwarzseidene Dame ohne Kopf mit langer, rauschender Schleppe umherwandelt …«

Rika sah ihn verwundert an. Der Mann war zweifellos exzentrisch.

»Entschuldigen Sie, das war die Kindheitserinnerung eines großen Düsseldorfers, der mir sehr am Herzen liegt, auch wenn er hier nicht gut gelitten ist. Heinrich Heine.«

»Ein ebenso passendes wie schönes Zitat. Warum aber lag das Schloss damals schon in Trümmern, wenn es erst kürzlich gebrannt hat?«

»Ach, der jüngste Brand war nur der letzte Schritt auf dem langen Weg der Zerstörung. Zuvor wurde es schon von den Franzosen zerschossen.«

Als der Tee serviert wurde, verstummte das Gespräch vorübergehend. Jentgens bestand darauf, selbst einzuschenken, und bot Rika das köstlich aussehende Gebäck an. »Frau Meyers bestes Rezept«, sagte er mit einem Kopfnicken zur Tür.

Dieses Lob war durchaus nicht übertrieben. Rika spürte, wie der Hunger sie überkam; das Frühstück lag schon eine ganze Weile zurück.

»Wir bekommen eine neue Akademie, deren Fertigstellung jedoch auf sich warten lässt. Leider liegt sie ein ganzes Stück weiter nördlich, sodass ich nicht mehr, wie es früher meine Gewohnheit war, zu Fuß dorthin gehen kann. Aber lassen wir das. Was kann ich für Sie tun?«

»Nun, Herr Professor, mein Anliegen hat durchaus etwas mit der Vergangenheit zu tun«, erklärte Rika.

Jentgens nahm sich noch einen Keks. »Nur zu! Ich bin ganz Ohr.«

Rika schilderte, wie sie zu den Bildern gekommen war, was ihr daran aufgefallen war, von wem sie stammten und wessen Hand Wendlands darin zu erkennen meinten.

»Anthonis sagt mir nichts. Natürlich könnte es eine Verbeugung vor van Dyck sein.«

Überrascht schaute Rika ihn an. »Darauf bin ich gar nicht gekommen. Einer der ganz großen Porträtmaler … Aber Anthonis sagt, er male keine Porträts.«

Professor Jentgens hob die Hand. »Werte Frau Hesse, ich muss wohl etwas weiter ausholen, wenn Sie gestatten.«

»Bitte erzählen Sie mir alles, was Sie wissen«, erwiderte sie gespannt.

»Sehr gern. Darf ich?« Er hatte eine Zigarettendose geöffnet.

Rika nickte.

Der Professor zündete sich eine exotisch duftende Zigarette an. »Türkische, das sind die besten. Herrliches Aroma.« Er nahm einen tiefen Zug. »Paul Flemming war ein sehr begabter junger Mann. Der Vater war Rechtsanwalt in Wuppertal, starb früh, und die Frau folgte ihm bald ins Grab. Daher waren die finanziellen Mittel, die Flemming zur Verfügung standen, äußerst bescheiden. Er hat, wie er mir einmal erzählte, auf den Straßen Minutenporträts gezeichnet und verkauft, um seinen Unterhalt zu bestreiten«, erklärte der Professor.

»Haben Sie ihn unterrichtet?«

Er schüttelte den Kopf. »Nein, ich leite die Landschaftsklasse. Er wurde von einem inzwischen verstorbenen Kollegen unterrichtet, kam aber gelegentlich in meine Vorlesungen, um auch ein anderes Genre zu studieren. Doch er war von Beginn an ein Mann der Gesichter.«

Bei diesem Ausdruck überlief sie ein Schauer.

»So nannte ich ihn, den Mann der Gesichter. Sein Gespür für Ausdruck und Mimik, für jeden noch so kleinen Wimpernschlag, eine kaum merklich gehobene Braue, eine Sorgenfalte oder den zarten Flaum im Gesicht eines Kindes, war außergewöhnlich.« Seiner Stimme war eine innere Bewegung anzumerken, und Rika spürte, dass ihm der junge Mann viel bedeutet hatte.

»Er war ungestüm, ein wilder Kerl, der sich gelegentlich in Kneipen prügelte«, fuhr er fort. »Einmal kam er mit einem blauen Auge in die Akademie, worauf ihn sein Professor nach Hause schickte. Er könne keine Raufbolde in seinem Unterricht dulden. Das hat ihn vorübergehend kuriert.«

Rika lauschte dem Professor gebannt.

»Mit der Zeit wurde er ruhiger, wohl auch, weil er spürte, dass seine Auftraggeber, meist wohlhabende Leute, eine gewisse Seriosität verlangten. O ja, die Aufträge kamen herein, noch bevor er die Ausbildung abgeschlossen hatte. Sie werden in vielen rheinischen Fabrikantenvillen, aber auch bei manchem Adligen seine Werke finden. Eigentlich erstaunt es mich, dass er so erfolgreich wurde, da er bei seinen Porträts kaum Kompromisse einging. Wenn jemand ihm vorschreiben wollte, wie er ihn darzustellen habe oder, schlimmer noch, Beschönigungen verlangte, die nicht der Natur entsprachen, weigerte Flemming sich rundweg, den Auftrag zu übernehmen. So manches Mal hat er kaum die Miete zahlen können, weil er einen Interessenten verprellt hatte, doch dies mehrte wiederum seinen Ruhm. ›Flemming malt nicht jeden‹, hieß es, und so wurde es zu einer Art Ehre, wenn man ihm sitzen durfte. Das stellte er sehr geschickt an«, meinte Otto Jentgens lächelnd. »Ein Teufelskerl.«

»Und dann?«, stieß Rika hervor.

»Tja, ich habe ihn ein wenig aus den Augen verloren, nachdem er die Akademie verlassen hatte. Persönlich, will ich damit sagen. Seine glänzende Laufbahn habe ich natürlich verfolgt. Bis zu jener Wende, die ich bis heute nicht verstehe.«

Rika spürte, wie eine Ader an ihrem Hals pochte. Ihr Gesicht war vor Aufregung ganz heiß.

»Er hatte sich verlobt, wie man mir erzählte, mit der Tochter eines Textilfabrikanten aus Gladbach. Ist Ihnen nicht gut? Soll ich das Fenster öffnen?«

Rika nickte. »Verzeihung, das warme Wetter …«

Jentgens nahm wieder Platz und fuhr fort: »Eine gute Partie, so hieß es. Er hatte die junge Dame kennengelernt, als er ihren Vater porträtierte. Jedenfalls wollte er in den Stand der Ehe treten, und ich hoffte insgeheim, es werde ihn ruhiger machen und seinen Lebenswandel festigen. Wenige Wochen später erfuhr ich von einem Bekannten, Flemming habe einen Reitunfall erlitten, befinde sich aber auf dem Wege der Besserung. Das wunderte mich nicht weiter, da er ein waghalsiger Reiter war und gern wilde Touren über Land unternahm. Ich erkundigte mich, in welchem Krankenhaus er lag, und schrieb ihm einen Brief zur Genesung.«

Jentgens hielt inne und schüttelte den Kopf, als könnte er seiner eigenen Erinnerung nicht trauen. »Er antwortete nicht. Nun ja, es war auch nur als freundliche Geste der Anteilnahme gedacht. Nicht lange danach begegnete ich bei einem Empfang in der Akademie jenem Professor, der Flemming unterrichtet hatte, und hörte, die Verlobung sei gelöst worden! Von einem Skandal war die Rede, von Krankheit, gar von geistiger Verwirrung. Ich konnte das überhaupt nicht begreifen. Er war ein verheißungsvoller junger Mann, von scharfem Verstand, wenn ihm sein Temperament nicht gerade im Wege stand.« Der Professor schaute sie plötzlich prüfend an. »Sie sagen, Sie kennen ihn?«

»Wenn es denn ein und derselbe Mann sein sollte«, erwiderte Rika, bemüht, ihre Erregung zu verbergen. »Eine Photographie haben Sie nicht zufällig?«

»Bedauere, nein. Er war – er ist groß, dunkelhaarig, von ansprechender Gestalt. Empfindsamer Mund, gerade Nase, graue Augen.«

Sie nickte gespannt. »Das könnte er sein.«

»Darf ich fragen, woher Sie ihn kennen, Frau Hesse? Ich weiß, es geht mich nichts an, doch nach so langer Zeit zu hören, dass er womöglich noch am Leben ist …«

Sie senkte den Kopf. »Ich bekam ein Gemälde von ihm geschenkt und begann, mich für ihn zu interessieren.«

Professor Jentgens schien die kurze Verlegenheit nicht zu bemerken und fuhr fort: »Nachdem die Verlobung gelöst war, hörte man zunehmend Gerüchte, nichts Greifbares, eher ein Raunen, das Flemming umgab. Etwas stimme nicht mit ihm. Er wolle die Menschen plötzlich von hinten malen, mit Masken oder Schleiern vor dem Gesicht. Stellen Sie sich vor, wer ließe sich denn noch gegen ein beträchtliches Honorar porträtieren, wenn man das Gesicht nicht sehen kann? Eben darum geht es den Menschen doch, sie wollen den vielleicht wichtigsten Teil ihrer selbst im Bildnis bewahren.«

Beinahe wäre sie aufgesprungen. »Das ist er! Anthonis und Paul Flemming sind ein und derselbe. Ich habe Ihnen doch die Bilder beschrieben, Herr Professor. Er malt Menschen, aber keine Gesichter.«

Jentgens schaute in den Aschenbecher, als wäre er überrascht, die ausgedrückte Zigarette darin zu finden. »Wenn Sie erlauben …« Er zündete sich noch eine an.

»Haben Sie eine Erklärung für sein Verhalten?«, fragte Rika. »Weshalb hätte er seine ganze persönliche und berufliche Zukunft aufs Spiel setzen sollen? Das verstehe ich nicht.«

Jentgens wiegte bedächtig den Kopf. »Ich auch nicht, werte Frau Hesse. Sicher ist nur, dass diese Veränderungen erst nach seinem Reitunfall auftraten. Angeblich erlitt er schwere Kopfverletzungen – man hatte ihn bereits aufgegeben. Manch einer, der dem Tode nahe war, überdenkt sein Leben und schlägt einen neuen Weg ein. Doch alles, was Flemming danach tat, geriet ihm zum Schaden. Es bleibt ein Rätsel.«

Er verstummte, schien mit sich zu ringen. Rika spürte, dass er noch etwas sagen wollte, und beschloss, geduldig abzuwarten.

»Sie sagen, er lebe in Berlin. Diese Nachricht erfüllt mich mit einer gewissen Freude, obwohl sein Schicksal Anlass zum Kummer gibt. Doch habe ich mich in den letzten Jahren im Glauben befunden, er weile nicht mehr unter den Lebenden.«

»Warum?«, stieß sie hervor.

»Nun, er verschwand irgendwann spurlos. Seine Wohnung und nichts, was sich darin fand, lieferten einen Hinweis auf seinen Verbleib. Schulden oder einen Abschiedsbrief hinterließ er nicht, sodass kein Gläubiger und kein Gericht eine offizielle Ermittlung anstrengte. Kaum zu fassen, aber niemand suchte nach ihm. Er war verschollen.«

Friedrich Beckerts Haus lag in einem großen Garten, der die liebevolle Hand einer Frau vermissen ließ. Büsche und Rasen waren exakt gestutzt, die Scheinzypressen ausgerichtet wie Soldaten, doch mangelte es dem Gelände an Farbe und schöpferischer Gestaltung. Die Herren, die sich an jenem Abend im Hause trafen, interessierte dies jedoch kaum. Bei Beckert wurde getrunken und gefeiert und gehurt. Anders als ihr Gastgeber waren die meisten von ihnen mehr oder weniger glücklich verheiratet und genossen die Freiheit, die sein Haus ihnen bot. Wie viel diskreter war es doch, sich hier zu treffen, statt die Gefahren eines Bordellbesuchs auf sich nehmen zu müssen.

Sie waren ein kleiner Kreis. Acht Herren, der Gastgeber eingeschlossen, saßen um den Tisch und prosteten einander zu. Stephan kannte die meisten von Hesses Herrenabend und nickte in die Runde.

Natürlich ging es nicht nur um diese Art von Vergnügen. Beckert pflegte Beziehungen in höchste Kreise, und wer bei ihm ein und aus ging, konnte sich geschäftliche Vorteile erhoffen, wie Alexander Hesse in der Kutsche erklärt hatte. Dies sei auch sein wichtigster Besuchsgrund, wenngleich er nichts gegen die ausnehmend hübschen, sauberen Mädchen einzuwenden habe, die Beckert ständig aus unbekannten Quellen herbeizauberte.

Beim Essen wurde zu jedem Gang das passende Getränk gereicht, und ehe er sich's versah, hatte Stephan sich in einen Zustand versetzt, der es ihm unmöglich machte, einen klaren Gedanken zu fassen.

Das wurde ihm jedoch erst bewusst, als sie sich nach dem Essen erhoben und zu Kognak und Zigarren ins Arbeitszimmer des Hausherrn begaben. Sein Kopf fühlte sich an, als wäre er mit Watte gefüllt, und seine Füße schienen beim Gehen den Boden nicht zu berühren. Eine leichte Übelkeit im Magen, ein säuerliches Brennen in der Kehle. Bier wäre besser gewesen, dachte er mit flüchtiger Sehnsucht nach dem Altbier der Heimat. Es bekam ihm nicht, wenn er durcheinandertrank, das war schon immer so gewesen.

Beckert trat in den Raum, jeden Arm um ein hübsches Mädchen geschlungen. Drei weitere folgten ihm und schauten keck in die Runde. »Jetzt wird es richtig nett!«, rief er dröhnend.

Stephan sah sich unbehaglich um und entdeckte Hesse, der sich Weinbrand nachschenkte. Er ging mit schwankendem Schritt auf ihn zu und sagte: »Reizender Abend.«

Hesse drehte sich um und grinste. »Und er wird gerade noch schöner. Oder ist Ihnen nicht danach?«

»Würden Sie auf der Terrasse eine Zigarette mit mir rauchen?«, fragte Stephan, um den Mädchen wenigstens vorerst aus dem Weg zu gehen. »Mir ist ein bisschen flau. Brauche frische Luft.«

»Aufgeschoben ist nicht aufgehoben«, sagte Hesse und steuerte ihn am Ellbogen durch die Flügeltür auf die Terrasse. Sie zündeten sich die Zigaretten an und standen rauchend nebeneinander.

Irgendwann sagte Stephan, ohne seinen Begleiter dabei anzusehen: »Ich weiß nicht, ob mir heute der Sinn nach solchen Vergnügungen steht.«

Als Hesse nichts entgegnete, fügte er rasch hinzu: »Es gibt ein Mädchen in meiner Heimatstadt, dem ich regelmäßig schreibe. Nach Ansicht ihrer Eltern ist sie noch zu jung für eine Ehe, aber wir möchten in Verbindung bleiben.« Er spürte, wie er rot wurde, und war dankbar, dass es allmählich dämmerte. »Daher bemühe ich mich, ihr treu zu bleiben, was in Berlin nicht einfach ist«, sagte er. »Die Versuchungen sind allgegenwärtig.«

»Ach, Unsinn«, sagte Hesse jovial. »Männer sind da anders als Frauen, das ist doch bekannt. Unser Körper verlangt stärker nach manchen Dingen, also ist es verzeihlich. Ich möchte diesen Drang in seiner Ursprünglichkeit beinahe mit dem Bedürfnis nach Essen und Trinken vergleichen.« Er lachte. »Aber es gibt keinen Zwang, sich ins Separee zurückzuziehen. Sie können stattdessen auch Beckerts Keller leertrinken.«

21

Alexander betrat Annas Zimmer, während diese noch beim Frühstück saß. Der Raum kam ihm fremd vor, so fremd wie Anna selbst, dachte er. Sie hatte sich herausreden wollen, als er sie auf den Brief angesprochen hatte, doch die hilfesuchenden Blicke, die wohl der abwesenden Friederike galten, straften ihre Worte Lügen. Seither war sie ihm aus dem Weg gegangen.

Er öffnete die Schubladen der Frisierkommode. Darin fand sich nur Jungmädchentand: ein Poesiealbum, Haarschleifen, eine Schmuckdose. Leider kein Tagebuch. Vielleicht im Rollsekretär. Ohne die geringsten Skrupel trat er an das zierliche Möbelstück und versuchte, die Klappe zu öffnen, doch sie war abgeschlossen.

Alexander sah sich nach einem Gegenstand um, den er als Werkzeug benutzen konnte, fand aber nichts Passendes. Dann fiel sein Blick auf die Frisierkommode.

Er öffnete die Schublade, in der er vorhin die Schleifen gesehen hatte, und wühlte darin herum. Perlenbesetzte Kämme, Schmuckhaarnadeln, allesamt zu dick, doch in der äußersten Ecke fand sich eine Schachtel mit dünnen Haarnadeln, die unauffällig die Frisur halten sollten. Er nahm eine heraus und war gerade an den Sekretär getreten, als er Schritte im Flur hörte. Vielleicht das Hausmädchen, dachte er und hielt in der Bewegung inne, um zu lauschen. Die Schritte blieben vor der Tür stehen, die Klinke senkte sich.

»Alexander, wie kannst du nur?«

Ich habe ein Porträt begonnen. Nicht wie früher, das ist endgültig vorbei. Meine Fähigkeit, ein Gesicht mit all seinen Nuancen, den Bergen und Tälern, den Schwüngen und Ebenen, den kleinsten Unebenheiten und zartesten Kostbarkeiten darzustellen, ist verloren.

Und doch habe ich begonnen, sie zu malen. In meinem Inneren ist ein Bild von ihr entstanden, ein Teppich, gewebt aus Klängen und Gefühlen, die ihre Nähe in mir auslöst. Und dieses Gewebe versuche ich zu malen, es in Farben und Formen aufzulösen.

Ihre Gestalt ist zu erkennen, mehr noch, sie ist präzise gezeichnet und trägt ebenjenes Kleid, in dem ich sie zuletzt gesehen habe. Es bereitet mir keinerlei Mühe, Stoffe zu malen, den Fall eines Gewandes, das Schimmern von Satin oder den üppigen Glanz von Atlasseide. Hüte aus Stroh, Filz oder Wolle, mit Federn, Blumen oder anderem Zierrat geschmückt. Aber das allein macht nicht den Menschen aus.

Ich bemühte mich verzweifelt, etwas von ihr auf der Leinwand festzuhalten. Stand vor der Staffelei und versuchte, ihr Bild in mir wachzurufen, aber ich sah nichts. Vielleicht war mein Vorhaben zu vermessen. Doch ich konnte den Gedanken einfach nicht loslassen, wollte etwas von ihr auf dem weißen Viereck festhalten.

Dann fing ich einfach an. Überlegte nicht mehr, plante nicht, zeichnete wenig vor, da ich es kaum erwarten konnte, die Farbe aufzutragen. Die Farbe wurde meine Sprache.

Und so malte ich ihre Gestalt in diesem Kleid, so detailliert, dass es mich selbst überraschte. Nicht die kleinste Einzelheit war mir entgangen. Dann war ihr Körper fertig bis zum Hals, und ich musste entscheiden, wie ich das Gesicht darstellen wollte. Natürlich war es, wie immer, nur ein Kompromiss, die geringere Lösung, nicht das Vollkommene, nach dem ich stets gestrebt habe. Nun, ich muss lernen, mit der Unvollkommenheit zu leben.

Also ließ ich sie die Wange in die Hand stützen. Ließ sie auf einem

Stuhl sitzen, die Haare locker ins Gesicht fallen, sodass nur ein Stück Stirn und ein Fleckchen Schläfe frei blieben. Die Farbe ihrer Haut hatte ich nicht vergessen.

Dann malte ich die Umgebung, und dies war das Neue. Ich wählte keine Landschaft als Hintergrund, keinen Salon, keinen Diwan, auf dem sie sich lasziv und unschuldig zugleich ausstreckte. Nein, ich schloss die Augen und beschwor die Farben herauf, die ich mit ihr verband.

Es gibt Menschen, bei denen sich die Sinne zu vermischen scheinen, die Farben sehen, wenn bestimmte Klänge ertönen, die Zahlen oder Buchstaben einer bestimmten Farbe zuordnen. Ich versuchte, diese Fähigkeit in mir zu wecken, und es ist mir gelungen.

Nun sitzt sie da, umgeben von einer Wolke aus Farben. Dem dunklen, warmen Rot ihrer Haare. Dem leuchtenden Grün ihrer Augen. Doch das ist nur ein schmaler Rand, eine Art organischer Rahmen, der wellengleiche Ränder zeichnet. Dahinter fließt alles ineinander. Perlmuttgrau, zartes Rosé, ein Indigo-Ton, Farben, die ich an ihr gesehen habe und heute vor mir sehe, wenn ich an sie denke.

Ein Bild, für das früher niemand einen Taler gegeben hätte, und auch heute werde ich es nicht verkaufen. Höchstens verschenken.

Stephan Rungrath löste sich aus der Umarmung des jungen Mannes und suchte seine Kleider auf dem Boden zusammen. Ein hübscher Junge, wenn man seinen schmutzigen Hals übersah und die Flecken auf dem Hemd, die Ränder unter den Fingernägeln und die abgestoßenen Schuhe. Scham durchflutete ihn, als er sich in dem schäbigen Raum umsah, in dem er die Nacht verbracht hatte. Wie anders war es mit Willy gewesen!

Zum dritten Mal schon war er im Kastanienwäldchen gewesen und hatte die Erinnerung an seinen Freund vergessen wollen, doch als er sich beim ersten Licht des Tages anzog und einen

Blick aufs Bett warf, spürte er einen feinen, stechenden Schmerz. Damals beim Abschied hatte er an die glänzende Zukunft in Berlin gedacht und die Freiheit, die ihm die Stadt bieten würde, doch nun vermisste er Willy.

Er legte einen Geldschein auf die Kiste, die als Nachttisch diente, und schlüpfte lautlos aus dem Zimmer. Er tappte durch den engen, stickigen Flur und war froh, als er endlich auf der Straße stand und tief durchatmen konnte.

So sollte es nicht sein. Die Zeit mit Willy hatte ihn anspruchsvoll gemacht. Sein Freund war gepflegt und gut genährt, fröhlich und eine angenehme Gesellschaft gewesen. Stephan spürte einen Stich des Bedauerns. Willige Männer und Jungen zu finden war nicht schwierig, wenn man genau hinsah und die Treffpunkte erkannte, doch stießen ihn die Umstände ab. Das Verstohlene, der Schmutz, der simple und doch widerliche Vorgang des Bezahlens – all das war ihm fremd geworden.

Sollte er nach Düsseldorf zurückkehren? Willy seinen Fehler eingestehen? Ach was, gewiss hatte er längst einen anderen gefunden, so traurig er ihn auch zurückgelassen hatte. Zudem war Stephan das Leben daheim unerträglich geworden, eben weil es nicht anonym war.

Dann der Vater – Stephan hatte ihm beweisen wollen, dass er auf eigenen Beinen stehen und selbstständig die Dependance führen konnte. Wie sollte er ihm eine so frühe Rückkehr erklären? Und wenn Elise heiratete, gäbe es auch einen geeigneten Nachfolger für die Weberei. Nein, sein Platz war hier, und das private Leben musste er sich eben einrichten.

Erst kürzlich hatte er von einem Roman gelesen, der in Wien erschienen war und als unerhört galt, da er von der Liebe eines Professors zu seinem Studenten erzählte. Vielleicht ließe sich da eine Anknüpfung finden, ein zufälliges Wort, ein Buch, liegen gelassen auf einer Parkbank …

Doch eine Sorge ließ ihn nicht los. Es gab einen Menschen in Berlin, der ihm gefährlich werden konnte. Noch war ihm kein Weg eingefallen, wie er dieser Bedrohung begegnen konnte. So ging er tief in Gedanken die Straße entlang und stieß dann und wann mit Leuten zusammen, die ihm ob seiner Achtlosigkeit Schimpfworte hinterherschickten.

Madame Tarnowsky hatte sich erstaunt gezeigt, weil das Bild so großes Interesse wachrief – immerhin sei auch Madame Hesse deswegen schon bei ihr gewesen. Alexander, dem dieser Besuch unangenehm war, hatte sich die Adresse des Händlers notiert, der Opernsängerin rasch gedankt und war gleich darauf in die Rosenthaler Straße gefahren. Nun, da er wieder in der Kutsche saß, nahm er einen Schluck aus der silbernen Taschenflasche, die er stets bereithielt.

Kunsthandlung nannte sich das Etablissement, doch war dies nur ein billiger Vorwand für die Produktion und den Verkauf pornographischer Bilder. Als ihm der der schmierig wirkende Ladenbesitzer erklärte, vor einiger Zeit habe sich bereits eine Dame nach dem Schöpfer des Gemäldes erkundigt, der sich zunehmender Beliebtheit zu erfreuen scheine, kannte sein Zorn keine Grenzen.

Ihm war, als hätte er jahrelang mit einer Fremden unter einem Dach gelebt. Friederikes Eigensinn, ihr Streben nach Unabhängigkeit, all das war nicht neu, doch dass sie ihn derart hintergehen würde, hätte er nicht erwartet.

Sie musste sich in der Firma nach der Herkunft des Bildes erkundigt haben – gegen seinen ausdrücklichen Wunsch. Sogar bei

Madame Tarnowsky und Scheer hatte sie Erkundigungen eingezogen und die Nähe eines Künstlers gesucht, der Bilder in einem fragwürdigen Etablissement in einer heruntergekommenen Gegend zum Verkauf anbot. Sie hatte Anna hinter seinem Rücken in ihrer Beziehung zu dem jungen Löwenstein bestärkt. Und das alles in einer Zeit, in der Alexander sich einen bedeutenden Aufstieg erhoffte, eine glanzvolle Zukunft für Firma und Familie.

Nur gut, dass Friederike verreist war. Sonst hätte er sich womöglich vergessen.

Anthonis war so in die Arbeit vertieft, dass er das Klopfen zunächst nicht hörte. Erst als das Geräusch lauter und nachdrücklicher wurde, wischte er den Pinsel an einem Lappen ab, legte ihn beiseite und ging zur Tür.

Ein gepflegter, eleganter Herr von Ende zwanzig mit eindrucksvollem Siegelring am rechten Ringfinger. Er war etwas kleiner als Anthonis; Bart und Gehstock sollten ihn wohl älter und würdevoller aussehen lassen. Das Haar war akkurat nach hinten gekämmt. Ein Hauch von Sandelholz und Tabak umwehte ihn.

»Was kann ich für Sie tun?« Ein Herr wie dieser würde wohl kaum für einen Scherenschnitt herkommen.

»Herr Anthonis?«

»Nur Anthonis.«

»Darf ich eintreten?«

»Bitte.«

Der elegante Herr blieb mitten im Zimmer stehen und sah sich prüfend um, als wollte er sich jede Einzelheit einprägen. Dann lehnte er den Gehstock an den Tisch und schaute Anthonis herablassend an.

»Ich bedauere sehr, dass ich mich eigens herbemühen musste, aber eine Unterredung erscheint mir unvermeidlich.«

»Dürfte ich Ihren Namen erfahren?«

»Hesse. Er ist Ihnen wohl nicht unbekannt.«

In der Tat, er weckte ein warmes Gefühl in ihm. »Ich hatte das Vergnügen, einer Dame dieses Namens zu begegnen«, erwiderte Anthonis gelassen.

»Es mag ein Vergnügen für Sie gewesen sein, mit der Witwe meines Vaters Umgang zu pflegen, doch ich kann das keineswegs dulden«, erklärte der Besucher.

Anthonis ließ sich nicht beirren. Die wenigen Begegnungen mit Rika Hesse hatten ihm gezeigt, dass sie selbst entschied, mit wem sie Umgang pflegte. »Ich verstehe nicht, was Sie von mir wollen, Herr Hesse«, erwiderte er höflich. »Frau Hesse und ich sind uns nur wenige Male begegnet. Wir sprachen über Malerei.«

Bemerkte er eine leichte Unsicherheit bei seinem Besucher, ein kurzes Senken des Blicks? Doch dann erklärte dieser in energischem Ton: »Mir ist auch bekannt, dass Sie sowohl bei uns zu Hause als auch in meiner Firma waren und sich dort nach Frau Hesse erkundigt haben.«

»Das bestreite ich nicht. Ich habe ein Bild vorbeigebracht, das ich Frau Hesse geschenkt habe …«

»… und das Sie ebenso gut hätten schicken können«, fiel Hesse ihm ins Wort. »Außerdem pflegt Frau Hesse Bilder gewöhnlich zu erwerben, statt sich von Fremden Geschenke machen zu lassen.«

Anthonis sah ihn verwundert an. Der Mann war unhöflich, ein ungebetener Gast, der sein Verhalten für vollkommen gerechtfertigt zu halten schien.

»Mir ist immer noch nicht klar, welches Vergehens ich mich schuldig gemacht habe«, entgegnete er betont ruhig. »Obwohl ich mich keineswegs zu einer Erklärung gezwungen sehe, sollten Sie wissen, dass ich weite Spaziergänge durch diese Stadt sehr schätze. Also begab ich mich zu Fuß zu Ihrem Heim und zum Hausvogteiplatz, um meine Geschäfte zu erledigen.«

Erneut schaute Alexander sich im Raum um, schlenderte umher, drehte das eine oder andere Bild um, wie es Rika Hesse vor gar nicht langer Zeit getan hatte. Wie anders war jenes Betrachten gewesen, bedachtsam und mit aufrichtigem Interesse. Anthonis spürte plötzlich eine Sehnsucht, die ihm den Atem nahm.

»Würden Sie das bitte unterlassen? Die Bilder gefallen Ihnen ohnehin nicht«, sagte er knapp.

Hesse drehte sich abrupt um. »Ich habe doch gar nichts gesagt.«

»Das müssen Sie auch nicht. Ich sehe es an Ihrer Haltung, daran wie Sie die Schultern bewegen, den Kopf neigen. Ein Körper sagt mehr als Worte. Oder widerspricht ihnen.«

»Unsinn. Aber ich frage mich, warum Sie Leute malen, wenn man ihre Gesichter nicht sieht.«

Anthonis' Überraschung spiegelte sich in Hesses Miene, in der Zufriedenheit, die über dessen Züge huschte, weil er einen Hieb gelandet hatte.

»Wer soll sich so etwas aufhängen? Was sagen Ihre Auftraggeber, wenn sie sich von hinten dargestellt sehen oder mit den Händen vor den Augen? Kein Wunder, dass Sie in dieser Gegend vegetieren.«

Anthonis bezwang seinen inneren Aufruhr. »Ich weiß nicht, was Sie das angehen sollte, Herr Hesse. Wenn Sie nichts weiter mit mir zu besprechen haben, möchte ich Sie bitten, meine Wohnung zu verlassen.«

Hesse wollte schon nach dem Gehstock greifen, als sein Blick auf die Staffelei fiel, die mit der Rückseite zu ihm stand, um das Licht vom Fenster zu nutzen. Er trat herum und hielt abrupt inne.

»Das wird Ihnen noch leidtun!«

Anna Hesse hatte gehofft, ihr Bruder werde sich beruhigen, wenn er heimkehrte. Er hatte das Haus verlassen, nachdem sie ihn morgens in ihrem Zimmer angetroffen hatte, und war seither nicht wiedergekommen. Sie verbrachte den Tag in großer Unruhe und konnte sich weder mit Handarbeiten noch mit Klavierspiel ablenken.

Gegen Abend hörte sie schließlich die Haustür schlagen. Niemand außer Alexander würde es wagen, sie so heftig zu schließen, und Anna duckte sich instinktiv, obwohl sie sicher in ihrem Zimmer saß. Hoffentlich kam er nicht herauf! Sie hatte ein Gefühl von drohendem Unheil. Über dem ganzen Haus lag eine schwüle Reglosigkeit, die sich jeden Augenblick entladen konnte. Die Wolken, die den Himmel verdunkelten, spiegelten ihre Stimmung wider. Das Knarren der Treppe und die Schritte, die vor ihrer Tür verharrten, hielten sie gefangen.

Anna legte das Buch beiseite, als die Tür geöffnet wurde. Kein Klopfen, keine höfliche Frage.

Alexanders Gesicht machte ihr Angst. Er blieb direkt vor ihr stehen, mit Absicht, wie sie vermutete, um noch größer zu erscheinen. Mit einer Hand stützte er sich auf die Kommode, die andere steckte in seiner Hosentasche. Trotz der lässigen Haltung war seine Anspannung deutlich zu spüren.

»Willst du dich nicht setzen?«, fragte sie schüchtern.

»Nein. Es gibt Dinge, die man besser im Stehen erledigt.« Er hielt inne, um seine Worte wirken zu lassen.

Anna schluckte. Ihre Kehle war trocken, rau wie Sandpapier.

»Ich hatte noch keine Zeit, dein über die Maßen ungebührliches Verhalten in aller Deutlichkeit anzusprechen.« Dann zählte er mit gezügelter Wut in der Stimme auf: »Du hast hinter meinem Rücken mit Löwenstein korrespondiert und dich mit ihm getroffen. Du warst bei seinen Eltern zum Abendessen, und zwar am Abend vor dem Sabbat. Du hast mit seiner Schwester gesprochen, die unpassenden Umgang pflegt. Und das alles, während ich versuche, eine vielversprechende Heirat für dich zu arrangieren. Die Heirat in eine Familie, die uns alle Türen öffnen würde, die den Hesses den Zugang zu Adelskreisen ermöglicht, eine Verbindung, von der ein bürgerliches Mädchen wie du nur träumen kann.«

Seltsam, dachte Anna fast unbeteiligt, er kennt den Brief seit zwei Tagen. Nun aber spürte sie einen neuen Zorn in ihm, angefacht durch etwas, von dem sie nichts wusste.

»Leider sehe ich mich gezwungen, Vorkehrungen zu treffen, um jeden Kontakt zwischen dir und Herrn Löwenstein zu unterbinden.«

Anna räusperte sich, brachte aber kein Wort heraus.

»Du wirst keine Briefe mehr von ihm empfangen oder an ihn schreiben. Deine gesamte Korrespondenz wird mir vorgelegt. Ich werde entsprechende Anweisungen geben.«

Anna wehrte sich nicht.

»Ich werde bei Familie Löwenstein vorsprechen und ihnen erklären, dass es sich um ein bedauerliches Missverständnis handelt und wir demnächst deine Verlobung mit Leutnant von Weidenfeld bekanntgeben. Damit dürfte diese Angelegenheit geklärt sein.«

»Das kannst du nicht …«

Sein Blick brachte sie zum Schweigen. »Wenn Friederike zurück ist, werde ich ihr in aller Entschiedenheit erklären, dass sie sich von nun an nicht mehr in unsere Familienangelegenheiten zu mischen hat. Als dein Bruder entscheide ich über eine eventuelle Heirat. Darin hat sie keinerlei Mitspracherecht.«

Ein Schatten legte sich über sein Gesicht, den Anna trotz ihrer Verzweiflung bemerkte.

»Weiterhin wirst du nur in Begleitung aus dem Haus gehen. Ausflüge ohne Aufsicht sind dir untersagt.«

Mit diesen Worten verließ er das Zimmer und schloss energisch die Tür hinter sich.

Er lässt mir keine Hoffnung, dachte Anna. Ich werde gefangen sein, und niemand wird davon erfahren. Wenn er zu Löwensteins geht, wird meine Lüge offenbar. Ihre gute Meinung von mir wird zerstört.

Ich muss in Ruhe nachdenken. Wenn ich mich jetzt nicht beherrsche, wird alles nur noch schlimmer. Wie soll das gehen?, fragte eine unerbittliche Stimme in ihr. Was kann schlimmer sein als dies?

Als die Schritte ihres Bruders verklangen, saß sie noch immer wie versteinert auf ihrem Stuhl.

22

Rika war dabei, sich umzukleiden, konnte sich aber nicht auf ihre Toilette konzentrieren. Sie stand noch ganz unter dem Eindruck ihrer Fahrt nach Düsseldorf. Frau Rungrath hatte angeboten, ihr ein Mädchen als Zofe zu schicken, damit es ihr beim Ankleiden für den Abendempfang in der Gesellschaft »Erholung« half, doch Rika hatte es vorgezogen, Elises Vorschlag anzunehmen.

»Das kann ich doch erledigen, Mutter, dann kann Magda von mir gleich zu dir gehen.«

Man einigte sich darauf, dass dies die beste Lösung sei, um den Bedürfnissen aller Damen gerecht zu werden.

Außerdem wollte Rika gern mit Elise Rungrath unter vier Augen sprechen.

»Bitte noch etwas fester«, sagte sie, als Elise die Schnüre des Korsetts anzog. Es war ungewöhnlich, dass die Tochter des Hauses dabei half; andererseits war dies eine Fabrikantenfamilie aus der Provinz und kein adliges Haus.

»Gut so, Frau Hesse?«

»Ja, vielen Dank.« Rika streifte das Kleid aus elfenbeinfarbener Seide über und ließ von Elise die vielen Häkchen im Rücken schließen. Während sich das enge Kleid wie eine schimmernde Haut an ihren Körper schmiegte, fragte sie sich, weshalb Frauen diese tägliche Quälerei über sich ergehen ließen.

»Wir sprachen kürzlich über den Porträtmaler, dem Ihr Vater gesessen hat«, sagte Rika mit sanfter Stimme. »Ich finde das Bild wirklich überaus gelungen.«

An Elises Hals schoss die Röte empor. Sie tat ihr beinahe leid.

»Ja, Frau Hesse.«

Rikas Drang, die Wahrheit zu erfahren, war stark, doch sie musste behutsam vorgehen, um die junge Frau nicht zu verschrecken.

»Kannten Sie ihn persönlich?«

Elise nickte, sagte aber nichts.

»Ich habe mit seinem ehemaligen Professor gesprochen, der mir einiges über ihn erzählt hat. Dass er manchmal zum Übermut neigte, aber eine große Wirkung auf andere Menschen besaß.«

»Er … Er war charmant«, stieß das Mädchen schließlich hervor und schaute beschwörend zur Tür. Ihr Gebet wurde erhört.

»Ist alles in Ordnung?«, fragte Frau Rungrath von draußen.

»Danke, bestens. Wir kommen gleich«, rief Rika zurück, legte ihre Hand auf Elises und sah sie eindringlich an. »Fräulein Rungrath, Sie haben nichts von mir zu befürchten. Ich wüsste nur gern ein bisschen mehr über Paul Flemming, das ist alles. Er scheint ein interessanter Mensch zu sein. Mir liegt wirklich nichts ferner, als Ihnen Ungemach zu bereiten. Es würde mich freuen, wenn Sie mir vertrauen könnten.«

Zuerst wollte Elise zurückweichen, blieb dann aber stehen. Rika las eine Traurigkeit in ihren Augen, die ihr einen Stich versetzte. Fast hatte sie ein schlechtes Gewissen, doch sie konnte nicht heimkehren, ohne zu erfahren, was Paul Flemming nach Berlin getrieben hatte.

»Lassen Sie uns morgen Nachmittag in eine Konditorei gehen«, sagte Elise, bevor sie das Zimmer verließ.

Das anmutige weiße Gebäude lag nahe der Crefelder Straße, die vom Marktplatz aus, den Rika schon kannte, bergab führte. Natürlich war es nicht der Club von Berlin, aber die Räume waren mit erlesenen Blumenarrangements geschmückt, die Tische mit blütenweißem Leinen und schimmerndem Kristallglas eingedeckt, die Menschen elegant gekleidet.

Carl Wilhelm Rungrath hatte Rika stolz von dieser ehrwürdigen Einrichtung erzählt, der die wichtigsten Fabrikanten und andere Honoratioren der Stadt angehörten. Aufgenommen wurde nur, wer von zwei Dritteln der Mitglieder akzeptiert wurde. Rungrath hatte mit gewinnender Offenheit zugegeben, dass er anfänglich um seine Aufnahme gefürchtet hatte, da die Mitglieder mehrheitlich evangelisch waren, während er selbst katholisch war, doch hatte man ihn gleich beim ersten Antrag willkommen geheißen. Seither war er eines der rührigsten Mitglieder der *Gesellschaft Erholung*.

Er hatte beiden Damen einen Arm angeboten, nachdem sie die Kutsche verlassen hatten, während Elise sich neben ihrer Mutter hielt.

Nun standen sie in einem großen Saal, der von munterem Stimmengewirr erfüllt war. Ein Herr mit stattlichem Vollbart, der Mitte vierzig sein mochte, kam auf sie zu, an seiner Seite eine sehr junge Frau. Herr Rungrath straffte die Schultern.

»Darf ich vorstellen, Frau Hesse? Herr Viktor Kaifer, unser Bürgermeister, mit seiner reizenden Frau Maria.«

Dann stellte er Rika vor.

»Aus Berlin?«, fragte die junge Frau aufgeregt. »Ich wünschte, ich könnte einmal in die Hauptstadt reisen. Leider kenne ich sie nur aus illustrierten Blättern.«

In ihrer Stimme schwang ein deutlicher Akzent mit, den Rika nicht einordnen konnte.

Die Herren entfernten sich, um Getränke zu besorgen.

»Herr und Frau Kaifer sind erst seit wenigen Wochen verheiratet«, erklärte Hedwig Rungrath, worauf Frau Kaifer errötete. »Sie stammt aus den Niederlanden. Das darf ich doch verraten, nicht wahr?«

»Natürlich. Ich bin noch ein bisschen unsicher in Gesellschaft. Falls mir Fehler unterlaufen sollten, hoffe ich, dass die Menschen mir verzeihen werden.«

Rika verspürte Mitleid mit ihr. Sie wusste, wie man sich fühlte, wenn man einen älteren, lebenserfahrenen Mann heiratete, der fest im gesellschaftlichen Leben verwurzelt war, und an dessen Seite repräsentative Pflichten wahrnehmen musste. Hoffentlich war Herr Kaifer ähnlich verständnisvoll und freundlich, wie Conrad Hesse es gewesen war.

»Ich kann Sie beruhigen, Frau Kaifer«, sagte Rika. »Ich selbst befand mich einmal in einer ähnlichen Lage. Mein verstorbener Ehemann war um einiges älter als der Ihre, und auch ich musste mich erst in dieser neuen Welt zurechtfinden.« Die junge Frau schaute sie aufmerksam an. »Hören Sie auf Ihr Herz, bleiben Sie natürlich und unverstellt. Eine liebenswerte Art gleicht so manchen Fehler aus.«

Frau Kaifer wirkte dankbar und lächelte ihrem Mann entgegen, der ihr ein Glas Weißwein brachte. »Familie Rungraths Besuch aus Berlin ist ganz reizend, Viktor.«

Der Bürgermeister erkundigte sich nach den neuesten Nachrichten aus der Hauptstadt und nach der Firma, deren Interessen sie hier vertrat, wobei er auf höfliche Weise seiner Überraschung Ausdruck verlieh, dass eine Dame als Repräsentantin angereist war.

»Der Sohn meines verstorbenen Mannes war leider verhindert. Er hat mich ausgezeichnet vorbereitet und behält sich den endgültigen Abschluss der Verhandlungen vor.«

Während sie sich unterhielten, bemerkte Rika, dass Elise blass wurde. Sie drehte sich um und entdeckte eine auffallend gekleidete Frau, die auf ihre Gruppe zusteuerte. Alles an ihr war ein wenig zu bunt, zu überladen, zu glänzend, doch sie trug ihr Selbstbewusstsein wie ein geblähtes Segel vor sich her.

»Guten Abend! Welch illustre Runde.«

»Darf ich Ihnen Frau Wilhelmine Maaßen vorstellen, Frau Hesse? Sie ist Fabrikantenwitwe, genau wie Sie«, erwiderte Kaifer etwas gequält.

Die Dame musterte Rika so eingehend, dass es an Unverschämtheit grenzte.

»Frau Maaßen, dies ist Frau Friederike Hesse aus Berlin.«

Bei seinen Worten klappte Frau Maaßens Kiefer sichtlich nach unten. Sie hatte sich weltläufig geben wollen, sah sich nun aber von einer Dame aus der Hauptstadt in den Schatten gestellt. Rasch überspielte sie ihre Enttäuschung. »Es ist mir ein Vergnügen. Ich beneide Sie, das gebe ich offen zu. Und die Familie Rungrath natürlich um Ihre reizende Gesellschaft. Liebe Frau Hedwig, Sie müssen wieder einmal zum Tee kommen.« Zu Rika gewandt: »Ich bevorzuge Tee, er hat so etwas reizend Englisches und ist überhaupt viel vornehmer als Kaffee. Den kann sich heutzutage jeder Arbeiter leisten.«

Die Gruppe schaute betreten zu Boden.

»Ach, ich trinke eigentlich gern Kaffee«, erwiderte Rika gelassen. »In Berlin ist er nach wie vor sehr beliebt, aber das will natürlich nichts heißen.«

Carl Wilhelm Rungrath musste sich auf die Lippen beißen. Elise und Hedwig schauten Rika dankbar an.

Frau Maaßen ließ sich jedoch nicht so leicht beirren. »Jeder nach seiner Fasson, aber ich liebe eben Tee. Kürzlich habe ich mir neues Porzellan aus England kommen lassen, Wedgwood, erstklassige Qualität. So zart, dass man beinahe hindurchsehen kann.« Dann fiel ihr Blick auf Elise, die immer kleiner zu werden schien.

»Sie sind herzlich eingeladen, mein Kind. Bald sind Sie eine Ehefrau und damit in unserer Runde willkommen. Wo haben Sie denn Ihren Verlobten versteckt?«

»Herr van Luyk wurde zu einem sterbenden Verwandten gerufen«, warf Hedwig Rungrath ein.

»Jedenfalls hoffe ich, ihn bald kennenzulernen«, entgegnete Frau Maaßen. »Wie ich hörte, soll er sehr gut aussehend sein. Nun, das war der andere Herr auch, wenn auch nicht sehr aufmerksam.« Dann hob sie die Hand. »Verzeihung, ich muss leider weiter.«

Sie segelte davon und ließ eine konsternierte Gruppe zurück.

»Was für eine unmögliche Person«, entfuhr es Rika. »Entschuldigen Sie, ich wollte nicht …«

»Schon gut«, sagte Carl Wilhelm Rungrath und führte sie ein wenig beiseite. »Sie haben mir aus der Seele gesprochen. Die Dame ist unmöglich, aber vermögend. Sie stiftet viel Geld für wohltätige Zwecke und sichert sich damit eine wichtige Position in der Stadt. Daher begegnet man ihr gemeinhin mit Vorsicht.«

Rika hatte sich ein erklärendes Wort zu Frau Maaßens letzter Bemerkung erhofft, wurde aber enttäuscht.

Später stand sie neben Elise am Büfett. Als sie sich zu den Spargelröllchen vorbeugte – »eine rheinische Spezialität, nördlich von hier gibt es große Spargelfelder« –, sagte sie leise: »Diese Frau Maaßen ist ein furchtbarer Mensch.«

Elise lächelte dankbar. »Sie tut auch Gutes. Aber sie mischt sich gern in Dinge, die sie nichts angehen.« Nach einer Pause: »Ich wünschte, Herr van Luyk wäre heute Abend dabei gewesen. Dann hätte sie sich eine solche Bemerkung nicht erlaubt.«

Oberwachtmeister Hans Findeisen hatte den Vorfall mit dem Scherenschneider fast vergessen, nachdem er dem Mann gezeigt hatte, wer in der Spandauer Vorstadt das Sagen hatte. Wenn er in Zukunft unauffällig seinem Gewerbe nachging, würde Findeisen ihn nicht daran hindern. Besser Scherenschnitt als Taschendiebstahl, Betrug oder Hehlerei.

Er las gerade einen Stapel Anweisungen des Präsidiums durch, als ein Wachtmeister an die Tür klopfte und den Kopf hereinsteckte.

»Herr Oberwachtmeister, ein Herr wünscht Sie zu sprechen.« Sein Tonfall verriet, dass es sich um einen Besucher handelte, dessen Bedeutung er nicht ganz einschätzen konnte.

»Führen Sie ihn herein, Lütke.«

Als der Mann den Raum betrat, verzog sich Findeisens Miene in einer Mischung aus Überraschung und Belustigung. Er winkte Lütke hinaus und schloss die Tür.

Der Besucher war klein und drahtig und trug Schiebermütze und Halstuch, obwohl das Wetter reichlich warm war.

»Theo, was verschlägt dich in diese Gegend?«

Sie schüttelten einander die Hand.

»Ach, ich dachte, ich schau einfach mal vorbei, Hans.« Er sah sich im Dienstzimmer um. »Ist lange her, dass ich auf diesen harten Stühlen gesessen habe.«

»Die sind nicht weicher geworden«, erwiderte Findeisen und sah sein Gegenüber prüfend an. »Du kannst mir nicht weismachen, dass du zufällig vorbeigekommen bist. Womit verdienst du dein Geld, seit dir der Dienst bei der Polizei zu langweilig geworden ist?«

Der Theo genannte Mann grinste. »Ich eigne mich einfach nicht zum Beamten. Immer korrekt, immer den Blick geradeaus, immer die Taschen zu, damit keiner was reinsteckt. So kann ich nicht durchs Leben gehen. Vor allem nicht, wenn ich an den Straßenmädchen vorbeikomme. Ich trinke und hure gern, was soll's?«

Findeisen faltete die Hände über dem Bauch. »Sag nicht, du bist unter die Luden gegangen. Dann will ich nicht mit dir gesehen werden.« Sein Schnurrbart zuckte belustigt.

Theo schüttelte den Kopf. »Nein, keine Sorge. Ich bin ein ehrlicher Mann geblieben und verdiene daran, dass andere etwas zu verbergen haben.« Er zog eine Pappkarte aus der Tasche und schob sie über den Tisch.

Theodor Strelczyk, Polizeiwachtmeister a. D.
Private Ermittlungen
Diskretion wird zugesichert

Findeisen hob erstaunt die Augenbrauen. »Sag bloß, du schnüffelst untreuen Ehemännern hinterher?«

Strelczyk machte eine wegwerfende Geste. »Eigentlich ist mir das zuwider. Viel Ärger und unschöne Szenen.« Er steckte die Karte ein. »Ich habe mich auf die Roten spezialisiert.«

Als Findeisen ihn fragend anschaute, fügte er hinzu: »Wenn ein Firmenbesitzer Angestellte verdächtigt, mit den Sozialisten unter einer Decke zu stecken, schaue ich genauer hin. Sehe mir an, wo die Leute ihren Feierabend verbringen, ob sie nur an der Theke trinken oder im Hinterzimmer Reden schwingen.«

»Und wie verdient man dabei?« Findeisens Blick wanderte über die schlichte Kleidung seines Gegenübers.

Strelczyk lachte. »Das ist meine Dienstkleidung, damit ich nicht auffalle. Sieht natürlich nicht so schnieke aus wie deine Uniform, aber du solltest mal die feinen Zwirne in meinem Schrank sehen. Doch, doch, das Geschäft ist ganz einträglich. Übrigens bin ich tatsächlich nicht ohne Grund hier. Ich dachte, du könntest einem alten Kollegen vielleicht einen Gefallen tun.« Er betrachtete seine gepflegten Hände.

Findeisen zündete sich eine Zigarre an, die halb geraucht im Aschenbecher gelegen hatte, paffte und sah Theo durch die Rauchwolke an. »Und wie soll dieser Gefallen aussehen?«

»Nur eine Kleinigkeit, gar keine Mühe für dich. Eine Auskunft brauche ich, mehr nicht. Kennst du einen Mann namens Anthonis?«

»Soll der etwa auch ein Roter sein?«, fragte Findeisen verblüfft.

»Nein. Aber einer meiner Auftraggeber – große Firma, da steckt Geld hinter – wüsste gern etwas über ihn.«

Nun wurde der Oberwachtmeister aufmerksam. Er richtete sich auf, legte die Zigarre weg und stützte das Kinn auf die verschränkten Hände. »Jetzt hast du mich aber neugierig gemacht.«

23

Den Traum hatte ich lange nicht mehr. Ich liege in einem Bett in einem fremden Zimmer und erwache aus einem sehr, sehr tiefen Schlaf. Ich kann alles um mich herum erkennen, die Vorhänge, die Möbel, die weißen Blumen auf dem Nachttisch. Ich setze mich auf.

Die weiß getünchten Wände, das schlichte Kruzifix – es sieht aus wie in einem Krankenzimmer. Doch warum bin ich hier, wenn ich keine Schmerzen verspüre?

Ich gehe ans Fenster und schaue hinaus. Eine Straße, Pferdefuhrwerke, eine einzelne Kutsche. Ein Milchmann lädt seine Kannen vor einem kleinen Laden ab. Die Besitzerin zählt sie durch, lacht mit ihm und deutet nach oben zum bewölkten Himmel. Der Mann steigt auf den Bock und treibt sein Pferd an.

Ich kehre dem Fenster den Rücken zu. Was hat mich hergeführt? Ich fühle mich nicht krank. Meine Gliedmaßen sind unversehrt. In einer Ecke bemerke ich einen Waschtisch, über dem ein kleiner Spiegel hängt. Vielleicht verrät mir mein Gesicht, weshalb ich hier bin.

Ich trete vor den Spiegel und schaue hinein. Weiche zurück. Schließe die Augen, öffne sie und schaue noch einmal hin.

Ein Fremder blickt mir entgegen.

Anthonis wachte auf und blieb ganz still liegen, den Blick ruhig zur Decke gerichtet. Nach dem heftigen Gewitter vor zwei Tagen war es kühler geworden, ein angenehmer Lufthauch streifte sein Gesicht. Er stand auf, ging an den Arbeitstisch und griff nach Papier und Kohle. Ließ binnen kurzer Zeit die Szene entstehen, die er soeben im Traum gesehen hatte. Der Mann, das Bett, der kleine Waschtisch mit dem Spiegel. Der Mann steht vor dem Spiegel, doch wo sein Gesicht sein sollte, ist nur Leere.

Es war das erste Mal seit Jahren, dass er sich selbst zeichnete, wenn auch nur von hinten. Er hatte nie viel von Selbstporträts gehalten, hatte es vorgezogen, fremde Gesichter zu erforschen, ihre Winkel, Ebenen und Falten mit Pinsel oder Zeichenstift zu ergründen. Dennoch, die Skizze war gelungen, dachte er, als er sie an einen Becher mit Pinseln lehnte und ein Stück zurücktrat, um sie richtig zu betrachten.

Dann holte er sich ein Glas Wasser und setzte sich aufs Bett. Etwas in ihm hatte sich verändert und ließ ihn Dinge tun, die er zuvor nicht getan hatte. Ein Bild durch halb Berlin tragen, um es wie ein Bote an der Tür einer Villa abzuliefern, in der man ihn in einem früheren Leben als Gast empfangen hätte. Einen ähnlich weiten Weg zurücklegen, um sich nach der Rückkehr einer Frau zu erkundigen, die er kaum kannte. Diese Frau zu malen, so intim und vertraut, wie ein Bild ohne Gesicht überhaupt nur sein konnte.

Anthonis schüttelte den Kopf. Die sorgsam errichtete Fassade, die schützende Hülle, mit der er sein Leben umgeben hatte – all das war in Gefahr.

Eine engere Bekanntschaft mit Rika Hesse war ausgeschlossen. Und doch konnte er nicht aufhören, an sie zu denken. Sie stahl sich in seine Gedanken, wann immer er sich treiben ließ, und wenn es ihm gelang, sie tagsüber beiseitezuschieben, kam sie nachts im Traum zu ihm.

Dann war da die Begegnung mit Herrn Hesse. Sie hatte etwas in ihm geweckt: Neugier, den Ansporn herauszufinden, was hinter seinem sonderbaren Besuch steckte.

Die Worte des Mannes gingen ihm durch den Kopf. *Es mag ein Vergnügen für Sie gewesen sein, mit der Witwe meines Vaters Umgang zu pflegen, doch ich kann das keineswegs dulden.* Wie gestelzt das geklungen hatte! Und doch hatte Anthonis eine unterdrückte Leidenschaft gespürt, die die förmlichen Worte Lügen strafte. Wollte er seine Stiefmutter vor unpassenden Bekanntschaften schützen? Ging es ihm um den guten Ruf seiner Familie? Oder hegte er tiefere Gefühle für die Frau seines verstorbenen Vaters? Das wäre eine Erklärung, so unpassend dies auch erscheinen mochte. Doch das ging ihn nichts an.

Eine Äußerung hatte er jedoch wie einen wohl platzierten Stich gespürt: *Aber ich frage mich, warum Sie Leute malen, wenn man ihre Gesichter nicht sieht.* Was folgte, war unerheblich. Eine Schmähung wie: *Wer soll sich so etwas aufhängen? Kein Wunder, dass Sie in dieser Gegend vegetieren müssen*, konnte ihn nicht treffen. Doch die klare Erkenntnis dessen, was seine Bilder ausmachte, hatte ihn überrascht. Anthonis kam sich auf seltsame Weise ertappt vor. Der Besuch hatte ihn mehr beunruhigt, als er sich eingestehen mochte. Und dann war da noch die Drohung, die in den Abschiedsworten Alexander Hesses angeklungen war.

Er fuhr unwillkürlich zusammen, als es klopfte. Doch es war nur Isidor, der ihn an seinen Auftrag erinnern wollte, den er, wie er schuldbewusst eingestand, über den persönlichen Arbeiten fast vergessen hatte.

Anna Hesse aß nicht mehr. Sie versuchte, ihren Bruder darüber hinwegzutäuschen, indem sie das Essen auf dem Teller herumschob und so anordnete, dass die Menge möglichst gering aussah. Mit Erfolg. Alexander war derart in seine Angelegenheiten vertieft, dass er nicht bemerkte, wie blass sie in den letzten Tagen geworden war und dass ihre Wangen schmaler wirkten.

Jette und die Köchin sprachen darüber und waren sich einig in ihrer Sorge, wagten aber nicht, den gnädigen Herrn, der sich in letzter Zeit zunehmend ungehalten zeigte, darauf hinzuweisen.

»Er soll sich selbst um seine Schwester kümmern, wenn die gnädige Frau nicht da ist«, erklärte die Köchin entschieden. »Das sind die Angelegenheiten der Herrschaften, in die wir uns nicht einzumischen haben.«

»Det weeß ick doch«, erwiderte Jette, die unter ihresgleichen in die vertraute Mundart verfiel. »Aba ick mach mir Sorjen um det junge Frollein. Sie jeht nich mehr aus, will nich essen un hockt imma inner Stube. Die is todunglücklich, janz sicher.«

Insgeheim befürchtete Jette, sie könnte unfreiwillig dazu beigetragen haben. Jedenfalls hatte Fräulein Anna seit jenem Tag, da Jette beim Essen den Brief übergeben hatte, der hinter den Kommodenschrank gefallen war, nicht mehr glücklich gewirkt. Jette hatte gesehen, dass der Brief von einem Herrn Löwenstein stammte, und Leute dieses Namens waren auch bei Frau Hesses Ball zu Gast gewesen. Sie schüttelte den Kopf, um die trüben Gedanken zu vertreiben.

»Die Stimmung im Haus is besser, wenn die Jnädije hier is. Dann wird ooch mal jelacht. Seit Frau Hesse verreist is, komm ick mia vor wie im Jrab.«

Die Köchin schaute sie tadelnd an. »Lass das bloß nicht den gnädigen Herrn hören, dann kannst du dir dein Gesindebuch gleich abholen.«

Jette verzog das Gesicht und verließ die Küche. Was die Köchin auch sagen mochte, sie machte sich ihre eigenen Gedanken.

Wenn Alexander nicht zu Hause war, saß Anna stundenlang in ihrem Zimmer, las wieder und wieder Davids Briefe und versuchte, sich sein Gesicht vorzustellen. Ihr war, als verschwömmen seine Züge, als lösten sie sich mit jedem Tag, den sie getrennt waren, weiter auf. Wie hatte seine Stimme geklungen? Wie hatte er gelächelt?

All das drohte ihr zu entgleiten.

Sie kam sich vor wie eine Gefangene. Alexander hatte die Dienstboten angewiesen, sie bei allen Besorgungen zu begleiten. Um sich diese Demütigung zu ersparen, zog sie es vor, gar nicht mehr aus dem Haus zu gehen.

Annas Herz tat weh vor Sehnsucht. Sie musste David eine Nachricht zukommen lassen, damit er wenigstens wusste, wie streng sie bewacht wurde. Vielleicht wäre er in der Lage, die Mauer zu durchbrechen, die ihr Bruder um sie errichtet hatte.

Gut, eine Nachricht. Aber auf welchem Weg?

Dann kam ihr ein Gedanke. Jette. Das Hausmädchen schaute sie in den letzten Tagen so besorgt an. Vielleicht hätte sie Mitleid und würde ihr helfen. Aber nein, damit handelte sie gegen die ausdrückliche Anweisung ihres Dienstherrn, das würde sie nicht wagen. Zudem wollte Anna sie nicht in Schwierigkeiten bringen.

Sie schob den Gedanken weg, doch er war hartnäckig. Stahl sich herbei, ließ sie das Für und Wider abwägen. Der nächste Briefkasten war nicht weit. Wenn Jette dorthin ginge, würde es nicht auffallen.

Anna beschloss, den Brief zu schreiben. Ihre Gefühle in Worte zu kleiden half schon. David durfte nicht glauben, sie habe sich von ihm abgewandt, nur das nicht!

Sie holte die Schreibmappe und nahm ein fliederfarbenes Blatt mit Wellenrand heraus.

Mein lieber David,

verzeihen Sie, dass ich ohne Umschweife zu meinem Anliegen komme, aber verstehen Sie diesen Brief bitte als Hilferuf. Meine Lage hat sich seit meinen letzten Zeilen zum Schlechten entwickelt. Es mag dramatisch klingen, aber ich bin sozusagen eine Gefangene im eigenen Haus. Mein Bruder hat Ihr letztes Schreiben gelesen und mich daraufhin unter Bewachung gestellt. Ich darf das Haus nicht ohne Begleitung verlassen; auch meine Post wird von ihm kontrolliert.

Da meine Stiefmutter verreist ist, kann ich nicht auf ihre Unterstützung zählen. Mein Bruder will mich um jeden Preis mit Leutnant von Weidenfeld verheiraten, ohne Rücksicht auf meine Gefühle zu nehmen.

Ich weiß, dass diese Bitte vermessen klingt, doch wenn Sie irgendeine Möglichkeit sehen sollten, Ihren Einfluss geltend zu machen und mir zu helfen, wäre Ihnen meine dankbare Zuneigung gewiss.

Er kam so schnell herein, dass sie den Brief nicht mehr in die Mappe schieben konnte.

»Anna, die Weidenfelds haben sich für heute Abend angesagt, und ich möchte dich bitten, ein besonders hübsches Kleid anzuziehen.«

Sie saß wie gelähmt da und brachte kein Wort heraus.

Alexander trat hinter sie, ragte drohend auf wie ein Schatten. »Hörst du mir nicht zu? Zeige mir bitte, was dich so Anspruch nimmt, dass du mein Kommen nicht zur Kenntnis nimmst.«

Anna legte schützend die Hände über das Papier. »Es … es ist ein Brief an Gertrud. Ich wollte nur …«

»Dann gibt es keinen Grund, so geheimnisvoll zu tun.« Er griff um ihre Schulter, wollte ihre Hände vom Papier lösen, das sie wie einen Schatz umklammert hielt.

»Gib schon her!«, rief er ungehalten.

»Nein!«

Er umfing ihr Handgelenk so fest, dass sie vor Schmerz aufschrie und das Blatt losließ. Bevor er einen Blick darauf werfen konnte, sprang Anna unvermittelt auf, stieß ihn beiseite und stürzte blindlings aus dem Zimmer.

Alexander taumelte zurück, fing sich, steckte den Brief in die Tasche und eilte ihr hinterher. Er hörte ihre Schritte auf den Treppenstufen. Unten wurde die Haustür aufgerissen. Als er die letzte Stufe nahm, erklang von draußen ein ohrenbetäubender Lärm, ein Krachen, Fluchen, wildes Pferdegewieher.

Noch bevor er die Tür erreichte, sah er Jette. Sie stand da, die Hand entsetzt vor den Mund geschlagen, und deutete auf die Straße.

Die Konditorei war klein, aber hübsch eingerichtet, und die Torten- und Pralinenauswahl wirkte sehr appetitlich. Sie bestellten Kaffee, und Rika entschied sich für eine köstlich aussehende Nusstorte, während Elise dankend ablehnte.

»Ich glaube, etwas Süßes könnte Ihnen beim Erzählen helfen«, sagte Rika aufmunternd und konnte das junge Mädchen zu einem Petit Four mit rosa Zuckerguss überreden.

Am frühen Nachmittag war es noch ruhig in dem gemütlichen Café mit den Spitzengardinen und der dunklen Holztäfelung. Elise hatte die Uhrzeit mit Bedacht gewählt. Sie warteten, bis Kaffee und Kuchen serviert wurden, damit sie ungestört waren, bevor Rika das Gespräch eröffnete.

»Mein liebes Fräulein Rungrath, ich habe Ihnen gestern bereits versichert, dass ich Sie keineswegs bedrängen oder in Verlegenheit bringen möchte. Was Sie mir heute sagen, bleibt unter uns und wird keinerlei Folgen für Sie oder Ihre Familie haben. Mein Interesse ist rein persönlicher Natur.«

Elise wirkte erleichtert.

Rika rührte ihren Kaffee um. »Sie tun nichts Verwerfliches, indem Sie mir von Herrn Flemming erzählen.«

Nun war der Name gefallen, und Elise Rungrath zauderte nicht länger. »Was möchten Sie wissen, Frau Hesse?«

»Wie Sie ihn kennengelernt haben. Wie er sich verhielt, wie sein Ruf als Maler und Mensch war, wie sich Ihre Bekanntschaft entwickelt hat. Und weshalb Sie damals die Verlobung gelöst haben.« Als sie es aussprach, begriff Rika, wie fordernd ihre Worte klangen. »Verzeihen Sie, ich meine es nicht so. Es ist selbstverständlich nur eine Bitte, Fräulein Rungrath.«

Elise brach mit der Kuchengabel ein winziges Stückchen Biskuit ab und führte es zum Mund. Sie aß bedächtig, um ein bisschen Zeit zu gewinnen.

Leise begann sie zu erzählen, erst stockend, dann flüssiger, bis ihre Worte wie von selbst zu strömen schienen.

Wie Paul Flemming das erste Mal zu ihnen ins Haus gekommen war, weil ihr Vater ein Porträt wünschte. Dass er ihr von Beginn an gefallen, sie aber gezögert hatte, weil sie nicht wusste, was ihre Eltern davon hielten.

»Ein junges Mädchen muss auf seinen Ruf achten«, sagte sie beinahe kindlich. »Und er war sehr charmant, weltgewandt, ein erwachsener Mann mit Erfahrung. Ich wusste, dass manche

Künstler in einem zweifelhaften Ruf stehen, dass sie einen Lebenswandel pflegen, der nicht – wie soll ich es sagen …«

»… gesellschaftsfähig ist?«, half Rika nach.

Elise nickte. »Ich habe am Fenster gewartet, wenn er zu meinem Vater kam, bin aber nicht zu ihnen hinuntergegangen. Das wäre mir aufdringlich erschienen. Er kam manchmal zu Pferd, das fand ich abenteuerlich und altmodisch zugleich. Die meisten Herren fahren heutzutage in einer Kutsche vor, jedenfalls bei uns in der Stadt. Doch Herr Flemming war ein Mann, der nicht viel auf die Meinung anderer gab.«

Darin zumindest hat er sich nicht verändert, dachte Rika bei sich.

»Würden Sie ihn als fröhlichen, offenen Menschen bezeichnen?«

»O ja«, erwiderte Elise entschieden. »Er war witzig, ohne sich in den Vordergrund zu drängen, und sehr unterhaltsam. Wir haben auf einem Fest zum ersten Mal miteinander gesprochen.« Sie wurde rot und senkte den Kopf. »Ich muss gestehen, dass er mich fasziniert hat. Ich wollte nach einer angemessenen Zeit wieder zu den anderen Gästen gehen, doch er hielt mich förmlich gefangen. Das verwirrte mich. Als ich jedoch den wohlwollenden Blick meiner Mutter bemerkte, war ich sehr erleichtert.«

Ein verliebtes Mädchen, dessen Mutter den jungen Herrn für passend erachtete, konnte sich durchaus glücklich schätzen. Rika dachte flüchtig an Anna und verspürte einen leisen Stich.

»Befürwortete auch Ihr Vater eine nähere Bekanntschaft?«

»Er war jedenfalls nicht völlig abgeneigt. Zwischen ihm und meinem Bruder stand es nicht immer zum Besten …« Elise schlug die Hand vor den Mund. »Verzeihung, das sollte ich nicht erzählen, es ist eine Familienangelegenheit. Aber es gab gewisse Meinungsverschiedenheiten. Vielleicht ist das zwischen Vätern und Söhnen üblich.«

»Hätte Ihr Vater nicht eher einen Herrn bevorzugt, der ebenfalls aus der Textilindustrie stammt und seine Firma später einmal weiterführen kann?«, erkundigte sich Rika.

»Schon, aber Herr Flemming hat ihn dennoch beeindruckt. Er malte für Auftraggeber aus den höchsten Kreisen. Darin lag für meinen Vater wohl ein gewisser Reiz.«

»Ich verstehe. Bitte erzählen Sie mir, was später vorgefallen ist.«

»Es fällt mir noch immer nicht leicht, darüber zu sprechen«, sagte Elise leise. »Ich … Ich war sehr in Herrn Flemming verliebt.« Dann schien sie sich einen Ruck zu geben. »Wie ich schon sagte, kam er gern zu Pferd. Er war ein guter, aber auch ungestümer Reiter. Eines Tages hatten wir ihn zum Abendessen gebeten, es muss Ende August gewesen sein, und er wollte das schöne Wetter nutzen, um von Düsseldorf nach Gladbach zu reiten. Als ein Gewitter losbrach, machten wir uns Sorgen, denn er hatte sich schon verspätet. Wir konnten aber nicht nach ihm suchen lassen, bis es aufgehört hatte zu regnen. Mein Vater kannte den Weg, den er gewöhnlich nahm, und fuhr schließlich mit dem Wagen los. Ich wollte ihn begleiten, aber er erlaubte es nicht. Also haben meine Mutter und ich zu Hause gewartet, während mein Vater und Stephan sich auf die Suche machten.«

Elise musste schlucken und trank rasch von ihrem Kaffee. Rika sagte nichts, sondern wartete geduldig.

»Als mein Vater Stunden später nach Hause kam, war er tief erschüttert. Er und Stephan hatten Herrn Flemming mit einer schweren Kopfverletzung am Wegrand gefunden und hierher ins Krankenhaus Maria Hilf gebracht. Die Ärzte konnten noch keine näheren Angaben über seinen Zustand machen, da er bewusstlos war. Man vermutete, sein Pferd habe gescheut und er sei beim Sturz mit dem Kopf auf einen Stein geschlagen.«

Elise knetete die Finger im Schoß, da die Erinnerungen sie überwältigten. »Ich war außer mir vor Sorge und wollte sofort zu ihm, doch meine Mutter gab mir ein Mittel zur Beruhigung und zwang mich, zu Bett zu gehen. Erst später hat sie mir erzählt, dass man um sein Leben fürchtete. Ich musste mehrere Tage warten, bis es hieß, er sei aufgewacht, die Operationswunde am Kopf verheile gut, er könne feste Nahrung zu sich nehmen. Es folgten Berichte über seine Genesung. Nur durfte ich ihn nicht sehen. Mein Vater besuchte ihn und vertröstete mich.«

Rika spürte, wie eine Veränderung in der jungen Frau vorging. Bisher hatte sie trotz ihrer Erregung die Geschichte sachlich vorgetragen, doch nun schien sie alles noch einmal zu durchleben. »Also bin ich ohne Erlaubnis hingegangen. Die Klinik ist nicht weit von unserem Haus entfernt. Der Flur war ganz weiß gestrichen. Es gab keinen Schmuck, nur Kruzifixe und Marienbilder. Überall huschten Nonnen mit leisem Schritt umher. Hier wird er gesund, sagte ich mir, bald können wir über die Hochzeit sprechen.«

Wieder schluckte sie, und Rika hielt kurz den Atem an.

»Ich habe mich an sein Bett gesetzt. Sein Kopf war verbunden, ansonsten sah er recht gesund aus. Er schlief, und ich wollte ihn überraschen, wenn er erwachte. Als er die Augen öffnete, sah er mich verwirrt an. Dann fragte er, wer ich sei. Ich sagte, ›Ich bin es, Paul.‹ Er antwortete: ›Tut mir leid, ich kenne Sie nicht.‹« Bei der Erinnerung liefen ihr Tränen über die Wangen.

Rika blieb ruhig. »Das kann eine Folge des Sturzes gewesen sein«, sagte sie vorsichtig. »Kopfverletzungen können die Sinne beeinträchtigen, vielleicht auch das Erinnerungsvermögen.«

Elise Rungrath schüttelte heftig den Kopf. »Wenn es nur so gewesen wäre. Ich bin weinend hinausgelaufen und habe mich dann selbst gescholten, weil ich mir dumm vorkam.« Sie schwieg einen Moment. »Als ich Paul das nächste Mal besuchte, hatte er sich gefangen. Er musterte mich von oben bis unten, als wollte er mich malen, und sprach mich dann mit Namen an.«

Die Worte brachten etwas in Rika zum Klingen. Anthonis hatte sie bei ihrem Besuch in seiner Wohnung zunächst nicht wiedererkannt. Dass er sie danach genau betrachtet hatte, war ihr nicht verborgen geblieben, doch hatte sie es für die Eigenheit eines Künstlers gehalten.

»Er wurde aus dem Krankenhaus entlassen, und wir alle hofften, er werde bald ganz genesen sein, damit wir mit den Hochzeitsvorbereitungen beginnen könnten.« Sie seufzte. »Aber er hatte sich verändert. Litt oft unter Kopfschmerzen, zog sich zurück. Wenn er mich einmal besuchen kam und wir einen Spaziergang unternahmen, stieß er Leute, die er gut kannte, vor den Kopf, indem er sie nicht grüßte. Bei Gesellschaften war es ähnlich. Anfangs ließ man es ihm durchgehen, erklärte es mit seiner künstlerischen Natur oder dem Unfall, der noch nicht lange zurücklag. Doch ich spürte, dass die Veränderung tiefer ging.«

»Haben Sie versucht, mit ihm darüber zu sprechen? Sie standen einander doch nahe, wollten heiraten.«

Elise zuckte hilflos mit den Schultern. »Ich habe es versucht, aber er lehnte es ab. Er sei müde, weil er schlecht schlafe, redete er sich heraus. Natürlich war mir klar, dass dies nicht die Erklärung sein konnte. Meine Eltern begannen zu zweifeln, ob er wirklich der richtige Ehemann für mich sei. Sie setzten eine Frist. Wenn sich sein Verhalten nicht binnen eines Monats änderte, würden sie die Auflösung der Verlobung bekannt geben. Ich war verzweifelt. Alles hätte ich getan, um ihn zu behalten, doch er wies mich zurück. Nicht mit Worten, aber er schien zurückzuweichen, sobald ich in seine Nähe kam. Manchmal hatte ich den Verdacht, er habe mich nicht erkannt, wenn ich einen Raum betrat. Mein Vertrauen in ihn war tief erschüttert. Ich war so durcheinander.«

Sie verstummte einen Moment und fasste sich. »Dann gab es einen Herbstball in der *Gesellschaft Erholung*. Sie selbst sind gestern dort gewesen und können sich vorstellen, welch großes Ereignis es für unsere Stadt war. Ich hatte mir ein neues Kleid anfertigen lassen, zartviolett, es sah hinreißend aus. Dazu hatte ich eine neue Frisur ausprobiert, die mein Gesicht schmaler erscheinen ließ.« Wehmütig schien Elise an ihre kleinen, in der Hoffnung wurzelnden Eitelkeiten zu denken. »Die ganze Stadt war dort versammelt. Ich hatte Paul überreden müssen, auch zu kommen, da er seit dem Unfall derartige Veranstaltungen mied. Aber weil ich so enttäuscht war, gab er schließlich nach. Von meinem neuen Aussehen erzählte ich ihm nichts, ich wollte ihn überraschen.

Als er hereinkam, musste ich tief durchatmen. Er sah so gut aus. Das Haar, das man nach dem Unfall kurz geschnitten hatte, wuchs nach, und in seinem Frack wirkte er sehr elegant. Die Leute schauten uns an, da Gerüchte aufgekommen waren und man entweder auf die Bekanntgabe des Hochzeitstages oder das Ende unserer Verlobung wartete.« Sie schwieg einen Moment, als wäre sie in ihre Erinnerungen versunken. »Ich stand mit meinen Eltern und dem Bürgermeister zusammen. Als Paul hereinkam, sah er sich um. Er wirkte irgendwie verloren. Also ging ich rasch auf ihn zu. Natürlich war es unziemlich für ein Mädchen, einem Mann entgegenzueilen, aber ich wollte ihm helfen.« Elise schluckte. »Er ging an mir vorbei und ließ mich vor den Augen der versammelten Gäste stehen.«

24

»Alles ist gut.« Anna schlug mühsam die Augen auf.

Dann sagte die Stimme: »Ich bin bei dir«, und sie erkannte ihren Bruder.

Verwirrt versuchte sie, den Kopf zu drehen. Wo war sie? Im Hintergrund ertönten leise Stimmen, das Klappern von Metall, Wasser wurde eingegossen, eine Tür zugeschlagen. Es roch fremd.

»Du bist im Krankenhaus, Anna«, sagte Alexander. »Du hattest einen Unfall.«

Sie schluckte. Ihre Kehle war so trocken, dass es schmerzte. »Wasser«, sagte sie heiser.

Alexander nahm ein Glas vom Nachttisch und hielt es ihr an die Lippen. Beim Trinken lief ein Rinnsal über ihr Kinn und tropfte auf die Bettdecke, die bis zum Hals hochgezogen war.

»Bleib ganz ruhig liegen«, sagte er. »Du wirst bald wieder gesund. Du hast eine Gehirnerschütterung, aber das ist nicht weiter schlimm. Noch ein paar Tage Kopfschmerzen, dann geht es wieder. Weidenfelds senden ihre besten Genesungswünsche.«

»Einen Unfall?«, fragte Anna verwundert, als hätte sie seine letzten Sätze gar nicht gehört.

»Ja. Du warst außer dir und bist aus dem Haus auf die Straße gelaufen. Das Fuhrwerk konnte nicht mehr anhalten.«

Was redete er da? Anna konnte sich an nichts erinnern. Ihr Kopf tat weh. Alles andere schien unversehrt. Sie bewegte vorsichtig die Finger unter der Decke.

»Mir geht es gut. Bis auf den Kopf«, sagte sie mühsam.

Alexander legte die Hand behutsam auf die Bettdecke. »Du wirst noch einige Zeit hier in der Charité bleiben müssen. Die besten Ärzte kümmern sich um dich – dafür habe ich gesorgt. Demnächst werden dich Weidenfelds besuchen; der junge Leutnant ist sehr besorgt und ungeduldig. Ich konnte ihn kaum daran hindern, schon heute zu kommen. Er hat dir Blumen geschickt.«

»Herr Hesse?«

Die unbekannte Stimme kam von der Tür und klang ernst. Anna versuchte, den Kopf zu heben, doch die Bewegung bereitete ihr Übelkeit.

Dann trat ein kräftiger Mann mit gerötetem Gesicht an ihr Bett und schaute sie durch eine goldgerahmte Brille an. Seine Nase war breit, die Lippen voll, alles an ihm wirkte ausgeprägt und selbstsicher. »Ich bin Doktor Liebrecht, Fräulein Hesse. Es freut mich, Sie wach zu sehen. Wie fühlen Sie sich?«

»Gut. Nur mein Kopf tut so weh«, flüsterte Anna.

»Ansonsten keine Beschwerden?«, fragte der Arzt, als erwartete er noch etwas.

»Nein.« Sie fuhr sich mit der Zunge über die Lippen. »Wann darf ich wieder nach Hause?«

Der Blick, den Liebrecht ihrem Bruder zuwarf, war so flüchtig, dass sie meinte, sich geirrt zu haben.

»Bald, Anna, bald«, sagte ihr Bruder tröstend.

»Dürfte ich Sie unter vier Augen sprechen?«, fragte der Arzt und entfernte sich vom Bett. Anna hörte, wie die beiden das Zimmer verließen und die Tür hinter sich schlossen.

»Das kann nicht sein!«, rief Alexander aufgebracht, als sie im Dienstzimmer des Arztes saßen, dessen Gesicht zwar Bedauern ausdrückte, aber ruhig und unbewegt blieb. Nicht zum ersten Mal teilte er einem Angehörigen eine erschütternde Diagnose mit.

»Sie sollten sie noch einmal untersuchen, Herr Doktor Liebrecht! Es muss doch eine Operation oder andere Heilmittel geben, um …«

Der Arzt hob warnend die Hand. »Herr Hesse, bitte vertrauen Sie mir, dass ich mich auf die Ausübung meines Berufes verstehe. Wir haben mehrere Untersuchungen vorgenommen, und meine geschätzten Kollegen und ich sind zum selben Schluss gekommen. Die Wirbelsäule Ihrer Schwester ist zwischen dem ersten Brustwirbel und dem zweiten Lendenwirbel zertrümmert. Das Becken wurde ebenfalls in Mitleidenschaft gezogen, was an sich kein medizinisches Problem darstellt. Die Wirbelsäulenverletzung hingegen ist unwiderruflich. Zum augenblicklichen Zeitpunkt ist eine genauere Diagnose nicht möglich, aber Sie dürfen ihr keine falschen Hoffnungen machen.«

Alexander war rot angelaufen. »Herr Doktor Liebrecht, meine Schwester steht kurz vor ihrer Verlobung. Sie hat noch ihr ganzes Leben vor sich. Was Sie da sagen, würde alle Hoffnungen für die Zukunft zunichtemachen«, rief er empört.

Der Arzt seufzte leise. »Gewiss, Sie sollen ihr Trost und Kraft zusprechen, das ist Ihre Pflicht als Bruder. Wenn Sie jedoch sagen, sie werde bald völlig genesen sein und das Krankenhaus ohne Weiteres verlassen können, wecken Sie Erwartungen in ihr, die sich nicht erfüllen werden.«

»Dann ziehe ich eben weitere Spezialisten hinzu! Es gibt auch anderswo gute Ärzte, notfalls im Ausland!«

Liebrecht faltete die Hände, stützte das Kinn darauf und sah Alexander durchdringend an. »Herr Hesse, das bleibt Ihnen unbenommen. Sie können meinetwegen jeden Orthopäden und Chirurgen unter der Sonne konsultieren, aber ich sage Ihnen noch einmal, dass Ihre Schwester unwiderruflich gelähmt und an den Rollstuhl gefesselt sein wird. Kein Arzt dieser Welt wird daran etwas ändern können, es sei denn, er besäße übermenschliche Kräfte.«

Am Abend schützte Rika Kopfschmerzen vor und zog sich zeitig auf ihr Zimmer zurück, um endlich in Ruhe nachzudenken.

Elises Schmerz war deutlich zu spüren gewesen, auch wenn sie zuversichtlich in die Ehe mit Herrn van Luyk zu gehen schien. Rika versuchte, den Anthonis, den sie kannte, mit dem Bild in Einklang zu bringen, das Elise gezeichnet hatte. Fröhlich, charmant, ungestüm, ein glänzender Unterhalter – und der stille Mann, der unter dem Baum im Schankgarten gesessen hatte. Der zurückgezogen lebte und sich als Scherenschneider verdingte, obwohl er bedeutende Bilder geschaffen hatte. Der seine Werke bei einem Händler anbot, der unter dem Ladentisch pornographische Photographien verkaufte.

Sie wusste nun mehr über ihn. Sein verändertes Wesen ging auf den Unfall zurück, dessen war sie sicher. Aber was genau war mit ihm geschehen? Wenn sie mit ihm gesprochen hatte, war er bei klarem Verstand gewesen, wortgewandt, geistesgegenwärtig. Nur die Tatsache, dass er sie damals im Treppenhaus nicht erkannt hatte, schlug eine Brücke zu Elises Erzählung.

Der erste Zwischenfall, als er im Krankenhaus zu sich gekommen war und seine Verlobte nicht erkannt hatte, ließ sich mit der Verwirrung nach dem Unfall erklären. Doch dabei war es nicht geblieben. Höhepunkt der merkwürdigen Entwicklung war der Ball gewesen, bei dem er sie öffentlich gedemütigt hatte.

Was war mit ihm passiert? Wie musste sich das arme Mädchen gefühlt haben? Jedenfalls war es nicht verwunderlich, dass die Eltern die Verlobung gelöst hatten. Rika hatte gespürt, dass Elise die Trennung noch nicht ganz verwunden hatte und dass ihre Fragen die schmerzlichen Erinnerungen heraufbeschworen hatten.

Im Grunde war ihr Auftrag erfüllt. Die geschäftlichen Angelegenheiten waren zur allseitigen Zufriedenheit erledigt, und die Firma Hesse hatte einen vielversprechenden Lieferanten gewonnen. Über Anthonis würde sie hier nichts mehr erfahren. Sie konnte heimfahren.

Doch sie spürte eine innere Unruhe, als hätte sie zu viel Kaffee getrunken, fühlte sich rastlos, beinahe fiebrig. Rika trat vor den Frisierspiegel und entdeckte, dass ihre Wangen tatsächlich gerötet waren. An Schlaf war nicht zu denken.

Vielleicht wäre es hilfreich, die Erlebnisse niederzuschreiben, dachte sie und setzte sich an den Sekretär. Sie nahm ein Blatt Papier, das in einem hübschen Holzkasten bereitlag, und griff zum Federhalter.

Dann begann sie zu schreiben, erzählte sich selbst von der Fahrt nach Düsseldorf, der Einladung in die *Gesellschaft Erholung* und dem Gespräch mit Elise Rungrath. Dabei begann der Fluss der Worte zu versiegen, die Feder geriet ins Stocken. Rika setzte noch einmal an, doch es war sinnlos. Schließlich legte sie die Feder beiseite und drückte ihr heißes Gesicht aufs Papier, dorthin, wo sie seinen Namen niedergeschrieben hatte.

Anthonis fühlte sich eigenartig beschwingt, seit er Rika Hesse und sich selbst porträtiert hatte. Ja, er gestand sich dieses Wort zu, gönnte es sich wie eine exquisite Köstlichkeit. Er hatte eine

Hürde genommen, eine Mauer durchbrochen, die ihn seit Jahren gehemmt hatte. Obwohl er häufig Menschen gemalt hatte, waren diese persönlichen, fast intimen Bilder etwas Neues. Nun fand er auch die Energie, wieder an Isidors Bestellung zu arbeiten.

Es klopfte. Als er öffnete, sah er sich nicht nur dem jüdischen Lumpenhändler, sondern auch einem einfach gekleideten jüngeren Paar gegenüber, das schüchtern hinter Isidor stehen blieb. Die Frau trug ein Kopftuch, der Mann einen langen, dunklen Mantel und Schläfenlocken wie der Lumpenhändler.

»Anthonis, mein Freund?«, fragte Isidor und streckte ihm die Hand entgegen.

»Kommt herein«, sagte er, worauf die drei ihm langsam folgten.

Er bot ihnen Stühle an, doch das Paar verharrte in der Nähe der Tür.

»Sind Leute aus Galizien, für die du malst das Haus«, erklärte Isidor. »Hab gesagt, wirst zeigen, wie es aussieht.«

»Ich arbeite noch daran«, sagte Anthonis rasch und warf unwillkürlich einen Blick auf die Staffelei, auf der das Porträt von Rika Hesse stand.

»Ist nicht schlimm, mein Freund, haben Zeit.« Dann trat er näher und sagte leise: »Haben gebracht noch eine Rate.«

»Das wäre nicht nötig gewesen.«

»Ist ihre Ehre, verstehst.« Er drehte sich um und winkte die Leute herbei, wobei er einige jiddische Worte mit ihnen wechselte. Die Frau schien etwas kühner zu sein, trat vor und zog eine abgeschabte Lederbörse aus der Tasche, aus der sie sorgsam einige Münzen abzählte. Diese übergab sie dem Blinden, der sie an Anthonis weiterreichte.

»Sag, dass ich ihnen danke.« Anthonis steckte das Geld ein, ging zur Wand, an der die Bilder lehnten, und drehte die Leinwand mit dem galizischen Landhaus um. Er stellte sie auf einen Stuhl, damit die Besucher sie betrachten konnten.

Darauf ging ein Leuchten über das Gesicht des Mannes. Er stieß seine Frau an, lachte und sagte etwas, das Isidor übersetzte.

»Er sagt, ist sehr ähnlich. Als wärst dort gewesen. Sogar blaue Bank ist genau wie in Wirklichkeit. Wird Onkel freuen.«

Anthonis nickte zu den Leuten hinüber.

Der Mann stand da, den Hut vor der Brust wie einen Schild, und sprudelte plötzlich in seiner Muttersprache los. Der Lumpenhändler hörte geduldig zu und übersetzte dann die Rede:

»Er sagt, ist schlimm gewesen in der Heimat. Sind gegangen mit blutendem Herzen, haben zurückgelassen alles, was sie besaßen. Leute wollten sie nicht mehr haben. Haben erzählt, dass Juden töten Kinder und trinken Blut. Durften nicht mehr machen Geschäfte mit Christen. Wurden geprügelt und beworfen mit Steinen auf der Straße.«

Anthonis sah ihn skeptisch an. »Wer glaubt denn solche Ammenmärchen? Das sind doch Legenden aus dem Mittelalter.«

Zum ersten Mal, seit sie einander kannten, zeigte sich etwas wie Empörung in Isidors Zügen, gemischt mit einer leisen Enttäuschung. Seine blicklosen Augen schienen den Freund zu durchbohren.

»Redest *nebbich.* Hast nicht erlebt, mein Freund, kannst nicht drüber sprechen. Kennst nicht *schlamassel* in alte Heimat.« Er ließ den Kopf hängen, und Anthonis schämte sich vor dem blinden alten Mann, der sichtlich getroffen war. Dann legte er ihm behutsam die Hand auf den zerschlissenen Ärmel und führte ihn zu einem Stuhl. »Setz dich.«

Er bot dem Ehepaar zwei Stühle an. »Bitte.«

Er holte Gläser und schüttete jedem einen Schnaps ein. Dann hob er sein Glas und sagte feierlich: »Es ist mir eine Ehre, dieses Haus zu malen. Wenn Sie mir noch irgendetwas darüber sagen können, um es ähnlicher und besser zu machen, nur zu. Auf dass es dem Onkel gefalle.«

Isidor übersetzte bewegt die Worte.

»Gibt es einen jüdischen Trinkspruch?«, fragte Anthonis.

Der Lumpenhändler nickte. »Wir sagen *lechajim*, heißt: ›Auf das Leben‹.«

»Das ist ein guter Spruch. Also *lechajim*.« Sie leerten ihre Gläser auf einen Zug.

Dann hob die Frau vorsichtig die Hand und begann zu erzählen, was alles im Gemüsegarten des galizischen Hauses wuchs, sprach von den Farben des Himmels und den Kirschbäumen, die im Frühjahr so herrlich blühten.

Als sich die drei Besucher verabschiedeten, schickte Isidor das Paar hinaus und bedeutete ihnen, unten im Hof zu warten. Anthonis sah ihn verwundert an.

»Was ist los?«

»Hör zu, mein Freund. Muss dir erzählen etwas, muss nicht jeder hören.« Er senkte die Stimme, als könnte jemand sie belauschen. »Vorhin war Mann, den ich nicht kannte, unten im Hof. Hat gesprochen mit Nachbarin, wie heißt doch, Frau Freitag.«

Anthonis nickte. Er kannte sie vom Sehen, sie wohnte im Nebengebäude.

»Mann hat gefragt nach dir.«

»Nach mir? Wieso?«

Isidor zuckte mit den Schultern. »Kann nicht sagen.«

Anthonis wünschte sich, sein Freund hätte ihm den Mann

beschreiben können. Seltsam, er hatte doch so lange allein und unbehelligt hier gewohnt.

»Frag bitte deine Begleiter nach ihm«, sagte er leise. »Sie müssten ihn gesehen haben.«

Isidor nickte. »Kommst mit hinunter?«

Im Treppenhaus roch es nach Kohl, ein Geruch, den er zunehmend widerwärtig fand. Er erinnerte ihn an die abgeernteten Felder am Niederrhein, auf denen die Strünke faulten.

Unten im Hof wartete das galizische Paar und schaute ihn überrascht an, als er mit Isisor aus der Tür trat.

Dieser übersetzte seine Frage, und die Frau antwortete sofort und mit großer Genauigkeit.

»Klein und drahtig. Mit einer Schirmmütze und einem Halstuch. Seine Kleidung war einfach, aber sauber. Er trug keinen Bart.«

Anthonis, dem die Beschreibung nichts sagte, bedankte sich und sah den dreien nach, als sie – Isidor in der Mitte – durch den Torbogen auf die Straße hinausgingen. Er konnte sich selbst nicht genau erklären, warum das Hochgefühl, mit dem er vorhin gemalt hatte, plötzlich erloschen war.

25

Der Schrei, der auf den Flur hinausdrang, war so gellend, dass die Putzfrau den Besen fallen ließ und Schwestern, Ärzte und Besucher abrupt innehielten. In einem Krankenhaus hatte Ruhe, geradezu klösterliche Stille zu herrschen. Nur bei den Wöchnerinnen ließen sich solche Laute nicht vermeiden, doch selbst diese wurden angehalten, sich zu beherrschen. Der Schrei riss alle in die Wirklichkeit zurück, in der Schmerz und Tod, die man mit dem Glauben an das überragende Können der Mediziner zu verdrängen suchte, allgegenwärtig waren.

Alexander Hesse stürzte aus dem Zimmer seiner Schwester und rief: »Hilfe, so kommen Sie doch!«

Ärzte und Schwestern eilten herbei. Anna lag auf dem Boden, den Kopf in Richtung Tür, die Arme ausgestreckt, als flehte sie um Hilfe. »Meine Beine!«, rief sie wieder und wieder. Zwei Krankenschwestern hoben sie auf, wobei sie panisch um sich schlug, und legten sie aufs Bett. »Ein Beruhigungsmittel!«, rief ein Arzt in dringlichem Ton und schob Alexander zur Tür.

»Wenn Sie bitte draußen warten würden …«

»Sie ist meine Schwester!«, empörte Alexander sich. »Ich lasse sie nicht allein – ich habe das Recht, bei ihr zu sein!«

»Sie sollten das nicht mitansehen«, warnte ihn eine Krankenschwester. »Wir müssen sie womöglich mit Gewalt festhalten oder sogar fixieren.«

Er schaute sie fragend an.

»Festschnallen«, erwiderte die andere Schwester knapp. Anscheinend galt es hier nicht viel, wer man war; wer im Weg stand, wurde barsch hinausgeschickt. Alexander fügte sich und trat auf den Flur, wo ihm Doktor Liebrecht mit eiligen Schritten entgegenkam.

»Was ist geschehen?«, fragte dieser und gab ihm flüchtig die Hand.

»Ich wollte meine Schwester besuchen und hörte sie schreien. Sie lag auf dem Boden und rief wieder immer ›Meine Beine!‹.«

Der Arzt sah ihn ernst an. »Ich habe gesagt, dass wir es ihr nicht länger verschweigen dürfen, aber Sie haben darauf bestanden, abzuwarten. Es ging gegen meine ärztliche Überzeugung.«

»Aber ich wollte ihr nicht … Ich konnte …«

Der Arzt zog ihn am Arm in eine Nische mit einem Waschbecken. »Herr Hesse, ich habe Ihnen klar und deutlich erklärt, dass Ihre Schwester von der Taille abwärts gelähmt ist. Daran gibt es nichts zu rütteln. Manchmal kann es von Vorteil sein, wenn ein Patient es von einem Angehörigen statt von einem Arzt erfährt, weil zwischen ihnen ein Vertrauensverhältnis besteht. Das war der einzige Grund, aus dem ich noch nicht mit Fräulein Hesse gesprochen habe. Es wäre gnädiger gewesen, wenn sie es gewusst hätte, bevor sie den Versuch unternahm, aufzustehen, was sie, wie ich Ihren Worten entnehme, soeben getan hat. Erst in diesem Augenblick dürfte ihr bewusst geworden sein, dass sie keinerlei Empfindung in ihren unteren Extremitäten hat, und sie ist hilflos zu Boden gestürzt!«

Der Arzt wirkte ehrlich empört, und Alexander stand schweigend da. »Wie sollen wir nun verfahren?«

In Liebrechts Augen lag eine leise Verachtung. »Wenn sie wieder zu sich kommt, spreche ich mit ihr. Hoffentlich ist durch den Sturz kein zusätzlicher Schaden entstanden.«

»Diesen Vorwurf muss ich mir nicht gefallen lassen, Herr Doktor Liebrecht.«

Der Arzt wandte sich zum Gehen, drehte sich aber noch einmal um. »Herr Hesse, es geht hier nicht um Sie. Denken Sie lieber darüber nach, wie Sie Ihre Schwester auf ihr neues Leben vorbereiten und Ihr Haus entsprechend einrichten.«

Mit diesen Worten verschwand er im Krankenzimmer.

Rika Hesse verabschiedete sich herzlich von den Rungraths, die sie so freundlich aufgenommen hatten, konnte aber die Fahrt zum Bahnhof kaum erwarten. Nach zwei Wochen wollte sie endlich zurück nach Berlin und Anthonis wiedersehen. Außerdem regte sich langsam ihr schlechtes Gewissen, weil Anna mit ihrem Kummer schon so lange allein war.

Die ganze Familie war zum Bahnhof gekommen, auch Elise mit ihrem Verlobten Hans van Luyk, einem gutmütig wirkenden jungen Mann, der aussah, als würde er sie auf Händen tragen. Sicher ein guter Ehemann, dachte Rika, wenn auch ganz anders als Paul Flemming.

»Übermitteln Sie Ihrem Stiefsohn meine besten Grüße«, sagte Carl Wilhelm Rungrath. »Vielleicht ist es mir vergönnt, auch einmal in die Hauptstadt zu reisen. Was sagst du dazu, Hedwig?«

Auf das Lächeln seiner Frau hin bemerkte Rika: »Sie sind uns jederzeit willkommen. Herr Hesse und ich würden uns freuen, Ihnen die Stadt zu zeigen und ein bisschen Fremdenführer zu spielen.«

Der Kutscher schleppte die Koffer herbei, als sich der Zug bereits mit lautem Pfeifen ankündigte. Herr Rungrath half ihr beim Einsteigen, dann ging Rika ins Abteil, öffnete rasch das Fenster und lehnte sich hinaus, um zu winken.

Hedwig Rungrath trat noch einmal zu ihr an den Zug. »Bitte geben Sie mir Bescheid, ob es meinem Jungen gut geht«, sagte sie und wurde ein wenig rot. »Sie wissen ja, wie Mütter sind. Immer besorgt, auch wenn die Kinder längst erwachsen sind.«

Rika versprach, ihr zu schreiben, sobald sie den jungen Herrn Rungrath das nächste Mal gesehen hatte.

Als der Bahnhofsvorsteher das Signal zur Abfahrt gab, traten die Rungraths zurück und winkten, bis Rika ihre Taschentücher nur noch als verschwommene weiße Flecken wahrnahm.

Das Rattern der Räder wirkte diesmal nicht beruhigend, sondern erzeugte im Gegenteil eine Spannung in ihr, die mit jedem Kilometer wuchs.

Wie würde sie mit ihrem Wissen umgehen?

Die Frage drängte sich unerbittlich auf. Sprach sie Anthonis offen darauf an, wäre er womöglich zornig oder gekränkt. Sie kam sich plötzlich vor wie ein Mensch, der kostbare Dinge gestohlen hat und nicht weiß, was er mit ihnen anfangen soll. Rika biss sich auf die Lippen und schaute aus dem Zugfenster.

In Düsseldorf musste sie wie schon auf der Hinfahrt umsteigen. Sie hatte eine Karte für das Damencoupé gelöst und machte es sich auf einem Sitzplatz am Fenster bequem.

Eigentlich wäre sie für eine Ablenkung dankbar gewesen, blieb aber die ganze Fahrt über allein an ihrem Platz. Auf einmal spürte sie den übermächtigen Drang, sich jemandem anzuvertrauen. Er schnürte ihr beinahe die Kehle zu. Sie ließ sich Kaffee aus dem Speisewagen kommen, doch das drückende Gefühl in ihrem Inneren wollte nicht weichen.

Sie wusste nur eines – sollte Anthonis mit Zorn reagieren, würde es ihr das Herz brechen.

»Ich konnte bis jetzt nichts herausfinden, Herr Hesse«, erklärte Theo Strelczyk in bedauerndem Ton. Er saß in dem eindrucksvollen Chefkontor und betrachtete die Auszeichnungen und Dankschreiben an den Wänden, die vom guten Ruf der Firma zeugten. Hier dürfte einiges zu holen sein, dachte er bei sich. Schade, dass er keine besseren Nachrichten für seinen Auftraggeber hatte. Wenn er ihm hätte bringen können, was dieser sich erhoffte, wäre sicher ein kleiner Bonus fällig gewesen.

»Was wollen Sie damit sagen?«, fragte Hesse ungeduldig. »Der Mann ist Künstler, macht Geschäfte mit einem Händler für pornographische Machwerke, treibt sich täglich in Kneipen und Schankgärten herum, und Sie wollen mir weismachen, er habe sich nichts zuschulden kommen lassen? Der Mann ist doch kein Heiliger.«

Strelczyk sah ihn überrascht an. Auf einmal kam es ihm vor, als wäre Herr Hesse geradezu besessen von dem Wunsch, diesem Anthonis etwas anzuhängen. Was mochte dahinterstecken? Meist war es Eifersucht. Oder eine Geldangelegenheit.

»Jedenfalls gibt es keinerlei Hinweise auf kriminelle Verstrickungen«, sagte Strelczyk gewählt. »Ich habe auch mit den Huren in der Gegend gesprochen.« Er hustete, als er den Blick seines Gegenübers sah. »Von den dortigen *Prostituierten* kannten ihn manche, weil er Scherenschnitte von ihnen angefertigt hat. Ruhig und höflich, lautete das einhellige Urteil. Dass er näheren Umgang mit ihnen pflegt, kann ich nicht ausschließen, aber das ist ja kein Verbrechen. Und die Damen wahren gern ihre Geschäftsgeheimnisse.«

Hesse machte eine ungeduldige Handbewegung. »Gut, gut. Was haben die Nachbarn gesagt?«

»Er lebt sehr zurückgezogen, bekommt selten Besuch.«

»Haben Sie sich ausdrücklich nach Damen erkundigt, die ihn in letzter Zeit aufgesucht haben?«, warf Hesse hastig ein.

Eifersucht also, wie er vermutet hatte. Davor waren eben auch feine Herren nicht gefeit. »Ja. Eine Nachbarin hat vor einiger Zeit eine Dame gesehen, die ihn zu Hause besucht hat.« Strelczyk beugte sich eifrig vor. »Das war in der Tat eine merkwürdige Geschichte. Diese Frau Freitag, die Nachbarin, hängte gerade im Hof Wäsche auf, als die Dame kam und einen Jungen namens Fritz Frenkel nach der Wohnung von Anthonis, dem Scherenschneider, fragte. Fritz führte sie in den Hausflur und machte sich auf die Suche nach dem fraglichen Herrn. Wenig später kam er mit Anthonis zurück, und der Scherenschneider ging in den Hausflur, wo die Dame auf ihn wartete. Schon kurz darauf kam sie wieder aus dem Haus gelaufen, offenbar sehr bestürzt, gefolgt von Anthonis. Er sprach mit ihr und nahm sie erneut mit hinein.«

Hesse ballte die Hand zur Faust. Dann warf er einen Blick auf Strelczyk und riss sich zusammen. »Mehr hat diese Frau nicht gesehen oder gehört?«

»Bedauere, nein.«

»Ist die Dame danach noch einmal dort gesehen worden?«

»Ich konnte keinen Zeugen dafür finden.«

»Hat diese Frau Freitag die Dame beschrieben?«

»Ja.« Strelczyk warf einen Blick auf seinen eselsohrigen Notizblock. »Groß gewachsen, schlank, gut gekleidet, aber nicht übertrieben elegant. Sie hatte rotes Haar. Und trug einen auffallend hübschen Hut, grün, mit kleinen weißen Blumen geschmückt. Nicht aus der Gegend. Und keine … hm … Prostituierte.«

Über Hesses Gesicht huschte ein Ausdruck, den Strelczyk nicht recht deuten konnte. Unwille, Zorn, aber auch Enttäuschung lagen darin. Er trommelte ungeduldig mit den Fingern auf der Tischplatte.

»Wenigstens etwas haben Ihre Nachforschungen erbracht.« Er schaute nachdenklich auf seine gepflegten Hände. »Ich spreche jetzt ganz im Vertrauen zu Ihnen: Dieser Mann hat eine Dame meiner Bekanntschaft, wie soll ich sagen, in seinen Bann geschlagen. Eine Dame, die mir sehr nahesteht und die ich zu ehelichen beabsichtige.«

Jetzt wird es interessant, dachte der Ermittler.

»Ich bin mir seiner unlauteren Absichten gewiss, kann ihm aber leider nichts nachweisen.«

Strelczyk blieb gelassen. Er hatte keine Skrupel, was die Ausübung seines Metiers anging, ein weiterer Grund, aus dem er den Polizeidienst quittiert hatte, in dem Korrektheit und Unbestechlichkeit der höchste Maßstab waren. Nicht selten baten ihn die Auftraggeber, gegen eine kleine Sonderzahlung bei der Beweislage nachzuhelfen, womit er immer sehr gut gefahren war.

»Ich glaube, ich verstehe, was Sie mir sagen wollen. Eins müsste ich aber genauer wissen: Geht es nur darum, die Dame von ihrer Zuneigung für diesen Herrn zu kurieren, oder hatten Sie an eine … nun ja, belastendere Beweislage gedacht? Soll dieser Anthonis lediglich als Mann diskreditiert werden, oder dachten Sie an weitergehende Vorwürfe – Diebstahl, Zuhälterei, Unzucht?«

Hesse zuckte merklich zusammen. Also war der feine Herr wohl doch nicht so rücksichtslos, wie er sich nach außen gab.

Dann hatte Hesse sich wieder in der Gewalt. Er beugte sich vor, als fürchtete er, außerhalb des Zimmers gehört zu werden, und sagte in leisem, scharfem Ton: »Verschwinden Sie.«

»Ich soll also nicht …?«, fragte Strelczyk enttäuscht.

»Nicht bevor Sie von mir hören, verstanden? Sollten Sie eigenmächtig handeln, ist unsere Abmachung hinfällig. Dann wird jemand anders die Vorgänge unter meinen Näherinnen beobachten, und Sie erhalten keinen Pfennig.«

Der Ermittler stand auf und schlurfte grußlos aus dem Zimmer.

Alexander wartete, bis sich die Tür geschlossen hatte, bevor er sich einen Schnaps einschenkte. Um ein Haar hätte er eine kriminelle Handlung veranlasst und sich erpressbar gemacht! Auf gar keinen Fall durfte er sich diesem Mann derart ausliefern. Nein, es musste eine andere Lösung geben.

Mit einem Schlag waren alle Aussichten gefährdet, wollte die Verbindung zu Friederike ebenso wenig glücken wie die exzellente Heirat für Anna. Was war zu tun? Er konnte die Vorstellung, seine Schwester für immer gelähmt zu sehen, nicht ertragen. Er würde Ärzte konsultieren, Spezialisten aus dem Ausland, sie in Kur schicken – in die Schweiz, an die See, wo immer es Hoffnung auf Heilung gäbe. Die Charité war berühmt, doch hieß das nicht, dass ihre Ärzte unfehlbar waren.

Dann fiel sein Blick auf ein Schreiben von Stephan Rungrath, das Herr Keller ihm auf den Schreibtisch gelegt hatte. Und plötzlich tauchten zwei Bilder aus seiner Erinnerung auf.

Rungrath mit bleicher Miene bei seinem ersten Abendessen in der Villa Hesse. Und der gleiche Ausdruck, als er Anthonis am Empfang gesehen hatte. Die bange Frage, wer der Mann gewesen sei, die fadenscheinige Erklärung, er erinnere ihn an einen alten Bekannten.

Alexander lächelte. Vielleicht musste er sich gar nicht selbst die Hände schmutzig machen. Vielleicht war der Weg viel einfacher.

In der Friedrichstraße herrschte reges Treiben. Verkaufsstände, Fuhrwerke, Pferdebahnen und Fußgänger drängten sich auf Straße und Gehwegen. Alexander Hesse blieb vor dem großen grauen Gebäude stehen, an dessen Fassade unter anderem für ein »Cigarren-Lager« und »Posamenten und Strumpfwaren« geworben wurde. Im ersten Stock stand in diskreten Lettern an der Mauer: »Rungrath & Sohn – Feine Baumwollwaren und Tuche«.

Neben der Haustür, die so gewaltig war, dass sie auch einen hochgewachsenen Mann zum Zwerg machte, befand sich ein Messingschild: »Fa. Rungrath – 1. Etage«.

Dort angekommen, klopfte er an die linke Tür, worauf ein überraschter Stephan Rungrath öffnete. »Herr Hesse, was für eine Freude … Verzeihen Sie, mein Sekretär ist schon gegangen. Kommen Sie doch bitte herein.«

Die Büroräume waren noch spärlich eingerichtet, aber mit Möbeln von guter Qualität bestückt. An einer Wand hing ein Kupferstich, der eine Kirche auf einem Hügel zeigte, davor standen dicht gedrängte Häuser um ein kleines Gewässer. Als Rungrath seinen Blick bemerkte, sagte er: »Meine Heimatstadt Gladbach. Der Münsterberg mit dem Brinkmannweiher.«

Rungrath führte ihn ins Büro und bot ihm einen bequemen Sessel an. »Darf ich Ihnen etwas zu trinken anbieten?«

Alexander schüttelte den Kopf. »Danke, nein. Ich möchte Sie auch gar nicht lange aufhalten.« Nachdem sich auch Rungrath gesetzt hatte, faltete Alexander die Hände über dem Knauf seines Gehstocks und beugte sich vor. »Mein lieber Rungrath, heute bedarf ich Ihrer Hilfe, allerdings nicht in geschäftlichen Dingen.« Er ließ seine Worte wirken. »Die Sache ist privat und heikel, daher hoffe ich auf Ihre Unterstützung. Eine Dame, die mir sehr am Herzen liegt, pflegt Bekanntschaft mit einem Mann, den ich – wie soll ich sagen – als unpassend empfinde.«

Rungrath sah ihn fragend an.

Alexander lachte mit gespielter Verlegenheit. »Sie werden verstehen, dass ich in dieser Angelegenheit äußerst diskret vorgehen muss, um die Dame nicht vor den Kopf zu stoßen. Ich vermute, dass dieser Herr von zweifelhaftem Charakter ist, doch fehlt es mir bislang an Beweisen. Nun kommen Sie ins Spiel.«

Rungrath zeigte sichtliches Unbehagen, zog die Schultern hoch und leckte sich nervös über die Lippen. »Ich weiß zwar nicht, wie ich Ihnen zu Diensten sein kann, doch wäre es mir selbstverständlich …«

Alexander hob die Hand. »Es geht um einen gewissen Anthonis.«

Seine Worte zeigten keinerlei Wirkung.

»Verzeihung, aber der Name ist mir völlig unbekannt. Soll das ein Vor- oder Nachname sein?«

»Eher ein Künstlername, wie ich vermute. Der Herr ist Maler.«

Rungrath wandte sich rasch ab. »Maler, sagten Sie?«

»Ja. Sie haben ihn kürzlich in der Firma gesehen. Wir haben die Empfangsdame nach ihm gefragt, falls Sie sich erinnern.«

Rungrath war aufgestanden, als wollte er sich von seinem Besucher distanzieren. »Hm, ja, ich erinnere mich. Und dieser Herr ist einer Dame zu nahegetreten, die Ihnen … am Herzen liegt?«

»So könnte man es ausdrücken«, erklärte Alexander gelassen. »Darf ich?« Er holte sein Zigarrenetui aus der Tasche und hielt es Stephan Rungrath auffordernd hin.

Dieser schüttelte den Kopf. »Danke, nein. Um diese Tageszeit bekommen mir Zigarren nicht. Aber Sie dürfen selbstverständlich rauchen.« Er holte beflissen einen Aschenbecher und Streichhölzer, als wäre er froh, dass sein Besucher vorübergehend abgelenkt war.

»Nun«, Alexander paffte an der Zigarre, bis sie glühte, »ich meine, gemerkt zu haben, dass auch Sie kein Freund des Herrn sind. Weshalb das so ist, interessiert mich nicht im Geringsten. Erzählen Sie mir einfach etwas über seinen Charakter, seine Vorlieben, seine pekuniären Verhältnisse – und weshalb er offenkundig unter falschem Namen in Berlin lebt.«

Der Ausdruck in Rungraths Gesicht war bemerkenswert. Es war der Blick eines Mannes, der sein Gegenüber zum ersten Mal so sieht, wie es wirklich ist, der in die Seele eines anderen schaut und dort Dinge findet, die er lieber nicht gesehen hätte.

Alexander bemerkte sein Zögern. »Schade, in Berlin gibt es so viele hübsche Mädchen«, sagte er scheinbar zusammenhanglos.

Rungrath schluckte und nahm wieder Alexander gegenüber Platz.

»Allerdings hält sich Ihre diesbezügliche Begeisterung in Grenzen, nicht wahr? Es fiel mir kürzlich bei Beckert auf.« Er hob abwehrend die Hand. »Keine Sorge, Herr Rungrath. Ich halte es da mit dem Alten Fritz: Jeder soll nach seiner Fasson selig werden.« Er legte den Kopf in den Nacken und stieß eine Rauchwolke aus.

Sein Gastgeber saß wie erstarrt da.

»Sie brauchen nichts zu sagen, Herr Rungrath. Ich werde es nie wieder erwähnen. Dafür könnten Sie mir einen Gefallen erweisen und etwas über Paul Flemming erzählen«, fügte er mit kalter Gelassenheit hinzu.

»Selbstverständlich«, stieß Rungrath hervor, die Zunge schwer und pelzig.

Alexander nickte. »Ausgezeichnet.« Eine auffordernde Handbewegung. »Ich höre.«

26

Nachdem Hesse gegangen war, schenkte Stephan Rungrath sich ein großes Glas Weinbrand ein. Eigentlich war es noch zu früh dafür, doch den brauchte er nun. Hesse hatte sehr zufrieden gewirkt, als er sich verabschiedete, und Stephan konnte nur hoffen, dass er seinen Teil der Abmachung einhalten würde. Natürlich besaß Hesse keine Beweise, doch das minderte die Bedrohung nicht im Geringsten. Ein bloßes Gerücht reichte aus, um seinen Ruf zu ruinieren.

Dennoch war Stephan geistesgegenwärtig gewesen und hatte seine Erzählung sorgfältig gefiltert, nur von dem Unfall des Malers und der gelösten Verlobung berichtet. Alles andere würde sein Geheimnis bleiben.

Es war ein besonders schöner Abend gewesen. Er war mit Willy am Rhein entlanggeschlendert, natürlich in gebührendem Abstand, wie alte Kameraden, teure Zigarren paffend, voller Vorfreude auf die bevorstehende Nacht. Sie hatten einander einige Zeit nicht gesehen, da Stephan nicht nach Düsseldorf hatte fahren dürfen, nachdem die Familie durch die aufgelöste Verlobung seiner Schwester in Aufruhr geraten war. Elise weinte tagelang und weigerte sich, ihr Zimmer zu verlassen, während ihre Mutter abwechselnd tröstete und drohte. Sein Vater hatte versucht, das Gerede zu ersticken, weil er fürchtete, es werde sowohl Elises Ansehen als auch dem der Firma schaden.

Er war ein Wagnis eingegangen, als er seine Tochter einem Künstler anvertraute. Er hatte sich vom Ruf Paul Flemmings blenden lassen, seinem herausragenden Können und den guten Verbindungen. Stephan wusste, dass dies an seinem Vater nagte – das Wir-haben-es-doch-gleich-gesagt, die mitleidig-hämischen Blicke der Honoratioren. Niemand wusste, was mit dem Mann geschehen war, ob er den Verstand oder nur das Interesse an Elise verloren hatte.

Rungrath gestattete seinem Sohn eine Zeit lang keine Ausflüge nach Düsseldorf, weil er nun wieder all seine Erwartungen in Stephan setzte. Eine heikle Situation, da Willy sich brieflich – Stephan hatte eigens ein Postfach für diese Korrespondenz eingerichtet – bei ihm beklagte. Nun endlich war ein Wiedersehen möglich geworden.

In der Altstadt unweit des Schlossturms gab es eine Kneipe, in der Männer wie sie ungestört zusammentreffen konnten. Stephan wusste selbst nicht mehr, wie er davon erfahren hatte; es schien eine Art Magnetismus von solchen Orten auszugehen, der ihn sicher leitete.

Sie beschleunigten ihre Schritte, da es allmählich kalt wurde. Lachend schlang er den Arm um Willy, als er sich unbeobachtet glaubte.

»Ich bin so froh, dass du wieder da bist«, sagte sein Freund.

»Ich habe dich auch vermisst.«

Sie traten in den warmen Dunst der Kneipe, in der Gelächter und Stimmengewirr herrschte. In einer Ecke klimperte ein gebückter Alter auf dem verstimmten Klavier und spielte einen Tusch, als sie hereinkamen.

»Zwei Alt?«, rief der Wirt zur Begrüßung.

»Und zwei Brote mit Blutwurst«, entgegnete Stephan.

Sie setzten sich in eine Ecke. Willy ergriff Stephans Hände. Dann drückte er einen Kuss darauf.

Anfangs hatte Stephan sich umgeschaut, ob niemand missbilligend dreinblickte oder mit den Schutzleuten drohte, bald aber gemerkt, dass sie sich an diesem Ort gänzlich ungezwungen geben konnten. Nur selten verirrten sich Fremde hierher. Der Wirt komplimentierte diese dann rasch hinaus, indem er eine geschlossene Gesellschaft vorschützte. Bei den Düsseldorfern selbst schien es ein ungeschriebenes Gesetz zu geben, nach dem sie diese Kneipe zu meiden hatten. Manchmal kam ihm dieses Fleckchen Freiheit wie das Paradies vor.

Sie aßen ihre Brote und tranken Bier und schauten einander in die Augen. Trotz aller Gemütlichkeit stand ihnen nicht der Sinn nach einem ganzen Abend in der Kneipe, und Stephan winkte schon bald dem Wirt, um zu zahlen.

»Habt ihr es aber eilig«, sagte der Mann augenzwinkernd, als er kassierte.

Stephan nickte nur, warf seinem Freund die Jacke zu und ging mit ihm zur Tür. Als sie auf die Straße traten, tat Willy im Überschwang der Vorfreude etwas, das er sonst nie wagte. Er schlang den Arm um Stephan und küsste ihn auf den Mund. »Komm«, drängte er, »ich kann nicht länger warten.«

Da spürte Stephan einen Blick auf sich. Er schaute hoch und sah sich Paul Flemming gegenüber.

Es ist nur ein Gefühl, mehr nicht. Es lässt mir keine Ruhe, seit Isidor von dem Mann erzählt hat, der die Leute nach mir fragt. Warum sollte er das tun? Ich habe immer darauf geachtet, für mich zu bleiben, und außer Isidor kennt niemand in Berlin meine Geschichte. Wer Schwäche zeigt, wird angreifbar. Also lasse ich die Menschen nicht zu nahe an mich heran.

Neuerdings aber drängen sie in mein Leben. Das war nicht mein

Wunsch. Ich wollte einfach nur in Ruhe Scherenschnitte machen und dann und wann ein Bild malen. Jedenfalls habe ich mir eingeredet, dass ich ganz für mich leben kann und mir selbst genug bin. Ich habe gedacht, das Leben sei einfacher, wenn ich möglichst wenige Menschen kenne. Dann sei die Gefahr geringer, andere zu kränken oder mich selbst in peinliche Bedrängnis zu bringen. Was lange gut gegangen ist. Aber es war ein einsames Leben, auch wenn ich diese Einsamkeit selbst gewählt habe.

Und dann dieser Hesse. Die Frau, von der er sprach, hatte nicht die geringste Ähnlichkeit mit der, die in den Prater Garten und in mein Atelier gekommen ist. Besitzergreifend klang er, als müsste er sie vor einem Mann wie mir beschützen. Dabei erweckt sie durchaus den Eindruck, als könnte sie auf sich selbst achtgeben.

Ich muss lächeln, wenn ich an sie denke. Wo mag sie gerade sein? Noch auf Reisen? Schon wieder in Berlin? Nein, ich glaube, das würde ich spüren.

Er legte den Federhalter beiseite und schob das Buch ein Stück von sich. Früher hatte er nie Tagebuch geschrieben, weil ihm die Zeit dazu fehlte. Wie außer Atem hatte er gelebt, was ihm erst bewusst geworden war, als die erzwungene Muße ihn zum Nachdenken brachte. Neue Aufträge, Einladungen, Ausstellungen, Reisen, immer unterwegs, immer zwischen zwei Verpflichtungen.

Erst als ihm die Freude an der menschlichen Gesellschaft abhandenkam, fand er die innere Ruhe, um seine Gedanken zu Papier zu bringen. Ein Tagebuch war es noch immer nicht. Er schrieb nicht jeden Tag hinein, sondern nur, wenn ihn ein besonderes Erlebnis, starker Schmerz oder große Freude dazu trieben.

Nein, er war noch nicht fertig für heute.

Mit dem Sehen, besser gesagt, dem Nichtsehen, ist es eine sonderbare Sache. Blind sein ist ebenso grausam wie einfach. Denn jeder versteht, was man verloren hat, welchen Unsicherheiten und Gefahren man im alltäglichen Leben ausgesetzt ist. Begegnet man einem blinden Bekannten, wird man nicht böse sein, wenn dieser einen nicht zur Kenntnis nimmt, ohne dass man ihn zuvor angesprochen hat. Man rechnet damit, dass der Blinde längere Zeit benötigt, um Menschen einzuordnen, ihre Stimmungen und ihr Wesen an anderen Merkmalen als den äußerlich sichtbaren zu erkennen. Man hilft ihm, die Straße zu überqueren oder eine Treppe hinaufzusteigen, wenn er es wünscht. Niemand nimmt es ihm übel, wenn er diese Hilfe auch einmal ablehnt, weil das Streben nach Unabhängigkeit stärker ist.

Was aber ist mit einem Menschen, der zwei gesunde Augen hat und seine Umgebung so präzise sieht, dass er sie aus dem Gedächtnis bis in die kleinste Einzelheit malen könnte, und dennoch nicht fähig ist, einen Menschen allein an seinem Gesicht wiederzuerkennen? Der vor einem Spiegel steht und sich einem Fremden gegenübersieht? Der sich an das Schulzimmer seiner Kindheit und die Anordnung der Buchstaben auf der Wandtafel erinnert, nicht aber an das Gesicht der Frau, mit der er einmal verlobt gewesen ist? Der sich instinktiv zu jenen hingezogen fühlt, die besonders beleibt, entstellt oder mit anderen Auffälligkeiten geschlagen sind, die ihm das Wiedererkennen erleichtern? Für den ebenmäßige Schönheit kein Wunder mehr bedeutet, eben weil sie nicht im Gedächtnis bleibt?

Anders als ein Blinder, der sich durch einen Stock oder eine dunkle Brille als solcher kenntlich macht, hebe ich mich in nichts von anderen ab. Niemand würde begreifen, wenn ich sagte, worin meine Krankheit – ist es überhaupt eine? – besteht. Eher würde man mich für verrückt halten. Gegen diese Angst kämpfe ich seit Jahren an. Als geisteskrank zu gelten wäre unerträglich. Daher gibt es nur einen Weg für mich – niemand darf je davon erfahren.

Obwohl der Lehrter Bahnhof in unmittelbarer Nähe ihres Heims lag, begab sich Rika Hesse nach ihrer Ankunft nicht dorthin. Als sie aus dem klassizistischen, unmittelbar an der Spree gelegenen Gebäude trat, war die Entscheidung bereits gefallen. Sie drehte sich nach dem Gepäckträger um, der ihre Koffer auf einem Karren schob, und holte die Geldbörse hervor.

Über das schnauzbärtige Gesicht des Mannes ging ein Leuchten.

»Würden Sie das Gepäck bitte in die Villa Hesse, In den Zelten 25, bringen lassen?«

Der Mann nickte und nahm die großzügige Entlohnung entgegen. »Soll ick selba mitfahrn, damit die juten Stücke nich abhandenkommen?«

»Das überlasse ich Ihnen. Es geht nur darum, dass meine Koffer sicher nach Hause gelangen.«

Mit einem knappen Nicken ließ sie den Mann stehen und verließ die Bahnhofshalle durch das Hauptportal. Sie winkte eine Droschke herbei. »Dragonerstraße dreiundzwanzig.«

Der Kutscher musterte sie verwundert, sagte aber nichts und half ihr beim Einsteigen. Ihr wäre auch nicht nach einer Unterhaltung zumute gewesen.

Rika genoss es, wieder in Berlin zu sein. Sie schaute während der ganzen Fahrt aus dem Fenster und sog das Leben der Großstadt in sich auf. Nun, da sie zurück war, wurde ihr klar, dass sie sich in einer Kleinstadt wie Gladbach niemals heimisch fühlen würde. Sie liebte die breiten Straßen, die prachtvollen Bauten, die geschäftigen Läden und Märkte, die ganze Lebhaftigkeit einer Hauptstadt, die sich ihrer Vormachtstellung bewusst war.

Die Kutsche rollte am Hamburger Bahnhof und dem nördlichen Ausläufer des Humboldthafens vorbei. Zu ihrer Rechten schlossen sich die Gebäude der Charité an. Plötzlich meinte sie in einem Herrn, der dem Haupteingang zustrebte, Alexander zu erkennen. Nein, das musste eine Verwechslung sein.

Sie fuhren durch die Invalidenstraße nach Osten, und als sie die hohen Schornsteine von Borsigs Maschinenbauanstalt bemerkte, musste sie an Anthonis' Bilder denken. »Feuerland« hatte er die Gegend genannt.

Erst als der Zug in den Bahnhof einfuhr, hatte Rika spontan entschieden, sich nicht umgehend nach Hause zu begeben. Sosehr sie sich auf Anna freute, überwog in diesem Augenblick doch ein anderes Gefühl. Sie hatte sich keine Worte für die Begegnung zurechtgelegt. Sie würde einfach in den Hof gehen, die Treppe hinaufsteigen und sagen, was ihr in den Sinn kam.

Durch die Reise war ihr Selbstwertgefühl gewachsen und damit auch ihre Gleichgültigkeit gegenüber den Verhaltensregeln, die man Frauen auferlegte. Vor allem aber ging sie diesmal in einer anderen Stimmung zu Anthonis. Sie wollte keine Bilder anschauen, keine Gespräche über Kunst führen – ihr ging es nur darum, ihn wiederzusehen.

Die Kutsche rollte über das holprige Pflaster der Spandauer Vorstadt, wand sich durch die belebten engen Straßen. Als ein Fuhrwerk, dessen Ladung sich auf die Straße ergossen hatte, den Weg versperrte, trommelte Rika ungeduldig mit den Fingern auf den Sitz. Nachdem der Fuhrmann endlich seine Säcke eingesammelt hatte, fuhr die Droschke mit einem Ruck an und bog kurz darauf in die Dragonerstraße ein.

»Soll ick warten?«, fragte der Kutscher und musterte sie, als bezweifle er, dass eine Dame in dieser Gegend bleiben wolle.

»Nein.« Sie bezahlte ihn und wandte sich ab.

Der Mann zuckte mit den Schultern, steckte das Geld ein und sprang auf den Bock. Erst als die Droschke verschwunden war, rückte Rika ihren Hut zurecht und ging durch die Einfahrt in den Hinterhof.

Als Alexander Hesse am frühen Abend den langen Flur in der Charité betrat, bemerkte er sofort die Gruppe vor dem Zimmer seiner Schwester.

Zwei Krankenschwestern sprachen mit einem jungen Herrn in schmucker Uniform, der offenkundig gegen ihren Willen das Zimmer betreten wollte. Alexander blieb abrupt stehen, glitt in eine Türnische und atmete tief durch. Leutnant von Weidenfeld war tatsächlich hergekommen, entgegen seiner ausdrücklichen Anweisung, dass seine Schwester der Ruhe bedürfe.

»Wann darf ich das werte Fräulein denn endlich besuchen?«, fragte der Leutnant mit kaum verhohlener Ungeduld. »Ich warte schon so lange darauf, ihr meine Aufwartung zu machen und gute Genesung zu wünschen.«

»Die Ärzte raten von anstrengenden Besuchen ab«, erklärte eine Krankenschwester. »Bisher wurde niemand außer der engsten Familie vorgelassen.«

»Das hat auch seinen Grund«, sagte Alexander, trat hinzu und reichte Leutnant von Weidenfeld die Hand. »Bitte gedulden Sie sich noch ein wenig«, sagte er mit gezwungener Munterkeit. »Anna ist noch sehr schwach und muss sich schonen. Ihr Besuch könnte sie, so erfreulich er auch sein mag, innerlich zu sehr aufwühlen und zu einer neuerlichen Verschlechterung ihres Zustands führen. Die Ärzte haben angeordnet, dass außer mir zurzeit niemand zu ihr darf.«

»Das ist sehr bedauerlich«, sagte der Leutnant und bedeutete den Schwestern mit einer Handbewegung, sie allein zu lassen. Dann streifte er die Handschuhe ab und sah Alexander mit einem Blick an, der schwer zu deuten war. »Ich kann Ihre Sorge um Fräulein Anna verstehen, aber ich muss Sie auch bitten, Rücksicht auf meine Gefühle zu nehmen. Wir sind so gut wie verlobt. Sie hat einen schweren Unfall erlitten, und ich hatte noch keine Gelegenheit, mich selbst von ihrem Zustand zu überzeugen.«

Mit diesen Worten machte er einen Schritt auf die Tür zu und drückte die Klinke herunter. Alexander konnte ihn nicht aufhalten, das hätte melodramatisch gewirkt. Also beschloss er, ein wenig preiszugeben, um das größere Geheimnis zu wahren.

»Bitte erschrecken Sie nicht, wenn Sie den Rollstuhl neben dem Bett sehen«, sagte er leise. »Anna ist noch nicht in der Lage, allein zu gehen, und wird während der Rekonvaleszenz auf diese Hilfe angewiesen sein.«

Als von Weidenfeld vor ihm ins Zimmer trat, wischte er sich verstohlen die Stirn.

Anthonis war nicht da. Gewiss, er ahnte nichts von ihrem Besuch und musste seinen Lebensunterhalt verdienen, aber Rika war dennoch enttäuscht. Dumm kam sie sich vor, als sie wieder einmal vor der Wohnungstür stand und vergeblich klopfte.

Rika überlegte, ob sie nach Hause fahren und ihm einen Brief schreiben sollte. Doch es blieb ein leeres Gefühl in ihrem Innern zurück. Etwas hielt sie davon ab, einfach zu gehen und in den nächsten Pferdeomnibus zu steigen.

In diesem Augenblick hörte sie von unten Schritte, die Treppe für Treppe näher kamen. Aus einem Impuls heraus nahm sie den Hut ab, damit er ihre Haare sehen konnte.

Das ist der Augenblick!, dachte Rika völlig zusammenhanglos, als er den Treppenabsatz erreichte und zu ihr hochschaute. Auf einmal schien alles von diesem Moment abzuhängen und der Antwort auf die Frage, ob er sie erkennen würde.

Sein Blick fiel zuerst auf ihr Gesicht, wanderte kaum merklich höher, zu ihren Haaren, und ein Lächeln erschien auf seinen Lippen. »Frau Hesse?«

Es war eine Frage, aber dennoch – er hatte sie erkannt.

»Ich bin zurück«, sagte sie und hätte sich auf die Zunge beißen können. »Wie Sie sehen.«

»Ja, das sehe ich.« Er nahm die letzten Stufen und gab ihr die Hand. »Bitte kommen Sie doch herein.« Er deutete auf die große Papiertüte, die er unter dem Arm trug. »Ich habe neue Pappe besorgt. Für die Scherenschnitte.« Er hielt ihr die Tür auf.

Plötzlich schaute sie unsicher an sich herunter. Sie trug noch ihr Reisekostüm. Hätte sie sich umziehen sollen? Wohin mit dem Hut, den sie in der Hand hielt?

»Möchten Sie einen Kaffee?«, fragte er und deutete auf einen Stuhl. »Bitte.«

»Gern.« Auf einmal fehlten ihr die Worte. Sie legte den Hut auf den Tisch.

Anthonis ging zum Herd und öffnete die Klappe, in der noch Kohlen glommen. Er legte Zeitungspapier und Anmachholz nach, hielt ein Streichholz daran und wartete, bis die Flammen loderten. Dann schloss er die Klappe, füllte den Wasserkessel, holte einen der eisernen Einsatzringe aus der Herdplatte und stellte den Kessel aufs Feuer. Seine Bewegungen waren geschickt und anmutig, als hätte er sein Leben lang in der Küche hantiert.

Er nahm eine Kaffeemühle vom Bord über dem Herd, schüttete Bohnen hinein und mahlte, gab das Kaffeemehl dann in einen Porzellanfilter und setzte diesen auf die Kanne.

Seltsam, dachte Rika, seine Wohnung ist so spartanisch eingerichtet, doch die Küchengeräte sind von bester Qualität. Warum fielen ihr solche Nebensächlichkeiten auf?

Als das Wasser kochte, goss Anthonis es in den Filter und drehte sich endlich zu ihr um.

»Leider habe ich nichts zu essen da, was ich Ihnen dazu anbieten könnte.«

»Das macht nichts, ich habe noch im Zug gegessen.«

Sein fragender Blick war ihr unangenehm. »Sie sind unmittelbar vom Bahnhof hergekommen?«

Sie nickte. »Ich … Mir war noch nicht danach, nach Hause zu fahren.«

Er stellte Kanne, Tassen, Zucker und Milch auf den Tisch und setzte sich ihr gegenüber. Sein Blick war beunruhigend direkt. Die forschenden Augen eines Malers. Was las er in ihrem Gesicht?

»Ich hoffe, die Reise war erfolgreich.«

»Ja, in der Tat.« Bei diesen doppeldeutigen Worten verspürte sie ein unangenehmes Kribbeln. »Eine hübsche Gegend. Kleinstädtisch im Vergleich zu Berlin, aber angenehm. Ich bin auch in Düsseldorf gewesen.«

Sie behielt ihn im Auge, während sie sprach, doch seine Beherrschung war vollkommen. »Die dortige Kunstakademie ist eine der besten in Deutschland.«

Rika trank einen Schluck Kaffee. War es ein Fehler gewesen,

überstürzt herzukommen und dies auch noch einzugestehen? Die vorsichtige Nähe, die sie bei ihrer letzten Begegnung gespürt hatte, war verschwunden. Sie überlegte schon, ob sie sich verabschieden sollte, als ihr Blick auf die Staffelei fiel. »Darf ich?«

Er antwortete mit einer einladenden Handbewegung.

»Das ist aber hübsch!« Sie betrachtete das Landhaus mit dem Zaun, der blauen Bank, der roten Tür und dem blühenden Birnbaum. »Haben Sie es aus der Erinnerung gemalt? Es sieht nicht aus, als stünde es in Berlin.«

Er lachte. »Tut es auch nicht. Es steht in Galizien. Und ich habe es aus der Phantasie gemalt.« Er erzählte von dem Paar, das den wohlhabenden Onkel mit einem Bild aus der alten Heimat günstig stimmen wollte. »Es mag nicht der lukrativste Auftrag sein, aber es bereitet mir Vergnügen, meine Vorstellungskraft einzusetzen.«

Rika trat zu den Bildern, die an der Wand lehnten. »Darf ich?« Bevor er etwas sagen konnte, hatte sie das erste herumgedreht. Sie spürte seine Augen im Rücken, als sie reglos dastand und die Leinwand ansah. Eine heiße Welle breitete sich in ihr aus, und sie musste sich auf die Lippen beißen, um keinen Laut von sich zu geben. Sie atmete tief durch und drehte sich um.

»Das ist mein Kleid.«

»Das sind Sie.«

Anthonis sah zur Seite und dann zu ihr. »Es … Es tut mir leid. Ich hätte Sie fragen sollen. Aber – es war auf einmal da.« Er machte eine vage Bewegung mit der Hand. »Ich konnte nicht anders.«

»Sie haben mich gemalt.« Sie sagte es mit einer Mischung aus Staunen und vorsichtiger Freude. »Das … Das ist wunderschön. Diese Farben«, sie strich behutsam über die bunte Wolke, die ihre Gestalt umgab, den Schleier aus dunklem Rot und Perlmuttgrau, Indigo und Grün. »Was bedeuten sie?«

Anthonis war aufgestanden und neben sie getreten. »Das sind die Farben, die ich mit Ihnen verbinde. Ich ordne Menschen bestimmte Farben zu.«

»Weil Sie ihre Gesichter nicht malen.« Nun war es heraus. Die Worte hatten sie überwältigt. Sie konnte sie nicht zurücknehmen.

»Ja«, sagte er leise, »auch deswegen. Farben sind für mich ungemein wichtig. Viel wichtiger als früher.«

Er kehrte an den Tisch zurück. »Möchten Sie noch Kaffee?«

Da war es wieder, der Schritt nach hinten, das Zurückweichen in sich selbst. Doch es entmutigte sie nicht mehr. Sie hatte sich vorgewagt und gewonnen. Er hätte ihr die Tür weisen können, doch das hatte er nicht getan. Das an sich war schon ein Erfolg.

Als sie wieder am Tisch saßen, sagte Anthonis nachdenklich: »Ich habe überlegt, ob ich Ihnen davon erzählen soll.« Er hielt inne und rührte in seinem Kaffee, obwohl sich der Zucker längst aufgelöst hatte. »Bevor Sie es von anderer Seite erfahren, sage ich es Ihnen lieber selbst.«

Sie schaute ihn fragend an.

»Ich hatte kürzlich Besuch, Frau Hesse. Von Ihrem Stiefsohn.«

»Was?« Die Neuigkeit traf sie unvermittelt. »Weshalb sollte Alexander Sie aufsuchen?«

»Ich habe wirklich lange überlegt, ob ich es Ihnen erzählen soll. Womöglich wage ich mich zu weit vor und mische mich in Angelegenheiten, die mich nichts angehen. Da Sie einem Besuch bei mir nun aber Vorrang vor dem Weg nach Hause eingeräumt haben …«

Rika spürte, dass etwas im Raum stand, unsichtbar und doch gegenwärtig. Wie hatte Alexander von ihm erfahren? Und was konnte er hier wollen, außer mit dem Mann zu sprechen, der – ja, was?

»Er begegnete mir kühl und sachlich«, sagte Anthonis. »Dominant. Er bat nicht, er forderte.«

»Was hat er von Ihnen gefordert?«, fragte Rika beklommen.

»Dass ich keinen weiteren Umgang mit Ihnen pflege«, erwiderte Anthonis gelassen. Ob es eine Maske war, konnte sie nicht ermessen. »Danach hat er sich ungefragt meine Bilder angesehen, was ich gar nicht schätze, und einige unschöne Dinge über sie gesagt, aber das tut nichts zur Sache.«

Etwas in seiner Stimme ließ sie aufhorchen. Doch dann kam ihr ein anderer Gedanke. »Hat er auch dieses Bild gesehen?« Sie deutete auf ihr Porträt.

Anthonis nickte. »Es werde mir noch leidtun, hat er im Gehen gesagt.«

Rika schluckte und holte tief Luft. »Ich glaube, ich bin Ihnen eine Erklärung schuldig.«

»Sie schulden mir gar nichts«, erwiderte er und schenkte ihr Kaffee nach.

»Doch.« Sie zögerte kurz. »Ich ahne, weshalb er bei Ihnen war, auch wenn ich nicht weiß, wie er auf Sie gekommen ist.« Sie sah ihn eindringlich an. »Herr Hesse hat kürzlich verkündet, dass er mich heiraten will.«

»Aber er ist …«

»Ich weiß. Aus diesem und anderen Gründen habe ich eine solche Möglichkeit auch nie in Betracht gezogen. Sein Verhalten zeigt mir aber, dass er nach wie vor diese Verbindung wünscht. Daher glaube ich, dass Eifersucht ihn zu diesem Vorgehen bewogen hat, das ich zutiefst bedauere.« Sie wünschte sich, es möge auf der Stelle dunkel werden, damit er ihr Erröten nicht bemerkte.

Anthonis zog eine Augenbraue hoch. »Der Tag verläuft weitaus interessanter, als ich beim Aufstehen gedacht habe.«

»Bitte machen Sie sich nicht über mich lustig.«

»Das tue ich nicht.« Er war sofort wieder ernst geworden. »Vielleicht sollten Sie mit Herrn Hesse sprechen und seine Zweifel ausräumen.«

»Zweifel woran?«, fragte sie mit plötzlichem Zorn. »Es geht ihn nichts an, mit wem ich Umgang pflege. Ich bin die Witwe seines Vaters, sonst nichts, und doch versucht er, mein Leben zu lenken. Er gefällt sich darin, andere Menschen zu beherrschen.« Sie spürte, dass ihre Wut einen anderen Grund hatte. Alexander kannte keinen Respekt vor ihrem Privatleben. Und er hatte das Bild gesehen, das gewiss nicht für seine Augen bestimmt war.

Anthonis legte die Hand flach auf den Tisch, ganz nah an ihre, ohne sie zu berühren. »Ich glaube, wenn Sie es ihm auf diese Weise sagen, wird er es begreifen.« Er zögerte. »Wenn eine Frau mir in diesem Ton sagte, dass sie mich nicht heiraten möchte und keine Einmischung in ihr Leben duldet, würde ich gehorchen.«

Rika musste gegen ihren Willen lachen. »Gehorchen? Sie wirken nicht wie ein Mensch, für den Gehorsam eine große Bedeutung hat.«

»Heute scheint ein Tag tiefer Wahrheiten zu sein«, spottete er sanft. Dann deutete er auf ihr Porträt. »Es gehört Ihnen. Tun Sie damit, was immer Sie möchten.«

»Ich möchte es in mein Zimmer hängen«, erwiderte sie schlicht. »Aber nicht jetzt. Erst wenn alle Unstimmigkeiten mit Alexander ausgeräumt sind, werde ich es abholen.« Sie erhob sich und streckte ihm die Hand hin. Statt sie zu ergreifen, stand er auf, trat hinter sie und legte ihr die Hände auf die Schultern. Dann meinte sie, eine flüchtige Berührung zu spüren, als hätte er seine Lippen auf ihr Haar gedrückt.

»Ihr Hut.«

Sie nahm ihn vom Tisch.

»Auf bald«, sagte er und gab ihr nun ganz förmlich die Hand.

»Versprochen.«

Mit diesen Worten war sie verschwunden. Er blieb an der Tür stehen, bis ihre Schritte im Treppenhaus verklungen waren.

27

Alexander Hesse hatte mit großem Interesse zugehört, als Stephan Rungrath von seiner Bekanntschaft mit Paul Flemming berichtete. Er konnte gut verstehen, dass Rungrath die Episode unangenehm war.

Alexander zog Bilanz. Offenbar hatte sich das Wesen des erfolgreichen Malers nach dem Reitunfall grundlegend verändert. Konnte eine Kopfverletzung eine Geisteskrankheit auslösen? Er hatte von Soldaten gehört, die nach einer derartigen Verletzung das Gedächtnis verloren hatten. Andererseits hatte er mit dem Mann gesprochen, ihm ins Auge geblickt und darin keine Spur von Irresein entdeckt.

Dann kam ihm ein Gedanke. Musste er denn überhaupt wissen, was genau Paul Flemming alias Anthonis widerfahren war? Reichte es nicht, dass der Mann auf ein angenehmes Leben als erfolgreicher Porträtmaler verzichtet hatte, nach Berlin gezogen war, seinen Namen und seine Vergangenheit abgelegt und eine unwürdige Tätigkeit als Scherenschneider aufgenommen hatte? Eins war offenkundig: Er wollte unerkannt bleiben.

Zufrieden setzte sich Alexander in den Lehnsessel seines Vaters und schlug die Zeitung auf, stutzte kurz und lächelte dann. Bisweilen lösten sich Probleme, die einem als unüberwindlicher Berg erschienen waren, wie von selbst.

Frohgemut begann er, die Wirtschaftsnachrichten zu studieren, die nach den Jahren der Krise von erfreulichen Entwicklungen kündeten. Da klopfte es.

»Herein«, sagte er unwillig, da er sich ungern bei der abendlichen Lektüre stören ließ.

Das Hausmädchen Jette trat ein und knickste. »Ich wollte fragen, ob der gnädige Herr weiß, wann wir mit der Rückkehr der gnädigen Frau rechnen können. Die Köchin würde ihr das Abendessen warm stellen.«

Alexander schaute verwundert auf. »Die gnädige Frau ist angekommen?«

Jette nickte eifrig. »Vor zwei Stunden kam ein Kutscher und brachte ihr Gepäck.«

»Und sie ist immer noch nicht da?« Er sah auf die Uhr. »Es ist schon neun.«

»Nein, Herr Hesse.«

Er machte eine unwillige Bewegung mit der Hand. »Sie soll es warm stellen. Das wäre alles.«

Als sich die Tür hinter dem Hausmädchen geschlossen hatte, warf er die Zeitung ungehalten auf einen Tisch und verschränkte die Hände auf dem Bauch. Ja, es wurde dringend Zeit, etwas zu unternehmen.

Erst als Rika vor der Haustür stand, wurde ihr bewusst, wie spät es war. Ihr Gepäck musste längst eingetroffen sein, gewiss wusste Alexander von ihrer Ankunft. Sie holte tief Luft und klingelte.

Jette öffnete, doch Alexander erschien bereits im Hintergrund.

»Willkommen zu Hause, gnädige Frau«, sagte das Hausmädchen und nahm Rikas Handtasche und den Hut entgegen.

Alexander kam auf sie zu und gab ihr die Hand. »Wir hatten dich früher erwartet. Zusammen mit deinem Gepäck«, sagte er knapp und bedeutete Jette, sich zurückzuziehen.

»Verzeih die Verspätung, aber ich hatte etwas zu erledigen.«

Sie gingen gemeinsam ins Arbeitszimmer. An der Tür drehte er sich um. »Die Köchin hat das Essen warm gestellt. Soll es gebracht werden?«

Rika winkte ab. »Lass uns zuerst in Ruhe reden. Ich esse später.«

Sein Blick war argwöhnisch. »Eigentlich hatte ich damit gerechnet, dass du nach deiner Rückkehr umgehend nach Hause kommst«, sagte er ungehalten.

»Ich möchte dir gern von meiner Reise erzählen«, erwiderte Rika entschieden.

Sie setzten sich, und Rika berichtete vom Besuch in der Fabrik und den Gesprächen mit Carl Wilhelm Rungrath. »Das meiste hatte ich dir schon telegraphiert. Es lässt sich gut an. Ich glaube, wir haben einen ausgezeichneten Lieferanten gewonnen, und die Tatsache, dass sein Sohn in Berlin wohnt, ist gewiss von Vorteil.«

Während Rika sprach, hatte sie den Eindruck, dass Alexander in Gedanken ganz woanders war. Sein Unmut hatte sich jedoch gelegt. »Bist du müde? Sollen wir uns morgen weiter unterhalten? Es ist ziemlich spät.«

»Nein, nein.«

Er stellte noch einige Fragen, doch auch die klangen eher zerstreut. Schließlich erhob sich Rika. »Das Übrige können wir morgen in der Firma erledigen. Ich habe noch einige Muster mitgebracht.« Sie öffnete die Tür und rief nach Jette. Als das Hausmädchen erschien, sagte sie: »Würdest du mir jetzt bitte das Abendessen bringen? Ach, wo ist eigentlich Anna? Sie hat mich noch gar nicht begrüßt.«

Es war nur ein flüchtiger Blick, den Jette und Alexander wechselten.

»Was ist?«, fragte Rika verwundert. »Ist sie krank?«

»Lass uns bitte allein«, wies Alexander das Hausmädchen an. Jette schien seltsam erleichtert und verließ rasch das Zimmer.

Als die Tür hinter ihr ins Schloss gefallen war, trat Rika auf Alexander zu, der bedrückt wirkte. »Würdest du mir bitte erklären, was los ist? Ich habe das Gefühl, jeder außer mir weiß Bescheid.«

»Setz dich bitte, Friederike. Ich habe dir nicht telegraphiert, weil sich die Nachricht nicht für diese Art der Übermittlung eignet.« Er bemerkte ihre Ungeduld. »Meine Schwester hat einen tragischen Unfall erlitten. Sie wurde von einer Kutsche angefahren und liegt seitdem in der Charité.«

Rika sah ihn fassungslos an. »Du lässt mich von meinen Gesprächen mit Rungrath berichten, bevor du mir von Annas Unfall erzählst? Das kann nicht dein Ernst sein!«

Er schluckte, wahrte aber die Fassung. »Ich wollte dich nicht gleich bei deiner Ankunft mit einer schlechten Neuigkeit überfallen. Außerdem hast du es nicht gerade eilig gehabt, hierherzukommen.«

»Lass das«, erwiderte sie in scharfem Ton. Sie spürte, wie der Zorn sie überkam. Die letzten Wochen hatten ihr eine Unabhängigkeit verliehen, die sie gegen diese Gängelung aufbegehren ließ. »Wage es nicht, mir Vorwürfe zu machen, um von deinen Versäumnissen abzulenken.«

»Versäumnisse? Das also wirfst du mir vor? Seit vier Tagen sitze ich in jeder freien Minute an Annas Bett, tröste sie, habe mit den Ärzten konferiert und Weidenfelds hingehalten.«

Rika hob energisch die Hand. »Ich glaube, du solltest mir alles von Anfang an erzählen. Wie ist es zu diesem Unfall gekommen? Wo ist er geschehen? War sie allein? Wie geht es ihr jetzt?«

In diesem Augenblick klopfte es. Jette trat mit dem Tablett ein, auf dem mehrere Schüsseln, ein Teller mit Besteck und ein Glas standen. Sie stellte es auf den Tisch und schaute ihren Dienstherrn nicht an, warf Rika im Gehen aber einen Seitenblick zu und biss sich auf die Lippen, als wollte sie eine Äußerung unterdrücken. Rika nahm sich vor, später unter vier Augen mit dem Hausmädchen zu sprechen. Sie schaute zweifelnd auf das Tablett. Auf einmal war sie nicht mehr hungrig.

Alexander verschränkte die Hände hinter dem Rücken und schritt beim Reden neben dem Tisch auf und ab. Als er geendet hatte, fragte Rika: »Sie ist vor der Tür überfahren worden? Auf einer Straße, in der kaum Wagen verkehren? Das kann nicht sein.«

»Sie war … etwas erregt und hat wohl nicht aufgepasst. Ist einfach losgestürzt, im Überschwang ihrer Gefühle …«

»Was sagen die Ärzte? Wird sie wieder gesund?«

Nun war er doch stehen geblieben und stützte die Hände auf eine Stuhllehne. »Friederike, ich fürchte, uns stehen tiefgreifende Veränderungen bevor. Die Ärzte behaupten – ich gebe zu bedenken, dass ich weitere Meinungen einholen möchte, von angesehenen Spezialisten –, dass Anna von der Hüfte abwärts gelähmt ist.«

Ein Stein fiel in einen Brunnen, er fiel und fiel, bis er ganz tief unten die Oberfläche durchbrach und in die schwarze Tiefe sank. Dann erst waren die Worte am Grund angekommen.

»Gelähmt? Sie kann nicht mehr gehen?«

Er nickte. »Aber ich werde das nicht hinnehmen. Es muss Operationen oder andere Behandlungsmöglichkeiten geben, um ihr zu helfen. Daher möchte ich auch weitere Ärzte konsultieren. Ich habe bereits nach Paris …«

Rika unterbrach ihn heftig. »Was meintest du, als du vorhin sagtest, du habest Weidenfelds ›hingehalten‹?«

»Begreifst du denn nicht?« Nun klang auch seine Stimme leidenschaftlich. »All unsere Pläne würden zunichtegemacht, wenn sie von Annas Zustand erführen. Ein Leutnant von Weidenfeld wird keine Frau ehelichen, die – die …«

»Mein Gott, Alexander«, sagte sie leise. »Du siehst sie wirklich als Ware, nicht wahr? Du willst deine Schwester verkaufen, weil du dir einen anständigen Gewinn davon versprichst. Ist die Ware beschädigt, sinkt ihr Wert.« Tränen brannten in ihren Augen. »Sie ist deine Schwester. Meine Stieftochter. Ich habe sie gern, sehr gern. Mir liegt an ihrem Glück. Du hast vorhin von *unseren* Plänen gesprochen. Es waren immer nur deine. Du hast versucht, Anna für deine Zwecke zu benutzen. Sie wollte deinen Leutnant nicht heiraten, niemals.« Rika spürte, wie etwas in ihr barst und Gefühle freisetzte, die sie nie in sich vermutet hätte. »Ich hätte sie nicht allein lassen dürfen. Sie war unglücklich verliebt …«

»Ja, und du hast sie darin unterstützt. Wenn sie von einer erfahrenen Frau gehört hätte, dass die Verbindung zu einem jüdischen Kleiderhändler undenkbar ist, wäre sie zur Vernunft gekommen. Aber nein, du hast sie vermutlich bestärkt, von romantischer Liebe gefaselt …«

Rika schob das Tablett mit solcher Wucht von sich, dass es beinahe vom Tisch gefallen wäre, und stand auf. Sie stützte die Hände auf die Tischplatte und beugte sich vor. Noch nie in ihrem Leben hatte sie den Wunsch verspürt, einen anderen Menschen anzugreifen, ihn körperlich zu verletzen, doch musste sie sich zügeln, um nicht auf Alexander loszugehen. »Du solltest dich hören. Du bist eine leere Hülle, ohne Tiefe, ohne Mitgefühl.

Du denkst nicht darüber nach, was es für Anna bedeutet, vielleicht nie mehr zu gehen, keinen Mann zu finden, nicht Mutter zu werden, ans Haus gefesselt und von der Hilfe und dem Mitleid anderer abhängig zu sein. Zuallererst siehst du dich und deine gescheiterten Pläne. Geh beiseite – du widerst mich an.«

Sie verließ das Zimmer und schlug die Tür hinter sich zu.

Ich habe sie erkannt. Es kommt mir vor, als hätte ich eine wichtige Prüfung bestanden.

Sie hatte den Hut abgenommen. Für mich? Es war, als hätte sie mir ihr Haar dargeboten, damit ich sie erkenne.

Sie ist zu mir gekommen, bevor sie nach Hause zu ihrer Familie fuhr! Vom Bahnhof aus ist sie auf geradem Weg zu mir gekommen.

Als sie ihr Bild gesehen hat, war mir bang ums Herz. Ich wusste nicht, ob sie es womöglich als zudringlich empfinden würde. Doch meine Sorge scheint unbegründet.

War es falsch, ihren Stiefsohn zu erwähnen? Ich wollte vermeiden, dass er Unwahrheiten über den Besuch bei mir erzählt und ich mich dann verteidigen muss. Also ging ich in die Offensive.

Wie kriegerisch das klingt. Dabei war ich nie im Leben Soldat.

Sonderbar, wie sprunghaft meine Gedanken heute sind. Und doch spricht aus ihnen ein aufrichtiges Glück.

Wann werde ich sie wiedersehen?

Versprochen. Das hat sie gesagt. Und sie scheint keine Frau zu sein, die ein Versprechen bricht.

Rika hatte die Tür ihres Zimmers hinter sich zugeworfen und sich schwer atmend dagegengelehnt. Ihr Herz schlug, als wäre sie eine weite Strecke gelaufen, und ihre Wangen brannten.

Ahnungslos war sie gewesen, in Gladbach, im Zug auf der

Fahrt hierher, in den Augenblicken des Glücks, als sie mit Anthonis am Tisch gesessen und ihr Porträt betrachtet hatte. Natürlich war es lächerlich, es als Strafe zu empfinden; sie hatte nichts von Annas Unfall gewusst, Alexander hatte sich schuldig gemacht, indem er ihr den Vorfall verschwieg, und doch – das Gewissen folgte keiner Logik. Es knüpfte Verbindungen, wo keine waren, und stach zu, wenn man am wenigsten damit rechnete. Und meist lag ein Körnchen Wahrheit in seinen Stichen.

Rika war verreist, wohl wissend, dass Anna unglücklich war und ihre aufkeimende Liebe zu David Löwenstein durch die Pläne ihres Bruders bedroht sah. Den Besuch in Gladbach hätte sie ohne Weiteres aufschieben können. Dennoch war sie hingefahren, nicht zum Wohle der Firma, sondern für sich. Um frei atmen zu können, um Alexander und sein Drängen wenigstens vorübergehend hinter sich zu lassen. Sie schluckte schwer, um die aufsteigenden Tränen zu verdrängen.

War es ein Fehler gewesen, Anna allein zu lassen? Sie wusste noch so wenig. Warum war das Mädchen auf die Straße gelaufen?

Entschlossen ging sie zur Tür und betätigte die Klingel. Als Martha, das zweite Hausmädchen, erschien, sagte sie mit erzwungener Ruhe: »Schick bitte Jette zu mir.«

»Sehr wohl, gnädige Frau.«

Kurz darauf klopfte es, und Jette trat auf ihre Aufforderung hin ein. Sie knickste. »Sie wünschen, gnädige Frau?«

»Schließ bitte die Tür. Und dann setz dich.« Sie deutete auf einen Stuhl. Verwundert nahm das Mädchen auf der äußersten Kante Platz, bereit, jederzeit aufzuspringen.

»Jette, ich möchte dir einige Fragen stellen, die bitte unter uns bleiben. Verstanden?«

Das Mädchen nickte.

»Hast du während meiner Abwesenheit eine Veränderung an Fräulein Anna bemerkt?«

Jette sah sie erschrocken an, als hätte Rika ihre Gedanken gelesen. Dann sagte sie leise: »Ja, das schon, gnädige Frau. Die Köchin hat's auch gemerkt.«

»Worin bestand die Veränderung?«, fragte Rika geduldig.

»Sie … Sie hat nicht mehr gegessen. Und viel geweint. Ich habe es durch die Tür gehört, wenn ich vorbeigegangen bin. Hat sich ständig die Augen gewischt.«

»Wann hat das begonnen?«, fragte Rika beklommen.

»Kurz nach Ihrer Abreise, gnädige Frau.«

»Kannst du dir vorstellen, woher diese Veränderung rührte?« Als Jette zögerte, sagte sie rasch: »Sorge dich nicht. Was du mir anvertraust, wird dir nicht zum Schaden werden. Aber ich habe eben erst von Fräulein Annas Unfall erfahren und bin völlig erschüttert.«

»Also«, Jette holte tief Luft, »da war dieser Brief. Er kam morgens an und ist wohl hinter den Garderobenschrank gefallen. Ich habe ihn später gefunden und beim Abendessen dem gnädigen Herrn gegeben.«

»Warum Herrn Hesse?«, fragte Rika rasch.

»Er wollte ihn haben. Da konnte ich ihn schlecht Fräulein Anna geben«, sagte Jette mit gesenktem Blick.

»Schon gut, du hast es ganz richtig gemacht.« Dann schaute sie Jette prüfend an. »Hast du zufällig den Namen des Absenders gelesen?« Sie hob beschwichtigend die Hand. »Der Brief war hinter den Schrank gefallen. Also wäre es verständlich, wenn du darauf geschaut hättest, um zu sehen, an wen er gerichtet ist. Dabei den Namen des Absenders zu bemerken, ist kein Vergehen.«

Erleichtert atmete das Mädchen durch. »Er war von einem Herrn Löwenstein.«

Rika seufzte. »Und du meinst, danach habe sich Annas Verhalten verändert?«

Jette nickte eifrig. »So kam es mir jedenfalls vor. Und der Köchin auch. Sie hat nur noch in ihrem Essen gestochert, es auf dem Teller hin und her geschoben, damit es aussieht, als hätte sie etwas gegessen. Im Salon hat sie gesessen und vor sich hin gestarrt, statt zu lesen oder Handarbeiten zu machen.«

»Und wie hat sich der gnädige Herr verhalten?«

Jettes Blick war aufschlussreicher als ihre Worte. »Wie immer. Er sprach mit ihr über alltägliche Dinge, wenn sie beim Essen saßen. Oder er hat Briefe gelesen. Die Zeitung. Nur eins war da noch …«

Rika horchte auf. »Er hat mich und die anderen Dienstboten angewiesen, ihm alle Briefe zu zeigen, die Fräulein Anna erhält. Und auch die, die sie selber schreibt.«

»Wie bitte?«, stieß Rika hervor, zügelte sich aber. Sie durfte vor dem Hausmädchen kein Missfallen gegenüber dem Hausherrn äußern. »Was hat Herr Hesse mit den Briefen für Fräulein Anna gemacht?«

Jette nickte. »Ich durfte ihr alle geben, nur nicht die von Herrn Löwenstein.«

»Sind noch viele von ihm gekommen?«

»Nur einer. Den hat der gnädige Herr behalten. Und …«

Jette zögerte.

»Du kannst ganz offen sprechen.«

»Da war noch etwas. Der gnädige Herr hat uns angewiesen, das gnädige Fräulein nicht mehr ohne Begleitung aus dem Haus zu lassen.«

Rikas Kehle wurde eng, und sie musste schlucken.

»Aber das war gar nicht nötig. Sie ist in den Tagen danach nicht mehr weggegangen. Sie war immer in ihrem Zimmer. Allein.«

Rika ging unruhig umher. Die Ereignisse des Tages drohten sie zu überwältigen. Die lange Bahnfahrt, der Besuch bei Anthonis, die furchtbare Neuigkeit und nun dies – sie musste sich zwingen, Haltung zu bewahren.

»Ich danke dir für deine Offenheit. Eine letzte Frage habe ich noch, dann kannst du dich für heute zurückziehen.« Sie formulierte sie vorsichtig. »Was genau ist vor dem Unfall geschehen? Wie konnte es dazu kommen?«

»Das gnädige Fräulein war den ganzen Nachmittag in ihrem Zimmer. Sie wollte keinen Tee oder Kaffee, hat mich weggeschickt, wenn ich nachfragte. Als ich das letzte Mal bei ihr war, hat sie am Sekretär gesessen und geschrieben. Kurz darauf kam der gnädige Herr nach Hause und ist zu ihr hinaufgegangen. Es dauerte ein paar Minuten, dann wurde oben die Tür aufgerissen. Ich … Ich habe es mit angesehen, weil ich in der Eingangshalle Staub gewischt habe. Fräulein Anna stürzte geradezu die Treppe hinunter und rannte zur Tür hinaus. Sie war so schnell an mir vorbei, dass ich gar nichts sagen konnte. Der gnädige Herr lief hinter ihr her, und dann …«

Bei der Erinnerung schlug sie die Hand vor den Mund. »Ich habe nur noch den Schrei des Kutschers gehört, das Wiehern der Pferde – und dann nichts mehr.«

28

Am nächsten Tag war Rika um acht Uhr morgens vor der Charité. Da sie ohnehin nicht schlafen konnte, war sie um sechs aufgestanden, hatte sich sorgfältig angekleidet und gefrühstückt, bevor Alexander herunterkam. Sie wollte ihm nicht begegnen, bevor sie Anna besuchte. Sie musste sich selbst ein Bild machen. Der Weg war nicht weit, und sie hatte es trotz des leichten Nieselregens vorgezogen, zu Fuß zu gehen, um einen klaren Kopf zu bekommen.

Es war, als hätte sich das Leben hier während ihrer Abwesenheit schneller fortbewegt, als wären ihr die Ereignisse davongelaufen. Sie musste ihnen nachjagen, um sie begreifen zu können. Sie war so aufgewühlt, dass sie nur flüchtig an Anthonis denken konnte. Eine Stunde in seiner Wohnung, während Anna sie brauchte. Eine Stunde, in der sie wahrhaft glücklich gewesen war, und schon zerrann ihr das Glück zwischen den Fingern.

Sie schloss den Schirm, rückte den Hut zurecht und trat an die Pforte, wo sie sich nach Anna erkundigte. Sie hatte vermieden, Alexander nach der Station zu fragen. Man beschrieb ihr den Weg, verwundert über ihr frühes Erscheinen, und sie ging zwischen den Backsteinbauten hindurch, bis sie das richtige Gebäude gefunden hatte. Um diese Tageszeit waren keine Besucher unterwegs, und sie fragte sich besorgt, ob man sie überhaupt zu Anna vorlassen werde.

Durch eine breite zweiflügelige Tür betrat sie den Klinikbau und ging an das Fenster, hinter dem ein Mann im Kittel saß. »Ich möchte zu Fräulein Anna Hesse«, sagte sie mit fester Stimme.

Der Mann sah sie fragend an. »So früh am Morjen?«

»Es ist wichtig. Ich bin gerade von einer Reise zurückgekommen und habe erfahren, dass meine Stieftochter bei einem Unfall verletzt wurde. Sie bedarf gewiss meines Trostes.«

Der Blick des Mannes verriet ihr, dass sich ein solches Ersuchen nicht mit der Hausordnung vertrug, doch Rika war entschlossen, sich nicht abweisen zu lassen.

»Wo finde ich bitte den diensthabenden Arzt?« Ihre Stimme duldete keinen Widerspruch.

Überrascht warf der Mann einen Blick zur Treppe und deutete nach oben. »1. Stock, Doktor Liebrecht. Se können ja Ihr Jlück vasuchen …«

Rika nickte knapp und stieg die Treppe hinauf. Ihre Absätze hallten auf den steinernen Stufen, und bei jedem Schritt wurde ihr enger ums Herz. Was mochte sie dort oben erwarten? War Annas Fall tatsächlich hoffnungslos?

Als sie die Station betrat, kam ihr eine Krankenschwester mit weißer Haube entgegen. »Bedauere, um diese Zeit werden keine Besucher vorgelassen.«

Rika wiederholte, was sie dem Hausmeister gesagt hatte, und legte ihre ganze Autorität in diese Worte. Sie hatte nie gern Befehle erteilt, doch in diesem Augenblick hätte sie auch einen Kasernenhofton angeschlagen, wenn sie sich Erfolg davon versprochen hätte.

»Es ist gegen die Vorschriften«, erklärte die Schwester. »Ich muss erst Doktor Liebrecht fragen …«

»Dann fragen Sie«, sagte Rika knapp und stützte die Hände entschlossen auf den Knauf ihres Schirms.

Die Schwester eilte davon. Rika sah sich um. Kahle Wände, ein Geruch nach Reinigungsmitteln und schalem Essen. Der Flur hatte nichts Freundliches. Wie sollte ein Mensch hier gesund werden? Sie würde Anna so bald wie möglich nach Hause holen, gutes Essen, frische Luft, Sonnenlicht, das alles würde ihr helfen …

»Frau Hesse? Liebrecht mein Name, Oberarzt. Darf ich fragen, in welchem Verhältnis Sie zu der jungen Dame stehen?« Der gedrungene Mann mit dem frischen Gesicht wirkte nicht unfreundlich.

»Ich bin ihre Stiefmutter.«

»Man hat Sie bereits über die Verletzungen der Patientin in Kenntnis gesetzt?«, fragte Liebrecht sachlich.

»Ich weiß nur, was Herr Hesse mir berichtet hat.«

Der Arzt schaute sie ernst an. »Dürfte ich Sie um eine kurze Unterredung bitten? Eigentlich ist es untersagt, um diese Zeit Besucher vorzulassen, aber ich werde in Ihrem Fall eine Ausnahme machen. Die Anwesenheit einer weiblichen Verwandten dürfte Fräulein Hesse zuträglich sein.«

Er führte sie in ein kleines, spartanisch eingerichtetes Zimmer und bot ihr einen Stuhl gegenüber vom Schreibtisch an.

»Wie Sie vielleicht wissen, wurde die Patientin vor ihrem Haus von einer Pferdekutsche erfasst und zu Boden geschleudert. Ein Huf des scheuenden Pferdes traf sie so unglücklich am Rücken, dass sie sich einen Bruch der Wirbelsäule zuzog.« Er breitete bedauernd die Hände aus. »Auch wenn die medizinische Wissenschaft in den letzten hundert Jahren weit gediehen ist, können wir keine Wunder wirken, selbst wenn Herr Hesse dies zu glauben scheint.« Er sah sie aufmerksam an, als wollte er ermessen, wie sie die Anspielung aufnahm. »Er wollte der jungen

Dame ihren Zustand verschweigen. Als sie versucht hat, allein das Bett zu verlassen, ist sie gestürzt und erlitt daraufhin eine Nervenkrise.« Sein Ton war nüchtern, doch die Augen verrieten Mitgefühl.

»Und es besteht keine Hoffnung auf Besserung?«, fragte Rika leise.

»Man kann es mit Massagen und gymnastischen Übungen versuchen, doch eine Verletzung der betreffenden Wirbel führt unweigerlich zu einer Lähmung der unteren Extremitäten. Ihre Stieftochter wird künftig an den Rollstuhl gefesselt sein. Es tut mir leid, aber ich kann Ihnen keine Hoffnung machen, wo es keine gibt.«

»Ich danke Ihnen für Ihre Offenheit, Herr Doktor Liebrecht. Wie geht es Anna jetzt? Worauf muss ich achten, wenn ich mit ihr spreche?«

»Sie sollten ruhig und zuversichtlich auftreten, Frau Hesse. Ihr Mut und Trost zusprechen. Von Dingen erzählen, die Sie gemeinsam unternehmen werden. Bei den heutigen Verkehrsmitteln ist es durchaus möglich, mit einem Rollstuhl Reisen zu unternehmen. Vielleicht an die Ostsee, zur Erholung. Man kann sie an den Strand tragen, Kuranwendungen vornehmen …«

»Und alle Etablissements meiden, in denen getanzt wird«, sagte Rika bitter. »Verzeihen Sie, es war nicht so gemeint. Aber sie ist sehr jung. Ihr ganzes Leben wird sich verändern. Ich weiß nicht, wie ich ihr das begreiflich machen soll.«

Der Arzt beugte sich vor und legte die Hand flach auf die Tischplatte. »Sie sollten Fräulein Hesse nicht unterschätzen. Sie ist eine starke junge Frau. Wenn sie den Schock überwunden und sich mit ihrem Schicksal abgefunden hat, wird sie auch den Blick nach vorn richten.«

Rika sah ihn zweifelnd an. Woher nahm er diese Zuversicht? Wie viele junge Mädchen kannte er, die nicht mehr laufen, nicht mehr tanzen, keinen jungen Mann mehr –

Als hätte er ihre Gedanken gelesen, sagte er: »Da wäre noch etwas. Kürzlich kam es zu einer Auseinandersetzung zwischen Herrn Hesse und einem jungen Gardeleutnant, dessen Name mir entfallen ist. Er wollte Fräulein Anna gegen den Willen ihres Bruders besuchen. Ich weiß nicht, ob Ihnen die Hintergründe dieses Zwistes bekannt sind.«

»Herr Hesse wünscht eine Verbindung zwischen dem Leutnant und seiner Schwester.«

»Der junge Herr drängte jedenfalls sehr darauf, sie zu besuchen.« Er zögerte. »Es geht mich im Grunde nichts an, doch ich hörte mit, wie Herr Hesse den Rollstuhl im Zimmer mit der Rekonvaleszenz seiner Schwester erklärte. Es kam mir vor, als wollte er den Herrn Leutnant über ihren wahren Zustand in Unkenntnis lassen. Aber wie ich schon sagte, ist dies nicht meine Angelegenheit.«

In der Tat. Aber die ihre. Rika spürte, wie ihr die Familie zu entgleiten drohte. Sie schien den Boden unter den Füßen zu verlieren und musste doch gerade jetzt stark und zuversichtlich wirken.

»Ich werde mit meinem Stiefsohn sprechen, Herr Doktor Liebrecht. Wenn ich jetzt zu Fräulein Hesse dürfte?«

Der Arzt nickte. »Gut. Aber es ist eine Ausnahme. Ich muss Sie bitten, künftig zu den festgelegten Besuchszeiten zu erscheinen.«

Er erhob sich, gab ihr die Hand, öffnete ihr die Tür und nannte die Zimmernummer.

Als ich heute Morgen aus dem Haus trat, überkam mich ein Anfall, wie ich ihn lange nicht erlebt habe. Von einem Augenblick zum anderen erschienen mir die Gesichter der Passanten nicht nur fremd, sondern völlig flach und blass, wie schattenhafte Zeichnungen auf weißem Papier. Die Augen dunkle Knöpfe, der Mund ein schmaler Spalt, die Nase zwei Öffnungen ohne Relief. Es war beängstigend, doch ich entschloss mich, diesmal nicht heimzukehren und mich zu verkriechen. Ich betrat einen Laden, dessen Besitzerin ich an der immer gleichen Schürze erkannte, und verlangte eine Tüte Äpfel. Der Einkauf stärkte mich, da ich mich der Herausforderung gestellt hatte.

Der Grund dafür war offensichtlich. Es war, als stünde Rika Hesse neben mir und sagte: Gehen Sie weiter, schauen Sie nicht zurück. Ich bin an Ihrer Seite. *Natürlich war es ein Trugbild, aber ein ungemein starkes Trugbild, wenn es diese Kraft in mir wecken konnte. Auf einmal spürte ich die Gewissheit, dem Tag gewachsen zu sein.*

Ich machte weitere Besorgungen. Auf dem Rückweg kam mir ein Gedanke. Bisher hatte ich mich bei der Arbeit nie aus diesem Viertel hinausbewegt, doch nun erwog ich in meiner neu gewonnenen Kühnheit den Plan, eine Gegend aufzusuchen, in der sich viele Besucher von außerhalb sammelten. Die Friedrichstraße und die Linden beispielsweise. Dort könnte ich Scherenschnitte als Andenken fertigen.

Also holte ich die Ausrüstung und ging die Neue Schönhauser Straße zum Hackeschen Markt hinunter. Einige Leute grüßten mich, und ich grüßte wie immer zurück, um niemanden vor den Kopf zu stoßen. Als ich kurz an einem Zeitungsstand stehen blieb, um eine Schlagzeile zu lesen, spürte ich einen Blick.

Sonderbar, dass man etwas so Körperloses spüren kann. Richten sich die Augen auf ein Ziel, so setzen sie nichts in Bewegung, bringen die Luft nicht in Wallung, erhitzen sie nicht, und dennoch kann man oftmals fühlen, dass man beobachtet wird.

So ging es mir. Ich steckte die Zeitung zurück in den Ständer und drehte mich um, worauf ich mich einem jungen Herrn von gepflegtem Äußeren gegenübersah.

Auf meinen Blick hin fragte er mit angenehmer Stimme: »Verzeihung, kann es sein, dass wir uns kennen?«

Ich musterte seine Gestalt und versuchte, Stimme und Haltung einzuordnen, jedoch vergeblich.

»Bedauere, aber Sie kommen mir nicht bekannt vor«, erwiderte ich, die vertraute Unsicherheit verbergend.

Der junge Mann schüttelte rasch den Kopf, als wäre ihm die Lage peinlich. »Dann muss es sich um eine Verwechslung handeln. Ich bitte um Entschuldigung.«

Mit diesen Worten hastete er davon.

Ich ging nachdenklich weiter und konnte mich des Eindrucks nicht erwehren, dass mir im Nachhinein doch etwas bekannt vorkam. Dann begriff ich. Es war sein Tonfall gewesen.

Rika war entsetzt. Anna sah aus wie eine Fremde. Das blonde Haar war strähnig und glanzlos, die Haut blass, mit dunklen, fast violetten Schatten unter den Augen. Die Hände ruhten kraftlos neben ihr. Sie schaute unverwandt zur Decke und rührte sich nicht, als Rika eintrat.

Die Schuldgefühle, die sie vorübergehend verdrängt hatte, überkamen Rika aufs Neue. Wäre ich nur hiergeblieben, dachte sie, dann hätte ich sie beschützen können.

Vorsichtig trat sie ans Bett und legte die Hand auf Annas. Sie war kalt wie Marmor.

»Anna, Liebes, ich bin es.«

Es dauerte so lange, dass sie schon glaubte, das Mädchen werde sich nicht rühren. Dann drehte sie den Kopf, ganz langsam, als bereite es ihr ungeheure Mühe. Ihre Augen wirkten viel größer als sonst.

»Friedchen?« Nur dieses eine Wort, als Frage formuliert, als könnte sie es nicht glauben.

»Ich bin hier, Liebes.« Rika sah sich nach einem Stuhl um, fand einen Hocker und zog ihn heran. Beim Hinsetzen verfluchte sie ihr enges Kleid. Dann nahm sie Annas Hand in ihre Hände, umschloss sie ganz fest, als könnte sie ihr etwas von ihrer Wärme schenken.

»Du bist da.«

»Ja. Seit gestern. Ich bin spät heimgekehrt. Als ich von – deinem Unfall erfuhr, war es zu spät für einen Besuch.«

»Du bist früh gekommen.«

»Sofort nach dem Aufstehen«, beteuerte Rika. Kurze Sätze, die einen Bogen um das Thema beschrieben, das wie eine Wand zwischen ihnen stand. »Jette hat mir erzählt, was in meiner Abwesenheit vorgefallen ist. Dass Alexander deine Post überwacht und dir verboten hat, allein aus dem Haus zu gehen. Dass du nicht mehr essen wolltest. Es tut mir so leid. Ich werde ihn zur Rede stellen.«

Anna antwortete nicht darauf, sondern drehte den Kopf zum Fenster. »Ich kann nicht gehen.« Der Satz schien von den Mauern widerzuhallen. »Ich habe es versucht. Da bin ich hingefallen.«

»Ich weiß.« Rika suchte nach den richtigen Worten. Gab es sie? »Du hattest einen schweren Unfall. Deine Wirbelsäule wurde verletzt.«

»Du auch?« Annas Kopf schoss so rasch herum, dass Rika zusammenzuckte. »Du redest genau wie Alexander.«

»Wie meinst du das?«

»Er sagt mir nicht die Wahrheit. Glaubt ihr, ich wüsste das nicht? Als ich aufstehen wollte, konnte ich meine Beine nicht bewegen. Ich habe mich hingesetzt und sie genommen, so.« Anna deutete mit den Händen an, wie sie das Bein angehoben hatte. »Als sie aus dem Bett hingen, wollte ich mich hinstellen. Es war … wie nichts. Keine Beine, kein Leben, gar nichts. Auch kein Schmerz. Seither habe ich mir jeden Tag den Schmerz herbeigewünscht. Irgendetwas fühlen, auch wenn es wehtut. Aber da war nichts.«

Annas Augen funkelten. Auf einmal war Leben in ihr und Zorn. Rika war beinahe froh über diesen Zorn, denn alles war besser als die Apathie.

»Vielleicht wollte er dich schonen«, sagte sie ohne rechte Überzeugung.

Anna schüttelte entschieden den Kopf. »O nein, Alexander will mich nicht schonen. Er meint es auch nicht gut mit mir. Er denkt nur an eines: dass Leutnant von Weidenfeld keinen Krüppel heiratet.«

Stephan Rungraths Erleichterung war so groß, dass er in die nächste Kneipe ging und einen Schnaps auf sein doppeltes Glück trank. Der Gedanke an Flemming hatte ihm keine Ruhe gelassen. Von Hesse wusste er, dass der Mann in der Spandauer Vorstadt wohnte. Als die Ungewissheit unerträglich wurde, hatte er sich auf den Weg dorthin gemacht.

Sein Mut war belohnt worden. Er hatte sich in die Höhle des Löwen begeben und war ihm tatsächlich begegnet. Als er ihn am Zeitungsstand entdeckte, hatte Stephan spontan beschlossen, nicht davonzulaufen. Er hatte ihn angesprochen, ihm den unverstellten Blick auf sein Gesicht erlaubt, doch Flemming hatte ihn nicht erkannt. Seine Überraschung hatte vollkommen echt gewirkt. Es war kaum zu fassen.

Stephan stellte sein Glas auf die Theke und genoss das warme Gefühl in der Kehle.

Dann setzte er sich an einen Tisch am Fenster und zwang sich, ruhig nachzudenken. Wenn ihm von Flemming keine Gefahr drohte, wäre er frei. Gewiss, da war noch Hesse, doch sie hatten eine Abmachung getroffen – Stephans Wissen über Flemming gegen Hesses Schweigen. Das war ein Geschäft, mit dem er leben konnte.

29

Als Rika am Nachmittag nach Hause kam, war sie von einer solchen Wut erfüllt, dass sie der armen Jette beinahe den Regenschirm vor die Füße geworfen hätte. »Wo ist der gnädige Herr?«, fragte sie schroff.

Das Hausmädchen deutete auf die Tür des Salons. »Er ist heute früher gekommen, da er gleich Besuch erwartet, gnädige Frau. Herr Rungrath hat sich angekündigt.«

»Dann soll der Besuch bitte warten.«

Sie ließ sich den Mantel abnehmen und eilte in den Salon, wo Alexander Zeitung las. »Ich war bei Anna!«

»Würdest du bitte die Tür schließen?«, sagte er kalt. »Wir wollen doch nicht, dass die Dienstboten klatschen.«

Rika warf die Tür achtlos zu.

»Möchtest du nicht Platz nehmen?«

»Nein. Es gibt Dinge, die sagen sich besser im Stehen.« Sie versuchte, sich zu beruhigen, um ihm keine Angriffsfläche zu bieten.

»Anna hat mir erzählt, dass du ihr die Wahrheit vorenthältst, weil du noch immer auf ein Wunder und damit auf eine Verbindung mit Weidenfeld hoffst.«

»Und wenn dem so wäre?«

Sie ignorierte den Einwurf. »Weiterhin habe ich erfahren, dass du sie während meiner Abwesenheit wie eine Gefangene gehalten hast.«

»Das ist eine maßlose Übertreibung«, erwiderte er gelassen.

»Du hast ihr untersagt, allein aus dem Haus zu gehen, und die Dienstboten angehalten, ihre Post zu überwachen. Wie sonst würdest du dieses Vorgehen bezeichnen?«

»Meine liebe Friederike, es war unabdingbar, gewisse Maßnahmen zu treffen. Du bist dir vielleicht nicht darüber im Klaren, wie weit ihre Schwärmerei für diesen jüdischen Kleiderhändler gediehen ist, aber …«

Sie brachte ihn mit einer Handbewegung zum Schweigen. »Anna ist ein verliebtes junges Mädchen. Sie verdient Verständnis und Einfühlungsvermögen, keine drakonischen Strafen.«

Nun war es mit Alexanders Beherrschung vorbei. »Es geht um den Ruf unserer Familie! Es geht um unseren Aufstieg, unsere Zukunft! Das sollte ein wohlerzogenes junges Mädchen aus gutem Hause durchaus verstehen. Wenn nicht, muss es bei der Erziehung wohl Versäumnisse gegeben haben.«

Für die sie jahrelang verantwortlich gewesen sei, lautete der unausgesprochene Vorwurf.

»Diese Versäumnisse sah ich mich gezwungen zu korrigieren, notfalls mit – wie du zu sagen beliebst – drakonischen Maßnahmen. Sie hat mit ihm korrespondiert, auf sehr private Weise übrigens, wurde ohne mein Wissen von seinen Eltern bei einem jüdischen Festmahl empfangen, hat sich womöglich mit ihm in der Öffentlichkeit getroffen, und das alles hinter unserem Rücken! Wo hast du deinen Verstand gelassen, dass du so etwas dulden konntest? Meine Eltern wären entsetzt, wenn sie wüssten, wie sehr du Annas Wohl vernachlässigt hast.«

In Rika loderte Zorn auf, doch sie hob nicht die Stimme, sondern sagte leise, beinahe flüsternd: »So etwas muss ich mir von niemandem sagen lassen. Ich dulde nicht, dass du mich im Hause deines Vaters beleidigst. *Darüber* wäre er entsetzt gewesen.«

Sie sah, wie eine Veränderung in Alexander vorging. Es war, als liefe eine Welle über sein Gesicht, der Ausdruck wechselte von Wut zu Gier. Gier wonach? Er kam näher, eine Hand ausgestreckt, Schweißperlen über der Oberlippe.

»Friederike – muss es denn so sein? Warum können wir nicht friedlich miteinander umgehen?« Der Wandel war beängstigender als seine Empörung. »Wir können uns gemeinsam um Anna kümmern. Sie braucht jetzt Zuwendung und Trost – wir müssen ihr eine Stütze sein. Wir sollten unsere Kräfte vereinigen, statt gegeneinander zu kämpfen.«

Noch näher. Sein Ausdruck hatte nichts mit den versöhnlichen Worten gemein. Die Gier war greifbar, ihr war, als könnte sie seinen Schweiß riechen. Dann hatte er ihren Unterarm ergriffen.

Rika wich zurück, doch die Finger gruben sich tief in ihr Fleisch. »Du tust mir weh.«

Er schüttelte den Kopf. »Nie, nie würde ich dir wehtun. Weißt du noch, wonach ich dich vor einiger Zeit fragte? Ob du dir eine Verbindung zwischen uns vorstellen kannst? Nun, da Anna auf unsere Hilfe angewiesen ist, muss die Familie enger zusammenstehen denn je. Das Arrangement wäre ideal – du, ich und Anna beschützt in unserer Mitte.«

Ihr Entsetzen war so groß, dass keine Worte mehr kommen wollten. Ihr Mund bewegte sich, doch sie brachte nichts heraus. Noch immer hielt Alexander ihren Arm umklammert.

»Lass mich los!«

Nichts.

»Lass mich sofort los!«, stieß sie hervor. »Du bist armselig und berechnend und nur auf deinen Vorteil bedacht. Du verkaufst deine eigene Schwester, obwohl wenn du genau weißt, dass du sie mit dieser Heirat unglücklich machst.«

»Das verstehst du nicht«, knurrte er. »Auf romantischer Schwärmerei kann man kein Leben aufbauen; das solltest gerade du dir vor Augen führen.«

»Was soll das heißen?«

Er war so nah, dass sie seinen Atem auf ihrem Gesicht spürte. »Muss ich wirklich deutlicher werden?«

Der Schmerz in ihrem Arm wurde unerträglich.

»Wenn du mich nicht loslässt, schreie ich. Dann haben die Dienstboten auf jeden Fall etwas zu klatschen.«

Unwillig lockerte er seinen Griff, worauf sie mit einer heftigen Bewegung ihren Arm wegzog. Rika knöpfte die Manschette ihres Kleides auf und strich über den rotblauen Striemen, der sich wie ein perverses Schmuckstück um ihren Unterarm wand.

Als sein Blick darauf fiel, wurde er blass. »Das … Das habe ich nicht gewollt, Friederike.«

»O doch«, sagte sie ausdruckslos. »Das hast du. Um mir zu zeigen, wer in dieser Familie die Macht hat.« Sie staunte, wie ruhig sie auf einmal war. Der Zorn war verflogen, zurück blieb nur Verachtung. »Ich weiß nicht, was du mit deiner Bemerkung vorhin bezweckt hast, aber eins solltest du wissen: Ich habe deinen Vater aus Zuneigung und Vernunft geheiratet, und wir haben eine gute Ehe geführt. Aber ich werde kein zweites Mal aus diesen Gründen heiraten, auch wenn deine Verachtung für die sogenannten romantischen Schwärmereien noch so groß sein mag. Und noch eins: Lieber würde ich für den Rest meines Lebens allein bleiben, als deine Frau zu werden.«

Sein Blick verriet, dass sie ihn getroffen hatte.

»Wenn ich in diesem Haus bleibe, tue ich es nur für Anna. Könnte ich sie guten Gewissens mit dir allein lassen, würde ich sofort gehen.«

Er sah sie entgeistert an. »Eine solche Kälte habe ich noch nie an dir erlebt.«

»Je lodernder der Zorn, desto stärker die Kälte, die auf ihn folgt. Wir müssen Vorbereitungen treffen. Sobald die akuten Verletzungen verheilt sind, wird Anna aus dem Krankenhaus entlassen.«

Alexander schien froh über den Themenwechsel. »Natürlich hoffe ich noch immer, dass wir einen Spezialisten finden, der Anna helfen kann. Aber das wird Zeit in Anspruch nehmen. Bis dahin müssen wir eine Lösung finden.« Er räusperte sich. »Da ihr euch so nahesteht, habe ich mir gedacht, dass es in deinem Sinne sein würde, Anna zu Hause unterzubringen. Natürlich gibt es Einrichtungen …«

Rika unterbrach ihn schroff. »Einrichtungen? Was meinst du damit?«

»Sanatorien. Private Pflegeheime.«

»Das kommt nicht infrage. Anna wird zu Hause wohnen. Als Erstes müssen wir ihr ein Zimmer im Erdgeschoss einrichten, damit sie sich frei im Haus bewegen kann. Ein niedrigeres Bett muss besorgt werden, bequeme Sitzgelegenheiten …«

»Du willst das alles selbst übernehmen?«, fragte Alexander überrascht.

»Wir stellen eine Krankenpflegerin ein, die mich vertritt, wenn ich außer Haus zu tun habe.«

»Das ist eine große Aufgabe, Friederike. Ich weiß es zu schätzen, dass du dich so selbstlos um meine Schwester kümmern willst.«

Rika sah ihn verwundert an. Sein plötzlicher Sinneswandel machte sie misstrauisch. »Ich habe nicht vor, zur Einsiedlerin zu werden. Und sobald Anna sich mit ihrer Lage abgefunden und neuen Lebensmut geschöpft hat, wird sie mich begleiten.«

»Ich bin einverstanden«, sagte er.

»Dann ziehe ich mich zurück«, sagte Rika und griff unbewusst nach ihrem schmerzenden Arm.

Ob ich sie einmal zum Essen einladen sollte? Es wäre schön, sie in einer anderen Umgebung zu treffen. Sie setzt ihren Ruf aufs Spiel, wenn sie zu mir kommt. Andererseits bedeutet es vielleicht auch Freiheit für sie. Es gehört Mut dazu, und den scheint sie in besonderem Maße zu besitzen.

Ich spüre, dass sie etwas für mich empfindet. Wie bei einem Blinden, der ein geschärftes Gehör besitzt, sind auch meine Sinne empfänglicher geworden für Strömungen, die andere Menschen aussenden. Es ist nichts Greifbares, das man messen könnte, und doch trügt es mich weit weniger als meine Augen.

Aber was denke ich da? Mit welchen Absichten würde ich sie einladen – ein Mann, der auf der Straße Scherenschnitte verkauft? Ich habe mich nie für meine Tätigkeit geschämt, und nichts an ihr ist verwerflich. Doch wenn ich bedenke, wer ich einmal war und wo man mich empfangen hat – aber davon weiß sie nichts.

Wenn sie zu mir kommt, kommt sie zu einem Scherenschneider, der gelegentlich auch Bilder malt. Sie sieht mich so, wie ich heute bin. Das sollte ich als gutes Zeichen nehmen.

Helene Löwenstein sah von ihrer Stickarbeit auf. »Dir geht doch etwas im Kopf herum, Jakob.«

Ihr Mann klopfte seine Pfeife im Aschenbecher aus, griff zur Tabaksdose und fing an, sie neu zu stopfen. Er ließ sich Zeit und schwieg, bis er die Pfeife angezündet hatte, paffte und eine Rauchwolke zur Decke steigen ließ.

»Natürlich, mein Herz. Das Gleiche wie dir, möchte ich annehmen. Unser Junge ist unglücklich, und das bereitet uns beiden Sorgen.«

Sie schaute ihn liebevoll an. Auch nach all den Jahren überraschte Jakob sie immer wieder mit seiner Sanftmut und seinem Einfühlungsvermögen, beides Eigenschaften, mit denen wahrlich nicht viele Männer gesegnet waren. Er wurde nie laut, hörte anderen zu, ging auf ihre Nöte ein und war nie nur auf seinen eigenen Vorteil bedacht. Daher teilte Jakob auch die Sorge um ihren Sohn, der seit Wochen bedrückt umherlief, seinen Kummer aber nicht offenbaren wollte.

Sie ahnten wohl, dass es mit dem jungen Fräulein Hesse zusammenhing, einem wirklich reizenden Mädchen. Leider war sie nach jenem Abendessen nicht mehr zu Besuch gekommen, und es trafen seit Längerem auch keine Briefe mehr von ihr ein.

»Ob Ida mit ihm sprechen sollte?«, fügte Herr Löwenstein nach längerem Überlegen hinzu. »Er hängt sehr an ihr und legt Wert auf ihre Meinung.«

Helene Löwenstein wiegte skeptisch den Kopf. »Ich weiß nicht recht. Du kennst sie doch. Falls sie den Eindruck hat, das Mädchen mache ihren Bruder unglücklich, wird sie sagen, er solle sie zum Teufel jagen.«

Sie mussten beide unfreiwillig lachen. Die wilde Ida war der aufbrausende Gegenpol zu ihrem stillen Bruder und hatte ihn schon in der Kindheit gegen Raufbolde in Schutz genommen. Sie würde niemals dulden, dass eine andere Frau ihren Bruder verletzte. Andererseits – sie war so oft außer Haus, dass ihr sein stiller Kummer womöglich noch gar nicht aufgefallen war. Vielleicht lohnte es einen Versuch.

»Sie ist in ihrem Zimmer«, sagte Herr Löwenstein, der wie so oft das Gleiche dachte wie seine Frau. »Sie lernt für ihre Prüfungen. Aber nun dürfte Zeit für eine kleine Teepause sein. Würdest du sie bitte herunterholen?«

Frau Löwenstein bestellte Tee und begab sich ins Zimmer ihrer Tochter, die sie über den Schreibtisch gebeugt vorfand. Sie staunte immer wieder, wie sehr sich Ida in Bücher vertiefen konnte, die ihr selbst entsetzlich trocken erschienen. Sie las gern Romane, doch die wissenschaftlichen Werke, mit denen sich ihre Tochter beschäftigte, besaßen keinen Reiz für sie. Nun gut, sie hatte entschieden, Lehrerin zu werden, und so sollte es sein.

»Vater und ich möchten mit dir sprechen. Komm bitte ins Wohnzimmer.«

Überrascht stand Ida auf, als sie den Ernst in der Stimme ihrer Mutter hörte.

Als der Tee serviert war, nahmen Eltern und Tochter Platz.

Sie berichteten von ihren Sorgen um David, worauf Ida tatsächlich verwundert fragte: »War ich wirklich so in meine Studien vertieft, dass ich es nicht bemerkt habe? Es muss wohl so sein«, beantwortete sie die Frage selbst. »Gewiss kann ich mit David sprechen. Aber … ihr glaubt, die Ursache könnte das nette Fräulein Hesse sein? Ich fand sie reizend, wenn auch ein wenig zurückhaltend.«

»Was im Vergleich zu dir auf fast jede Frau zutreffen dürfte«, versetzte ihr Vater mit einem Lächeln, das nicht ohne Stolz war. »Aber wir sind tatsächlich der Ansicht, es könnte ein Zerwürfnis zwischen ihnen gegeben haben, von dem er uns nichts erzählen möchte. Auch bei der Arbeit ist er nicht mehr mit dem Herzen dabei. Er begeht keine Fehler, seine Berechnungen sind untadelig, und doch leistet er nicht mehr, als er muss. Früher hat er immer mehr gegeben, ist abends länger geblieben, hat noch eine Idee beigetragen.«

Ida warf ihrem Vater einen liebevollen Blick zu. »Natürlich geht es dir vor allem um die Geschicke der Firma.«

Ihre Augen trafen die ihrer Mutter.

»Gewiss, dein Vater möchte die Arbeitskraft deines Bruders erhalten«, entgegnete diese.

»Warum nur habe ich das untrügliche Gefühl, dass sich meine Frauen über mich lustig machen?«, fragte Jakob Löwenstein und zog an seiner Pfeife.

»Frau Wendland, ich mache mir Sorgen um unsere liebe Rika«, erklärte der Galerist und legte das Besteck beiseite. »Sie hat lange nichts von sich hören lassen.«

»Gewiss. Ihr letzter Besuch liegt wirklich schon fast vier Wochen zurück, aber sie führt ein großes Haus. Vielleicht war sie einfach zu beschäftigt.«

Der Galerist wiegte nachdenklich den Kopf. »Nein, das ist zu einfach. Überlegen Sie, wie sehr es sie bei ihrem letzten Besuch drängte, etwas über den Maler herauszufinden. Sie hat mir nicht einmal Bescheid gegeben, ob sie dem alten Jentgens geschrieben hat.«

»Sicher hat sie Ihren Rat befolgt. Sie hätte alles getan, um etwas über diesen Mann zu erfahren, das war doch offensichtlich.«

Sein fragender Blick machte Fanny ungeduldig. »Stellen Sie sich nicht so dumm, mein Lieber. Als wären Sie niemals jung gewesen. Unsere Rika hat sich in den Mann verliebt. Natürlich mag es mit dem Interesse an seinen Bildern begonnen haben, das will ich gar nicht bestreiten, aber es ist zweifellos darüber hinausgewachsen.«

»So habe ich es noch gar nicht betrachtet«, erwiderte Wendland erstaunt.

»Sie sind ein Mann, Herr Wendland«, bemerkte seine Frau mit mildem Lächeln. »Ihnen mag der angeborene Instinkt für solche Empfindungen fehlen, aber eine Frau erkennt so etwas.« Sie zögerte. »Meine Neugier ist allerdings ähnlich groß. Was halten Sie davon, wenn Sie der guten Rika einen kleinen Brief schreiben und sich nach ihrem Befinden erkundigen? Eine Einladung zum Tee wäre auch nicht schlecht.«

Ohne ein weiteres Wort griff er zu Papier und Feder.

30

Rika hatte die Vorbereitungen, die für Annas Ankunft zu treffen waren, unterschätzt. Allein das Umräumen der Zimmer nahm mehrere Tage in Anspruch, da gleichzeitig ein Großreinemachen vorgenommen und die Räume mit einem neuen Anstrich versehen wurden. Bis die Farbe getrocknet war, konnten die Möbel nicht aufgestellt werden. Danach klopften Jette und das zweite Hausmädchen Martha den Staub aus den Vorhängen, lüfteten gründlich und wischten die Dielen feucht, bevor sie gebohnert wurden, bis sie glänzten. Rika ließ mehrfach die Möbel verschieben, bis alles zu ihrer Zufriedenheit arrangiert war.

Sie hatte einen Rollstuhl in Auftrag gegeben, ohne Alexander um Rat zu fragen, der ihr seit der Auseinandersetzung aus dem Weg ging. Der Stuhl sollte einen straff gepolsterten Sitz und eine gerade Lehne haben, um Rückenschmerzen zu vermeiden. Immerhin würde Anna einen großen Teil ihrer Tage in diesem Gefährt verbringen. Außerdem hatte Rika eine Art Barren entworfen, zwei Holzstangen auf robusten Ständern, an denen Anna Übungen machen sollte, um ihre Muskeln zu kräftigen. Sie holte Rat bei Ärzten und Apothekern ein und erkundigte sich sogar bei einem Turnverein, ob es besondere gymnastische Übungen gebe, die Anna zur Stärkung ihrer Muskelkraft durchführen konnte. Das alles leitete sie in nur acht Tagen in die Wege.

Wenn sie nicht gerade mit den Vorbereitungen beschäftigt war, saß sie an Annas Bett, las ihr vor, brachte Briefe von Freundinnen mit. Anna lehnte jeden anderen Besuch ab, obwohl der Arzt inzwischen keine Einwände mehr hatte.

»Ich will kein Mitleid. Ich will nicht, dass jemand mich so sieht«, war die immer wiederkehrende Antwort.

Mit Alexander sprach Rika nur das Allernötigste; in der Firma war sie seit ihrer Rückkehr aus Gladbach nicht gewesen. So gelang es ihr, sich zwei Wochen lang abzulenken und die dunklen Gedanken zurückzudrängen, die tief in ihr lauerten.

Als alles erledigt war, stand sie allein in Annas neuem Zimmer und sah sich um. Obwohl die Wände hellblau gestrichen und die Möbel hübsch angeordnet waren, sodass der Raum fast wie das alte Zimmer aussah, kamen ihr plötzlich die Tränen. Unvermittelt brachen die Fragen, die sie so lange unterdrückt hatte, hervor. Sie konnte ihnen nicht länger ausweichen.

Was sollte aus Anna werden? Würde sie den Rest ihres Lebens in der Villa Hesse verbringen, als Invalidin, die ihre längst verheirateten Freundinnen zum Tee einlud und deren mitleidige Blicke ertrug, bis diese sich verabschiedeten und zu ihren Familien heimkehrten? Welcher Beschäftigung sollte sie nachgehen? Das Mädchen konnte nicht den ganzen Tag mit Lesen und Handarbeiten zubringen, daran würde sie zugrunde gehen. Vor allem aber – wer würde sie betreuen?

Bin ich mit ihr an dieses Haus gefesselt? Werde ich sie wie die Tochter pflegen, die ich selbst nie haben werde?

Rika schlug entsetzt die Hand vor den Mund, als wollte sie die unausgesprochenen Worte einfangen.

Die Sehnsucht nach Anthonis war auf einmal so stark, dass es ihr den Atem nahm. Sie musste sich auf die Hand beißen, um nicht laut zu schreien. Sie hatte ihn seit zwei Wochen nicht gesehen, ihm nicht einmal geschrieben. Was mochte er denken?

Dass sie ihn benutzt hatte, um Alexander zu demütigen? Dass sie launisch war und ihre Zuneigung willkürlich und unberechenbar verschenkte?

Wenn sie nur jemanden um Rat fragen könnte, am liebsten eine andere Frau, ihre Mutter. Plötzlich fühlte sie sich sehr einsam.

Sie setzte sich auf einen Stuhl, legte den Arm auf die Lehne und bettete den Kopf darauf. Wo war ihre Kraft geblieben? Die Selbstsicherheit, die sie bei ihrer Rückkehr aus Gladbach empfunden hatte? Das Glück, das sie in Anthonis' Nähe gespürt hatte? Sie bezweifelte, ob ihre Kraft für Anna und sich selbst ausreichte.

Rika glaubte nicht an schicksalhafte Fügungen, doch als Jette an die Tür klopfte und den Brief brachte, der soeben mit der Post gekommen war, geriet ihre Meinung ins Wanken.

Zufrieden bemerkte Alexander, wie Friederike in den Vorbereitungen für Annas Heimkehr aufging. Sie fand keine Zeit, um in die Spandauer Vorstadt zu fahren, und wenn es nach ihm ging, konnte das auch so bleiben.

Es klopfte. »Herein.«

Bettina Credner trat ein. »Sie haben mich rufen lassen, Herr Hesse?«

»Bitte.« Er deutete auf den Stuhl vor seinem Schreibtisch.

Sie setzte sich und schaute ihn erwartungsvoll an. In der Firma sprach man natürlich über Fräulein Hesses Schicksal, wenngleich man das wahre Ausmaß ihrer Verletzungen nicht kannte.

»Sie haben vielleicht von dem tragischen Unfall meiner Schwester gehört«, sagte Alexander.

Fräulein Credner nickte, schwieg aber, da sie nicht neugierig erscheinen wollte.

»Meine Stiefmutter hat sich entschlossen, sich selbst um

Anna zu kümmern, damit sie nicht in der fremden Umgebung eines Sanatoriums oder Pflegeheims leben muss, was ich als sehr edelmütig empfinde.«

Fräulein Credner nickte erneut, obgleich sie Friederike Hesse nicht mit dem Wort Edelmut in Verbindung gebracht hätte. Doch wenn Herr Hesse ihr Tun so betrachten wollte, würde sie ihm nicht widersprechen.

»Das heißt natürlich, dass sie ihre Aufgaben in der Firma nicht mehr in dem Maße wahrnehmen kann wie bisher. Ihre Reise nach Gladbach war durchaus erfolgreich; wir werden künftig mit der Firma Rungrath zusammenarbeiten. Die Entwürfe für die neue Saison möchte ich jedoch in Ihre Hände legen, Fräulein Credner, um meine Stiefmutter zu entlasten. Mit dieser Vertrauensposition ist im Übrigen auch eine Erhöhung Ihrer Bezüge verbunden.«

Fräulein Credner war rot geworden. »Herzlichen Dank, Herr Hesse. Ich werde mich bemühen, Ihr Vertrauen nicht zu enttäuschen.«

Rika hatte Adolph Wendlands Brief mit Tränen in den Augen gelesen. Dass er in eben jenem Moment eintraf, in dem sie sich so verlassen gefühlt und nach dem Rat einer Mutter gesehnt hatte, war wie ein Wunder.

Am nächsten Tag fuhr sie, nachdem sie bei Anna im Krankenhaus gewesen war, zur Galerie. Sie wollte Wendlands nicht in der Villa empfangen.

Fanny Wendland hatte ihren köstlichen Apfelkuchen gebacken, der noch warm auf den Tisch kam. Hier gab es nie Bohnenkaffee, sondern immer Tee, was Rika freute, da Tee für sie ein tröstliches Getränk war, so wie heiße Schokolade für Kinder.

Wendlands hörten geduldig zu, als sie von ihrer Reise berichtete, und für kurze Zeit konnte Rika Annas Leid vergessen. Sie zögerte einen Moment, bevor sie von Paul Flemming erzählte, doch wenn sie jemandem vertrauen konnte, dann diesen beiden.

»Hm, das klingt seltsam«, meinte Fanny Wendland. »Sicher hängt es mit dem Unfall zusammen. Nach einer Kopfverletzung können die merkwürdigsten Störungen des Befindens auftreten.«

»Da haben Sie recht«, pflichtete ihr Ehemann ihr bei. »Bekannt sind doch die Geschichten von Soldaten, die nach einer Verletzung einen Gedächtnisverlust erlitten haben. Vielleicht ist Ihrem Maler etwas Ähnliches zugestoßen.«

Rika überlegte und schüttelte den Kopf. »Nein, bei ihm ist es anders. An Ereignisse kann er sich ohne Weiteres erinnern. Es hat mit Gesichtern zu tun. Er hat mich bei meinem ersten Besuch nicht erkannt, obwohl wir uns kurz zuvor eine ganze Weile unterhalten hatten. Und er malt keine Gesichter mehr. Als ich ihn nach meiner Rückkehr aufgesucht habe, nahm ich mit Absicht den Hut ab, damit er meine Haare sehen konnte. Er hat mich sofort erkannt.«

»Ihre Haarfarbe ist in der Tat auffällig, meine Liebe«, sagte Adolph Wendland. »Sie meinen also, er orientiere sich an Äußerlichkeiten wie Haaren …«

»… oder Körperhaltung und Gang«, fügte Rika hinzu. »Ja, das glaube ich. So wie sich ein Blinder an Stimmen und Geräuschen orientiert. Gesichter nützen ihm nichts.«

»Interessant. So etwas habe ich noch nie gehört, aber es klingt schlüssig. Haben Sie überlegt, mit einem Arzt darüber zu sprechen?«

In diesem Augenblick schien sich eine Wolke vor die Sonne zu schieben. Die Charité, dachte sie. Ich habe es noch gar nicht erzählt.

Also berichtete sie von Annas Unfall und wie sie nichtsahnend von ihrer Reise zurückgekommen war, von der Auseinandersetzung mit Alexander und den Vorbereitungen, die sie für die Rückkehr des Mädchens getroffen hatte.

Fanny Wendland sah sie durchdringend an. »Haben Sie sich das gründlich überlegt, liebe Rika? Es zeugt von Ihrem guten Herzen, dass Sie sich selbst um Ihre Stieftochter kümmern wollen, aber sie hat einen schweren Schicksalsschlag erlitten und muss ihr Leben völlig neu ordnen. Es kann lange dauern, bis sie sich mit ihrer Lage abgefunden hat. Glauben Sie, dass Sie diese Herausforderung allein bewältigen können?«

Rika biss sich auf die Lippen, konnte die Tränen aber nicht unterdrücken. Es tat gut, endlich zu weinen, und als Fanny Wendland sie an ihre Brust drückte und ihr übers Haar strich, war es, als wäre ihre Mutter zurückgekehrt.

»Schon gut, weinen Sie.«

Rika weinte um Anna und alles, was sie nie mehr tun konnte, doch sie weinte auch um sich und um die Zeit, die sie nicht mit Anthonis verbringen würde.

»Jetzt hören Sie mir zu«, sagte Fanny ungewohnt streng und hielt Rika ein Stück von sich weg. Adolph Wendland reichte ihr diskret ein Taschentuch mit rotem Monogramm.

»Wenn Sie sich so entschieden haben, will ich Ihnen nicht hineinreden«, erklärte sie. »Aber eines müssen Sie mir versprechen, Rika: Sie dürfen sich selbst nicht vergessen. Sie haben ein Recht auf ein eigenes Leben.« Fanny schaute sie prüfend an. »Das ist noch nicht alles, oder?«

Rika konnte nicht an sich halten. »Herr Hesse hat mich vor einiger Zeit gebeten, seine Frau zu werden.«

»Er hat Sie …?« Wendland verstummte mitten im Satz. »Ich pflege Umgang mit Künstlern und lege keine strengen moralischen Maßstäbe an. Dass in Kreisen wie den Ihren ein junger Mann die Witwe seines Vaters zur Frau nehmen möchte, erscheint mir jedoch sonderbar.«

»Was haben Sie ihm geantwortet, meine Liebe?«, wollte Fanny Wendland wissen.

»Gar nichts. Ich hatte mir Bedenkzeit erbeten, aber eine Heirat ist völlig ausgeschlossen. Nicht aus moralischen Erwägungen – wenn ich wirklich etwas für ihn empfände, hätten diese mich nicht daran gehindert, ihm meine Zuneigung zu schenken.«

»Das hätte mich auch gewundert«, warf Fanny ein. »Sie sind keine Frau, die ihre Gefühle moralischen Zwängen unterwirft.«

Rika konnte ein Lächeln nicht unterdrücken, als sie an Anthonis dachte. »Ich habe seinen Vater aus Gründen geheiratet, die ich vor mir selbst rechtfertigen konnte, und eine gute Ehe mit ihm geführt. Ich verdanke ihm viel – nicht nur materielle Dinge; er hat mir auch Selbstvertrauen geschenkt. Dafür bin ich ihm unendlich dankbar. Doch war es keine Liebesheirat. Für mich steht fest, dass ich eine zweite Ehe nur aus Liebe eingehen würde.«

»Und Sie lieben Herrn Hesse nicht«, vollendete Adolph Wendland, der etwas verlegen wirkte, da das Gespräch eine so persönliche Wendung genommen hatte.

»So ist es.«

»Aber einen anderen«, bemerkte Fanny Wendland gelassen. Es war keine Frage.

Rika sah sie beinahe erschrocken an. »Ist das so offensichtlich?«

»Für mich schon. Aber ich bin auch eine Frau mit Lebenserfahrung, liebe Rika. Ihre Liebe zur Kunst in allen Ehren, aber das Interesse, das Sie diesen Bildern von Anfang an entgegengebracht haben, hat mich gewisse Schlüsse ziehen lassen.«

»Sie haben recht. Leider ist alles so schwierig. Einerseits spüre ich, dass Anthonis mir nicht gleichgültig gegenübersteht, und das macht mich glücklich. Andererseits gibt es vieles, das uns trennt – seine Lebensweise, die sich von der meinen sehr unterscheidet.« Es fiel ihr schwer, ihre Sorgen in Worte zu fassen. »Vor allem aber … habe ich Angst, ihm zu sagen, was ich über ihn weiß. Er hat sich große Mühe gegeben, seine Vergangenheit zu verbergen. Offenbar nutzt er die Anonymität dieser Stadt, um unerkannt zu bleiben. Ich hingegen habe alles darangesetzt, seine selbst gewählte Anonymität zu durchbrechen.« Sie zögerte. »Es könnte ihm wie ein Verrat erscheinen.«

Adolph Wendland strich sich nachdenklich übers Kinn. »Damit könnten Sie womöglich recht haben, meine Liebe. Wenn ich mich – was zugegeben nicht einfach ist – in seine Lage versetze, würde es mich womöglich kränken, wenn eine Frau versuchte, diese sorgsam errichtete Mauer zu durchdringen.«

»Aber es wäre letztlich zu Ihrem Besten«, warf Fanny ein.

»Ich kann mir gut vorstellen, dass Sie ebenfalls so gehandelt hätten, Frau Wendland. Vor einer Frau wie Ihnen kann ein Mann keine Geheimnisse haben«, entgegnete der Galerist trocken.

Rika merkte, wie sie unruhig wurde. »Verzeihen Sie, aber ich muss mich jetzt leider verabschieden«, sagte sie leise und hob abwehrend die Hand, als Wendlands sie zum Bleiben bewegen wollten. »Bitte nehmen Sie es mir nicht übel. Die Einladung und Ihre Anteilnahme haben mich sehr getröstet, mehr noch, glücklich gemacht. Doch es gibt einiges, über das ich nachdenken muss.«

Schweigend gaben die beiden ihr die Hand, und Fanny Wendland drückte sie einen Augenblick an sich.

»Lassen Sie uns nicht wieder so lange im Ungewissen, liebe Rika«, mahnte Herr Wendland.

»Nein, das verspreche ich Ihnen. Wenn etwas geschieht, werden Sie davon erfahren.«

Die beiden blieben in der Tür stehen und sahen ihr nach, als sie im Schein der Gaslaternen in eine Mietdroschke stieg und sich noch einmal umdrehte, um ihnen zu winken.

»Manchmal bin ich froh, nicht mehr jung zu sein«, sagte Fanny zu ihrem Mann. »Kommen Sie, Herr Wendland, es wird kühl.«

Anthonis wusste nicht, wie er den Weg nach Hause gefunden hatte. Die Schmerzen hatten sich seit Tagen angekündigt, waren an- und abgeschwollen wie ein ferner Klang, der nicht bis ins Bewusstsein vordrang. Auf dem Heimweg vom Prater Garten, wo er einen der letzten sonnigen Nachmittage genutzt hatte, war plötzlich eine weiß glühende Flamme durch seinen Kopf gezuckt. Er schloss die Augen und atmete tief ein und aus, was manchmal half. Diesmal nicht. Er nahm alle Kraft zusammen und ging weiter, die rechte Hand nah an den Hausmauern, um sich notfalls abzustützen.

Nach dem Unfall waren die Kopfschmerzen unerträglich gewesen, hatten im Zuge der Heilung jedoch nachgelassen. Oft war er sogar völlig frei von Schmerzen, wodurch er sich in gefährlicher Sicherheit wiegte. Überfielen sie ihn dann unvermittelt, war der Schock umso größer.

Er zwang sich, weiterzugehen, obwohl jeder Schritt in seinem Kopf vibrierte. Selbst das Denken schien wehzutun. Aber es ließ sich nicht abstellen. Wer nicht dachte, war tot.

Dann begann es ihm vor den Augen zu flimmern. Er versuchte, sich auf die Schlagzeile einer Zeitung zu konzentrieren, sah aber nur ein Muster aus wogenden Mosaiksteinen, die wie ein bunter Schal im Wind flatterten. Es schob sich vor die Buchstaben und hinterließ leere graue Stellen, wo Wörter hätten sein sollen.

Der Unfall könne dauerhafte Kopfschmerzen auslösen, die Migräneanfällen nicht unähnlich seien, hatte einer der Krankenhausärzte gesagt. Für Anthonis war Migräne früher ein Leiden gewesen, mit dem sich Damen bei unliebsamen gesellschaftlichen Anlässen entschuldigten.

Er versuchte, sich auf den Weg zu konzentrieren, doch die Straßengeräusche, die von allen Seiten auf ihn eindrangen, waren grotesk verzerrt, sodass er sich am liebsten die Ohren zugehalten hätte. Er umfasste die Tasche mit Pappe und Scheren fester und schaute angestrengt auf das Pflaster zu seinen Füßen, um die Umgebung auszublenden.

Am Rosenthaler Platz geschah es. Er war so vertieft, dass er die heranfahrende Straßenbahn nicht bemerkte. Sie verkehrte bereits seit drei Jahren auf dieser Strecke, doch er bewegte sich wie durch einen Nebel.

Erst das Kreischen der Bremsen und das Gebrüll des Schaffners vertrieben die Lethargie.

»Döskopp! Wolln Se sich umbringen? Ick jloob's nich – übersieht jlatt ne Straßenbahn! Wie jroß solln wer se denn noch bauen?«

»Verzeihung«, sagte Anthonis und fixierte den Schaffner mit Mühe. »Ich hab nicht aufgepasst.«

»Nich uffjepasst? Det is ja noch schöner. Ick werd Ihnen sagen, wat Se sind – besoffen am helllichten Tag sind Se, jawoll!« Fluchend stieg der Mann ein und ließ die Bahn anfahren.

Einige der Umstehenden schüttelten den Kopf. Anthonis hätte lachen müssen, wenn er sich nicht so elend gefühlt hätte.

Er hat recht – ich muss aufpassen, dachte er und ging wie betäubt weiter. Es wurde langsam dunkel, was seinen Augen guttat. Je heller das Licht, desto stärker die Schmerzen.

Aus einem Hauseingang glitt eine Prostituierte mit flammend rotem Haar, vermutlich gefärbt, und doch löste sie etwas in ihm aus. Rotes Haar, Rika Hesse.

Vor über zwei Wochen war sie bei ihm gewesen. Danach – nichts mehr. Er hatte die Enttäuschung verdrängen wollen, es als Laune ihrerseits abgetan, sich familiäre Schwierigkeiten ausgemalt, die sie daran hinderten, ihm zu schreiben oder ihn aufzusuchen. Vergeblich. Denn er hatte deutlich gespürt, dass etwas zwischen ihnen gewachsen war, eine Vertrautheit, wie er sie noch bei keiner Frau empfunden hatte.

Auch nicht bei Elise.

Wie lange hatte er nicht mehr an sie gedacht. Weil die Erinnerung nichts in ihm auslöste. Ein bisschen Mitleid war alles, was er aufbringen konnte. Kein Bedauern, keine sentimentalen Empfindungen, kein Schuldbewusstsein. Es hatte ihm leidgetan, dass er sie gekränkt und verletzt hatte, doch war ihm sein eigener Verlust um vieles größer erschienen. Das Gefühl des Verirrtseins in der Welt war stärker als seine Zuneigung gewesen, und er hatte ihr nicht genug vertraut.

Gab es überhaupt jemanden, dem er vertraute – außer Isidor? Nein, die Frage musste lauten: Würde er sich Rika Hesse anvertrauen? Würde es überhaupt noch eine Gelegenheit dazu geben?

Er war fast zu Hause. Nur noch wenige Meter, dann konnte er in die Dunkelheit des Hinterhofs tauchen, die Treppe hinaufsteigen und …

Er hatte immer einen kleinen Vorrat an Morphin im Haus, das man ihm in der Zeit unmittelbar nach dem Unfall verabreicht hatte. Er hob es für die ganz seltenen Tage auf, an denen die Schmerzen so unerträglich wurden, dass er fürchtete, den Verstand zu verlieren. Das kam zum Glück nur selten vor.

Denn er wusste, dass die willkommene Linderung eine zweite Seite, ein dunkles Gesicht besaß – den Sog, der unwiderstehlich werden konnte. Der Arzt, der es ihm im Krankenhaus verabreichte, hatte ihn vor der Gefahr einer Sucht gewarnt. Und man erzählte sich, dass im letzten Frankreich-Krieg viele Soldaten, die mit der Droge behandelt worden waren, später nicht mehr davon loskamen.

Das nicht, dachte er. Ich darf mich nicht verlieren.

In der Wohnung warf er die Tasche auf einen Stuhl, die Jacke hinterher, ging an den Schrank, in dem er seine Kleider und persönlichen Besitztümer aufbewahrte, und nahm mit zitternden Händen die kleine Flasche heraus, die er hinter seinen Hemden aufbewahrte. Dann gab er die Tropfen in ein Glas Wasser, sorgsam, um nichts zu verschütten, und trank es in einem Zug aus.

Er legte den Hemdkragen ab, öffnete die obersten Knöpfe und ließ sich aufs Bett fallen. Er schloss die Augen. Die Sehstörungen hatten nachgelassen, doch der Schmerz tobte noch immer unerbittlich in seinem Schädel. Er versuchte, ganz still zu liegen und an etwas Beruhigendes zu denken, wie er es immer tat.

Doch das, was sein Denken gefangen hielt, war alles andere als beruhigend.

31

Es war, als nähme das Wetter Rücksicht auf Anna Hesse und strebe schon dem Herbst entgegen. Sie war seit einigen Tagen zu Hause. Über der Villa lag eine Stille, wie man sie nur nach Conrad Hesses Tod erlebt hatte. Rika bemühte sich um das Mädchen, brachte ihr Briefe und Geschenke, die man für sie abgegeben hatte, erzählte ihr den neuesten Klatsch aus der Gesellschaft und zeigte kühne Entwürfe für Kleider, die sie in den Abendstunden aus Muße gezeichnet hatte und die vermutlich niemals Wirklichkeit werden würden, doch Annas Miene blieb reglos.

Sie antwortete höflich, wenn sie angesprochen wurde, und bedankte sich, wann immer man ihr half, obwohl Rika ihr erklärt hatte, dass dies nicht nötig sei. Sie verlangte ständig nach Rika und drehte den Kopf weg, sobald ihr Bruder das Zimmer betrat. Die vertraute Umgebung schien die Erinnerung an die dunkle Zeit vor dem Unfall heraufzubeschwören, und Anna weigerte sich entschieden, ihrem Bruder sein Verhalten zu verzeihen.

Rika begegnete ihr mit großer Geduld, musste sich aber bald eingestehen, dass es über ihre Kräfte ging, sich allein um Anna zu kümmern. Daher war sie froh, als die Krankenpflegerin ihren Dienst antrat.

Die robuste Ostpreußin hielt viel von frischer Luft und gutem Essen und war gekränkt, als Anna sich ihren Bemühungen widersetzte. Rika erklärte ihr freundlich, dass die Pflege einer unheilbar Kranken, was Anna in gewisser Weise war, andere Anforderungen stelle als die eines Menschen, dessen Genesung in greifbarer Nähe lag, was zu einer umgehenden Kündigung seitens der Ostpreußin führte.

»E Marjellchen braucht trotzdem frische Luft, morjens und abends, wenn se inne Stube huckt!«

Mit diesen Worten rauschte die gekränkte Frau hinaus, was Alexander mit einem Hochziehen der Augenbrauen quittierte. »Du wolltest es unbedingt selbst versuchen, Friederike. Ich frage mich allerdings, ob es jemanden gibt, der deinen Ansprüchen genügen kann.«

Sie beachtete ihn nicht und ließ sich von der Vermittlung eine neue Pflegerin schicken. Die Frau, die am Nachmittag in der Villa erschien, war schon älter, gebürtige Berlinerin und ähnlich energisch wie ihre Vorgängerin, aber mit einer rauen Liebenswürdigkeit, die Rika gleich gefiel. Die drallen Arme und kräftigen Hände zeugten von harter Arbeit. Rika berichtete von Annas Unfall.

»Die arme Kleene, um die werd ick mia kümmern, Madame. So'n Wonneproppen und so 'n hartet Schicksal. Frische Luft, det is Mumpitz. Mut braucht se, die Kleene – aber jutet Essen is ooch nicht vakehrt. Ick werd Ihrer Frau Köchin mal den Hoppelpoppel erklärn – der baut jeden wieda auf.«

»Frau Schlinke, ich bin mit allem einverstanden. Nur nennen Sie mich bitte nicht Madame. Frau Hesse reicht völlig aus«, sagte Rika, die sich ein Lächeln kaum verkneifen konnte. Vielleicht war die barsche Herzlichkeit dieser Frau genau das Richtige. Einen Versuch lohnte es allemal. Sie hatte bald gemerkt, wie viel Hilfe Anna benötigte, und wollte vermeiden, dass sich das Mädchen ganz und gar an sie klammerte. Eine zu große Abhängigkeit von einem einzigen Menschen wäre nicht gut.

Rika verspürte das überwältigende Bedürfnis, das Haus für

längere Zeit zu verlassen. Der Gedanke an Anthonis saß wie ein Stachel in ihrem Fleisch, der bei jeder Bewegung schmerzte. Bei einem ihrer Krankenhausbesuche war ihr der Gedanke gekommen, den Rat eines Nervenarztes der Charité einzuholen, und sie hatte um eine Unterredung mit Professor Carl Westphal gebeten, dem Direktor der neurologischen Klinik. Obwohl sie sich darauf freute, mit einem Gelehrten über Anthonis' rätselhafte Eigenart zu sprechen, spürte sie noch immer ein starkes Unbehagen, weil sie es hinter seinem Rücken tat.

Rika verdrängte den Gedanken und begab sich in Annas Zimmer, wo Frau Schlinke damit beschäftigt war, Blumen in einer Vase zu arrangieren. Jette stand neben ihr und verdrehte die Augen.

»Anna, Liebes.«

Das junge Mädchen saß, von Kissen gestützt, im Bett und betrachtete wortlos die Frau, die auf einmal die Herrschaft in ihrem Zimmer übernommen hatte.

»Verzeih, dass ich euch noch nicht miteinander bekannt gemacht habe«, sagte Rika. »Das ist …«

»Schon jut«, fiel Frau Schlinke ihr ins Wort. »Ick kann ja sprechen. Det Vorstellen hab ick schon erledigt. Im Flur hab ick die scheenen Blumen jefunden – det is doch Verschwendung, wenn se da draußen stehn. Fürn junget Mädchen sind die jrade jut jenug.«

»Danke, Jette, du kannst jetzt gehen«, sagte Rika freundlich. »Ich sehe, Sie haben sich schon eingewöhnt, Frau Schlinke. Heute Abend stelle ich Sie Herrn Hesse vor.«

»Machen Se nur. Ick komm mit allen Herrschaften zurecht.« Frau Schlinke warf Anna einen Blick zu, der völlig frei von Mitleid war. »Kann ick Ihnen wat bringen? Zeichenstifte, Nähzeug oder wat feine junge Damen so machen? Det is nich jut, wenn Se nur dasitzen und vor Ihnen hinstarren, Fräulein Anna.«

»Anna, ich habe etwas zu erledigen. Frau Schlinke wird sich gut um dich kümmern, bis ich zurück bin.«

Sie sah den flehenden Blick des Mädchens, lächelte aufmunternd und schloss die Tür hinter sich. Dann ließ sie sich Hut und Mantel geben und verließ das Haus.

Professor Westphal war Mitte fünfzig und wirkte mit dem dunklen, leicht angegrauten Vollbart würdevoll und vertrauenerweckend. Allerdings hatte er sie zunächst mit Argwohn über seinen goldenen Kneifer hinweg betrachtet, da es äußerst selten vorkam, dass eine Dame ihn nicht als Patientin konsultierte, sondern um wissenschaftlichen Rat ersuchte.

»Die Naturwissenschaften sind ein ebenso kompliziertes wie heikles Feld«, hatte er vorsichtig erklärt. »Es gibt Dinge, die auf eine Dame – wie soll ich sagen – befremdlich wirken könnten.«

Rika hatte ihm versichert, dass sie durchaus gewappnet sei.

Dann wies er in höflicher Form darauf hin, dass manche Sachverhalte ein immenses Vorwissen erforderten.

»Ich werde mir Mühe geben, Ihnen zu folgen. Es wäre nett, wenn Sie die Dinge so einfach wie möglich formulieren könnten«, hatte Rika geantwortet.

Sie erzählte ihm ihre Geschichte, und er hörte aufmerksam zu, als sie den Fall vortrug, ohne Namen zu nennen. Er legte nachdenklich die Fingerspitzen aneinander und ließ sich Zeit mit der Antwort.

»Sie sagen, der Betreffende zeigt keine weiteren Symptome? Orientierungsschwierigkeiten? Körperliche Behinderungen? Irrationales Verhalten?«

Rika schüttelte den Kopf. »Nein. Jedenfalls nicht in meinem Beisein. Er wirkt geistig vollkommen klar und körperlich wohlauf.«

»Hm, das ist eigenartig. Sie sprachen von einem länger zurückliegenden Unfall mit einer schweren Kopfverletzung.«

»Ja. Darüber weiß ich nur, was ich Ihnen erzählt habe. Welche Folgen könnte eine solche Verletzung denn haben?«

Er dachte kurz nach. »Bewusstseinstrübung. Undeutliches Sprechen. Unsicherer Gang oder Hinken. Sehstörungen. Kopfschmerzen.«

Rika zuckte mit den Schultern. »Nichts davon ist mir aufgefallen. Allerdings kenne ich den Herrn auch nicht sehr gut.« Sie wurde rot und hoffte, dass der Professor es nicht bemerkte.

»Kurzum, Sie haben den Eindruck gewonnen, dass der Herr Schwierigkeiten hat, sich eigentlich bekannte Gesichter zu merken. Wirkt er auch in anderen Belangen vergesslich?«

»Ganz und gar nicht. Sobald er einen Menschen erkannt hat, fallen ihm alle Einzelheiten zu dessen Person ein.«

Der Neurologe griff zu einem Blatt und machte sich einige Notizen, während Rika schweigend zusah. Er las sie mehrfach durch, als wollte er sich jedes Wort einprägen, stand dann auf und trat an das deckenhohe Bücherregal.

»Einige Hinweise kann ich Ihnen vielleicht geben. Da wäre Quaglinos Beschreibung von 1867. Ach ja, noch etwas anderes. Zugegeben, es ist nicht sehr aufschlussreich, aber ich will es Ihnen gern einmal zeigen.« Er stieg auf eine Leiter und zog weit oben einen Lederband heraus.

Westphal legte das Buch auf den Tisch und sah sie an. »Es ist vor über dreißig Jahren erschienen.«

Er schob es ihr hin.

»Das ist Englisch, oder?«, fragte Rika mit einem Blick auf die Titelseite.

»In der Tat. Der Verfasser heißt A.L. Wigan und war Arzt. Er hat über den Aufbau, die Funktionen und Krankheiten des Gehirns geschrieben. Eine neue Sicht des Wahnsinns, würde der Titel übersetzt heißen.«

Rika saß wie betäubt da. Wahnsinn? Wovon redete er?

»Ich habe niemals Anzeichen von Wahnsinn an dem betreffenden Herrn bemerkt.«

Westphal hob beschwichtigend die Hand. »Keine Sorge, Frau Hesse, darum geht es mir auch nicht.« Er schlug das Buch auf und blätterte, bis er eine bestimmte Seite gefunden hatte. »Es sind nur wenige Zeilen, doch sie dürften die erste von einem Mediziner verfasste Beschreibung jenes Zustands darstellen. Ich zitiere: *Unter den sonderbaren Fehlern in den Funktionen des Gehirns ist einer, von dem ich kürzlich Kenntnis erlangte: Ein Herr in mittleren Jahren oder etwas älter beklagte mir gegenüber seine vollkommene Unfähigkeit, sich an Gesichter zu erinnern. Er könne mit einer Person eine Stunde lang plaudern, würde sie jedoch am nächsten Tag nicht wiedererkennen. Selbst bei Freunden, denen er geschäftlich verbunden war, kam es ihm vor, als hätte er sie nie zuvor gesehen.* Und weiter unten: *Er war nicht in der Lage, sich ein geistiges Bild von etwas zu machen, und erst wenn er die Stimme hörte, erkannte er Männer, mit denen er ständigen Umgang pflegte.* Der Patient beharrt auf einer Erkrankung seiner Augen, doch Wigan untersucht ihn und erklärt, diese seien lediglich schwach, ansonsten aber in keiner Weise geschädigt.«

Rika hatte die Luft angehalten und atmete jetzt zaghaft aus. »Und das hat ein Arzt vor dreißig Jahren geschrieben? Woher hatte der Mann diese – ist es eine Krankheit?«

Westphal zuckte mit den Schultern. »Das erwähnt Wigan leider nicht.«

»Sie wissen also nicht, ob dieser Zustand durch einen Unfall ausgelöst werden kann?«

»Nun, ich hörte vor einiger Zeit von zwei Italienern, die einen Fall, der dem Ihren ähnelt, beschrieben haben. Ein Mann erlitt einen Gehirnschlag und wies danach verschiedene ungewöhnliche Symptome auf: Er konnte keine Farben mehr sehen, hatte das Orientierungsvermögen verloren und erinnerte sich nicht an bekannte Gesichter.«

Rika sah ihn gespannt an. »Es gibt diesen Zustand also wirklich?«

»Ja. Er ist äußerst selten und kaum erforscht, aber anscheinend nicht von der Hand zu weisen. Ein Kollege von mir arbeitet auf dem Gebiet dessen, was ich als ›inneres Sehen‹ bezeichnen möchte. Er nennt es Seelenblindheit, wenn Menschen mit an sich gesunden Augen die Bilder, die sie sehen, nicht zuordnen oder erkennen können. Die Blindheit ist bei ihnen in der Seele, oder wissenschaftlich ausgedrückt, im Gehirn verankert.«

»Ist so etwas heilbar?«

Westphal wiegte nachdenklich den Kopf. »Solange man die Ursache nicht kennt, ist eine Heilung kaum vorstellbar. Dieser Begriff setzt zudem voraus, dass man den Zustand als Krankheit betrachtet. Sie sagen jedoch, der Herr sei ansonsten gesund. Außerdem wäre es sehr riskant, eine Operation vorzunehmen, wenn der Patient bereits eine schwere Kopfverletzung erlitten hat. Wir wissen noch immer viel zu wenig über die Funktionsweise des Gehirns. Daher sind solche Eingriffe sehr gefährlich und sollten, falls kein akuter Notfall besteht, tunlichst vermieden werden.«

Der Professor musterte sie eindringlich. »Haben Sie den Eindruck gewonnen, dass der Herr sehr unter seinem Zustand leidet?«

Die Frage überraschte Rika. Sie überlegte. »Er versucht jedenfalls, ihn zu verbergen. So viel kann ich mit Sicherheit sagen.«

»Wäre es möglich, ihn zu einer Konsultation einzubestellen? Ich hatte noch nie die Gelegenheit, einen solchen Fall persönlich zu examinieren.«

Rika sah ihn erschrocken an. »Ich … Ich fürchte, das ist nicht möglich, Herr Professor. Der Betreffende weiß nichts von meinem Besuch bei Ihnen. Er hat nie mit mir über seinen Zustand gesprochen. Ich habe nur meine Schlussfolgerungen aus seinem Verhalten gezogen.«

Der Neurologe hob eine Augenbraue. »Verstehe.« Er legte eine Pause ein, sein Misstrauen schien zurückzukehren. »Mehr kann ich Ihnen ohne weitere Recherchen nicht sagen. Falls Ihnen fürs Erste damit gedient ist …«

Rika erhob sich. »Ich bin Ihnen sehr dankbar, dass Sie sich die Zeit genommen haben, Herr Professor. Sollte es zu einem offenen Gespräch zwischen dem Herrn und mir kommen, würde ich ihm anbieten, Sie persönlich zu konsultieren, falls Sie Ihr freundliches Angebot aufrechterhalten.«

Westphal nickte und stand ebenfalls auf. »Selbstverständlich.« Er reichte ihr die Hand. »Sie sind eine ungewöhnliche Frau.«

Sein prüfender Blick machte sie verlegen. »Wie meinen Sie das?«

»Es kommt selten vor, dass Außenstehende mich so gründlich ausfragen. Mir scheint, Sie nehmen für diesen Mann, den Sie nicht sehr gut zu kennen scheinen, einiges auf sich.«

Rika sah zu Boden. »Sie haben eben gefragt, ob er darunter leide. Meine Antwort war ausweichend, weil ich ohne seine Erlaubnis nicht zu viel preisgeben möchte. Ich kann Ihnen jedoch sagen, dass die Krankheit oder wie immer man es nennen möchte, ihn seinen Beruf und seine gesellschaftliche Stellung gekostet hat.«

»Dann nehme ich an, dass er darunter leidet. Wenn er sich zu einer Konsultation entschließen sollte, stehe ich Ihnen beiden jederzeit zur Verfügung.« Der Professor verbeugte sich höflich und öffnete Rika die Tür.

Sein nachdenklicher Blick folgte ihr, als ihre Schritte auf den Fliesen des Flurs verklangen.

32

Als Rika nach dem Gespräch mit Professor Westphal am Abend nach Hause zurückkehrte, musste sie ihre Erregung zügeln und wieder in die Wirklichkeit der Villa Hesse finden. Zu ihrer großen Überraschung und Freude fand sie Anna im Bett sitzend vor, die Haare zu Zöpfen geflochten, auf den Beinen ein dickes Kissen, darauf ein Brett und ein Blatt Papier, auf das sie die Blumenvase zeichnete, die Frau Schlinke ihr am Morgen gebracht hatte.

Sie blickte auf, als Rika hereinkam, und ein schwaches Leuchten ging über ihr blasses, schmales Gesicht. »Friedchen, wie schön, dass du kommst! Sieh mal.« Sie schob ihr das Blatt hin. »Es ist nur ein Versuch, aber er hat mich die letzte Stunde beschäftigt.«

Anna nahm das Blatt und betrachtete es. Die Striche waren nicht ungeschickt, mit etwas Übung könnte Anna es sicher zu einer guten Fertigkeit bringen. »Das gefällt mir. War es Frau Schlinkes Einfall?«

Das Mädchen nickte. Dann biss sie sich auf die Lippen. »Im ersten Augenblick dachte ich, wir könnten in den Tiergarten gehen und uns die Herbstblumen anschauen, vielleicht einige pflücken und pressen. Aber …«

»Natürlich können wir das«, sagte Rika schnell. »Ich werde dich dorthin fahren, sobald das Wetter es erlaubt. Vielleicht schon morgen. Heute weht ein unangenehmer Wind.« Wer still saß, fror bald. Aber sie würde einen Weg finden. Anna brauchte nicht nur Ablenkung, sondern auch frische Luft.

Eins machte ihr jedoch Sorgen: Wie würde Anna auf die Blicke der Menschen reagieren? Das Haus bot ihr Schutz vor Verletzungen. Was würde sie empfinden, wenn sie andere laufen, hüpfen oder springen sah? Ob sie schon so weit gefestigt war?

Annas staunender Blick lenkte sie ab. »Das würdest du tun?«

»Natürlich. Warum nicht?«

Das Mädchen schaute zur Seite und biss sich auf die Unterlippe. »Weil … Alexander hat gesagt …«

»Was?« Rikas Stimme klang schärfer als beabsichtigt.

»Dass ich im Haus bleiben soll. Ich … Ich glaube, er will mich verstecken.« Die letzten Worte waren so leise, dass Rika sie nur mit Mühe verstand.

»Sieh mich an. Niemand wird dich verstecken. Du hattest einen Unfall und bist gelähmt – das ist keine Schande. Ich lasse nicht zu, dass man dich im Haus gefangen hält, das verspreche ich dir.«

Anna sah sie zögernd an. »Du bist anders als früher.«

Rika schmerzten diese Worte. »Wie meinst du das?«, fragte sie beklommen.

Anna lächelte. »Es ist nicht schlimm. Du wirkst irgendwie härter, nein, das klingt falsch, entschlossener. Als hättest du vor nichts und niemandem mehr Angst.«

Die Worte hielten sie umfangen, als sie die Treppe hinaufging. Sie legten eine schützende Haut um sie, und als Rika ihr Zimmer betrat, wusste sie, dass sie an diesem Tag noch einmal das Haus verlassen würde.

Alexander Hesse saß in seinem Arbeitszimmer und ging die Gästeliste für den bevorstehenden Herrenabend durch. Er hatte überlegt, die Veranstaltung zu verschieben, da Anna gerade erst nach Hause zurückgekehrt war, entschied sich aber dagegen, weil es eine so gute Gelegenheit war. Diesmal ging es um mehr als die Pflege geschäftlicher Beziehungen und den Austausch anzüglicher Witze bei Weinbrand und Zigarren.

Es waren die üblichen Teilnehmer, doch hatte er diesmal einen Herrn dazugebeten, der bisher nicht zu diesem Kreis gehört hatte. Herbert Morgenroth, der Gesellschaftsredakteur des *Berliner Tageblatts*, würde sicher gern in zwangloser Runde mit einigen Größen der Berliner Wirtschaft plaudern, wenn dabei die eine oder andere Neuigkeit für sein Blatt heraussprang.

Eine Hand wäscht die andere, dieses Motto hatte Alexander stets geschätzt. Man musste sich mit der Presse arrangieren, wenn man es in der Hauptstadt zu etwas bringen wollte. Und was wäre wertvoller als eine Geschichte, von der niemand sonst auch nur das Geringste ahnte?

Außerdem war Herbert Morgenroth, wie ihm zu Ohren gekommen war, ein Liebhaber der schönen Künste.

Als Rika sich vier Tage später auf den Weg zu Anthonis machte, erschien es ihr wie ein Déjà-vu. Würden sie einander je an einem anderen Ort begegnen als in diesem düsteren Haus? Sie würde gern einmal spazieren gehen, ins Theater oder die Oper oder in ein Restaurant, ganz offen und ohne Scham. Sie wollte sich nicht verstecken. Bald, dachte Rika. Sie hatte keine Angst mehr, das hatte Anna richtig erkannt.

Entschlossen schritt sie durch die Straßen, ohne dabei nach links oder rechts zu blicken.

An diesem Tag lag der Hof verlassen da. Ohne die Geräusche, die aus den Fenstern drangen, das Klappern von Geschirr und Töpfen, Gelächter und Weinen und Kindergeschrei, hätte man das Haus für menschenleer halten können. Sie zögerte und blickte nach oben, konnte sein Fenster aber nicht erkennen.

Als er die Tür öffnete, merkte sie sofort, dass etwas nicht stimmte. Zwar lächelte er und trat zurück, um sie hereinzulassen, doch er war blass und wirkte dünner als zuvor.

»Verzeihung, dass ich unangemeldet komme, aber …«

»Schon gut. Bitte.«

Sie ging ins Zimmer, in dem die Vorhänge geschlossen waren und das in den sanften Schein einer Lampe mit rötlich gelbem Pergamentschirm getaucht war. Dann blieb sie stehen und drehte sich um. Sie hatte ihm so viel zu sagen, doch nun waren alle Gedanken aus ihrem Kopf verschwunden.

»Sie … Sie sehen müde aus. Ich wollte nicht stören.«

»Das tun Sie nicht. Ich war krank.«

Sie spürte einen leisen Anflug von Sorge.

»Nichts Schlimmes, hoffe ich.«

Er schüttelte den Kopf und bot ihr einen Platz an. »Eine alte Kopfverletzung.« Er zeigte vage auf die fragliche Stelle. »Es geht eine Weile gut, und dann kommen die Schmerzen wieder. Man sagte mir, Migräne fühle sich so ähnlich an. Diesmal war es stärker als sonst.« Er machte eine Handbewegung, als wollte er die Worte wegwischen. »Wie ist es Ihnen ergangen?«

Sie überlegte nicht lange und erzählte ihm von Anna. Er hörte zu, nickte bisweilen, als wollte er ihre Worte bekräftigen.

»Das ist schwer für Sie beide«, sagte Anthonis, als sie zu Ende gesprochen hatte. »Sie muss ihr Leben ganz neu erfinden.« Eine sonderbare Formulierung, dachte Rika. »Alles, was sie sich für die Zukunft erhofft haben mag, ist plötzlich zunichte geworden. Sie wird bezweifeln, ob sie noch derselbe Mensch ist wie zuvor.«

Dann begriff Rika. Obwohl er von Anna sprach, galten diese Worte auch für ihn. Auch Paul Flemming hatte sich als Anthonis neu erfunden, nachdem sein früheres Leben erschüttert worden war. Sollte sie es ihm jetzt sagen? Sie nahm allen Mut zusammen, doch er sprach in ihre Gedanken hinein.

»Werden Sie bei ihr bleiben?«

Sie sah erschrocken hoch. Wie präzise er den Finger in die Wunde legte.

»Wie meinen Sie das? Natürlich werde ich mich um Anna kümmern. Die Hesses sind meine Familie.«

Er sah sie ernst an. »Das mag sein, aber Sie sind jung und müssten nicht allein bleiben.«

Rika wusste nicht, was sie sagen sollte. Bei ihrer letzten Begegnung hatte sie deutlich erklärt, dass eine Verbindung mit Alexander für sie nicht infrage kam. »Das möchte ich auch nicht. Aber mir sind gewisse Grenzen gesetzt, da ich mich Anna gegenüber verpflichtet fühle. Sie ist das Kind meines verstorbenen Mannes. Zudem habe ich sie sehr gern.«

Rika schaute Anthonis prüfend an. Da war etwas Neues an ihm, das sie nicht benennen konnte, eine Entschlossenheit, als hätte er lange mit sich gerungen und dann eine Entscheidung getroffen.

»Es gibt auch Menschen, die Sie gern haben«, sagte er mit abgewandtem Gesicht, als interessierten ihn seine eigenen Worte nicht.

Rika hielt die Luft an. Auf einmal schien der Raum erstickend warm. Sie lockerte den Kragen ihres Kleides und schluckte. »Ja?«, fragte sie kaum hörbar.

»Das wissen Sie doch«, entgegnete er. »Und Sie kommen nicht wegen meiner Bilder her. Nicht mehr.«

»Das ist richtig.« Sie hielt inne. Wenn sie ihm jetzt von ihrer Reise erzählte … Nein, es war nicht der richtige Augenblick.

Ein Schatten fiel über ihr Gesicht, Hände zogen sie sanft auf die Füße, dann spürte sie seinen Mund auf ihrem. Erst vorsichtig, tastend, dann drängender.

Sie hatte gewusst, dass das, was an diesem Tag geschah, unwiderruflich sein würde.

Ohne zu zögern öffnete sie die Lippen, und der Raum um sie herum verschwand.

Als er sich von ihr löste und sie erwartungsvoll anschaute, sah Rika zu Boden. Sie spürte, dass sie ihm niemals zwanglos begegnen könnte, solange sie dieses Wissen in sich trug. Vielleicht war es falsch, auf den richtigen Augenblick zu warten. Vielleicht musste man ihn sich selbst schaffen.

»Was ist?«, fragte er besorgt. »Wenn ich Sie – dich gekränkt habe, tut es mir leid.«

Rasch legte sie ihm einen Finger auf die Lippen. Dann sah sie ihm in die Augen. Wenn sie es jetzt nicht sagte, wäre die Gelegenheit dahin.

»Ich muss dir etwas erzählen. Nein, das ist kein guter Anfang. Lass mich dir eine Frage stellen.«

Er deutete auf die Stühle. »Bitte.« Hörte sie eine leise Verärgerung, oder bildete sie sich das nur ein? Egal, sie konnte ihre Worte nicht zurücknehmen.

»Fällt es dir schwer, Gesichter zu erkennen?«

Er sah aus, als hätte man ihn geschlagen. »Ja.« Er schien nach Worten zu suchen. »Woher weißt du das?«

»Dass etwas an deinem Verhalten sonderbar war, habe ich gleich gemerkt. Du hast mir damals im Biergarten kaum ins Gesicht gesehen. Da dachte ich noch, du fändest mein Gesicht einfach nicht sehr interessant.« Sie sah, wie die Spur eines Lächelns über seine Züge huschte. »Dann kam ich zu dir nach Hause, und du hast mich nicht erkannt. Das war mir unbegreiflich; wir hatten uns eine ganze Zeit lang im hellen Sonnenschein gegenübergesessen.« Plötzlich schüttelte sie den Kopf. »Eigentlich hat es schon früher begonnen. Mit dem ersten Bild. Der Straßenszene mit den Leuten, deren Gesichter man nicht sieht. Es war mir gar nicht aufgefallen, bis mich jemand darauf aufmerksam machte.«

Er bedeutete ihr mit einer Handbewegung, sie solle weitersprechen. Rika spürte, wie ihre Kehle eng wurde. Redete sie ihr eigenes Unglück herbei, gerade jetzt, wo sie einander so nahe gekommen waren?

Was hatte Anna vorhin gesagt?

Als hättest du vor nichts und niemandem mehr Angst.

Doch, die hatte sie. Aber sie durfte sich davon nicht beirren lassen. Wenn sie der Angst nachgab, hatte sie verloren.

»Auf dem Bild, das du mir geschenkt hast, war das kleine Mädchen ebenfalls ohne Gesicht dargestellt. Das machte mich neugierig. Ich wollte mehr wissen. Wegen der Kunst. Zuerst jedenfalls.«

»Und später?«, fragte er tonlos.

»Später ging es um dich.« Sie biss sich auf die Unterlippe. »Ich habe versucht, etwas über dich herauszufinden, weil ich nicht wagte, dich selbst zu fragen. Wie hätte ich einen mir kaum bekannten Mann fragen können, weshalb er keine Gesichter malt und mich nicht wiedererkennt?« Sie hörte die Rechtfertigung in ihrer Stimme und verachtete sich dafür.

»Wie hast du es versucht?«, fragte er ruhig.

»Ich war bei einem befreundeten Galeristen und seiner Frau.«

»Und was haben sie gesagt?«, fragte Anthonis leichthin.

»Dass das Bild des kleinen Mädchens sie an die Werke des bekannten Porträtmalers Paul Flemming erinnere.«

Die Stille in der Wohnung war greifbar. Rika hörte nur ihren eigenen Atem und den von Anthonis, heftiger als zuvor.

»Anthonis, ein passendes Pseudonym. Anthonis van Dyck und Anthonis Mor, beide flämische Porträtmaler. Du bist Paul Flemming, nicht wahr?«

Anthonis antwortete nicht, sondern stand auf und trat ans Fenster. Sie musste sagen, was zu sagen war, und hoffen, dass er sie danach nicht wegschickte.

»Ich bin auch in Düsseldorf bei Professor Jentgens gewesen. Er hat mir viel von dir erzählt.«

Er rührte sich nicht.

»In Gladbach habe ich bei Familie Rungrath gewohnt. Sie haben eine Tochter namens Elise.«

Sie hielt inne, meinte ein Geräusch zu hören. Seine Schultern zuckten. Konnte es wirklich sein …

Behutsam schob Rika ihren Stuhl zurück, stand auf und ging zu ihm. Ihr Rock raschelte über den Boden, ansonsten war es völlig still.

Er weinte lautlos, nur die Bewegung seiner Schultern verriet ihn. Sie trat dicht hinter ihn.

»Wie soll ich dich nennen?«

Er schüttelte den Kopf.

Rika lehnte sich vorsichtig an ihn und schloss die Augen. Sein Hemd war weich an ihrer Haut, er roch nach Seife und etwas, das sie nicht benennen konnte. Vielleicht war es sein ganz eigener Geruch.

Irgendwann wischte er sich mit der Hand über die Augen

und drehte sich um. Die Falten um seinen Mund schienen plötzlich tiefer, und sein Blick war schwer zu deuten.

»Mich wundert, dass du überhaupt hier bist.«

Die Worte kamen unerwartet. »Wie meinst du das?«

Er ging zu seinen Bildern und blieb davor stehen, ohne sie wirklich anzusehen. Er strich über die bespannten Rahmen, als wollte er sie liebkosen.

»Im Grunde bin ich eine Fälschung, genau wie ein Bild, das vorgibt, ein Rembrandt zu sein. Ich lebe unter falschem Namen und gebe mich als Scherenschneider aus, obwohl ich ein Maler bin, der seinem Beruf nicht mehr nachgehen kann. Ich lebe im Schatten, in einer Welt, in die ich nicht gehöre, und falle nicht auf, weil ich mich wie ein Chamäleon anpasse. Ich habe mein Leben aufgegeben und meine Verlobte im Stich gelassen, die eine solche Behandlung nicht verdient hat.«

Rika nickte. »Elise Rungrath ist eine liebenswerte junge Frau.«

Er lachte verzweifelt auf. »Eben. Und eine liebenswerte junge Frau verdient einen liebenswerten Mann, der sie zu schätzen weiß.«

»Ich glaube, den wird sie bekommen. Sie ist wieder verlobt.«

»Dann wünsche ich ihr von Herzen Glück.«

Rika zögerte. »Vielleicht brauchst du eine Frau, die *dich* zu schätzen weiß.«

»Was soll das heißen?«, fragte er vorsichtig.

»Dass ich dich besser kennenlernen möchte. Alles, was ich über dich weiß, habe ich von anderen erfahren. Stück für Stück habe ich ein Bild zusammengefügt, aber es ist gefärbt vom Blick der Menschen, die mir von dir erzählt haben. Galeristen und Kunstprofessoren und eine ehemalige Verlobte …« Sie brach ab.

»Ich will es von dir selbst erfahren. Es kostet mich viel Mut, danach zu fragen. Bitte weise mich nicht zurück.«

»Du bist eine ungewöhnliche Frau.« Er sah zum Fenster. »Es wird gleich dunkel«, sagte er ohne Übergang.

»Ich werde schon nach Hause kommen. Alexander hat seine Herrenrunde zu Gast, und Anna ist versorgt. Dieser Abend gehört uns.«

»Gut. Dann mache ich Tee.« Gewiss wollte er seine Gedanken sammeln, sich die Worte für eine Geschichte zurechtlegen, die er vielleicht nie erzählt hatte. Rika wartete geduldig, auch wenn es ihr schwerfiel.

Anthonis machte sich in der Küche zu schaffen, und sie ging im Zimmer umher, bis er mit einer Kanne, zwei Tassen und Zucker zurückkam. »Leider habe ich keine Zitrone da.«

»Das macht nichts.«

Er goss ihr Tee ein, und sie beugte sich über die dampfende Tasse und sog das Aroma ein.

»Kein englischer, sondern ein Ostfriesentee. Er ist ziemlich stark.« Er stellte Milch dazu. »Eigentlich gehört Sahne hinein, aber wir müssen uns mit Milch begnügen.«

Sie saßen einen Moment schweigend da, bis er schließlich aufblickte. »Gut, ich erzähle dir die Geschichte von Paul Flemming. Vieles weißt du schon. Du warst wirklich gründlich. Sogar bei Jentgens bist du gewesen. Ich wusste gar nicht, dass der alte Knabe noch lebt.«

»Der Mann der Gesichter.«

Er lachte leise. »So nannte er mich in der Akademie, obwohl er gar nicht mein Lehrer war. Ab und zu bin ich in seine Landschaftsklasse gegangen, aber die Natur hat mich nie interessiert. Als Motiv, meine ich.«

»Das glaube ich gern. Das galizische Landhaus mit dem Garten finde ich allerdings sehr hübsch.«

Er machte eine wegwerfende Handbewegung. »Das können viele. Solche Bilder male ich nur Freunden wie Isidor zu Gefallen. Mich haben immer die Gesichter fasziniert, weil man in einem eigentlich starren Porträt, in Ölfarbe auf Leinwand oder Kohle auf Papier, ein ganzes Leben einfangen kann. Ein menschliches Wesen in all seinen Schattierungen, seinen Sehnsüchten und Leidenschaften und Schwächen. Das war alles, was ich wollte.«

So leidenschaftlich hatte er in ihrer Gegenwart noch nie gesprochen. Wenn dies sein Leben gewesen war, was blieb dann, nachdem er die Fähigkeit, so zu malen, verloren hatte?

»Natürlich habe ich für Geld gemalt, das gebe ich zu. Wohlstand und Ansehen waren mir wichtig. Ein gutes Leben. Ich habe fast alles ausgegeben, was ich verdiente. Sparen lag mir nicht.« Er trank von seinem Tee. »Allerdings habe ich stets darauf geachtet, mich nicht kaufen zu lassen. Wer sich von mir malen ließ, musste sich meinen Regeln beugen. Ich habe nie geschmeichelt oder geschönt.« Es hätte arrogant klingen können, tat es aber nicht. Er sagte es ruhig und mit leisem Bedauern.

»Ich habe dein Porträt von Carl Wilhelm Rungrath gesehen«, warf Rika ein. »Trotz allem, was zwischen dir und Elise geschehen sein mag, nimmt es einen besonderen Platz im Haus ein.« Sie verstummte und fragte sich plötzlich, wie er heute über seine ehemalige Verlobte dachte.

Als hätte er es gespürt, fuhr er fort: »Es freut mich, dass sie meine Kunst von meiner Person zu trennen wissen. Das ist sehr großherzig. Ich habe Elise schlecht behandelt. Dafür gibt es keine Entschuldigung.«

»Aber eine Erklärung«, sagte Rika und legte ihre Hand auf seine. »Erzähl mir endlich von dem Unfall und was danach geschah.« Sie zögerte. »Gibt es jemanden, der davon weiß?«

»Isidor. Mein Freund, der jüdische Lumpensammler, für dessen Bekannte ich das galizische Landhaus male. Er ist blind und erkennt Menschen besser als ich. Einmal hat er gesagt, er könne ihre Gesichter hören. Da hatte er mich schon auf der Straße erkannt, obwohl ich eigentlich noch zu weit entfernt war, als dass er meine Schritte oder meinen Geruch hätte wahrnehmen können.« Er machte eine ungeduldige Handbewegung, als wollte er sich selbst zurechtweisen. »Aber ich lenke ab. Du hast dir die Geschichte verdient.«

Dann berichtete er, wie er trotz des unwirtlichen Wetters nach Gladbach hatte reiten wollen, wie er sein Pferd angetrieben hatte und durch das Gewitter geprescht war, anstatt sich irgendwo unterzustellen. Wie das Tier kurz vor der Stadt auf einem Feldweg gescheut und ihn abgeworfen hatte und wie er mit dem Kopf auf einen Stein geschlagen war. Das alles erzählte er nüchtern und sachlich, als berichte er von Dingen, die einem anderen zugestoßen waren.

»Im Krankenhaus glaubte ich zunächst, es sei ganz harmlos. Dass ich die Schwestern und Ärzte nicht erkannte, weckte keinen Verdacht in mir, da ich ihnen nie zuvor begegnet war. Die Kopfschmerzen waren anfangs unerträglich, ließen aber schon bald nach.« Er holte tief Luft. »Erst als Elise mich besuchte und ich sie nicht erkannte, wurde mir klar, dass etwas nicht stimmte.«

Rika hob die Hand. »Ich kann mir dieses Nichterkennen schwer vorstellen. Kannst du es mir erklären?«

»Beim Besuch ihres Vaters war ich vorgewarnt, da eine Krankenschwester sein Kommen ankündigte. Diesen Mann hatte ich viele Stunden lang betrachtet, als er mir Modell gesessen hatte, und herein kam – ein Fremder. Die Größe stimmte, die Haltung, die Figur, aber darüber sah ich ein Gesicht, dessen Züge nichts Vertrautes hatten. Ich ließ mir nichts anmerken.« Er schwieg. »Elise hingegen kam überraschend. Es war, als käme eine fremde Frau herein, die ich nie zuvor gesehen hatte. Mein Verhalten muss sie sehr gekränkt haben. Ich weiß noch, wie ich fragte, wer sie sei. Da schaute sie mich an, als hätte ich sie geschlagen. ›Ich bin es, Paul‹, antwortete sie. ›Ich habe Sie noch nie gesehen‹, sagte ich und machte es dadurch nur noch schlimmer. Sie lief weinend hinaus.«

Rika merkte, dass ihre Hand noch immer auf seiner ruhte. Sie ließ sie liegen.

»Es ist schwer zu erklären. Ich sehe die Gesichter – sie sind kein weißer Fleck für mich. Nur bedeuten sie mir nichts mehr. Sie helfen mir nicht, einen Menschen zu erkennen, sie sind ein Körperteil wie jeder andere geworden. Es ist ungefähr so, als wolltest du einen Menschen an seinem Rücken erkennen oder an einem Arm.«

Rika überlegte, wie sie die nächste Frage formulieren sollte. »Heißt das, du könntest im Grunde noch immer ein Gesicht malen?«

Er nickte. »Ich denke schon. Aber es läge kein Leben darin. Ich habe es mir abgewöhnt, auf Gesichter zu achten.« Er stand auf, holte ein Blatt Papier und ein Stück Zeichenkohle. Dann warf er mit raschen Bewegungen einen Kreis mit Punkten und Strichen hin, der an eine Kinderzeichnung erinnerte. »Viel mehr ist es nicht. Kein Ausdruck, kein Gefühl, kein Geheimnis.«

»Und du kannst es nicht zurückholen, dieses Erkennen, es neu lernen?«

Er stand abrupt auf und stieß den Stuhl nach hinten. Zum ersten Mal brachte ihn eine Frage aus der Fassung. »Meinst du, ich hätte es nicht versucht? Wieder und wieder habe ich mir Elise und ihren Vater angesehen, weil ich nicht glauben konnte, dass man eine so selbstverständliche Fähigkeit verliert. Aber es ging nicht. Der Unfall hat etwas in meinem Kopf unwiderruflich zerstört.« Er schob sich die Haare aus dem Gesicht und sah sie verzweifelt an. »Wenn du aus dieser Tür gehen, eine Perücke und einen neuen Hut aufsetzen und dann wiederkommen würdest, wärst du eine Fremde für mich! Wenn ich dir morgen auf der Straße begegnete und deine roten Haare nicht sähe oder ein Kleid, das du schon einmal in meiner Gegenwart getragen hast, würde ich dir keinen zweiten Blick schenken.« Er schluckte. »Ich habe nicht nur die Fähigkeit verloren, Menschen zu erkennen, sondern auch die Gabe, die Schönheit oder Lasterhaftigkeit oder Bosheit oder Naivität eines Gesichtes zu ermessen. Das ist nicht gerade hilfreich, wenn man Porträts malen möchte.« Er lachte verbittert. »Stell dir vor, ich erkenne mein eigenes Spiegelbild nicht!«

Rika schwieg. Die letzten Sätze waren so leidenschaftlich aus ihm hervorgebrochen, dass ihr keine angemessene Entgegnung einfiel. Ich bin immer noch hier, dachte sie dann zusammenhanglos. Er hat mir nicht die Tür gewiesen.

»Ich danke dir, dass du mir alles erzählt hast. Gerade musste ich an die Scherenschnitte denken. Es geht dir nicht nur darum, mit deinen geschickten Händen Geld zu verdienen, oder? Auf diese Weise kannst du weiterhin Porträts erschaffen.«

Anthonis sah sie überrascht an. »Du hast recht, obwohl es keine bewusste Entscheidung war. Ich habe sie früher als Kind gemacht und an Verwandte verschenkt. Besonders gern habe ich mir Nachbarn oder entfernte Bekannte gesucht, deren körperliche Eigenheiten ich karikieren konnte. Es gab da einen Pfarrer mit einer kolossalen Nase …« Bei der Erinnerung musste er lächeln. »Ich glaube, meine Eltern mussten das Lachen unterdrücken. Natürlich haben sie geschimpft, aber ich hatte ihn wunderbar getroffen.«

Rika nutzte die hellere Stimmung, um aufzustehen und zu ihm zu gehen. Sie blieb vor ihm stehen, nahm seine Hand und sah ihn an. »Wie du siehst, bin ich noch hier. Und ich bleibe, solange du mich nicht wegschickst.«

Ganz sanft berührte er ihr Gesicht, umrahmte es mit den Händen wie einen kostbaren Schatz. Dann fuhr er mit einem Finger seine Konturen nach und hielt dabei die Augen geschlossen, als wäre er blind und ertastete ihre Züge. Rika atmete ganz flach, um ihn nicht in seiner Erkundung zu stören. Sie nahm sich Zeit, ihn anzusehen. Die geschlossenen Augen ließen ihn verletzlich erscheinen. Er war ihr so nahe, dass sie seinen Atem auf der Haut spürte. Tief in ihr zog sich etwas zusammen und breitete sich dann wie eine warme Flut in ihrem ganzen Körper aus. Als ihr ein kaum hörbarer Laut entschlüpfte, öffnete Anthonis die Augen und sah sie besorgt an.

Sie schüttelte den Kopf und hauchte: »Mach weiter.«

Vorsichtig knöpfte er ihr Kleid auf und schob den Stoff behutsam von ihren Schultern. Rika lehnte sich an die Wand und schloss nun ihrerseits die Augen, während sein Haar ihr Kinn kitzelte, als er sich vorbeugte und die Lippen sanft auf ihre nackte Haut drückte. Sie schlang die Arme um seinen Kopf und zog ihn ganz fest an sich. So blieben sie einen Augenblick stehen, völlig reglos, und nahmen die Gegenwart des anderen in sich auf.

Schließlich löste er sich von ihr und trat einen Schritt zurück. Schaute sie fragend an.

Statt einer Antwort ging sie auf ihn zu, knöpfte seine Weste auf, zog sie aus, öffnete sein Hemd, streifte es ebenfalls ab und ließ es zu Boden fallen.

Seine Überraschung war nur flüchtig. Sie sah, wie eine Ader an seiner Kehle pochte und feine Schweißperlen auf seine Oberlippe traten. Dann hob er sie hoch, als wöge sie nicht mehr als ihr Porträt, und trug sie zum Bett.

Noch nie hatte Rika so empfunden. Conrad war ein behutsamer Liebhaber gewesen, der um ihre Unerfahrenheit wusste und sich ihr mit Ruhe und Geduld näherte. Nun aber erkannte sie schlagartig den Unterschied: dass sie eine erwachsene Frau geworden war, die sich nicht nach Rücksicht, sondern nach einer leidenschaftlichen Vereinigung sehnte. Die sich erlaubte, einen Mann einfach nur als Mann zu begehren.

Sie half ihm, ihr Kleid auszuziehen. Das Korsett löste sich viel zu langsam, und sie keuchte leise, als er mit den Schnüren kämpfte. Als sie nackt war, lehnte sie sich ans Kopfende, die Beine leicht geöffnet, die Arme ausgestreckt, wollte sich ihm ganz und gar zeigen.

Anthonis hatte sich ebenfalls ausgezogen, die Hose achtlos beiseitegetreten, und kniete sich vor sie, strich sanft über ihren ganzen Körper, ließ die Hände von den Zehen über die Knöchel, die Unterschenkel, die Knie immer höher wandern. Dann legte er sich neben Rika und fuhr leicht mit der Zunge über ihren Bauch, während sie die Augen schloss. Sie atmete heftig, ihr Herz schien aus der Brust zu springen.

Als sie es nicht mehr aushalten konnte, schob sie ihn zur Seite, streckte sich aus und zog ihn auf sich.

Sein Gesicht legte sich über ihres, verdeckte das Licht der Lampe, die er nicht ausgeschaltet hatte, tauchte beide in eine Dunkelheit, die keine Angst bedeutete. Rika spürte seine Lippen, seine Zunge, die gegen ihre stieß, sie umkreiste, an ihr sog.

»Bitte, komm zu mir«, flüsterte sie ihm ungeduldig ins Ohr. Ihr Unterleib schien ein Eigenleben zu führen, zog sich in warmen Wellen zusammen.

Als er in sie eindrang, fühlte sie sich zum ersten Mal ganz und gar als Frau.

33

Die Herren waren in ein lebhaftes Streitgespräch vertieft. Stephan Rungrath hatte sich für diesen Abend mit Unwohlsein entschuldigt. Alexander Hesse hatte dem Redakteur des *Tageblatts* mitgeteilt, dass er später in Ruhe ein paar Worte mit ihm zu sprechen wünsche.

»Gewiss, Tessendorf hat sich einen Namen als Sozialistenfresser gemacht«, bemerkte Herbert Morgenroth, ein kleiner dunkelhaariger Mann, der sich ausgesucht elegant kleidete. »Aber auch er wird diese Partei nicht aufhalten, dafür ist ihr Rückhalt in der Arbeiterschaft zu groß.«

»Das klingt, als wollten Sie seinen unermüdlichen Einsatz kritisieren«, empörte sich Friedrich Beckert. »Wissen Sie, was dieses Lumpenpack unter meinen Arbeitern anrichtet, welch unerhörte Forderungen diese Leute stellen?«

Alexander Hesse sah sich bemüßigt, zwischen den Herren zu vermitteln, da er den neuen Gast nicht angegriffen sehen wollte. »Ich kann mir nicht vorstellen, dass Herr Morgenroth die Bemühungen des Herrn Staatsanwalts missbilligt.«

Morgenroth schüttelte den Kopf und zog an seiner Zigarre. »Selbstverständlich nicht, aber ich bin Realist. Ich habe das Ohr überall in Berlin, und mir ist bekannt, wie groß der Rückhalt der Sozialdemokraten in der Bevölkerung ist. Wird ein Schnitt getan, blutet die Wunde, und dieses Blut bringt neue Unterstützer hervor. Denken Sie nur, wie Tessendorf erst im März den Arbeiter-Wahlverein aufgelöst hat. Ein Erfolg, der nur von kurzer

Dauer war. Binnen Kurzem gründete sich in Hamburg eine neue Vereinigung, die mit unseren Gesetzen nicht zu erreichen war. Warten Sie ab, was die Wahl zeigen wird! Es sind nur noch zwei Monate bis dahin.«

Unbehagliche Stille senkte sich über den Raum.

»Glauben Sie allen Ernstes, die Sozialisten könnten eine Mehrheit erringen?«, fragte Alexander besorgt.

Morgenroth wiegte bedächtig den Kopf. »Natürlich ist die Politik nicht mein Ressort, das gebe ich gerne zu. Doch sind es die Menschen auf der Straße, die den Ausgang einer Wahl bestimmen, und indem man von oben herab alle Institutionen schließt oder verbietet, in denen sie zusammenkommen, wird man die Sozialisten nicht besiegen. Aber ich möchte Ihnen nicht den Abend verderben mit meiner Schwarzseherei. Da fällt mir eine reizende Anekdote über eine Schauspielerin ein, die wir jüngst auf der Bühne des Schauspielhauses bewundern durften …«

So wurde die heikle Situation entschärft, und man amüsierte sich über die Geschichten, die Morgenroth zum Besten gab.

Alexander dachte jedoch an dessen Worte vom bevorstehenden Aufstieg der Sozialdemokratie, der ihm ebenfalls Sorgen bereitete. Die Forderungen der Näherinnen, die an ihn herangetragen wurden, ließen Einbußen im Umsatz befürchten – gab er ihnen nach, würde er einen Präzedenzfall schaffen und die Saat für weitergehende Ansprüche legen. Blieb er hart, musste er damit rechnen, seine erfahrensten Näherinnen an den erstbesten Fabrikanten zu verlieren, der ihnen einen höheren Lohn versprach.

Er zwang sich, die Anekdoten anzuhören und eigene Geschichten beizusteuern, um sein Unbehagen zu verbergen. Anders als sonst wartete er beinahe ungeduldig, dass sich die Herren in den kalten Abend verabschiedeten und er mit Herbert Morgenroth unter vier Augen sprechen konnte.

In der Eingangshalle brachte Jette die Hüte und Mäntel, als ein Wagen vorfuhr. Verwundert sah Alexander auf die Uhr. Halb zwölf – wer mochte das sein?

Als sich die Haustür öffnete, blieb er abrupt stehen.

Friederike kam mit geröteten Wangen herein, begrüßte die Herren freundlich, nickte ihm zu und begab sich geradewegs in Annas Zimmer.

Beckert sah ihn mit hochgezogenen Brauen an. Alexander wäre den Blicken der Gäste am liebsten ausgewichen und spürte, wie ein nie gekannter Zorn in ihm aufstieg. Friederike schien jedes Schamgefühl verloren zu haben.

»Frau Hesse war noch auf einer Abendgesellschaft bei Freunden. In einer netten Runde vergisst man bisweilen den Blick auf die Uhr«, sagte er jovial und wandte sich ruckartig um, nachdem sich die Haustür hinter den Herren geschlossen hatte.

Er konnte Morgenroth nicht warten lassen. Also musste er das Gespräch mit Friederike aufschieben. Er atmete tief durch, um seine Erregung zu unterdrücken, und kehrte in die Bibliothek zurück, wo Morgenroth in aller Ruhe Pfeife rauchte und die Bücherregale betrachtete. Er drehte sich um, als er Alexander kommen hörte, und sah ihn erwartungsvoll an. »Jetzt bin ich aber wirklich gespannt, Herr Hesse. Sie erwähnten eine Geschichte, die für mein Blatt von Interesse sein könnte, doch bin ich weder für Wirtschaft noch für Politik zuständig. Mein Ressort sind die schönen Künste.«

Alexander konnte wieder lächeln. »Eben darum geht es. Die Malerei zählt doch zu den schönen Künsten, nicht wahr?«

Er goss ihnen aus der Karaffe Kognak nach und bot Morgenroth einen der bequemen Ledersessel an. »Bitte. Im Sitzen spricht es sich angenehmer.« Als sie die Gläser gehoben hatten, fuhr Alexander fort: »Ist Ihnen ein Maler namens Paul Flemming bekannt?«

Morgenroths überraschtes Gesicht versetzte ihn in Hochstimmung. »Gewiss. Zwei seiner Bilder hängen in der neuen Nationalgalerie. Allerdings gilt er seit Jahren als verschollen.« Dann sah er Alexander fragend an. »Es wäre natürlich ein Coup, wenn Sie mir etwas über ihn erzählen könnten.«

»Dann hören Sie zu.«

Als Alexander Hesse den Redakteur verabschiedete, war er so froh gestimmt, dass er die späte Rückkehr Friederikes fast vergessen hatte. Dann aber fiel sein Blick auf die Tür von Annas Zimmer, und seine Wut entbrannte aufs Neue. Er musste sich zwingen, die Klinke behutsam niederzudrücken, sollte seine Schwester doch von ihrem Zwist nichts merken.

Leise trat er ein. Friederike saß an Annas Bett und hielt deren Hand. Seine Schwester war eingeschlafen, und die beiden bildeten ein so friedvolles Bild, dass er sich einen Moment lang scheute, sie zu stören.

Dann blickte Friederike auf. Sie strich Anna noch einmal über die Wange, stand auf und kam leise auf ihn zu. Sie schob ihn aus dem Zimmer und schloss die Tür hinter sich.

»Du wolltest mich sprechen?«

Er zog sie am Arm in die Bibliothek und drückte energisch die Tür zu.

»Setz dich.«

»Danke, ich stehe lieber. Ich wollte ohnehin schlafen gehen. Es ist spät.«

»In der Tat. Wo bist du gewesen?«

Ihre Stimme klang gelassen, doch in ihren Wangen brannte ein Feuer, wie er es noch nie an ihr gesehen hatte.

»Ich glaube nicht, dass ich dir Rechenschaft darüber schuldig bin, wie ich meine Zeit verbringe«, erwiderte sie ruhig.

Er griff nach ihrem Handgelenk und zog sie zu sich heran. »Du hast mich vor meinen Gästen bloßgestellt«, zischte er. »Kommst spätabends ohne Begleitung nach Hause und tust, als wäre alles in schönster Ordnung. Du bist Witwe, und es entspricht nicht deinem gesellschaftlichen Stand, dich abends herumzutreiben. Aber ich kann wohl kein passendes Benehmen erwarten, wenn ich bedenke, aus welchen Verhältnissen du stammst.« Seine enttäuschten Gefühle weckten den alten, vergessen geglaubten Groll gegenüber seinem Vater, der eine zu junge Frau einfacher Herkunft geheiratet hatte.

»Ich glaube nicht, dass es deine Herrenrunde etwas angeht, wo ich meine Zeit verbringe.« Sie löste sich aus seinem Griff. »Wenn du entschuldigst – ich möchte jetzt ins Bett.«

Doch bevor Friederike die Tür erreicht hatte, trat er ihr in den Weg. »Du warst bei ihm.« Er packte ihre Oberarme und drückte sie an sich. »Ich kann ihn an dir riechen.« Der Zorn raubte ihm beinahe den Verstand, und doch spürte er in diesem Augenblick eine Anziehung, die stärker war als je zuvor.

»Lass mich los.« Ihr Blick war eisig. »Du vergisst dich. Solange wir zusammen in diesem Haus leben, wirst du mich nie mehr anfassen, verstanden? Ansonsten könnte es einen Skandal geben, der mein spätes Nachhausekommen bei Weitem in den Schatten stellt. Ich wohne ohnehin nur noch wegen Anna hier. Deine Nähe ist mir zuwider.«

Er holte spontan mit der Hand aus, doch sie entwand sich

seinem Griff und wich zurück. »Dein Vater wäre entsetzt, Alexander. Gewiss, er hat uns in diese Lage gebracht, und ich habe früher Verständnis für dein Verhalten aufgebracht, weil es nicht leicht ist, wenn der Vater im vorgerückten Alter noch einmal heiratet. Doch das ist lange her, und du solltest mittlerweile milder geworden sein. Sei's drum, ich habe keine Angst vor dir. Du kannst mir nichts anhaben.«

Mit diesen Worten verließ sie das Zimmer.

Gewiss, er konnte ihr nichts anhaben. *Ihr* nicht.

Rika hatte kaum geschlafen. Zu viel war ihr durch den Kopf gegangen. Nach der Auseinandersetzung mit Alexander hatte sie einige Zeit gebraucht, um die verzauberte Stimmung wiederzufinden, in der sie nach Hause gekommen war. Als Anthonis sie zur Droschke begleitete, war sie leichtfüßig gegangen, geradezu ein Stück über dem Pflaster geschwebt. Sie hatte darauf bestanden, ihn auf offener Straße zum Abschied zu küssen; sie wollte sich nicht länger verstecken. In dieser Gegend gab ohnehin keiner etwas auf Paare, die miteinander zärtlich waren und es alle Leute sehen ließen.

»Ich muss nachdenken«, hatte er gesagt, als sie einstieg und sich noch einmal aus der Tür beugte. »Dafür brauche ich bestimmt die ganze Nacht.«

»Solange du dabei auch an mich denkst …«

»An nichts anderes«, hatte er gesagt, bevor seine Stimme im Lärm der Räder unterging.

Dann hatte sie sich in die Polster gelehnt und die Augen geschlossen, weil sie nichts von der Berliner Nacht sehen wollte, sondern nur die Bilder des vergangenen Abends. Alle Sorge war gewichen, sie fühlte sich federleicht. Nichts stand mehr zwischen ihnen, es war alles gesagt. Sie hatte wirklich vor nichts und niemandem mehr Angst, und entsprechend selbstsicher war sie Alexander begegnet.

Sein Verhalten hatte sie nicht überrascht. Es passte zu der Haltung, die er seit ihrer Rückkehr aus Gladbach an den Tag legte. Er hatte gehofft, sie mit Annas Pflege ans Haus binden zu können, doch sie hatte sich nicht gefügt. Nun fürchtete er den Spott seiner Herrenrunde. Insgeheim ahnte sie, dass er sich dafür rächen würde, doch daran wollte sie nicht denken. Nicht jetzt, wo trotz des trüben Wetters alles so frisch war, als hätte man Berlin von oben bis unten neu gestrichen.

Trotz der nahezu schlaflosen Nacht fühlte sie sich beschwingt. Wer liebt, braucht wenig Schlaf, sagte sie sich. In dieser Stimmung betrat sie auch Annas Zimmer. Frau Schlinke lüftete gerade, was Anna missmutig zur Kenntnis nahm.

»Ich werde mich erkälten«, jammerte sie, worauf Rika eine Decke über das Bett warf. »Tief durchatmen, Liebes, frische Luft tut gut. So kalt ist es heute gar nicht.«

Anna sah sie misstrauisch an. »Du wirkst so fröhlich. Was ist los mit dir?«

Rika schüttelte den Kopf und legte mit einem Blick auf Frau Schlinke den Finger an die Lippen.

»Ick kann Jeheimnisse bewahren, Jnädigste, aber det jeht mia wohl nüscht an.« Sie schloss das Fenster. »So, ick lass Ihnen alleene und sehe zu, wo det Frühstück für det junge Frollein bleibt.«

Nachdem die Pflegerin den Raum verlassen hatte, sagte Anna: »Erzähl mir, was mit dir ist. Du wirkst völlig verändert.«

Rika zögerte, so übergroß war ihr Glück. Sie biss sich auf die Lippen und sagte dann: »Ich bin verliebt.«

Anna sah sie verwundert und ein bisschen ungläubig an. »Verliebt?«

»Ja. Meinst du, ich sei zu alt dafür?«, meinte Rika lächelnd.

»Natürlich nicht. Nur ... Ich habe gar nichts davon gemerkt.«

»Das hast du sehr wohl. Ich sei geistesabwesend, hast du mir vorgeworfen, bevor ich meine Reise angetreten habe. Ich würde deinen Sorgen kein Gehör schenken. Da waren wir einander schon begegnet. Er ist Maler. Du kennst seine Bilder.«

Anna schaute auf ihre Hände, die flach auf der Decke ruhten. Dann drehte sie die Handflächen nach oben, als sähe sie sie zum ersten Mal. Rika konnte ihre Gedanken lesen, als stünden sie auf Papier geschrieben. Gut, dann würde sie ihr Glück allein genießen.

»Du denkst an David Löwenstein.«

Anna nickte wortlos.

Rika fragte behutsam: »Sollte er nicht wenigstens erfahren, was geschehen ist?«

Annas Stimme klang so entschieden, dass sie von den Wänden widerhallte. »Nein! Niemals! So darf er mich nicht sehen. Sein Mitleid könnte ich nicht ertragen.« Sie drehte sich zum Fenster. »Ich brauche Zeit, um mir darüber klarzuwerden, wie ich weiterleben soll. Ich kann nicht mein ganzes Leben in diesem Haus verbringen und mich von euch versorgen lassen.«

»Das sollst du auch nicht«, sagte Rika beschwichtigend.

»Aber was bleibt mir übrig?«, rief Anna verzweifelt und schlug mit einem Ruck die Decke beiseite. Dann hob sie nacheinander die leblosen Beine hoch. »Soll ich mich im Rollstuhl auf Bälle schieben lassen und unter den mitleidigen Blicken der Leute vom Rand aus zusehen, wie die anderen tanzen? Das Getuschel überhören? Anna Hesse, welch ein Unglück! Sie hatte die besten Aussichten auf eine Heirat mit dem jungen Weidenfeld – und dann das … Nein, so werde ich mich nicht demütigen lassen.«

Rika überlegte. Gewiss würde Anna viel Zeit brauchen, um sich mit ihrem Schicksal zu versöhnen und sich in diesem neuen Leben einzurichten, doch musste sie auch wieder unter Menschen. Und es wäre nicht hilfreich, wenn sie diesen Zeitpunkt weiter hinausschoben. Ein kleiner Spaziergang im Tiergarten könnte ein erster Schritt sein. Sich das erste Mal öffentlich zu zeigen brauchte viel Mut; sie würde Anna nicht allein lassen.

»Hör zu, Liebes, heute ist es trocken und nicht zu kalt. Wir unternehmen einen kleinen Ausflug. Ich werde dich schieben.« Sie deckte Annas Beine zu.

»Ich will nicht.«

Rika legte ihr die Hand auf den Unterarm, sanft, aber entschieden. »Das weiß ich. Aber du musst.«

»Warum quälst du mich so?«, rief Anna verzweifelt. »Du bist schlimmer als Alexander.«

Rika blieb ruhig, auch wenn die Worte schmerzten. »Liebes, ich weiß, dass du außer dir bist. Aber du darfst meine Beweggründe nicht mit seinen vergleichen. Du brauchst viel Kraft, und die wirst du nur finden, wenn du dich der Begegnung mit den Menschen stellst. Sie werden dich anschauen. Manche werden mitleidig blicken oder hinter deinem Rücken tuscheln. Doch du wirst nur lernen, das zu ertragen, wenn du nicht davor flüchtest.«

Rika ahnte, wie unerbittlich ihre Worte klangen, doch sie spürte, dass dies der richtige Weg für Anna war.

In der Luft lag ein Hauch ungewohnter Wärme, als hätte der Herbst vorübergehend seine Wachsamkeit verloren. Vögel sangen, und David Löwenstein strebte mit energischem Schritt durch den Tiergarten. Die Worte seiner Schwester trieben ihn förmlich voran. *Finde wenigstens heraus, was geschehen ist, sonst wirst du es dir nie verzeihen!*

Sie hatte recht. Selbst wenn er erführe, dass Anna sich für einen anderen Bewerber entschieden hatte, würde ihn zumindest die Unsicherheit nicht mehr quälen.

Er war so in Gedanken vertieft, dass er die Frau, die von rechts aus einem Spazierweg bog, zunächst gar nicht beachtete. Sie ging ein Stück vor ihm her und schob einen Rollstuhl, beugte sich dann und wann vor, um mit der darin Sitzenden zu sprechen oder auf einen Baum zu zeigen.

Als er sie fast eingeholt hatte, blieb die Frau stehen, um der anderen die Decke fester um die Beine zu wickeln. Dabei strich sie ihr übers Gesicht. Als David genauer hinsah, hielt er abrupt inne. Er war ihr nur einmal begegnet, aber Friederike Hesse vergaß man nicht so leicht. Vorsichtig ging er an den beiden Frauen vorbei und drehte sich in einiger Entfernung um.

Seine Kehle wurde so eng, dass er kaum schlucken konnte. Fassungslos schaute er auf die junge Frau im Rollstuhl, blass und schmal, als wäre sie lange krank gewesen.

Bisher war der Spaziergang recht angenehm verlaufen. Zunächst hatte Anna sich abgewandt, wenn ihr Leute entgegenkamen, doch nun wurde sie allmählich mutiger und grüßte sogar zurück, als ein kleiner Junge mit einem Steckenpferd an ihr vorbeigaloppierte. Sie schaute sich die Bäume an, von denen manche schon einen Hauch von Rot und Gelb trugen, und genoss die schwachen Sonnenstrahlen, als tränke sie neue Kraft aus ihnen.

Rika war froh, dass Anna sich zunehmend sicherer zeigte. Wenn sie sich erst an ihr Fortbewegungsmittel gewöhnt hätte, könnten sie auch einen Bummel durch die Einkaufsstraßen oder einen Konzertbesuch wagen. Vielleicht wäre es Anna auch möglich, sich eigenständig fortzubewegen, wenn sie passende Handschuhe trug. Daher traf sie der Schrei so unvermittelt, dass sie zusammenschrak.

»Schick ihn weg!«

»Was ist los, Anna? Was hast du denn?«

Das Mädchen hämmerte mit den Fäusten auf die Armlehnen des Rollstuhls. Erst da bemerkte Rika den Mann, der auf sie zukam. Sie stutzte, dann erkannte sie ihn. Der Zufall konnte grausam sein.

»Bring mich weg! Schnell!«

Rika beugte sich vor und legte Anna beruhigend die Hand auf die Schulter. »Liebes, er möchte dich begrüßen. Er kommt genau auf uns zu. Wir sollten nicht weglaufen.«

Doch Anna war außer sich. Noch nie hatte Rika sie derart aufgelöst erlebt. »Warte einen Augenblick. Ich spreche mit ihm.«

Rasch ging sie auf den jungen Mann zu. »Herr Löwenstein?«, fragte sie ohne Einleitung.

Er nickte. »Ich … Ich wollte Fräulein Anna besuchen«, stieß er hervor. »Weil ich so lange nichts von ihr gehört habe. Meine Absichten sind ehrenwert, ganz bestimmt, und meine Eltern … Was ist mit ihr?«, fragte er abrupt.

»Fräulein Anna hatte vor einigen Wochen einen Unfall«, sagte Rika leise. »Sie ist seither gelähmt. Heute habe ich sie zum ersten Mal nach draußen gebracht. Sie fürchtet sich vor den Blicken der Leute und ist sehr durcheinander. Sie möchte nicht, dass Sie sie so sehen.«

Löwensteins Verzweiflung war greifbar. »Aber ich liebe sie. Das wollte ich ihr sagen. Meine Briefe wurden nicht beantwortet – ich war ...« Er suchte nach Worten. »Ich hatte Angst, sie könnte mit einem anderen Herrn verlobt sein.«

Rika legte ihm beschwichtigend die Hand auf den Arm. »Eines kann ich Ihnen versichern, Herr Löwenstein. Die Zuneigung meiner Stieftochter hat immer nur Ihnen gehört.«

»Aber ich möchte mit ihr sprechen, bitte.« Sein Ton klang flehend.

Rika schüttelte den Kopf. »Nicht jetzt.« Sie überlegte rasch. »Kommen Sie morgen früh um elf, dann können wir uns in Ruhe unterhalten.« Sie drehte sich um und kehrte zu Anna zurück, die mit geschlossenen Augen dasaß, die Hände um die Lehnen gekrampft. »Bring mich nach Hause«, sagte sie nur.

34

Stephan Rungrath konnte sich eines gewissen Unbehagens nicht erwehren, seit er Paul Flemmings Geheimnis preisgegeben hatte. Er hatte sich Elise gegenüber unentschuldbar verhalten. Es war absurd, aber er kam sich dennoch wie ein Verräter vor.

Zudem lastete die Erinnerung an Hesses Verhalten auf ihm. Der Unternehmer war ihm stets zuvorkommend begegnet, und die geschäftliche Verbindung gab Anlass zu großen Hoffnungen, doch war etwas Undurchsichtiges an ihm, etwas Berechnendes, das Stephan abstieß. Er besaß ein besonderes Empfinden für das Wesen anderer Männer, und Hesses Art widerte ihn mittlerweile an. Die Skrupellosigkeit, von der der Erpressungsversuch zeugte.

Was hatte Hesse vor? Wozu die Fragen über Flemming? Der Mann war eifersüchtig, dafür besaß Stephan ein Gespür. Und er ahnte, dass es dabei um die aparte Stiefmutter ging, was er ziemlich delikat fand.

»Das *Tageblatt*«, sagte Herr Schneidereit und legte ihm die Zeitung auf den Tisch. »Oder haben Sie es schon gelesen?«

»Nein«, erwiderte Stephan geistesabwesend und schob eine Mappe mit Stoffproben beiseite, »ich schaue gleich hinein.«

Nachdem der Sekretär gegangen war, blätterte er müßig in der Zeitung, ohne die politischen Inhalte wirklich aufzunehmen. Ihm stand nicht der Sinn nach anspruchsvoller Lektüre. Dann fiel sein Blick auf die Schlagzeile im Feuilleton.

An diesem Morgen war Alexander bereits aus dem Haus gegangen, als Rika zum Frühstück herunterkam. Sie hatte schlecht geschlafen. Es hatte lange gedauert, bis Anna sich nach dem Spaziergang einigermaßen gefasst hatte. Frau Schlinke hatte auf sie eingeredet und Kamillentee gebracht, während Rika die Vorhänge schloss, um das helle Licht auszusperren; sie hoffte, das Dämmerlicht werde das Mädchen beruhigen. Danach hatte sie lange neben Anna gesessen und versucht, sie von David Löwensteins guten Absichten zu überzeugen, doch das Mädchen blieb ablehnend. Für Anna gehörte er zu einer Vergangenheit, an die sie nicht erinnert werden wollte.

»Ich bin unnütz«, sagte Anna mit einer Stimme, deren Gleichgültigkeit schlimmer war als alle Verzweiflung. »Was soll ein Mann mit mir anfangen? Ich kann keinen Haushalt führen, nicht allein von einem Stockwerk ins nächste gelangen. Auf Empfängen kann ich nicht an seiner Seite stehen, und alle müssen sich zu mir herunterbeugen, wenn sie mich begrüßen. Ich werde nur Bäuche und Hüften sehen, wenn ich mich umschaue. Und Kinder …«

Ihr versagte die Stimme.

Rika versuchte es auf anderem Wege. »Dennoch bin ich der Ansicht, dass Herr Löwenstein das Recht hat, von deinem Schicksal zu erfahren. Das sind wir ihm schuldig, zumal es meine Idee war, dass ihr euch eine Zeit lang nicht sehen solltet. Es war nie meine Absicht, euch für immer voneinander zu trennen, das musst du mir glauben.«

Anna drückte wortlos ihre Hand.

»Er hat dich sehr gern, Liebes. Meinst du nicht, er sollte wissen, wie du denkst?«

»Ich möchte schlafen«, sagte Anna und drehte den Kopf zum Fenster.

In der Nacht hatte Rika lange wach gelegen. Die Erschöpfung saß ihr in den Knochen, als sie sich an den Frühstückstisch setzte und nach der aufgeschlagenen Zeitung griff. Dann sah sie es.

VERSCHWUNDENER MALER WIEDER AUFGETAUCHT

Wie Vertreter unserer Zeitung nach eingehenden Recherchen herausfanden, lebt der bekannte Porträtmaler Paul Flemming, der vor einigen Jahren spurlos verschwand, inzwischen in Berlin. Wie sich herausstellte, wohnt er unter falschem Namen in der Spandauer Vorstadt und verdient seinen Lebensunterhalt mit der Anfertigung von Scherenschnitten in Gastwirtschaften und Kneipen.

Paul Flemming war einst ein renommierter Porträtkünstler, dessen Werke auch in der kürzlich eröffneten Nationalgalerie vertreten sind. Was einen angesehenen Mann wie ihn zu diesem ungewöhnlich bizarren Verhalten bewogen hat, konnte bislang nicht ermittelt werden. Eingeweihte Kreise berichteten, er habe vor seinem Verschwinden in Folge eines Reitunfalls eine schwere Kopfverletzung erlitten und sei danach nicht mehr er selbst gewesen. Ob sich durch die Verletzung eine Geisteskrankheit einstellte, kann nicht sicher beurteilt werden, doch berichteten Vertraute, er habe nach der äußerlichen Genesung selbst engste Freunde brüskiert, indem er sie nicht zur Kenntnis nahm. Dies führte auch zur Auflösung seiner Verlobung mit der Tochter eines rheinischen Textilfabrikanten.

Dies alles lässt durchaus den Schluss zu, dass der Künstler nicht mehr Herr seiner Sinne ist.

Benommen ließ Rika die Zeitung sinken. Wie war das möglich? Nie wäre ein Journalist aus eigenem Antrieb auf die Idee verfallen, in der Spandauer Vorstadt nach Paul Flemming zu suchen, der für alle dort nur Anthonis war. Undenkbar auch, dass jemand aus der Nachbarschaft in ihm den Maler aus dem Rheinland erkannt hatte. Nein, dies war kein Zufall.

Es gab nur eine Erklärung. Nur konnte sie sich beim besten Willen nicht vorstellen, wie Alexander an dieses Wissen gelangt war. Außer – sie konnte nicht mehr ruhig sitzen und sprang von ihrem Stuhl auf. Während sie im Zimmer umherging, rekapitulierte sie die letzten Gespräche mit Alexander. Sätze fielen ihr ein, denen sie damals keine Bedeutung zugemessen hatte, die sich nun aber zu einem logischen Bild fügten.

Auf romantischer Schwärmerei kann man kein Leben aufbauen, das solltest gerade du dir vor Augen führen. Muss ich wirklich deutlicher werden?

Du warst bei ihm. Ich kann ihn an dir riechen.

Er hatte von Anthonis erfahren und war vor Eifersucht wie von Sinnen gewesen. Ihm war jedes Mittel recht, um den vermeintlichen Rivalen zu treffen. Aber das erklärte nicht, wie er von dessen Vergangenheit erfahren hatte.

Anthonis hatte alles getan, um sein altes Leben hinter sich zu lassen, seine Spuren verwischt, seinen Namen abgelegt. Er wollte seine Schwäche um jeden Preis verbergen, und nun wurde alles an die Öffentlichkeit gezerrt. Am liebsten wäre Rika zu ihm gefahren, doch gleich würde David Löwenstein erscheinen.

Isidor spürte sofort, dass etwas nicht stimmte. Schon als er sich die Treppe hinauftastete, um das Bild des galizischen Hauses abzuholen, verrieten ihm seine geschärften Sinne, dass etwas anders war als sonst. Woran er es merkte, hätte er gar nicht sagen können. Eine Spannung in der Luft, ein Knistern, eine Unruhe, besser konnte er es nicht ausdrücken. Besorgt nahm er die ausgetretenen Stufen, stieg höher und höher, wollte Anthonis schon rufen, weil seine Sorge plötzlich sehr groß war, doch schien es ratsam, kein Aufsehen zu erregen.

Ein Stockwerk unter der Wohnung seines Freundes wurde eine Tür geöffnet, und eine barsche Frauenstimme sagte: »Der Scherenschneider is wegjeloofen. Hat mia fast die Treppe runterjestoßen. Als wär der Leibhaftije hinter ihm her.«

»Wann ist das gewesen?«, fragte Isidor.

»Na ja, det muss um achte jewesen sein.«

»Ist weggelaufen um acht Uhr heute Morgen?«, wollte Isidor wissen.

»Nee«, meinte die Frau. »Jestern Abend um achte. Det war kurz nachdem der Herr bei ihm oben jewesen ist. Schnieke, sach ick Ihnen, janz fein hat der ausjesehn. Ick wüsste jern, wat der hier jewollt hat.«

Isidor überlegte rasch. »Und ist nicht zurückgekommen seitdem?«

»Nee, det hätte ick jemerkt. Eener muss ja nach dem Rechten sehn, un ick hab imma det Ohr an der Tür. Ick kenn seinen Schritt, den hätt ick jehört.«

»Vielen Dank«, sagte Isidor und wandte sich ab. Zum ersten Mal seit sehr langer Zeit verfluchte er seine Blindheit. Gewöhnlich dachte er nicht darüber nach, weil er blind geboren und ihm die Welt ohne Augen vertraut geworden war, doch in diesem Moment wünschte er sich, Anthonis' Wohnung sehen zu können. Natürlich hatte er keine Vorstellung davon, was Sehen eigentlich bedeutete, doch hätte es ihm gewiss geholfen.

Nun, er musste wenigstens hinaufgehen. Womöglich verriet ihm sein Gefühl, was geschehen war. Langsam stieg er die letzte Treppe hinauf und hielt inne. Es war ganz still. Manchmal hörte er durch das dünne Holz der Tür, wie sein Freund auf und ab ging, herumräumte, vor sich hin pfiff oder die Staffelei verschob, um besseres Licht zu haben. All diese vertrauten Geräusche fehlten.

Kopfschüttelnd trat Isidor näher und legte die Hand auf die Tür. Sie schwang nach innen auf. Hatte Anthonis die Wohnung so überstürzt verlassen, dass er nicht einmal die Tür geschlossen hatte? Er tastete nach dem Schloss, befühlte den Rahmen und die Kanten der Tür. Keine Splitter, keine Spuren von Zerstörung, die auf einen Einbruch hindeuteten. Also musste Anthonis die Tür offen gelassen haben. Hoffentlich war nichts gestohlen worden.

Seufzend wandte er sich ab und wollte die Tür hinter sich ins Schloss ziehen. Nein – vielleicht hatte Anthonis in der Eile den Schlüssel vergessen. Er ließ sie angelehnt und stieg die vielen Stufen wieder hinunter. Die neugierige Nachbarin steckte den Kopf heraus.

»Sehn Se, ick hab doch jesacht, der is wech.«

»Ja. Ich ihn werde suchen«, sagte Isidor leise und ging an ihr vorbei.

Er konnte die Neugier der Frau förmlich greifen.

Unten im Hof atmete er tief durch. Dann nahm er den Karren, zog ihn durch die Toreinfahrt und blieb unschlüssig auf der Dragonerstraße stehen.

Er war blind durch die Nacht gelaufen. Wohin, wusste er selbst nicht. Das war auch ohne Bedeutung, er wollte einfach nur weg.

Jemand hatte ihn verraten. Der Gedanke trieb ihn vorwärts. Wer hatte den Journalisten zu ihm geschickt? Wie zufrieden er ihn angeschaut hatte, wie selbstverständlich er in seiner Wohnung umhergegangen war. Warum habe ich ihn überhaupt hereingelassen? Weil er wusste, wer ich bin. Damit hat er mich überrascht.

»Herr Flemming, nehme ich an«, hatte der Herr von der Zeitung gesagt. »Darf ich eintreten?«

Der Besucher hatte Anthonis' Fassungslosigkeit genutzt und ihn mit Fragen überschüttet, die er nicht beantworten wollte. Der Mann kannte seinen Namen, seine Herkunft, er wusste sogar von der Verlobung mit Elise Rungrath und deren unglücklichem Ende.

Immer weiter war er durch die Stadt gelaufen, obwohl die Nachtluft empfindlich kalt war. Eine Weile hatte er in einer Kneipe gesessen und ein Bier getrunken, doch der Alkohol bot keinen Trost. Er hatte noch nie aus Kummer getrunken. Ein Gedanke hämmerte in seinen Schläfen wie ein Schmerz, ein Gedanke, den er nicht denken wollte und der doch kein Erbarmen kannte.

Nur ein Mensch in Berlin wusste, wer er war.

Der junge Herr Löwenstein drehte nervös den Hut in den Händen, als Jette ihm die Tür öffnete und knickste. »Wen darf ich melden?«

»David Löwenstein. Ich bin mit Frau Hesse verabredet«, sagte er und schaute über ihre Schulter hinweg ins Haus.

Jette bat ihn herein und nahm ihm Hut und Mantel ab. Dann öffnete sie die Tür zum Salon. »Nehmen Sie bitte Platz. Ich sage der gnädigen Frau Bescheid.«

Doch Rika kam schon aus dem Speisezimmer und ging ihm mit ausgestreckter Hand entgegen. »Herr Löwenstein, wie schön.« Sie sprach ziemlich leise und erklärte ihm auf dem Weg in den Salon, dass Annas Zimmer nicht weit entfernt liege und sie das Mädchen nicht beunruhigen wolle. »Sie war außer sich, nachdem wir Ihnen im Park begegnet waren.«

Sie bot David Löwenstein einen Platz im Sessel an und setzte sich aufs Sofa. »Darf ich Ihnen eine Erfrischung bringen lassen?«

Der junge Mann schüttelte den Kopf, als wäre er ungeduldig, das Gespräch zu beginnen. Er ließ die Hände zwischen den Knien herabhängen und beugte sich ein wenig vor. »Bitte sagen Sie mir, was geschehen ist. Ich habe die ganze Nacht nicht geschlafen, weil ich so in Sorge um Fräulein Anna bin.«

Rika erzählte ihm die Geschichte von Beginn an und verschwieg auch ihre Rolle nicht. Sie gestand, dass sie es gewesen war, die Anna überredet hatte, eine Zeit lang Abstand zu wahren. »Es sollte nicht für immer sein, das müssen Sie mir glauben. Aber es kam sehr plötzlich, und mein Stiefsohn war ganz und gar nicht mit einer Verbindung einverstanden.« Auf seinen fragenden Blick hin wählte sie ihre Worte mit Bedacht: »Ich fürchte, er steht einer Heirat seiner Schwester in eine Familie Ihres Glaubens ablehnend gegenüber.«

»Ich verstehe.« Löwenstein sah zu Boden.

Rika fuhr fort und schilderte, wie unglücklich Anna während ihrer Abwesenheit gewesen war und wie sehr sie sich nach ihm gesehnt hatte. Als sie von dem Unfall erzählte, musste sie schlucken, weil es ihr auf einmal so unausweichlich schien. Ohne den Streit mit ihrem Bruder wäre Anna nicht blindlings aus dem Haus gestürzt. Einen Augenblick früher oder später, und es wäre kein Wagen auf der wenig befahrenen Straße gewesen. Doch es war müßig; das Geschehene ließ sich nicht ändern.

»Und was wird nun aus ihr?«, fragte David leise. »Wird sie wieder gesund?«

Rika schüttelte den Kopf. »Ich will ehrlich zu Ihnen sein. Die Ärzte haben uns keine Hoffnung gemacht, dass die Verletzung des Rückgrats heilen wird. Anna ist von der Taille abwärts gelähmt.«

David fuhr sich mit der Hand über die Augen.

»Wir müssen ihr Zeit geben«, sagte Rika sanft. »Manchmal ist sie sehr gefasst und versucht, nach vorn zu blicken; dann wieder verliert sie alle Zuversicht und stürzt in tiefe Verzweiflung.« Sie machte eine hilflose Geste.

»Ich möchte zu ihr«, sagte er schließlich.

»Es ist zu früh«, sagte Rika. »Sie war so aufgewühlt, nachdem sie Sie im Park gesehen hatte, dass ich befürchte, es könnte ihr schaden.«

»Aber sie soll nicht denken, ich hätte sie nicht mehr gern!«, rief er verzweifelt. »All das, was ich an Anna schätze, hat nichts mit der Tatsache zu tun, ob sie gehen kann oder nicht. Natürlich kann ich nicht behaupten, es spiele keine Rolle, das wäre unaufrichtig, doch … ich würde für sie da sein. Gewiss, meine Familie müsste einverstanden sein, aber …«

»Sie sind der einzige Sohn«, sagte Rika ernst.

»Und Sie eine kluge Frau«, meinte David Löwenstein mit einem schwachen Lächeln. »Sie machen sich und anderen nichts vor. Das kann schmerzhaft sein.«

»Für wen?«, fragte Rika.

»Für alle. Aber Sie haben recht, Frau Hesse, ich bin der einzige Sohn und Erbe meiner Eltern und damit auch der Firma.

Meine Schwester wird Lehrerin und denkt derzeit überhaupt nicht an eine Heirat. Sie befürchten, meine Eltern könnten Einwände haben, wenn ich eine Frau heirate, die gelähmt ist.« Er wurde rot. »Firmen brauchen Erben, nicht wahr?«

Nun war es an Rika, überrascht zu sein. »Sie können es auch, Herr Löwenstein.«

»Was meinen Sie?«, fragte er vorsichtig.

»Unverblümt die Wahrheit sagen. So offen sprechen Herren in Gegenwart von Damen gewöhnlich nicht, aber es war tatsächlich mein Gedanke. So groß eine Liebe auch sein mag, muss sie doch im Alltag bestehen. Und wenn Sie wissen, dass Ihre Familie gegen die Verbindung ist …«

»… was ich bisher noch gar nicht sicher sagen kann«, führte er ihren Satz weiter. »Meine Eltern wissen nichts von Fräulein Annas Unfall. Aber ich habe mit meiner Schwester gesprochen. Wir stehen einander sehr nahe.«

Rika lächelte. »Anna hat sie erwähnt – sie war sehr beeindruckt von Ihrer Schwester. Sie scheint ein selbstständiges Mädchen zu sein.«

David Löwenstein schüttelte lachend den Kopf. »Das ist noch milde ausgedrückt. Sie hat meinen Eltern viel Kopfzerbrechen bereitet, bis sie endlich hingenommen haben, wie Ida ist. Sie wird Lehrerin, das wünscht sie sich aus ganzem Herzen. Und sie versteht mich. Das hat sie schon immer getan.«

»Was hat Ihre Schwester denn gesagt?«

»Nun. Sie hat ausnahmsweise eine Minute geschwiegen, bevor sie antwortete. Dann sagte sie: ›Überlege es dir gut. Aber wenn du dich entschieden hast, dann lass dich durch nichts davon abbringen.‹«

Rika sah ihn nachdenklich an. Wusste dieser junge Mann,

was er tat? Es war eine folgenschwere Entscheidung, wenn er nach wie vor um Annas Hand anhalten wollte. Möglicherweise würde es zu einem Zerwürfnis mit seinen Eltern kommen. Hatte David wirklich alles bedacht? Er würde für seine Frau sorgen müssen, ihr bei allen möglichen Verrichtungen helfen, an sie gebunden sein und Rücksicht nehmen müssen, wenn Einladungen oder Reisen ins Haus standen.

»Herr Löwenstein, ich möchte gern in Ruhe über all das nachdenken. Wir dürfen nichts überstürzen. Aber ich mache Ihnen einen Vorschlag: Sie können Anna gerne schreiben. Legen Sie ihr dar, was Sie empfinden. Es ist sicher einfacher, wenn sie Ihnen dabei nicht in die Augen sehen muss. So kann sie in Ruhe überlegen, ob sie eine persönliche Begegnung mit Ihnen wünscht oder nicht.«

»Gut, ich bin einverstanden.« Er seufzte. »Ich werde auch noch einmal mit meiner Schwester sprechen. Es wäre denkbar, dass sie Fräulein Anna besuchen möchte. Ist das möglich?«

»Wenn Anna damit einverstanden ist – warum nicht? Es würde sie sicher ablenken, wenn sie eine Freundin fände, zumal sie sehr bewundernd von Ihrer Schwester gesprochen hat. Außerdem scheint Ihre Schwester andere Interessen als irgendwelche Tanzvergnügen zu haben. Das könnte Anna guttun.«

Mit diesem Zugeständnis gelang es Rika, Herrn Löwenstein auf den Weg zu schicken.

Unentschlossen schaute Rika sich im Treppenhaus um. Nachdem sich Herr Löwenstein verabschiedet hatte, war sie umgehend in die Dragonerstraße gefahren, hatte dort aber niemanden angetroffen. Die Wohnungstür war nur angelehnt; das machte ihr Angst. Warum hätte Anthonis das Risiko eingehen sollen, dass jemand seine Bilder oder Malutensilien stahl?

Sollte sie irgendwo klopfen? Sie wusste nicht, ob er nähere Bekanntschaft mit den Nachbarn pflegte. Sie wusste überhaupt so wenig. Und wer waren seine Freunde? Sie brachte es nicht über sich, einfach nach Hause zu fahren und abzuwarten, bis sie Alexander zur Rede stellen könnte.

Sie hatte mit Anthonis geschlafen. Er war ihr nähergekommen als jeder andere Mann. Bei ihm hatte sie sich zum ersten Mal vollkommen als Frau gefühlt. Sie musste ihn finden.

Natürlich war es denkbar, dass er etwas zu besorgen hatte oder bei der Arbeit war, aber die offene Tür weckte eine böse Vorahnung in ihr. Während sie noch dastand, hörte sie von unten langsame Schritte auf der Treppe. Das konnte nicht Anthonis sein, die Person war älter, womöglich gebrechlich. Sie trat ans Geländer und spähte hinunter. Die Schritte kamen näher. Dann entdeckte sie den älteren Mann mit den langen Schläfenlocken. Er trug einen Mantel, der ihm fast bis auf die Füße reichte.

Isidor, der jüdische Lumpenhändler. Ihr Herz machte einen Sprung.

Rika erwartete ihn am Treppenabsatz. Er schien zu spüren, dass jemand da war, noch bevor sie ihn ansprechen konnte.

»Wer sind Sie? Ein Freund von Anthonis?«

Rika nickte, besann sich aber sofort und sagte: »Eine Freundin. Und Sie müssen Isidor sein. Wissen Sie, wo er ist?«

Der Lumpenhändler schüttelte den Kopf. »Mache mir Sorgen. Sonst ist immer hier um diese Zeit, aber diesmal Tür war offen. Sehen Sie, ob etwas wurde gestohlen?«

Rika betrat den großen Raum und schaute sich um. Die Bilder wirkten unberührt, ebenso die Staffelei, die Farben und Pinsel und die Küchenecke. Alles war aufgeräumt, beinahe zu aufgeräumt.

»Es ist nichts Außergewöhnliches zu sehen. Nur ordentlicher als sonst, würde ich sagen. Als hätte er nicht hier geschlafen.«

Isidor schüttelte den Kopf und rang die Hände. »Was für ein *schlamassel.* Hab schon gesucht nach ihm, aber keiner ihn hat gesehen. Hatte schlechtes Gefühl im Bauch, deshalb ich bin wieder hergekommen. Ach, was soll nur werden?«

»Wissen Sie, ob er heute die Zeitung gelesen hat?«

Isidor zuckte mit den Schultern. »Kann ich nicht sagen. Manchmal hat gelesen, manchmal nicht. Warum?«

Rika erklärte rasch, dass man Anthonis' Lebensgeschichte in der Zeitung geschildert und damit seine wohlgehütete Identität preisgegeben hatte. »Wissen Sie, dass er keine Gesichter erkennen kann?«

Isidor nickte. »Natürlich. Ist enger Freund von mir.«

»Hören Sie, ich kann hier im Moment nichts weiter tun. Würden Sie bitte weiter nach ihm suchen? Und wenn Sie ihn gefunden haben, schicken Sie einen Kutscher mit einer Nachricht zu mir.« Sie nahm eine Visitenkarte aus der Tasche und drückte sie ihm in die Hand. »Ich bezahle dafür. Es ist mir sehr wichtig.«

Isidor lächelte verschmitzt. »Kann hören, wie wichtig.« Er steckte die Karte in die Manteltasche. »Nu ich werd gehen und sehen, dass ich finde unseren *frajnd.*«

Rika folgte ihm die Treppe hinunter und staunte über die Sicherheit, mit der sich der Blinde die Stufen hinabbewegte. Es war, als besäße er ein inneres Auge, das ihm nicht nur den unmittelbaren Weg wies, sondern auch etwas über die Menschen verriet, denen er begegnete. Wenn jemand Anthonis finden würde, dann er.

35

Aus dem Schaufenster blickte ihm ein Fremder entgegen. Ein blasser, übernächtigter Fremder; er hätte ihn für krank gehalten, wenn er ihm auf der Straße begegnet wäre.

Anthonis zwang sich, sein Gesicht zu betrachten. Das bist du, sagte er sich. Ohne auf die Blicke der Passanten zu achten, schaute er in den Spiegel, der im Fenster des Einrichtungsgeschäftes ausgestellt war. Er sah so lange hin, bis sich das Gesicht aufzulösen und den Blick in sein Innerstes freizugeben schien. Er würde es sich so lange einprägen, bis er das Gesicht erkannte, wann immer es ihm begegnete. Seit Jahren hatte er Spiegel gemieden, doch allmählich wurde ihm klar, dass seine Flucht zu Ende war, auch wenn er dieses Ende nicht selbst bestimmt hatte. Vielleicht war es letztlich gut, dass es so gekommen war, dass man ihn zwang, zu sich selbst zurückzukehren.

In Gedanken sprach er seinen Namen aus, seinen wirklichen Namen, der ihm seit Jahren nicht mehr über die Lippen gekommen war. Er war wie ein fremdartiger Geschmack, ein Gericht, das er lange nicht gekostet hatte. Er stellte sich vor, wie Rika ihn bei diesem Namen rief. Oder würde er für sie Anthonis bleiben?

Der Gedanke an sie weckte neue Zweifel. Selbst wenn er beschloss, sich mit der Vergangenheit auszusöhnen, war es dennoch ein ungeheurer Vertrauensbruch gewesen, den Journalisten zu ihm zu schicken.

Anthonis trat einen Schritt beiseite, um sich nicht von seinem Spiegelbild ablenken zu lassen.

Er hatte den Gedanken verdrängt, weil er ihn nicht ertragen konnte. Doch er würde keine Ruhe finden, bis er mit Rika gesprochen hatte. Er wollte von ihr hören, was sie dazu bewogen hatte.

Er zog den Mantel enger um sich und machte sich auf den Weg zum Tiergarten.

Rika war nach Hause zurückgekehrt, weil ihr nichts anderes übrig blieb. Sie versuchte, sich abzulenken, indem sie Anna vorlas und von Massagen erzählte, die angeblich die Muskelkraft der Beine erhielten. Sie hatte in einer Illustrierten darüber gelesen.

»Wozu brauche ich Kraft in den Beinen?«, fragte Anna niedergeschlagen. Sie schien zu spüren, dass Rika nicht bei der Sache war. »Du bist wieder genau wie damals.«

»Wie meinst du das?«

»Bevor du verreist bist. Damals war ich unglücklich, und du hast mir nicht richtig zugehört.« Sie biss sich auf die Unterlippe. »Das ist ungerecht von mir. Aber ich merke, dass du an etwas denkst, über das du nicht sprechen willst, mit dem du dich aber in Gedanken die ganze Zeit beschäftigst. Ich habe Zeit. Ich kann zuhören.«

Rika nickte und wollte etwas entgegnen, hielt aber inne. Im Geiste sah sie wieder die Zeitung auf dem Frühstückstisch liegen, als wäre sie Teil einer Inszenierung. Der Teil, den sie lesen sollte, zuoberst. Sie war sich vollkommen sicher, dass Alexander den Artikel veranlasst hatte, doch konnte sie sich nach wie vor nicht erklären, wie er an dieses Wissen gelangt war.

Sie sah Anna an. »Lass uns bald über alles sprechen. Ich erzähle dir von dem Mann, den ich kennengelernt habe, und was in mir vorgeht. Es ist viel passiert in den letzten Monaten, sodass ich zuweilen ganz verwirrt bin. Verliebtsein, das bin ich nicht gewöhnt.«

Lächelnd stand sie auf. »Ich muss mit Alexander sprechen, Liebes, es ist dringend. Ich fahre zu ihm in die Firma.«

Etwas in ihrer Stimme ließ Anna aufhorchen. »Ihr habt Streit, nicht wahr? Ist es meinetwegen?«

»Nicht nur«, erwiderte Rika. »Es geht auch um ganz private Dinge, die nur deinen Bruder und mich betreffen. Wir müssen uns dringend aussprechen, sonst …«

»Sonst was?«, fragte Anna beunruhigt und sah sie mit weit aufgerissenen Augen an. »Willst du fortgehen?«

Rika seufzte. »Es tut mir leid, aber ich kann jetzt wirklich nicht darüber sprechen. Gib mir Zeit. Ich verspreche dir, ich werde dich nie im Stich lassen.« Sie küsste Anna auf die Stirn und verließ das Zimmer.

Alexander Hesse war von einer tiefen Zufriedenheit erfüllt. Zwei ausgezeichnete Aufträge waren eingegangen, man lud ihn zu einer Jagdpartie in den Grunewald, an der sogar ein Mitglied der kaiserlichen Familie teilnehmen würde, und man hatte beim Mittagessen tatsächlich über den Artikel im *Tageblatt* gesprochen. Er war mit Friedrich Beckert und einigen Geschäftsfreunden bei Friedemann's zum Mittagessen gewesen, und sie hatten über dies und das geplaudert.

Dann fragte einer belustigt in die Runde: »Haben die Herren zufällig den kuriosen Artikel über den Maler gelesen, der vor Jahren aus Düsseldorf verschwunden ist und nun hier in Berlin unter falschem Namen lebt? Er soll geisteskrank sein.«

»In der Tat«, erwiderte Alexander, »ich habe darüber gelesen. Kaum zu glauben, wozu sich Menschen hinreißen lassen, wenn ihre Seele angegriffen ist. Man sollte den bedauernswerten Mann einfach in Ruhe lassen, Herr Schmidt.«

»Nun, da möchte ich Ihnen widersprechen«, entgegnete Herr Schmidt. »Es geht doch nicht an, dass jemand sich einfach so aus seinem Leben stiehlt, wenn ihm etwas Unerfreuliches zustößt. Da könnte ja jeder hingehen und alles hinter sich lassen, was ihm nicht behagt. Wenn meine Frau ihre Zustände bekommt oder meine Töchter nach neuen Kleidern jammern, denke allerdings auch ich bisweilen an Flucht.«

Die Herren lachten.

Alexander gab sich verständnisvoll. »Wir können nicht sagen, welche Folgen dieser Unfall für den Herrn gehabt hat. Ob er eine geistige Erkrankung hervorgerufen hat, die ihm die Herrschaft über seine Sinne raubte. In diesem Fall sollte man versuchen, ihn einer Behandlung in einer dafür geeigneten Anstalt zuzuführen. Dies ist jedenfalls meine Meinung.«

»Nein, mein lieber Hesse, da muss ich Herrn Schmidt beipflichten«, bemerkte Friedrich Beckert. »Man kann nicht einfach dulden, dass jemand sich etwas zuschulden kommen lässt, und sei es nur in moralischer Hinsicht, und danach einfach ein neues Leben beginnt.«

»Wo kein Kläger, da kein Richter«, bemerkte Alexander. »Wer wollte ihn nach so langer Zeit dafür zur Verantwortung ziehen? Nein, ich finde, man sollte dem Mann helfen, sofern er Hilfe benötigt. Ein Aufenthalt in einer Heilanstalt wäre ihm gewiss zuträglicher als ein Auftritt vor Gericht.«

»Sehen wir doch einmal von diesen Spitzfindigkeiten ab«, warf Schmidt ein, der zur Frivolität neigte. »Eine kuriose Geschichte ist es allemal, und es heißt, dass sogar Werke von ihm in der neuen Nationalgalerie hängen. Vielleicht sollte man den

Herrn einmal zu einer Gesellschaft bitten. Es könnte amüsant werden.«

Diesen Vorschlag hatten die übrigen Herren einstimmig abgelehnt, da man eine solche Person nicht unnötig ermutigen wollte. Alexander war mit dem Verlauf des Mittagessens überaus zufrieden.

Fräulein May schaute Rika erstaunt an und lächelte dann herzlich. »Frau Hesse, wie schön, Sie wieder einmal in der Firma zu begrüßen.«

Rika nahm den Hut ab und sah die Empfangsdame freundlich an. »Ja, ich bin auch froh. Obgleich ich zu Hause sehr beschäftigt bin, vermisse ich oft die Arbeit und das Zusammensein mit den Menschen hier.«

»Ich hoffe, Fräulein Anna ist auf dem Wege der Besserung.«

Fast beiläufig nahm Rika zur Kenntnis, dass Alexander auch hier den Zustand seiner Schwester verschwiegen hatte, und sagte nur: »Es wird noch Zeit brauchen.«

»Herr Hesse ist in seinem Kontor«, erklärte Fräulein May beflissen.

Rika nickte ihr zu und trat den vertrauten Weg durch die Flucht der Räume an, bis sie vor Alexanders Tür stand. Sie klopfte und trat umgehend ein. Er blickte von den Papieren hoch, die er gerade studierte. Rika schloss die Tür hinter sich und verzichtete auf jede Einleitung.

»Du hast mir die Zeitung heute Morgen absichtlich so hingelegt, dass ich den Artikel sehen musste. Woher hast du das alles gewusst?«

Alexander zog die Augenbrauen hoch. »Es ist doch selbstverständlich, meine Liebe, dass ich dir die Zeitung beim Frühstück hinlege. Ein Mann, der weniger höflicher ist als ich, würde sie vielleicht mit in die Firma nehmen, um sie dort zu studieren, aber das käme mir nie in den Sinn.«

In diesem Augenblick durchflutete sie ein Zorn, wie sie ihn noch nie erlebt hatte. Du bist schuld, dachte sie, du bist schuld, dass Anthonis aus seiner Wohnung verschwunden ist. Gerade hielt ich das Glück in Händen, und du hast es mir genommen. Sie bemerkte seine herablassende Haltung, die aufgestützten Ellbogen, die aneinandergelegten Fingerspitzen, über die er sie betrachtete. Sie konstatierte, dass er nicht aufgestanden war. Eine grobe Unhöflichkeit, die er sich noch vor Kurzem nicht erlaubt hätte.

»Du kannst nur zerstören«, sagte sie laut. »Wenn du etwas nicht haben kannst, gönnst du es auch niemand anderem. Vor allem kein Glück. Du hast Anna um ihr Glück gebracht, und nun versuchst du das Gleiche bei mir. Alles, was du anfasst, wird zu Geld, oder es zerbricht. Niemals hätte dein Vater ein solches Verhalten gutgeheißen. Du hast mich nie für gesellschaftlich ebenbürtig gehalten, und das werfe ich dir auch nicht vor. Aber die Rücksichtslosigkeit, mit der du anderen Menschen begegnest, ist nicht zu entschuldigen. Ich werfe dir nicht vor, dass Anna verunglückt ist, als sie vor dir davonlief. Aber ich werfe dir vor, dass du sie zuvor schon unglücklich gemacht und ihr die Lebensfreude geraubt hast.« Sie hob die Hand, als er sie unterbrechen wollte. »Ich habe dir einmal vorgeworfen, dass du deine Schwester gegen ihren Willen in eine Richtung lenken willst, die dir Gewinn verspricht.« Sie merkte, dass ihre Stimme lauter wurde, konnte sich aber nicht beherrschen. »Nun aber hast du eine Grenze überschritten. Du beginnst, fremde Menschen zu verletzen.«

»Die Leidenschaft, mit der du sprichst, ist sehr aufschlussreich.«

»Und wenn schon!«

In diesem Augenblick ertönte Stimmengewirr in einem der Vorräume, und Rika drehte sich unwillkürlich zur Tür. »Sie können nicht einfach dort hineingehen«, rief die Stimme des Sekretärs.

Es klopfte. »Nicht jetzt«, rief Alexander.

Doch die Tür schwang schon auf. Anthonis stand da, ohne Hut, die Haare vom Wind zerzaust. Er sah aus, als wäre er Tag und Nacht unterwegs gewesen, ohne zu schlafen.

Er schaute von einem zum anderen. »Rika, ich war bei euch zu Hause. Das Mädchen sagte, ich könne dich hier antreffen. Verzeih, ich konnte nicht warten.«

Alexander zog die Augenbrauen hoch, als er die vertrauliche Anrede hörte.

Anthonis sprach in eindringlichem Ton weiter: »Ich möchte wissen, wer den Herrn von der Zeitung zu mir geschickt hat und wer für den Artikel im *Tageblatt* verantwortlich ist.« Seine Augen ließen sie nicht los. Er verhielt sich, als wäre Alexander überhaupt nicht da. »Außer dir kennt niemand die Geschichte.« Er hielt inne. »Als ich dir davon erzählte, nahm ich an, du würdest es für dich behalten.«

Natürlich – er verdächtigte sie, seine Identität enthüllt zu haben. Rikas Kehle war wie zugeschnürt, sie brachte kein Wort heraus. Wie konnte er ihr das zutrauen? Doch dann kam ihr ein anderer Gedanke: Was sonst hätte er glauben sollen?

Da nahm sie aus dem Augenwinkel ein kleines, zufriedenes Lächeln auf Alexanders Gesicht wahr. Diese Genugtuung würde sie ihm nicht gönnen.

Rika verschluckte eine scharfe Erwiderung und sagte nur: »Ich kann dir versichern, dass ich niemals mit einem Herrn von einer Zeitung über dich gesprochen oder ihn zu dir geschickt habe. Wer das getan hat, kann ich nicht beweisen, wenngleich ich sehr wohl einen Verdacht habe.« Sie sah zu Alexander.

Dieser ließ sich nicht aus der Ruhe bringen. »Es freut mich, dass die Herrschaften auf so freundschaftlichem Fuße verkehren und einander das intime Du angeboten haben. Daher hoffe ich, dass dieses Missverständnis bald aus der Welt geschafft wird. Friederike darf doch nicht um die Freuden einer harmonischen Freundschaft gebracht werden. Allerdings werden Sie verstehen, mein Herr, dass Sie solche Angelegenheiten nicht in meiner Firma besprechen können, wo uns die Angestellten hören. Ich zumindest habe einen Ruf zu verlieren. Daher muss ich Sie dringend ersuchen, diese Räumlichkeiten zu verlassen.«

Rika hatte ihre Erstarrung überwunden. »Bitte, Anthonis, du darfst ihm kein Gehör schenken. Seit geraumer Zeit gibt es Streit zwischen Herrn Hesse und mir, aber es soll kein Dritter darunter leiden. Er versucht, andere zu verletzen, weil er nicht haben kann, was er begehrt.«

Alexander lachte auf. »Weil ich nicht haben kann, was ich begehre? Sollten wir nicht lieber über das sprechen, was du begehrst? Einen armen Schlucker aus der Spandauer Vorstadt, der für ein paar Mark Scherenschnitte verkauft? Der in einem ärmlichen Mietshaus lebt, umgeben von Juden und anderem Gesindel? Der ein anständiges Mädchen, mit dem er verlobt war, unglücklich zurückgelassen hat? Ist es das, was du begehrst? Dann kann ich nur Mitleid für dich aufbringen.«

»Es steht Ihnen frei, Ihre Meinung über mich zu äußern, Herr Hesse«, sagte Anthonis, der sich keine Gefühlsregung anmerken ließ. »Zumindest nehme ich an, dass Sie Herr Hesse sind, da Sie sich mir nicht vorgestellt haben und ich, wie Sie mittlerweile wissen dürften, Gesichter nicht gut erkenne. Allerdings verbitte ich mir, dass Sie in diesem Ton mit Frau Hesse sprechen. Ich bin der Meinung, dass sie durchaus selbst entscheiden kann, mit wem sie gesellschaftlichen Umgang pflegt.«

Rika blickte ihn überrascht an und sah auf einmal Paul Flemming vor sich, wie er einmal gewesen sein musste, als er bedeutende Unternehmer wie Carl Wilhelm Rungrath porträtiert und die Bedingungen diktiert hatte. Fast genoss sie die Situation. Alexanders verblüffter Blick verschaffte ihr eine ungeheure Befriedigung.

»Ich wüsste dennoch nicht, was Sie noch länger in meinem Hause zu suchen haben, Herr Flemming. Daher fordere ich Sie erneut auf, uns allein zu lassen. Sollten Sie uns weiter belästigen, sehe ich mich gezwungen, die Polizei zu rufen und Sie wegen Hausfriedensbruchs zu belangen.«

Rikas Herz schlug heftig, doch Anthonis ließ sich auch jetzt nicht aus der Ruhe bringen. »Ich lasse mir nicht von Ihnen drohen, Herr Hesse.« Dann schaute er zwischen ihr und Alexander hin und her. »Bevor ich gehe, möchte ich jedoch meine Frage wiederholen. Wer hat der Zeitung von mir erzählt?«

»Es ist nicht verboten, sein Wissen mit der Presse zu teilen. Und die Presse wiederum darf alles schreiben, was der Zensur nicht zuwiderläuft. Anscheinend hatte die Berliner Polizei nichts dagegen, dass über die merkwürdigen Machenschaften eines ehemals erfolgreichen Malers berichtet wird. Ich jedenfalls habe den Artikel mit großem Interesse gelesen, und die Herren, mit denen ich heute Mittag bei Tisch saß, teilen dieses Interesse voll und ganz.«

Es ist wie in einem Bühnenstück, dachte Rika unvermittelt. Nur ging es dabei um ihre Zukunft.

»Ich sehe, es hat keinen Sinn, länger zu bleiben«, sagte Anthonis.

Geh nicht, dachte Rika verzweifelt, und hasste Alexander für seine Feigheit. Sie konnte nicht beweisen, dass er für den Artikel verantwortlich war. Wenn er nicht den Mut besaß, es offen einzugestehen, war sie machtlos.

Als wollte er sichergehen, dass Anthonis tatsächlich das Gebäude verließ, folgte Alexander ihm bis zum Empfang.

»Und jetzt hinaus mit Ihnen!«, rief er und deutete auf Anthonis. »Fräulein May, dieser Mann hat ab heute Hausverbot in meiner Firma. Wenn er noch einmal hier erscheint, rufen Sie unverzüglich die Polizei, verstanden?«

Fräulein May nickte rasch.

Anthonis wollte gerade gehen, als die Tür von außen geöffnet wurde und er sich einem jungen Mann gegenübersah. Dieser wich einen Schritt zurück, als er Anthonis erblickte, und holte tief Luft. »Paul«, sagte er tonlos.

Anthonis schaute ihn fragend an. »Verzeihung. Kennen wir uns?«

»Ich bin Stephan Rungrath, Paul.«

Die Umstehenden wurden zu Statisten. Ein unvermitteltes Erkennen durchzuckte Anthonis, und er brauchte einen Augenblick, um die Fassung wiederzugewinnen. Schließlich sagte er mit heiserer Stimme: »Ich hätte nicht gedacht, dass ein Tag so viele Überraschungen bereithalten kann. Es ist lange her, Stephan.« Er zögerte, bevor er die nächsten Worte wählte. Es war, als spräche er nur zu seinem Gegenüber: »Ich habe Ihnen nie gesagt, wie sehr ich bedauere, was ich Ihrer Schwester angetan habe. Dafür habe ich mich zutiefst geschämt. Ihre Familie nahm mich freundlich auf, und ich habe mich Ihnen gegenüber schändlich verhalten.« Er hob die Hand, als Rungrath ihn unterbrechen wollte.

»Ich war nach dem Unfall nicht ich selbst. Das soll keine Entschuldigung sein, nur eine Erklärung. Jedenfalls hoffe ich, dass Elise inzwischen das Glück gefunden hat, das sie verdient.«

Stephan Rungrath sah aus, als müsste er eine starke Gefühlsregung unterdrücken. Dann streckte er Anthonis die Hand entgegen. »Können wir irgendwo in Ruhe miteinander sprechen? Ich wollte Herrn Hesse etwas sagen, aber nun, da wir uns hier begegnet sind, sage ich es Ihnen lieber selbst.« Er sah aus, als drängte es ihn förmlich, Anthonis etwas zu gestehen.

»Nein!«, ertönte eine entschlossene Stimme. Rika war zu ihnen ins Empfangszimmer getreten. »Bitte sagen Sie es hier, Herr Rungrath. Ich ahne, worum es geht, und würde es gern hören.«

»Nicht hier!«, rief Alexander und führte Rika, Anthonis und Rungrath eilig in sein Kontor. Er konnte gerade noch die Tür schließen, da brach es aus Stephan heraus: »Er hat mich gezwungen, es ihm zu erzählen!« Er deutete auf Alexander. »Ich habe nicht gewusst, was er damit bezweckte!« Sein Gesicht war gerötet. »Paul, ich habe Herrn Hesse Dinge über Sie erzählt, die besser ungesagt geblieben wären. Erst als ich die Zeitung las, wurde mir bewusst, welchen Schaden er anrichten wollte. Das war nicht meine Absicht. Ich wollte ihm einen Gefallen tun, um unsere geschäftliche Beziehung zu festigen. Das müssen Sie mir glauben.«

»Sind Sie nicht auf den Gedanken gekommen, dass er Herrn Flemming damit schaden wollte?«, fragte Rika aufgebracht.

Stephan sah zu Boden. »Nein, jedenfalls nicht auf diese Weise. Ich dachte, er würde vielleicht mit Paul darüber sprechen, aber die Zeitung … Damit hatte ich nicht gerechnet.«

»Oh, eine dramatische Szene in meinem Kontor? Ich wäre Ihnen dankbar, meine Herren, und auch dir, Friederike, wenn diese Angelegenheit an einem anderen Ort beigelegt werden könnte. Ich habe zu arbeiten«, warf Alexander mit kühler Stimme ein.

Rika spürte, wie ihr Kopf ganz leicht wurde, und sie musste sich an einem Schrank abstützen. Ein kurzer Augenblick, dann hatte sie sich wieder in der Gewalt. Sie trat vor und schlug mit der flachen Hand auf den Schreibtisch. »Du gibst vor, es sei nichts gewesen, wie immer. Du versuchst, zur Tagesordnung überzugehen, während andere Menschen um ihr Glück und ihre Zukunft bangen.« Sie biss sich auf die Lippe, um nicht zu weinen.

Alexander sah von einem zum anderen. »Das muss ich mir nicht bieten lassen! Herr Flemming hat sich das alles selbst zuzuschreiben. Ich hatte ihn mehrfach gebeten, sich von dir fernzuhalten, aber er hat sich meiner Anordnung widersetzt, und das kann ich nicht dulden.« Seine Stimme wurde lauter. »Kannst du mich wirklich nicht verstehen? Immerhin musste ich in den vergangenen Monaten zusehen, wie sich meine Schwester, die allerbeste Heiratsaussichten hatte, mit einem Juden traf und meine Stiefmutter mit einem heruntergekommenen Künstler aus der Spandauer Vorstadt!«

»Merkst du nicht, dass deine Gedanken immer nur um dich selbst kreisen?«, fragte Rika mit schneidender Stimme. »Du hast zu leiden, du musst mit ansehen, dir wird geschadet … Du erwähnst nicht einmal, dass Anna mehr verloren hat als nur eine gute Partie.«

»Lass meine Schwester aus dem Spiel!«

»Nein! Du siehst nicht, wie schlecht es ihr geht, du siehst nur deine Chancen auf die Verbindung zu Weidenfelds schwinden.

Soll ich dir etwas sagen? David Löwenstein war bei mir. Er liebt Anna von ganzem Herzen. Ich werde ihn unterstützen, wenn er sie tatsächlich weiterhin heiraten möchte, und wenn es das Letzte ist, was ich im Hause Hesse tue!«

Anthonis trat zu Rika und legte ihr die Hand auf die Schulter. »Lass. Er ist es nicht wert.«

Dieser kurze Satz setzte in Alexander etwas frei, das alle Dämme brechen ließ. »Raus!« Er riss die Tür auf. »Glauben Sie bloß nicht, Rungrath, dass ich in Zukunft auch nur einen einzigen Meter Stoff bei Ihrem Vater kaufe! Flemming, Sie können Friederike mitnehmen und Ihren weibischen Beinahe-Schwager gleich dazu!«

Stephan wurde blass, sagte aber nichts. Die beiden Männer nahmen Rika in die Mitte und verließen gemeinsam das Gebäude.

36

Wie Menschen, die gemeinsam eine Sturmflut oder eine andere Katastrophe überstanden haben, konnten sich Rika, Anthonis und Stephan Rungrath nicht so einfach voneinander trennen. Also nahmen sie eine Droschke und fuhren in ein Café fern des Hausvogteiplatzes, um eine Begegnung mit Bekannten Alexander Hesses zu vermeiden. Alle drei waren noch wie betäubt von den Gefühlsausbrüchen, die sie soeben miterlebt hatten.

Zuerst saßen sie schweigend vor ihren Kaffeetassen und versuchten, ihren inneren Aufruhr zu besänftigen.

»Ich hätte längst gehen sollen«, sagte Rika schließlich und gab viel zu viel Zucker in ihre Tasse. Sie rührte um und legte den Löffel klirrend auf die Untertasse. »Alexander und ich hätten nie so lange unter einem Dach wohnen dürfen, aber ich fühlte mich Anna verpflichtet, auch wenn sie nicht meine Tochter ist. Sie ist mir in all den Jahren sehr ans Herz gewachsen. Ich konnte sie einfach nicht in der Obhut ihres Bruders lassen.«

»Du hast dir nichts vorzuwerfen«, sagte Anthonis und berührte vorsichtig ihre Hand. Er schaute zu Stephan. »Ich bedauere sehr, dass es zu dieser Szene gekommen ist, aber ich musste wissen, wer den Artikel veranlasst hat.« Er zögerte. »Rika, ich hoffe, du nimmst meine Entschuldigung an. Was ich vorhin gesagt habe, war unverzeihlich.«

Stephan schaute von einem zum anderen. »Wenn ich auch etwas anmerken dürfte … Mir war lange Zeit nicht bewusst, welch ein Mensch Herr Hesse ist. Dieser Ausbruch vorhin …« Er verstummte und sah auf die Tischplatte, als könnte er dort die passenden Worte finden. »Er begegnete mir immer freundlich, hat mich hier in Berlin, wo ich niemanden kannte, vielen Leuten vorgestellt. Dafür war ich ihm dankbar. Und auch, weil ich meinem Vater rasch einen wichtigen Kunden präsentieren konnte. Nun muss ich zusehen, dass ich Ersatz beschaffe.« Er stand seufzend auf. »Gut, dann werde ich mich jetzt verabschieden. Ich habe noch im Büro zu tun.« Er sah Anthonis an. »Paul, bevor ich gehe …«

Anthonis erhob sich von seinem Stuhl. »Ich begleite Sie nach draußen. Wenn du uns bitte einen Augenblick entschuldigen würdest«, sagte er an Rika gewandt, die nickte und noch einen Kaffee bestellte.

Stephan zahlte im Hinausgehen. Auf dem Gehweg blieben die beiden Männer unter dem Vordach stehen.

»Was ich Ihnen vorhin sagen wollte … ich bitte Sie aufrichtig um Entschuldigung. Ich wollte Ihnen nicht schaden. Aber Hesse hat mir gedroht. Gewiss war es nicht sonderlich mutig, ihm nachzugeben, aber ich versuche auch nicht, mich herauszureden.«

»Diese Bemerkung eben – als wir gingen, meine ich«, sagte Anthonis und sah ihn bewusst nicht an.

Stephan schaute auf die Straße. Die Worte kamen ihm nur mühsam über die Lippen. »Er vermutet gewisse Dinge. Er hat keine Beweise, aber schon übles Gerede kann großen Schaden anrichten. Bitte zwingen Sie mich nicht, darüber zu sprechen.« Er schien mit sich zu ringen. »Paul, Sie – Sie sind doch Künstler, für Leute wie Sie gelten andere gesellschaftliche Regeln. Sie denken liberaler, nicht wahr? Freiheit ist Ihnen ein Anliegen. Nach Berlin bin ich vor allem gekommen, um endlich so zu leben, wie es mir gefällt.«

Anthonis nickte. »Es ist nicht an mir, über andere zu urteilen, vor allem nicht, wenn diese sich von ihrer Vergangenheit losgesagt haben. In den Jahren hier, die oft einsam waren … habe ich einiges gelernt.«

»Werden Sie nach Hause zurückkehren?«, fragte Stephan.

Das Kopfschütteln kam spontan. »Nein. Ich bin jetzt hier zu Hause.«

»Und sie?« Stephan nickte in Richtung Café.

»Sie auch.«

Rika hatte lange am Grab ihres verstorbenen Mannes gestanden. Sie war allein auf den Friedhof gegangen, weil sie sich über so vieles klar werden musste. Sie hatte Anthonis' Angebot, sie zu begleiten, abgelehnt. Dies war etwas, das sie ohne ihn erledigen musste. Hier würde sie sich endgültig von Conrad verabschieden, hier würde sie den ersten Schritt in ihr neues Leben tun. Ein Leben ohne die Villa Hesse, ohne die Firma.

Sie spürte kein Bedauern. Sich davon zu verabschieden tat nicht weh, weil ihr Herz nie wirklich daran gehangen hatte. Ihre Mutter hatte ihr damals die Anstellung besorgt, dort hatte sie ihren Mann kennengelernt und war so in dessen Familie gelangt. Nichts davon hatte sie selbst entschieden. Nun endlich war sie an einem Punkt ihres Lebens angekommen, an dem sie gegen alle Widerstände einen Weg einschlagen würde, der allein der ihre war. Was sie dabei gewann, wog alle Verluste auf.

Vor dem Friedhofstor stand eine Mietdroschke. Sie hatte den Kutscher gebeten, auf sie zu warten, da sie rasch zurück nach Hause wollte. Sie lehnte sich in die Polster zurück und überließ sich ihren Gedanken.

Sie hatte David Löwenstein geschrieben und ihm die ausgezeichnete Kollektion der Firma Rungrath ans Herz gelegt. Mehr konnte sie nicht für den jungen Mann und seine freundliche Familie tun.

Nun wollte sie noch Anna davon überzeugen, Herrn Löwensteins Briefe zu beantworten oder ihm einen Besuch zu gestatten. Das Mädchen hatte zwei Schreiben von ihm erhalten, aber nicht gelesen. Rika konnte die Scheu, ihm zu begegnen, durchaus verstehen, wollte aber nicht länger dulden, dass ihre Stieftochter sich von allem zurückzog. Sie musste Anna gut versorgt wissen, bevor sie das Haus verließ. Es war undenkbar, dass Rika länger mit Alexander unter einem Dach wohnte. Nach dem Eklat in der Firma hatte sie erwogen, in ein Hotel zu ziehen, und sich nur von der Sorge um Anna abhalten lassen.

Sie hatte einen Plan geschmiedet. Ihr war plötzlich bewusst geworden, dass Anthonis und ihre Stieftochter etwas gemeinsam hatten – beide hatten Fähigkeiten verloren, die ihnen früher selbstverständlich erschienen waren. Wenn Anthonis ihr nun von seinem Schicksal erzählte? Er erkannte sich nicht im Spiegel. Er würde sie nicht erkennen, wenn sie ihm mit einem neuen Hut und Mantel auf der Straße begegnete. Vermutlich würde er nicht einmal seine eigenen Eltern erkennen. Mehr noch, der Verlust hatte ihm gleichzeitig den Beruf genommen, der ihm so viel bedeutet hatte.

»*Gesichter waren Landschaften für mich, die Geschichten erzählten; ich las in ihnen wie in einem Buch*«, hatte er einmal zu Rika gesagt.

Nun aber würde er einen neuen Weg einschlagen, nachdem er erkannt hatte, dass er nicht länger vor sich selbst davonlaufen konnte. Und auch Anna besaß noch viel, nicht zuletzt die Zuneigung David Löwensteins, auch wenn sie noch nicht glauben wollte, dass wirklich Liebe und nicht Mitleid sein Beweggrund war.

Rika stieg aus, als die Droschke vor der Villa hielt, bezahlte den Kutscher und eilte zur Tür, da es schon nach der verabredeten Zeit war. Jette öffnete.

»Sie haben Besuch, Frau Hesse«, sagte das Mädchen. »Ich habe den Herrn in den Salon geführt.«

Rika spürte, wie sich eine wunderbare Wärme in ihrem Inneren ausbreitete.

Jette nahm ihr den Mantel ab. »Und Sie möchten gleich zu Fräulein Hesse kommen – es sei dringend, hat sie gesagt. Sie wartet schon.«

Als Rika eintrat, entfernte sich Anthonis von dem Porträt Conrad Hesses, vor dem er gestanden hatte, ergriff ihre Hände und küsste beide Handflächen. Dann hob er den Kopf. »Ich habe noch einmal nachgedacht. Möchtest du wirklich, dass ich mit deiner Stieftochter spreche? Sie kennt mich doch gar nicht. Vielleicht schüchtere ich sie ein. Oder sie fühlt sich bedrängt.«

Rika überlegte kurz. »Dann lass mich zuerst allein zu ihr gehen. Sie hat ohnehin nach mir verlangt. Würdest du so lange warten?«

»Gewiss doch.« Er schlenderte zum nächsten Gemälde und betrachtete es, während Rika die Tür hinter sich schloss und nach nebenan ging.

Beim Eintreten stutzte sie. Anna, die vor der Fahrt zum Friedhof sehr niedergeschlagen gewirkt hatte, saß aufrecht im Rollstuhl, das Gesicht zur Tür gewandt, die Hände ruhig im Schoß. Sie strahlte etwas aus, das Rika nur als Würde bezeichnen konnte. Noch nie hatte ihre Stieftochter so erwachsen gewirkt.

»Schön, dass du da bist«, sagte Anna. »Bitte setz dich.«

Rika kam es vor, als wären die Rollen plötzlich vertauscht, und sie fragte sich, was diesen Wandel bewirkt haben mochte. Sie nahm Platz und schaute Anna erwartungsvoll an.

»Du wolltest mich sprechen.«

»Ja, Friedchen.« Die vertraute Anrede entlockte Rika ein Lächeln. »Ich habe nachgedacht. Dazu hatte ich viel Zeit.« Diesmal klangen Annas Worte nicht bitter. »Ich bin mir über einige Dinge klar geworden und habe eine Entscheidung getroffen. Ich werde mich umgehend in ein Sanatorium begeben.«

Rika bemerkte die Wortwahl – nicht »möchte«, sondern ein entschlossenes »werde«. »In ein Sanatorium?«

Anna hob die Hand. »Lass mich bitte sagen, was ich zu sagen habe. In diesem Haus kann ich nicht bleiben, jedenfalls vorerst nicht. Ich empfinde es als beklemmend. Ich verbinde schlimme Erinnerungen damit. Mit Alexander kann ich nicht länger zusammenleben. Herrn Löwenstein«, ihre Stimme zitterte, dennoch fuhr sie fort, »schätze ich sehr, doch kann ich ihm noch nicht gegenübertreten. Ich brauche Zeit. Auch er selbst sollte nichts überstürzen, wenn es um sein künftiges Leben geht. Und du, Friedchen – du musst deinen eigenen Weg gehen.«

Rika war tief beeindruckt von Annas Worten. »Ein Sanatorium an der See wäre schön«, fuhr Anna fort. »Du könntest mich dort vielleicht besuchen. Ich werde meine Malsachen mitnehmen und dir oft schreiben.«

Ich habe gar nichts von dieser Wandlung bemerkt, dachte Rika. Sie hatte sich mit ihren Gewissensbissen herumgequält und geglaubt, Anthonis müsse Anna gut zureden, während diese alle Entscheidungen selbst getroffen hatte. »Ich bin sehr stolz auf dich, Anna.« Rika stand auf und umarmte ihre Stieftochter. Dabei konnte sie die Tränen nicht zurückhalten.

»Eins noch«, sagte Anna und schob sie sanft von sich. »Alexander wird mich nicht besuchen. Das ist die einzige Bedingung, die ich stelle.«

»Dafür werde ich sorgen«, versicherte ihr Rika. Sie zögerte, bevor sie hinzufügte: »Anna, nebenan wartet jemand, der dich kennenlernen möchte.«

EPILOG

Herbst 1876

Der Niedergang Alexander Hesses vollzog sich langsam, aber unaufhaltsam. Trotz aller Diskretion verbreiteten sich Gerüchte über das Schicksal seiner Schwester. Da er Annas Zustand so lange geheim gehalten hatte, wucherten die Spekulationen umso zügelloser. Je weniger die Menschen wissen, desto eher sind sie geneigt, das Schlimmste zu vermuten. Und so erzählte man sich, er halte seine kranke Schwester in einem Sanatorium versteckt.

Vor allem die Familie Weidenfeld gab den Gerüchten Nahrung, vielleicht auch aus gekränktem Ehrgefühl, da man sie so lange über Annas Zustand im Dunkeln gelassen hatte. Friedrich Beckert betrank sich mit Alexander und bedachte ihn mit väterlichen Ratschlägen, riet aber hinter seinem Rücken wichtigen Kunden davon ab, bei Hesse zu kaufen.

Auch die skandalösen Ereignisse in den Firmenräumen hatten den Weg nach draußen gefunden, und Berlin war ein Moloch, der Sensationen zum Frühstück verzehrte. Ob es nun Fräulein May oder der Sekretär Keller oder beide gewesen waren, konnte Alexander nicht mehr feststellen. Und selbst wenn, hätte es nichts an der Lage geändert, da eine Entlassung nur zu weiteren Gerüchten geführt hätte. Also wahrte er den Schein, streifte seine eiserne Haltung wie einen Mantel über, wenn er in die Firma fuhr, und versuchte, die Geschäfte zu retten. Gewiss würde er sich in Zukunft mit einem bescheideneren Rahmen zufriedengeben müssen, denn seine Träume vom gesellschaftlichen Aufstieg waren vorerst dahin. Das Schicksal seiner Schwester, das bittere Zerwürfnis mit der Stiefmutter, das geplatzte Geschäft mit der Weberei Rungrath, das Gerücht, Rungraths würden demnächst die Firma Löwenstein beliefern – das alles war zu viel, als dass die Gesellschaft es schweigend hätte übergehen können.

Und so fügte er sich in sein einsames Leben und kehrte nach Feierabend in die Villa zurück, in der seine Schritte widerhallten wie in einem leeren Haus. Es war nur eine Frage der Zeit, wann die Dienstboten ihre Stellung kündigen würden. Die Menschen waren abergläubisch, und die Tragödie, die Anna Hesse hier ereilt hatte, ließ sich nicht so leicht vergessen. Vielleicht würde die Gesellschaft irgendwann verzeihen, dass er gegen die Regeln verstoßen hatte. Dass es mehr als ein Regelverstoß gewesen sein könnte, kam Alexander nie in den Sinn.

Anthonis öffnete die Wohnungstür und sah den jungen Herrn fragend an, der mit dem Hut in der Hand verlegen vor ihm stand.

»Verzeihen Sie, Paul, ich bin es, Stephan Rungrath. Darf ich eintreten?«

»Selbstverständlich.«

Sie hatten einander seit dem Gespräch vor dem Café nicht mehr gesehen.

Anthonis bot ihm einen Platz an und holte Kaffee.

»Ich wollte mich von Ihnen verabschieden«, sagte Stephan.

Anthonis setzte sich ihm gegenüber und schaute ihn überrascht an. »Ich hätte nicht gedacht, dass Sie Berlin verlassen. Mir schien, dass Sie sich in der Großstadt wohlfühlen.«

Stephan lächelte und rührte in seiner Tasse. »Nein, nein, es ist nur vorübergehend. Meine Schwester heiratet.« Er warf ihm einen raschen, wachsamen Blick zu.

»Das freut mich für sie«, sagte Anthonis und zögerte kurz. »Würden Sie Ihr meine aufrichtigen Glückwünsche übermitteln? Oder wäre das nicht klug?«

Stephan überlegte. »Drei Jahre sind eine lange Zeit. Ja, ich werde ihr die Glückwünsche ausrichten. Gewiss hat sie sich damit abgefunden, dass Sie alles hinter sich lassen wollten – und damit auch sie.«

»Das ist die Schuld, mit der ich leben muss.«

Stephan winkte ab. »Herr van Luyk ist der Richtige für Elise, ein liebenswürdiger, vernünftiger Mann, der ihr Halt gibt.«

»Anders als ich?«, fragte Anthonis belustigt, worauf Stephan ein wenig rot wurde.

»Mit Verlaub, Sie waren ein ziemlicher Bruder Leichtfuß. Ich habe mich damals ehrlich gefragt, ob mein Vater in Ihnen tatsächlich einen möglichen Nachfolger gesehen hat. Sie waren kaum besser als ich.« Er zuckte mit den Schultern. »Für mich waren Sie ein Künstler mit dem Kopf in den Wolken, dem es widerstrebte, Verantwortung zu übernehmen.«

»In meinem Kopf hat sich mehr verändert, als Sie glauben. Es mag ein Gemeinplatz sein, aber ich habe durch meinen Unfall eine völlig neue Sicht der Dinge gewonnen. Für das, was ich verloren habe, wurde mir etwas anderes geschenkt«, erwiderte Anthonis. Einen Moment lang schwebte etwas wie Freundschaft im Raum. »Kommen Sie wieder, Stephan. Vielleicht gibt es demnächst eine Ausstellung.«

»Sie malen wieder? Darf ich vermuten, dass Frau Hesse an dieser erfreulichen Wendung nicht ganz unbeteiligt ist?«

Anthonis lächelte. »Sie ist mit einem Galeristenpaar befreundet. Mir blieb gar nichts anderes übrig, als die beiden kennenzulernen. Zwei reizende ältere Leute mit ausgezeichnetem Kunstverstand.«

»Das freut mich für Sie«, sagte Stephan aufrichtig. Er zögerte. »Wie hat Frau Hesse die aufwühlenden Ereignisse verkraftet?«

Anthonis schaute nachdenklich in seine Kaffeetasse. »Sie braucht noch etwas Zeit«, sagte er schließlich. »Sie hat Anna geholfen, ihre Sachen zu packen, und sie nach Sassnitz ins Sanatorium begleitet. Zuvor gab es noch einen heftigen Streit mit Herrn Hesse, der seine Schwester unbedingt selbst dorthin bringen wollte, doch Anna hat dies entschieden abgelehnt. Sie weigert sich auch, seine Briefe anzunehmen. Rika hat nun eine eigene Wohnung angemietet und genießt es, zum ersten Mal im Leben ganz für sich zu sein und nur auf ihre Wünsche zu achten.« Er legte eine Pause ein. »Sie hat viel für mich getan. Was ich ihr zu verdanken habe, lässt sich gar nicht mit Worten beschreiben.«

Stephan lächelte. »Paul, ich bin sicher, Sie werden Wege finden, um es ihr zu zeigen.«

Anthonis erwiderte das Lächeln. »Ja.« Dann waren die Worte plötzlich doch da, obwohl er die Entscheidung nicht bewusst getroffen hatte. »Ich muss geduldig sein – mich als Maler neu etablieren. Außerdem werde ich einen Arzt in der Charité aufsuchen. Er ist an meinem Fall interessiert und kann vielleicht etwas gegen die Kopfschmerzen tun. Wenn all das hinter mir liegt, werde ich Frau Hesse um ihre Hand bitten.«

»Dann wünsche ich Ihnen ganz viel Glück.« Stephan Rungrath wollte aufstehen, als ihm noch etwas einfiel. »Übrigens war ich kürzlich in der Nationalgalerie und habe mir Ihre Bilder angeschaut. Falls Sie noch nicht dort gewesen sind, sollten Sie es nachholen. Die Nationalgalerie! Bedenken Sie, welche Wege Ihnen offen stehen, jetzt, wo Sie zu sich selbst gefunden haben.«

»So habe ich es noch gar nicht betrachtet«, sagte Anthonis nachdenklich.

»Das sollten Sie aber. Jetzt muss ich mich leider verabschieden.«

Anthonis stand ebenfalls auf und reichte ihm die Hand. »Ich wünsche Ihnen eine gute Reise und eine festliche Hochzeit. Und wenn wir uns wiedersehen, sollten Sie denselben Hut tragen wie heute.«

EIN PAAR WORTE ZUM SCHLUSS

Stellen Sie sich vor, Sie sind Lehrer und finden in Ihrer Schulklasse jeden Tag lauter unbekannte Gesichter vor. Oder Sie haben ein Einstellungsgespräch und erkennen Ihre Chefin am nächsten Tag nicht wieder. Sie erwachen morgens neben einem Partner im Bett, dessen Gesicht Ihnen völlig fremd ist, obwohl Sie abends keinen Schluck Alkohol getrunken haben.

Vor diese und andere Probleme sehen sich Menschen gestellt, die unter Gesichtsblindheit leiden, der Unfähigkeit, sich an Gesichter zu erinnern und diese zuzuordnen.

Als ich vor einigen Jahren im *Spiegel* einen Artikel über Prosopagnosie las (so der 1947 geprägte wissenschaftliche Name), war ich fasziniert von dieser selektiven Wahrnehmungsstörung – der Unfähigkeit, sich menschliche Gesichter zu merken. Von einer leichten Schwäche im Erkennen von Gesichtern, die auch als Zerstreutheit oder Vergesslichkeit gedeutet werden kann, bis hin zur völligen Unfähigkeit, sich selbst im Spiegel oder ein Gesicht überhaupt als solches zu erkennen, sind alle Abstufungen denkbar.

Mich beschäftigte der Gedanke, was der Verlust dieser so selbstverständlich erscheinenden Fähigkeit für die Betroffenen bedeuten kann. Ein gewaltiger Teil der zwischenmenschlichen Kommunikation findet über das Gesicht und dessen Mimik statt und nur ein weitaus geringerer Teil über den verbalen Austausch.

In der Anfangszeit der Forschung glaubte man, eine Gesichtsblindheit könne nur durch Verletzungen, Schlaganfälle und ähnliche Umstände erworben werden. Erst in den vergangenen Jahrzehnten erwies sich, dass die Zahl der Betroffenen, die unter einer angeborenen Form der Prosopagnosie leiden, ungleich größer ist. Auf sie konzentriert sich heute auch die Forschung.

Für mich als Geschichtenerzählerin war die erworbene Gesichtsblindheit jedoch von weit größerem Reiz. Meine Hauptfigur ist daher ein Mann, für den menschliche Gesichter der Kern seiner Kunst sind. Der jähe Verlust dieser als selbstverständlich und unverzichtbar empfundenen Fähigkeit erschüttert sein ganzes Leben.

Tatsächlich gibt es Maler, die Prosopagnostiker sind und Porträts erschaffen, z. B. der Amerikaner Chuck Close und die Britin Nicky Hoberman. Chuck Close sagt dazu:

> »In meiner ganzen Arbeit wurde ich immer von meinen Lernbehinderungen angetrieben, die ziemlich schwerwiegend sind, und von meiner mangelhaften Gesichtserkennung, die mich ganz sicher überhaupt erst dazu gebracht hat, Porträts zu malen. Ich weiß nie, mit wem ich es zu tun habe, und kann mich vor allem nicht an Menschen in realen Räumen erinnern. Lege ich sie jedoch als Foto glatt vor mich hin, kann ich dieses Bild irgendwie in meinem Gedächtnis ablegen; ich besitze eine Art fotografisches Gedächtnis für flache Objekte. Ich habe mein ganzes Leben lang schon Gesichtsblindheit oder Prosopagnosie.«

Hierbei handelt es sich jedoch um eine angeborene Prosopagnosie. Wer mehr darüber lesen möchte, findet am Ende dieses Nachworts Hinweise auf interessante Bücher und Internetseiten.

Der Schauplatz Berlin reizt mich immer wieder aufs Neue. Nach den 1920er-Jahren habe ich die Stadt nun in den frühen Jahren des Kaiserreichs besucht und neue Wege beschritten, in denen die Leser auch das ehemalige Zentrum der Berliner Mode um den Hausvogteiplatz kennenlernen. Nach dem Zweiten Weltkrieg blieb Berlin eine Modestadt, doch sind die alteingesessenen jüdischen Konfektionshäuser, die das Viertel entscheidend geprägt haben, mit den Schrecken der Naziherrschaft untergegangen. Eine große Tradition wurde zerstört, an die ich mit der Familie Löwenstein erinnern möchte.

Da ich in Mönchengladbach geboren bin und schon immer hier wohne, lag der Gedanke nahe, meine Heimatstadt als Nebenschauplatz zu wählen. Auch hier ist eine große Tradition zu Ende gegangen, die die Stadt – auch als »Manchester vom Niederrhein« bekannt – lange geprägt hat: die Textilindustrie. Der fiktive Unternehmer Carl Wilhelm Rungrath ist eine Verbeugung vor dieser Tradition, die auch bedeutende soziale Einrichtungen wie den »Volksverein für das katholische Deutschland« hervorgebracht hat. Von ehemals Hunderten Webereien, Färbereien und anderen Textilbetrieben zeugen nur noch Straßennamen, Ausstellungsstücke in Museen und einige wenige Textilfirmen, die sich bis heute gehalten haben. Bei den Recherchen haben mir vor allem die Werke von H.K. Rouette (*Textilbarone – Industrielle (R)Evolution in der Mönchengladbacher Textil- und Bekleidungsgeschichte*, Dülmen, 1996) und Wolfgang Löhr (Hrsg.) (*Loca Desiderata. Mönchengladbacher Stadtgeschichte*, Band 3.1, Mönchengladbach, 2003) geholfen.

LITERATUR

Prosopagnosie/Gesichtsblindheit

Joachim Bodamer, »Die Prosop-Agnosie«, *Archiv für Psychiatrie und Nervenkrankheiten*, Berlin/Göttingen/Heidelberg, 1947

Daniel McNeill, *Das Gesicht – Eine Kulturgeschichte*, Essen, 2004

A.L. Wigan, *A New View of Insanity: The Duality of the Mind Proved by the Structure, Functions and Diseases of the Brain*, 1844 (Nachdruck)

Berlin im Kaiserreich

Gabriele Beyerlein, *In Berlin vielleicht*, Stuttgart, 2005

Gabriele Beyerlein, *Berlin, Bülowstraße 80a*, Stuttgart, 2007

Berlin Museum (Hrsg.), *Eldorado – Homosexuelle Frauen und Männer in Berlin 1850–1950*, Berlin, 1984

Harald Brost/Laurenz Demps, *Berlin wird Weltstadt*, Berlin, 1997

Franz Ebhardt, *Der Gute Ton*, Bad Heilbrunn, 1928

125 Jahre Berliner Konfektion, Berlin, 1962

Egon Jameson, *Berlin so wie es war*, Düsseldorf, 1994

Salcia Landmann, *Jiddisch – Das Abenteuer einer Sprache*, Berlin, 2001

Lucien Levy/Herbert Kraft, Hrsg. Archiv für Kunst und Geschichte, *Berlin um 1900*, München, 1986
Andreas Nachama, *Jiddisch im Berliner Jargon oder Hebräische Sprachelemente im deutschen Wortschatz*, Berlin, 2003
Verein Stiftung Scheunenviertel (Hrsg.), *Das Scheunenviertel – Spuren eines verlorenen Berlins*, Berlin, 1994
Uwe Westphal, *Berliner Konfektion und Mode – 1836–1939 Die Zerstörung einer Tradition*, Berlin, 1992
Paul Wietzorek, *Das historische Berlin*, Petersberg, 2008

DANKSAGUNG

Wie immer haben viele Menschen zur Entstehung dieses Buches beigetragen.
Ich danke insbesondere

Dr. Jürgen Bräunlein
Antje Eßer
Rebecca Gablé
Hanne Goga
Ruth Löbner
Prof. Dr. med. Ingo Kennerknecht, Universität Münster
Axel Klinkenberg
Felix Klinkenberg
Lena Klinkenberg
Nicky Hoberman

Niemand hat intensiver mit mir am Manuskript gearbeitet als meine Freundin Antje. Ihr ist dieses Buch gewidmet.